物語の構造

F. シュタンツェル

物語の構造

〈語り〉の理論とテクスト分析

前田彰一訳

岩波書店

凡　例

一、原著の第二章「媒介性のゼロ段階――梗概、章の見出し、草案」は、紙数の都合により、原著者及び出版社の諒解を得て、割愛した。

一、人称、遠近法、叙法ならびに物語り状況といった主要なキーワードは、訳文では《　》で、またそれらの下位概念に当たる、たとえば、局外の語り手、物語る私、などのキーワードは、〈　〉で括った。

一、原著における引用記号は、訳文では「　」を用いて表記した。同じくイタリック体は、訳文では傍点を用いて表記した。

前者の場合、キーワードに関しては、訳文上での表記の統一を優先した。

一、引用文における原著者の補足は、原著同様、［　］で括った。

一、訳者による補足ないし簡単な注は、〔　〕で括った。

一、原著の文献一覧のうち、一次文献は「作品名索引」として、また二次文献は「参考文献」として独立させた。なお作品名索引は、作家ごとに配列した。

一、原著の事項索引のうち、一部の項目を割愛した。

目　次

第VI章 類型円図表――図式と機能

まえがき

私が典型的な《物語り状況》の理論を討議の場にのせてから、四半世紀が過ぎ去った。その最初の反響としては、さしあたりごく短期間、その理論をめぐって批判的論議が行き交うことが期待されるぐらいであった。ところが十年余を経て私は、《物語り状況》という概念が、小説批評と物語研究のいわば「使い慣れた言葉《ハウスホールド・ワード》」になりつつあることを知った。ここ数年来、私の理論に対する賛否両論は共に数を増し、その双方の論拠も、目立って重要性を加えてきたのである。

トーマス・ハーディは、自分の小説『テス』に対する思いがけぬ大きな反響を前にして、「自作の成功が予め分かっていたら、私は本当に立派な小説を書くべく努めただろう」と述べたといわれる。小説家と対照的に、小説批評家は、過去におかした誤りを正し、後から得た認識を補い、討議と研究の新しい成果を盛り込んで調整をはかれる、という有利な立場にいる。本書も、根本的にはそのような努力の積み重ねである。そうした折に私を批判してくれた人々や、また、私の理論的試みを追い続け、個々の物語作品の研究と解釈に私の理論を応用し、その概念的骨組みを典拠と実例で肉付けしてくれた人々に対して、私がどれほど深い感謝の気持を抱いているかは、私の付した注釈から読み取っていただけるものと思う。

もう一つの非常に重要な条件、すなわち、語りの新しい理論を、一九五五年刊の《物語り状況》に関する古い類型論よりも、さらに浩瀚なテクスト資料に基づいて構築するために必要な条件を作り出してくれたのは、グラーツ大学の私の聴講生たちであった。彼らは、演習のレポートや卒業論文において、必要な資料のかなりな量を分析し、理論の展開にとって、非常に実り豊かな着想の数々を提供してくれたのであった。グラーツ大学英語英文学研究室の同僚諸兄にも、その蒙った幾多の示唆に対し、感謝しなければならない。イングリット・ブーフエッガー嬢は、無数の書誌学的疑問の解明、および原稿と校正刷りの校正の際の、たゆまざる専門的助力によって、この研究が印刷にこぎつけるまで多大の貢献をしてくれた。ゲールリンデ・ヘルフス夫人には、改稿のたびに原稿をタイプで打ってもらったが、類型円図表のように「円い形に」タイプを打たなければならないときも、夫人はいつも根気よく仕事を続けてくれた。

終わりに、読者のために一言述べておきたい。私の物語理論の基本をなす思考過程は、第Ⅰ章「物語のジャンル特性としての媒介性」、第Ⅱ章「典型的な物語り状況――新たな定義の試み」、および第Ⅵ章「類型円図表――図式と機能」に詳述されている。それゆえ、本書を短縮して読む場合には、特にこの三章を集中的に読まれるとよいだろう。英語圏の読者には、本書のもっとも重要な思考過程の要約を含む論考「『小説における典型的な物語り状況』再考——「小説の文法」のために」(Novel. A Forum on Fiction[Spring 1978], 247–264)に注意を促しておきたい。目的に適うと思われる場合には可能なかぎり、テクスト例は、入手しやすいポケット版ないしペーパーバック版から引用した。

一九七八年八月、ホーエ・ズルツにて

F・K・シュタンツェル

第二版(一九八二年)まえがき

新しい版は、私に構成要素《遠近法》の定義を新たに表現し直す機会を与えてくれた。私がそれを思い立ったのは、とりわけドリット・コーンの本書に対する書評「語りの包囲——フランツ・シュタンツェルの『物語の理論』に関して」(Poetics Today 2[1981], 157–182)によってである。私の理論とジェラール・ジュネットの『物語のディスクール(フィギュールⅢ)』との綿密な比較を含み、しかも物語理論の討議にとって非常に重要なドリット・コーンのこの論文を詳しく扱うのは、紙数の都合で別の機会にゆずらねばならない。

新しい版のテクストでは、初版における幾つかの誤りが訂正された。さらに専門文献について、初版の後刊行されたものや、私が今回初めて知ったものを、巻末の付録に追加することができた。

本書の英語による翻訳が、ほぼ一年以内にケンブリッジ大学出版局から刊行される。

哲学修士イングリット・ブーフエッガー女史の校正、並びに索引の改訂に際しての誠実なる協力に対し、私は再び感謝の言葉を述べなければならない。

F・K・シュタンツェル

第三版(一九八五年)まえがき

若干の誤りが訂正されたほかは、いかなる変更も加えられていない。英語による翻訳は、一九八四年、『物語の理論』(A Theory of Narrative)としてケンブリッジ大学出版局から刊行された。

F・K・シュタンツェル

序　論

……だがさしあたり私は、シェイクスピアとスピノザの後で私に最大の影響を与えたのはリンネであること、しかも、こともあろうに彼によって挑まれた抗争を通してであることを、告白しておきたい。私が彼の鋭利にして才気溢れる区別を、その的確で目的に適った、だが往々にして恣意的な法則を容認しようと努めるうちに、私の心中には葛藤が生まれてきた。というのも、彼が無理やり区別しようとするものが、私の本性のもっとも内奥の欲求にしたがい、合一をめざさずにはおかなかったからである。

（ゲーテ「私の植物学研究の歴史」）

一九五五年に『小説における典型的な物語り状況』[訳注1]が世に出たとき、物語研究はまだリンネ時代の段階にとどまっていた。中心を占めていたものは、語りの種類を分類し、できるだけ明確な術語を導入して、一定の秩序を確立しようとする努力であった。これは、物語形式の多様さと豊かさに見通しを与え、体系的な理論を適用するために必要な秩序であった。同時に、世紀転換期以来、ますますひんぱんに駆使されるようになった物語様式(たとえばそれは、《作中人物に反映する物語り状況》、内的独白、断片化などの傾向によって特徴づけられる)を、小説理論の立場から正当に評価することも重要な事柄であった。というのも、そのような革新に対する旧世代の批評家や理論家の否定的評価が、一九五〇年代にも依然として(散発的ではあるにしても)、支持されることがあったからである[1]。

訳注1 (『小説における典型的な物語り状況』) シュタンツェ

ルが、『トム・ジョーンズ』、『白鯨』、『使者たち』、『ユリシーズ』などの作品を手掛かりに、初めて《物語り状況》なる概念を提案した彼の主著の一つ。

こうした目標が達成されると、物語研究は、今や新しい問題に立ち向かうことができるようになった。それらの新しい問題は、部分的には他の専門分野(言語学、テクスト学、コミュニケーション理論など)から提起されるものであって、まさにこの点に、決定的な変化の兆しがうかがえるのである。比較的新しい文献目録、たとえばヴォルフガング・ハウブリクスが一九七六年に編集した『物語研究　第一巻』に添えられた「物語研究主要文献目録」をのぞいてみると、一九五五年当時はまだ全然確立されていなかった専門分野や、あるいは文芸学となんら関わりを持っていなかった専門分野の論文が、今日すでに物語研究の重要な部分をなしていることが分かる。物語理論の全領域に及ぶこれまでの成果を、手ごろな一冊の本に集約することは、右のような理由からもはや不可能である。

本論考はそれゆえ、論ずべき問題を大幅に切り詰めなくとも、おそらく達成できるような一つの限定された目標を掲げている。それは根本的には、一九五五年に書かれた《物語り状況》の理論に基づいて、物語様式の類型論をさらに展開させ、精密化することである。上述したように、物語研究が拡大した結果として、『小説における典型的な物語り状況』と『小説の典型的な形式』[2]の二著に対する賛否こもごもの反響が、文芸学以外の幾つかの領域でも、すなわちテクスト言語学、「言語学的批評《リングイスティック・クリティシズム》」、コミュニケーション理論などの領域でも、耳に入るのである。それゆえ本論考は、予定された制約にもかかわらず、上述の分野の成果や論拠にも言及せざるをえないであろう。拙著『小説における典型的な物語り状況』に対する反応のこうした拡散化こそ、一九五五年当時はまだ本質的に小説理論の関心事であった事柄が、ここ二、三十年来、しだいに文芸学の枠をふみ越え始めたことを物語っている。

したがって新しい研究状況は、問題領域に関して、縄張り意識のない開放性によって特徴づけられる。物語理論の個別的問題のどれ一つをとっても、われわれの文化の精神状況の全般的問題と、たいてい何らかの関連をもっているように思われる。そういう意味で今日、文学が、殊に物語芸術作品が、そもそも体系的理論の介入によって意のままに扱えるかどうかという問題は、もはや純文芸学的な問題として出てくるのではなく、われわれの文化の精神的・社会的現状を把握せんとする全般的な努力の一環に関わる問題として、現われてくるのである。ユーリイ・ロートマンとその僚友たちが、「文化」の機能を「秩序あるものが無規律なるものの領域に対して仕掛ける攻撃」[3]として解するとき、またウンベルト・エーコが、自らの構想になる記号論の目標として「文化の論理学」[4]を掲げるとき、語りの最も重要な要素とその構造的な連関を体系的に記述しようとする物語理論の試みが組み込まれるべき、より大きな座標系がそこに垣間見えてくるであろう。

物語に関わる問題の「学際化」は、研究対象の認識可能な切り子面の数を増加させたばかりでなく、物語テクストの分析に用いられる手段の洗練化をももたらした。研究上の概念が精緻化すればするほど、――これはすべての研究に妥当する一般的経験である――認識可能な形態と現象の数が増えるばかりでなく、その多様性、変動性も増大する。これを一九五五年に発表した「典型的な物語り状況」という概念にあてはめて言えば、もしわれわれがそれらの概念の機能能力を維持させたいならば、物語研究の最近の認識に照らして、それらの概念は修正されなければならないということになる。

最も重要な物語様式を、初めての試みとして、包括的かつ体系的な図式にまとめあげるという本来の目標が達成された現在、われわれは個々の物語作品の「扱いにくさ」を従来にもまして適切に処理し、物語理論を今一歩物語テクストのリアリティーに近づけるという試みに、ようやく着手できるのである。従来は、どちらかといえば理念型としての《物語り状況》の叙述に重点が置かれ、類型円図表からもそれとなく読み取れるような多彩な物語様式、つまり、さまざまな物語様式の変幻自在な中間形態とか混合形態の記述については、これをないがしろにしてきたのであった。しかし、本書の最も重要な研究上の狙いは、典型的な《物語り状況》という概念を動態化し、精緻化する試みなのである。

本書の考察が進むにつれて、――ここで先回りして言っておくが――物語理論を、形態と作品の粗雑な分類からできるだけ遠ざけようとする努力の陰から、一見したところそれと逆方向の趨勢が、ほの見えてくるだろう。すなわち、個々の物語作品の「扱いにくさ」といううわべの陰から、個々の作品の枠を越えて広がる呼応関係、連繫、分類体系、構造モデルといったものを暗示する輪郭が、新たに浮かび上がり始めるのである。これはもとより、近年の文芸学並びに言語学を、他の方法論にもまして強く規定している構造主義的考察方法の所産なのである。いちだんと厳密に形式化された新しい図案による類型円図表(後見返しの図表参照)は、語りの構造に基づくそのような関連、対応関係、隣接関係を、具体的に理解するためのよすがとなるだろう。

第Ⅰ章　物語のジャンル特性としての媒介性

定義により、物語芸術は、筋書と語り手を必要とする。
（スコールズ／ケロッグ『物語の本質』）

ある報告が伝えられたり、報じられたり、語られたりする場合、そこには媒介者が存在する。すなわち、われわれは語り手の声を耳にするのである。このことは、つとに旧来の小説理論によっても、物語文学を特に劇文学から区別する際のジャンル特性として認められてきた。その場合、〔語り手という媒介者が情報を〕間接的に提示する物語と、直接的に提示する演劇とを比較することによって、論点はほぼ次の問題、すなわち人格化された語り手の存在は——語りの媒介性[訳注2]はもっぱらこの語り手の存在によって認識される——読者の自由な幻想の戯れを妨げるかどうかという問題に絞られたのであった。

フリードリヒ・シュピールハーゲンとその門弟たちが客観性を要請したこと、すなわち小説においてさえも描写の直接性を要請したことに対しては、一九一〇年にすでにケーテ・フリーデマンが、語りを媒介にした描写は（演劇に較べて[1]）決して二流の手法ではなく、一般にわれわれの現実経験に類似したある種の表現形式であると述べて、異議を申し立てたのであった。——「〔語り手〕は、評価し、感じ、見る者である。「語り手」は、カント以来われわれの熟知する認識上の見解、すなわち、われわれは世界をそれ自体あるがままにではなく、観察する精神の媒体を通して見えるがままに把握するという見解を、象徴する存在である。観察する精神を通して、われわれに見える事象世界は、主観と客観に分離する[2]。」

訳注2（語りの媒介性）　演劇が、会話や演技によって、観客の目や耳に向かって直接的に提示する形式であるのに対し、

物語は、「語り」を媒介にして、読者の想像力に向かって間接的に提示する形式である。

典型的な《物語り状況》[訳注3]とは、要するに、語りの媒介性を形成する際の、三つの可能な基本型を簡略に言い表わしたものと考えればよい。《「私」の語る物語り状況》[訳注4]の特色は、語りの媒介性が完全に作中人物の住む虚構の世界に立脚していることである。つまり言い換えれば、媒介者(この場合は一人称の語り手)が、小説の他の登場人物と同様に、この虚構の世界の一員であるという事実である。すなわち、作中人物の世界と語り手の世界とは完全に一致している。一人称小説の解釈にとって、このことからどういう結論が得られるかは、本書において詳しく検討するつもりである。《局外の〔全知の〕語り手による物語り状況》[訳注5]の特色は、語り手が、作中人物の住む世界の圏外に位置しているという点にある。語り手の世界は、作中人物の世界と存在論的な境界線によって分け隔てられている。そのために、伝達行為は、外的遠近法[訳注6]の立場からなされる。この事実も、一人称小説の場合と同様に、この種の物語の解釈にとって十分意味深い帰結を含んでいる。最後に、《作中人物に反映する物語り状況》[訳注7]においては、局外の語り手のかわりに、映し手(Reflektor)が現われる。映し手というのは、考えたり、感じたり、知覚したりするが、語り手のように読者に向かってしゃべったりしない作中人物のことである。この場合読者は、映し手たるその作中人物の眼でもって、物語の他の人物たちを眺める。語り手によって「物語られる」わけではないから、この場合は描写の直接性の印象が生まれる。その意味で、描写の直接性の錯覚が語りの媒介性を覆い隠しているのが、とりもなおさず《作中人物に反映する物語り状況》の際立った特色なのである。この数十年間に刊行された小説の大多数が、この《物語り状況》に密接な関わりをもっている。小説の解釈にとってこの語りの様式(物語様式)がもっている意義についても、後に詳細に論じるつもりである。

訳注3(《物語り状況 Erzählsituation》) シュタンツェルの物語理論を形成する中心概念の一つで、いわゆる「語り」というものを、諸々の要素から成る複合的概念として言い表わしたもの。

訳注4(《「私」の語る物語り状況 Ich-Erzählsituation》) いわゆる一人称小説の語りのこと。「私」すなわち語り手は、作中人物の一人(主人公もしくは脇役)でもある。

訳注5(《局外の〔全知の〕語り手による物語り状況 auktoriale Erzählsituation》) いわゆる三人称小説における語りを指すが、この場合には、人格化された語り手が存在する。auktorial はシュタンツェルによる造語で、原意はラテン語の auctor(創始者、報告者)。語り手は物語世界の外に位置して、作中人物や出来事を外側の視点(たとえば全知の視点)から描写し、必要に応じて解説・注釈などをさしはさむ。全知の語り手というのが最も典型的な形態であるが、もちろん語り手が全知の立場でない場合もある。

訳注6（外的遠近法 Außenperspektive）　物語の中の現実を知覚したり、描写したりする際の視点が、作中人物（主人公）の外部もしくは出来事の周辺にある場合で、対象は、外側から一定の距離を置いて眺められる。

訳注7（《作中人物に反映する物語り状況 personale Erzählsituation》）　いわば媒介者たる語り手が不在であるかのような語りの形式。この場合は、作中人物の意識を通して、物語の現実が映し出される。読者は、媒介者なしに、直接物語世界を目の前にしているような錯覚を抱く。

こうして、語りの媒介性は、三つの典型的な《物語り状況》[訳注8]を識別する上での重要な基礎をなしている。つまり、語りの媒介性という複合概念を構成する諸要素のうちの一つの要素が――しかも、三つのそれぞれの《物語り状況》に応じてそれぞれに異なる要素が――優勢を占めるという点が、識別の目安となる。それらの優勢な要素とは、《「私」の語る物語り状況》では存在領域の一致（一人称の語り手＝作中人物）であり、《局外の語り手による物語り状況》では遠近法（外的遠近法）であり、《作中人物に反映する物語り状況》では叙法[訳注9]（映し手）である。

訳注8（三つの典型的な《物語り状況》）　シュタンツェルの三つの《物語り状況》において、それぞれのキーワードをなす概念、すなわち「私」（物語世界の圏内に存在し、〈物語る私〉であり〈体験する私〉でもある人物）、「局外の語り手」（物語世界の圏外に位置する語り手）、「作中人物」（映し手）は、それぞれ別々の異なったカテゴリーを表わしている点が、銘記されねばならない。

訳注9（叙法 Modus）　物語の内容を再現し伝達する場合の様態。シュタンツェルは、そのような物語的伝達プロセスの様態を、伝達遂行者の種類（語り手／映し手）によって分ける。

物語のジャンル特性としての重要性にかんがみて、媒介性という概念、もしくはそれに類似したジャンル論的概念は、小説理論に関する最近の研究においても、たいていの場合――しかも実にさまざまな方面から――注目されているのである。[3] ケーテ・ハンブルガーにとって、媒介性（「言表構造」）は、一人称小説と三人称小説とを区別するための指標である。[4] J・ノンデレックによる文学的伝達過程の「報告モデル」と「物語モデル」の区別では、媒介者もしくは「送り手」の存在が、この分離の最も重要な基準となる。[5] たとえば、ジョン・オースティンとジョン・サールの「発話行為」理論に基づくシーモア・チャットマンの論述のように、言語学的方法を用いた語りのさまざまな型の定義においても、基本的には媒介性（「物語的伝達」）という事態が出発点となっている。[6] つい最近ロジャー・ファウラーは、『言語学と小説』[7] という興味深い論考の中で、「命題 proposition」と「様相（叙法的性質）modality」を文の深層構造を形づくる両面と捉えたが、これは小説の構造においても、類比的に裏づけられる事柄である。「様相」

は、語りの媒介性から導き出される物語構造の特徴を、すべて総括して言い表わしたものにほかならない。

　媒介性、すなわち作品に具現された媒介性は、物語文学の作者にとって、素材を彫琢するための最も重要な出発点である。語りの媒介性を作品に具現しようとするあらゆる努力は、小説の文学性《リテラリツイテート》(ロマン・ヤコブソン)[8]を、すなわち、文学的・美的形成物としての作品がその独自の作用を及ぼす可能性を高めるのである。それゆえほかならぬ通俗小説が、おおむね最小の媒介性具現でもって満足するのも、決して偶然ではない。通俗小説と鮮やかな対照をなす物語文学の画期的な作品の作者たち、たとえば『ドン・キホーテ』、『トリストラム・シャンディ』、『ボヴァリー夫人』、『ユリシーズ』などの作者たちは、彼らの革新的な創作力のほとんどを、ほかならぬ小説における物語プロセスの創造に傾注したのであった。そのような語りの偉業こそは、言うなれば、いかに流布し多用されるメディアといえども長い年月には免れえない疲労の徴候に抗して、活力を保ち続けるのである。

　『トリストラム・シャンディ』を小説の語りの形式の「惰性化」に対する解毒剤として、すなわち異化作用の導入による読者の「脱習慣化」として捉えるヴィクトル・シクロフスキーの解釈は、早くも一九二五年にこうした問題の核心を鋭く衝いたものであった。シクロフスキーは、「パロディの長篇小説――『トリストラム・シャンディ』」という彼の論文の中で、『トリストラム・シャンディ』の作者について実に的確に、「手の内をさらけだすのが彼の特徴である」と述べている。[9] ここでは物語行為の破格な異常さが、小説のジャンル的特徴としての媒介性を異化するための装置として把握されている。実際、この作品の筋のより重要な部分は、むしろ物語行為そのもののなかにある。そしてこの物語行為は、破天荒な仕方で、語りの媒介性を劇的に盛り上げているのである。語り手自身の肉体的な好不調の波に左右されたり、あるいは語り手の意識の勝手気ままな連想に侵害されたりするかに見える物語行為の精細を極めた描写によって、スターンは構想と執筆の経過の息づまる転変を、読者にまざまざと見せつける。[10] この小説の類いまれな素晴らしい形式も、結局そのようなところから生まれるのであろう。

　この物語行為の「脱惰性化」という伝統は、ジェイムズ・ジョイスの『ユリシーズ』も受け継いでいるが、とりわけロバート・スコールズによる『ユリシーズ』の構造主義的な解釈が、この点を強く力説している。――「それを読みながら、われわれはその読み方を学ぶ。」つまり、この作品の中で語りの媒介性が保持している桁外れな形態を把握しようと努めることによって、われわれは読者として変貌を遂げるのであり、そこから読者としてのわれわれに、新たな経験の次元が開けてくるのである。――「われわれの理解力は鍛えられ、拡張される。われわれは、しだいに語りの方法へと、そして従来の小説に見られるのとは違った人物

（二人の離し難い人物）の物の見方へと、誘導される[11]。」

長篇短篇を問わず小説の過半数は、この新時代を画するような斬新な手法と、たいていの通俗小説に見られる平板な物語手法との中間のどこかに位置している。したがって過半数の小説は、このように境界づけをされた分布範囲内に存在していることになる。たとえばディケンズの『クリスマス・キャロル』のように、多くの個別的な作品においても、あるいは同一作家の全著作においても、語りの媒介性の現実化という点で、その完成度に較差が見出されることが稀ではない。たいていの場合、ある種の衰退現象、すなわち物語行為が営まれる際の集中度の低下が、小説の初めと終わりの間に、もしくは同一作家の初期作品と後期作品の間に見出される。もちろん、ヘンリー・ジェイムズやJ・ジョイスにおける語りのスタイルの発展が示しているように、逆の事例も同様に可能なのである。もっとも、そのようなケースはずっと稀ではあるが。物語芸術一般に関わる問題としてこれまであまり顧みられなかったこの現象は、「《物語り状況》の動態化」と「物語プロフィール」という概念に関連して、詳しく論じるつもりである。

典型的な《物語り状況》における語りの媒介性に関連して、その具体的形態を定義するために用いられる諸概念、つまり集中性、緊張の弛緩、「エントロピー」といった概念について、ここで若干説明しておく必要があろう。文学的創造の一定の形式が要求する創造的エネルギーの量や範囲、あるいは程度は、――不可能とはいわないまでも――ともかく測定の困難なものである。物語文学にとって、ある特定の時代に最も流布した語りの形式、したがって言い換えれば、歴史的な物語形式と、ある特定の物語作品のこの基準からの偏差の度合は、投入された創造的エネルギーの量と密度を測定する上でのある種の手掛かりを与えてくれる。ヴィクトリア朝時代の小説にとってこの基準は、《局外の語り手による物語り状況》か、あるいは《「私」の語る物語り状況》の自伝的形式か、そのいずれかの近傍に求めることができる。実際またこの基準の貫徹は、ヴィクトリア朝時代の作家に最も軽度な要求を課するだけであったので、こうした基準は、ヴィクトリア朝時代の小説の中で最もひんぱんにお目にかかれる。それゆえこの時代にとって、《局外の語り手による物語り状況》を「小説の最も怠惰な手法[12]」と評するのが妥当なのである。このことはもちろん、現代の作家にはもはや妥当しない。なぜなら二十世紀中葉における小説の語りの基準は、《局外の語り手による物語り状況》もしくは自叙伝風な《「私」の語る物語り状況》ではなく、《局外の語り手によりつつ・かつ作中人物に反映する物語り状況》だからである。

以下の叙述において、ある特定の時代の作家たちに見たところ最も親しまれ、執筆に際しても最少の注意力と創造的努力を費やすだけで足り、そのため通俗小説においても優勢であった《物語り状況》に対して、われわれは「《物語り状況》の原型《プロトテュープ》」という概念を適用することにする。したがってわれわれは、ヴィクトリア朝時代の小説における《物語り状況》の原型と、現代の小説における《物語り状況》の原型とを区別しなければならない。

すでに言及した作品からもうかがえるように、型破りの方法で具現された語りの媒介性は、物語作品の複合的な構造をいっそう豊かにし、その幾つもの層や面からなる意味体系をさらに多層化し多面化しうるので、ある物語作品に具現されている語りの媒介性が、たとえ仮にもせよ、《物語り状況》の三つの理念型のなかの一つと完全に合致するからといって、そのこと自体が特に重要であるわけではない。拙著『小説における典型的な物語り状況』に対する最も早い時期の書評では、しばしばそのような点が重視されたが、これはおそらく、類型の機能に関する初期の記述に見られる曖昧な表現が招いた誤解であろう。ここで、典型的な《物語り状況》はあくまでも理念型として構想されたものであって、それ自体はいかなる規定的性格も持つものでないことを、もう一度はっきり強調しておきたい。(13)

理念型の本質は、マックス・ウェーバーによれば、それ自体が観念的構築物としての抽象概念、すなわちいかなる作品によっても現実化されることのない抽象概念にとどまらざるをえない、という点にこそ存在する。――「理念型が、より精密に、そしてより鮮明に構成されていればいるほど、言い換えれば、理念型が現実から遊離していればいるほど、理念型は、その術語的、分類的、並びに発見的な機能を、よりよく果たすのである。」(14)理念型にあてはめる場合に作品の細部や全体が示す「かたくなな抵抗」は、理念的一貫性や観念的整合性が理念型の本質に含まれると同様の意味で、これまた作品の本質の一部をなしている。今日広く流布している偏差理論の標語を全面的に信奉するかわりに、われわれはこう言うことができる。すなわち、ある作品のなかで《物語り状況》が創造される際、ある理念型への限りない接近よりは、むしろ理念型に対する「違反行為」によってこそ、「詩的な高水準」や「文学性」が増大するのであると。偏差理論によれば、すべての作品は、現存する文学的基準からの逸脱であるか、もしくはそのような基準の屈折を目指すものであるという風にみなされる。もしこの教説をわれわれの類型論に適用しようとするならば、いずれの作品も、二つの互いに対立する基準系の交錯する圏域に、すなわち《物語り状況》の原型という基準線と《物語り状況》の理念型という基準線の交差する領域内に存在することが、考慮されなくてはならない。一般に、ある《物語り状況》の理念型からの逸脱は、無意識的に生ずるものであるが、これはたいていの作家が典型的な《物語り状況》の体系をまったく関知しないためである。一方、《物語り状況》の原型からの逸脱は、大衆受けのする物語モデルに対する作家の意識的な反応と解することができるだろう。(15)

最近の数十年間、とりわけアメリカの作家たち(W・バローズ、ジョン・バース、トーマス・ピンチョン、カート・ヴォネガットなど)は、物語芸術のあらゆる基準やしきたりからのこうした逸脱を、極端にまで押し進めている。そして彼らに続くのが、ごく少数のイギリス作家たちである[16]。われわれとの連関からいっても格別興味深い彼らの実験的試みの幾つかについて、本書の論考を進める過程で触れてみたいと思う。しかしこれらの試みは、全体的に見てまだ物語理論上の腑分けがなされていないし、また決定的な解釈も施されていないのである。フランスの「ヌーヴォー・ロマン」の場合は、それとはいささか事情を異にしている。その実験熱を支えるものは、物語の革新のための言語的・文学的前提条件の徹底的な見直し作業であるように思われる。こうして、たとえば媒介者の視覚の固定化という手法を用いて(たとえばある人物がカメラ・アイの機能に限定されることによって)、描写される現実を完全に物化(réification)するロブ=グリエの試みは、媒介性具現の極端な解決策と受け取ることができるだろう。ここから幾つかの重要な考察を導き出せるが、今ここで話題に上った小説『嫉妬』の《物語り状況》については、第Ⅵ章で詳しく述べることになるだろう。

1　媒介性と「視点 Point of View」

十九世紀末以来物語研究を再三にわたり媒介性の問題に引き寄せたところの概念は、「語り手」ないし「人格化された語り手」、並びに「視点」である。ドイツ語圏の文芸学には、英語の術語である「視点」に相当する的確な対応語がないので、立脚点、注視点、遠近法、物語視角といった用語がまちまちに使われている。それゆえ、いずれにしろすでに十分定着している英語の表現を用いるほうが、具合がよいであろう。「視点」は、確かに術語としては簡明的確であるが、その使われ方は必ずしも明確ではないのである。まず、その一般的な意味とその特殊な意味とを、はっきり区別しなければならない。前者は、「立場」ないしは「問題に対する姿勢」を意味し、後者は、「ある物語が語られるときの立脚点」もしくは「ある物語の出来事が作中人物によって知覚されるときの立脚点」を意味する。ここに挙げた特殊な意味の定義から分かるように、物語理論の術語である「視点」には、二つの異なる見方が含まれている。この二つの見方は、物語理論の上では明確に分離しておかなければならない。すなわち、一方は物語ること、つまり読者に何かを言葉で伝えることであり、もう一方は、虚構の場で生起する事柄を経験し、知覚し、知ることである。

ヘンリー・ジェイムズとパーシー・ラボック以来、「視点」がこのように二通りの意味で使われていることにわれわれの注意を促したクリスティン・モリスンは、このために「物語言説の話し手」と「物語内容の知り手」とを区別している[17]。前者は、われわれの術語で言えば、語り手的人物であり、後者は、媒体的人物もしくは映し手的人物である。

しかしながら実際の難点は、「視点」の両方の機能が相互に重なり合うこともありうる、という点に存している。この現象は、ある小説の《物語り状況》において〈局外の語り手による〉要素と〈作中人物に反映する〉要素とが相携えて現われるときに、とりわけひんぱんに観察される。この場合、描写される現実の知覚は媒体的人物の視点からなされるが、この知覚の内容を伝達するときには、〈局外の語り手〉[訳注10]の声も聞き取れるのであり、したがってこの語り手の「視点」も、やはり読者によって、たとえ漠然とではあっても、心に留められるのである。H・ジェイムズは、彼の長篇小説や短篇の中で、そのような実例を数多く提供している。いわゆる体験話法も[訳注11]、「知り手 knower」と「言い手 sayer」のそのような二重視点の形式であるが、これはこれまでに最も多くの注目を集めた形式でもあり、本書でもいずれ章を改めて考察することになろう。

訳注10〈局外の語り手 auktorialer Erzähler〉 三人称小説において、読者に物語の内容を媒介する人格化された語り手。この場合語り手は、作中人物の住む物語世界とは別な所（いわば物語の虚構世界と読者の属する現実世界との境目）に存在する。したがって、物語世界の住人でもある一人称の語り手とは、はっきり区別されねばならない。一人称の語り手が肉体性・実存性を備えた人格という観念に結びつくのに対し、〈局外の語り手〉はそのような実体感、肉体性に乏しく、人格というよりむしろ語りの機能としての側面が強い。

訳注11（体験話法 erlebte Rede） 英語では free indirect speech（自由間接話法）。作中人物の言葉を、直接話法や間接話法によらず、語り手の声にかぶせて再現する手法で、これにより語り手と作中人物の声（視点）が二重化される。

H・ジェイムズ、P・ラボック、ジャン・プイヨン、C・ブルックス、R・P・ウォレン、ノーマン・フリードマン、ローベルト・ヴァイマンなどによる「視点」理論に関する従来の研究は、すでに度々物語研究文献の中で紹介されてきたので[18]、ここでそれに立ち入る必要はもはやないであろう。ジェラール・ジュネット、B・ウスペンスキーのような構造主義者たちによる、そしてルボミール・ドレジェル、シーモア・チャットマンなど[19]のような言語学的物語研究者たちによる「視点」理論の新たな展開については、いずれ立ち入って論じなければならないであろう。ここではただ、媒介性をもっぱら遠近法的立場から説明する「視点」理論と、シクロフスキー流の異化理論（とりわけロシア文芸学によって展開された「説話 skaz」の概念も含めて）との間には幾重もの交差関係が存在することを指摘するだけにとどめておきたい。「説話」は、なかんずく語りの遠近法の形式として、それも朗読を意図して文章化された一人称小説の遠近法として理解されねばならない。「説話」の非常にこみいった概念については、ここでこれ以上立ち入った論議をすることは避けるが、そのかわり、B・エイヘンバウムとI・R・ティチューニックにおけるこの概念の詳細な論述を参照されたい[20]。

すでに述べたV・シクロフスキーの異化理論も、それが異化作用の遠近法的手段に関するものであるかぎり、やはり一種の「視点」理論である。芸術に対する彼の要求、すなわち「生そのものを見、聞き、感じるという真の知覚を回復し、物を物らしく感じさせ、石を石らしくさせる」[21]という彼の要求は、「視点」を「物語言説の話し手」から「物語内容の知り手」へと、すなわち語り手の報告から作中人物の体験的知覚へと移行させることによって、最も手っ取り早く達成される。体験的知覚の異化効果は、むろん現代小説ではたいていの場合、作中人物に寓意的もしくは寓話的役割を振り当てることによってはもはや達成されず(シクロフスキーは、スウィフト流の手法により馬の眼で捉えた出来事が提示されるトルストイの短篇『ホルストメール』を引き合いに出している)、むしろ社会の底辺に生きる人物たちを選ぶことによって成果をあげるのである。

現代小説において、このような機能を託されるアウトサイダー、追放者、零落者たちの数は――レオポルド・ブルーム、ヨーゼフ・K、フランツ・ビーバーコップ(『ベルリーン・アレクサンダー広場』)、ムルソー(『異邦人』)を想起せよ――著しく多い。ひとりの精神病者あるいは精神薄弱者の物の見方と体験の仕方に描写を集中するのは――『響きと怒り』のベンジー、あるいはケン・キージーの『カッコーの巣』のブロムデンを考えよ――一種の極端な形式によって徹底した異化効果を目指す傾向として理解することができよう。これらの場合に異化効果を生み出すものこそ、そうしたはみ出し者的作中人物への「視点」の全面的移行にほかならない。つまり、そのような「視点」の移動は、読者に見慣れた現実をまったく違った眼で見るきっかけを与えてくれるのである[22]。われわれが《作中人物に反映する物語り状況》の内的遠近法[訳注12]に基づく描写の中で体験するように、〈局外の語り手〉による注釈が皆無で、しかもわれわれが暗黙のうちに了解している行動規範から作中人物が逸脱しても、決してそれをあからさまに「矯正」したりはしない描写法は、異化効果をことのほか高めるように思われる。

訳注12(内的遠近法 Innenperspektive)　物語の中の現実を知覚したり、描写したりする際の視点が、作中人物(主人公)の内部もしくは出来事の中心に置かれ、内側の視点から対象を直接的に観察する手法。

2　媒介性と語り手なる人物

作中人物の知覚と体験が、彼ら自身のパースペクティヴに基づき、その主観性と「誤謬性」になんら手を加えることなく、そのまま提示されることによって、われわれの現実経験の根本的な特質が虚構の物語にも当てはまるということが、歴然と理解されてくる。すなわち、われわれの知覚による現実把握は、どのようなものであれ、当の現実についての多少とも的を射た予断に依拠している。したがって作品に具現された媒介性は、物語という手段によって具体化された「理解の先入見構造」[23]として解することもできる。理解の先入見性に支配されるのは、ひとり映し手たる人物の知覚ばかりではない。人格化された語り手(一人称小説の語り手であると三人称小説の語り手であるとを問わず)による物語世界の解釈も、実はそのような先入見性に支配されている。

つとにK・フリーデマンは、この根本的な事実の要諦をしっかりと摑んでいたのである。一九一〇年に彼女は、語り手が「評価し、感じ、見る者」としてわれわれに世界の像を提示するとき、彼は世界のあるがままの姿を伝えるのではなく、自分がそれをどう体験したかを伝えるのだ、と明言している。[24]この語りの基本原理は、今日でもなお、解釈の際に必ずしも十分な注意が払われているとはいえない。たとえば、高名なディケンズ研究家フィリップ・コリンズは、ディケンズの『荒涼館』の二分の一を手記の形で語る一人称の語り手エスタ・サマソンが、あまりにも単純な人物であることに不満を述べている。[25]語り手としてのエスタ・サマソンに対しては、実際いくらでも異議を唱えることができるだろう。しかしながら彼女を、できるだけディケンズ自身と同じように物語る誰か他のある人物と取り替えようと思うのは、小説『荒涼館』の構造の要諦を見誤ることになる。つまり、パノラマ風の全知の遠近法と作中人物の個人的に制限された遠近法とのコントラストこそ、まさにこの小説の構造の要なのである。

もし虚構の語り手の独特な人格が、物語内容の明晰さと信憑性を重んずるあまりに、作者自身の人格に同化させられてしまうならば、われわれの現実経験の予断的性格をあらわに示し、それを相対化するという、物語の媒介性が本来持っている最も重要な可能性は、放棄されてしまうことになる。そのようにきちんと律せられた語り手は、往々にして作者の単なる代弁者になりさがってしまう。小説は——より小規模ながらも短篇小説も含め——一種の未解決の媒介性ともいうべき、このような作者によるエッセイ偏重の傾向に対して、常に身を守らねばならなかったのである。そのような傾向は、デフォーの『モル・フランダーズ』の中にすでに現われている。そこでは、女主人公の道徳的回顧が、悔悟の情を抱く現在の彼女自身の声を通してではなく、しばしばデフォー自身のありのままの肉声によって述べられる。[26]

しかしこうした傾向は、小説の歴史上あらゆる時代の作品に見られ、今日に至るまで続いている。たとえばジョージ・オーウェルのような作家の場合、最初は作者と似ても似つかぬ考えの持ち主であった作中人物が、不意に作者のあからさまな代弁者になりかわり、インドやビルマにおける英国の帝国主義について、説き及んだりする。[27] これと対照的なのが、たとえばローベルト・ムージルの『特性のない男』である。この小説は、第一級の批評家により「造形されたエッセイ」として把握されたが、その場合主人公ウルリヒと作者ムージルとの間には大幅な一致が認められている。ムージルは、ウルリヒという人物を通してのエッセイ的内容の媒介が、作者にとっていかに重要であるかをはっきり述べている。――「しかし私は、自分の言いたいことを、ただ小説の中でしか、しかも出来事とか人物という媒体を通してしか言うことができない。[28]」だからムージルの場合はオーウェルと違って、J・アンデレックが言う意味での「素人芸(ディレッタンティズム)」、すなわち作者が己れの現実観を、語り手とか作中人物という虚構の枠組みの中へ置き換える場合の不首尾を、[29] 云々することはできない。

小説が作者の思想やイデオロギーの直接宣伝の道具として使われるそうした事例においては、物語的構成の手段としての「視点」や語り手の本来の機能が果たされないのである。こうした機能については、N・フリードマンが、次に見るようにM・ショーラーを引き合いに出しながら、実に適切な説明を行なっている。――「ラボックが、視点を首尾一貫した鮮明な描写のための手段と考えていたのに対し、ショーラーはさらに一歩踏み込んで、「視点の効用を、作劇的な境界設定の方法としてのみならず、とりわけ主題の規定の方法として」吟味している。彼の言によれば、小説は通常諸々の価値と態度とからなる虚構の世界を表現する。そして作者は、これらの価値と態度の芸術的な定義を追究する際、視点の仕掛けが与えてくれる制御手段によって助けられる。この仕掛けを通して、作者は自らの偏見と性向を登場人物たちのそれらから解放し、それによって登場人物たちの偏見と性向を、登場人物たち自身の枠内での相互の関係に基づいて、劇的に評価できるのである。[30]」

「視点」の機能のこのような定義は、そのほか、人格化された語り手の役割にまで拡張して考えられるが、こうした定義は、言うまでもなく、古いタイプの小説よりは新しい小説にあてはまる。したがってその妥当性は、小説の歴史に沿って修正されねばならない。小説の歴史は、世紀転換期頃から作家や批評家や読者の要求が、非常に重要な点で、すなわち物語内容の遠近法化と媒介化の度合という点で、根本的に変わってしまったことを如実に示している。ヴィクトリア朝時代の小説は、たいていはまだ非遠近法的な物語にとどまっている。ということは、作家たちが、内面世界や風景の描写における視覚的遠近法の問題に、まだほとんど注意を向けていないということである。これと平行して顕著なのは、比喩的な意味での遠近法化、つまり作中人物の、とりわけ主人公の振舞いや価値判断と、語り手――とりわけ〈局外の語り手〉[訳注13]――のそれとの区分けが、はなはだ不鮮明であるという点である。この点、新しい小説の大部分は全然事情を異にしている。

訳注13〈局外の語り手〉　一四ページの訳注10でも説明したように、三人称小説における「人格化された語り手」の意。本書では、特別の断りがないかぎり、「語り手」はすべて、この〈局外の語り手〉を指すと考えてよい。したがって、一人称小説の語り手(「私」)とは全然意味を異にする存在である。

かくして、二つの異なる様式傾向が、つまり遠近法的物語様式と非遠近法的物語様式とが、区別されなければならない。これら二つの様式を最も鮮明に代表するのは、一方が、初期のディケンズやサッカレーの非遠近法主義であるとすれば、もう一方は、後期のH・ジェイムズ、ジョイス、あるいはヴァージニア・ウルフの遠近法主義である。非遠近法主義から遠近法主義へのこの歴史的な様式変遷は、旧来の小説解釈においてはあまりにも看過されることが多かったのである。遠近法主義的な物語様式、より正確に言えば、遠近法的処理による物語様式が、媒介性の具現に対して提供する可能性は、非遠近法主義的な物語様式の可能性とは根本的に質を異にしている。遠近法主義の基準と尺度を、非遠近法的構想からなる作品に適用することによって、作品解釈の上である種の発見的な効果が得られるが、もちろん適用にあたっては、双方の出発点が歴史的に合致しないものであることを自覚しておく必要がある。このため、遠近法主義と非遠近法主義の概念を、《遠近法》に関する章(第Ⅳ章)でさらに詳しく定義することが必要となろう。

英語圏の小説理論が、語りの媒介性を分析する際、「視点」概念を好んで用いるのに対し、ドイツ語圏の小説理論は、「人格化された語り手」という概念を多用する。このことから、同一現象の強調と限定における幾つかの相違点が明らかになる。したがって「視点」理論に関して、ここで語り手をめぐる論議を取り上げながら、若干補足的な説明を加えておきたい。〈局外の語り手〉という存在と、作者という人格との峻別は、まだ比較的歴史の浅い小説理論上の成果である。この理論的成果は、一九五〇年代の終わり頃になってようやく普及し始めたのであった[31]。要するに、われわれが前提とすべき出発点は、次のような事実である。すなわち、〈局外の語り手〉は、小説の他の登場人物とまったく同様に、作者によって創造された人格であること、そして一定の限度内で独立的な人格として、その独特の個性をわれわれの解釈の前に差し出しているという事実である。そのような解釈の試みがうまくゆかないと分かったときに、初めて〈局外の語り手〉と作者との同一視に踏み切れるのである。多くの文学史や、また簡略化された小説論などでも、今日なおしばしば〈局外の語り手〉が作者と単純に同一視されている。文学史は、他の問題においても、一昔前の文学理論の水準を墨守していることが多い。

作者と〈局外の語り手〉との区別によって、小説にとって非常に重要な解釈の次元が切り開かれた。作者と読者との間を、さらには物語と読者との間を相対化しつつ媒介する者としての語り手の機能は、まさにこのような次元の中でこそ、初めて有効に働きうるといえよう。この語り手とは何者であるのか、そして彼は己れの媒介的機能をいかにして果たすのか、こうした問題について以下詳しく考察しようと思う。

「誰が小説を物語るのか?」[32] ドイツ語圏の物語研究は、たいへん熱心にこの問題に取り組んできたが、そこから得られたものは、多くの、しかもまちまちな答えであった。この議論においては、繰り返しトーマス・マンの含蓄ある言葉、すなわち「物語の精神」という言葉が引き合いに出され——この言葉は彼のある作品の中で本来の語り手を指す概念として使われている——、かえってそのために、しばしば混乱を巻き起こしてきたのであった。トーマス・マンは、この概念を彼の小説『選ばれし人』の序文の中で用いているが、こうした概念を用いることによって彼は、この小説の語り手は誰か、という自ら立てた設問に、わざと両義的な答えを与えたのである。曰く、語られる物語を誘い出すものは「物語の精神」である、と。

> それは空気のように実体がなく、至る所に遍在し、「ここ」と「あそこ」の区別に支配されていないのだ。……この精神はあまりに精神的で、あまりに抽象的であるので、文法的には三人称でしか語れない……にもかかわらず、彼は人称へと、すなわち一人称へと収斂し、一人称で……語るある人物に扮するのである。その人物はこう語る、「それは私だ。私は物語の精神で、こうして往時の場所、すなわちアレマンネン国のザンクト・ガレン修道院の図書室に坐り……この物語を語るのだ……私はアイルランド人クレメンスなる者で、ベネディクト派の僧職にあり、アイルランドの我が家なるクロンマクノイス修道院の院長キリアンの使者として、そして兄弟の如く手厚くもてなされる客として、この地を訪れた……」[33]

われわれの問題にとって最重要なものをサンプルとして取り出すために、やむをえず——文中の多くの省略記号がそれを示しているように——原文の幾層にも入り組んだ構文を犠牲にせざるをえなかったことを、断っておきたい。すでにR・クレチェフスキーは、トーマス・マンが「物語の精神」という概念をこの作品や他の作品で用いるとき、そこにはたっぷりイロニーが塗り込められていることを実証してみせた[34]。これは、小説理論がこの概念を摂取しようとした際に、必ずしも顧慮されなかった事柄なのである。とりわけヴォルフガング・カイザーの場合がそうであった。ただし、ケーテ・ハンブルガーの場合はこれはあてはまらない。カイザーとハンブルガーは、両者とも、彼らの理論においてマンの「物語の精神」を引き合いに出すことでは変わらない[35]。ただその場合、(局外の)語り手が、その人格ともども(彼個人にまつわる経歴、経験、意見、判断なども含め)解釈の対象になりうる人物であるとする見解には、両者とも反対の立場を表明している。カイザーの異議はなによりもまず、小説の語り手は日常生活でわれわれに何かを語ったり伝えたり報告したりする人物になぞらえることができる、という見解に対して向けられる。――「小説の語り手――それは作者ではなく、ましてしばしば親しげにわれわれの面前に現われる虚構の人物ですらない。この仮面の背後に立っているものは、己れ自身を物語るところの小説、つまり小説の精神である。すなわち、全知の立場で、至る所に遍在しつつ、創造を営むあの物語世界の精神なのである。[36]」そしてこの見解を裏づけるものとして、カイザーは、小説『選ばれし人』の右の引用個所を挙げるのである。

人格化された(局外の)語り手という存在を作者と峻別し、それによってこの語り手という存在を解釈上の補助手段として思うままに利用する道を拓いたのは、カイザー自身の大きな功績であった[37]が、ほかならぬこのカイザーが、ここで再びこの語り手という形姿を放棄し、それを曖昧な隠喩に還元してしまっているのは、なんとも奇妙な話である。これがまたとりもなおさず、彼の論拠とK・ハンブルガーの論拠が一致を見出す地点でもある。ハンブルガーは、周知のように、三人称小説における語り手なる人物の存在を、カイザーよりもはるかに強い調子で否定する。――「虚構の語り手……、〈作者によって創造された人格〉(F・シュタンツェル)というものは存在しない。わたし、われわれ、われわれの主人公などという、随所に散りばめられた一人称的言い回しが、そのように見せかけることがあっても、虚構の語り手は存在しない……存在するのは、ただ物語る詩人とその語りのみである。[38]」

したがってハンブルガーによれば、すでに引用したK・フリーデマンの「評価し、感じ、見る者」としての語り手の役割に関する発言も、「ただ見かけだけ正しい[39]」にすぎない。というのも、そもそも人格化された語り手に関する論述は、ハンブルガーに言わせれば、「幾分か妥当するだけの隠喩的な偽装記述」にすぎないからである[40]。人格化された語り手のかわりに、ハンブルガーは「物語機能」の概念を立てる。――「語りは……物語内容を産み出す機能、すなわち物語機能……である。物語る作者は、言表の主体ではない。彼は人物や事物について語るのではなく、人物や事物を語るのである……物語内容と物語行為との間にあるものは、「主体－客体」関係、すなわち言表関係ではなく、機能連関である[41]。」トーマス・マンの「物語の精神」は、それゆえハンブルガーにとって、「物語機能」という一種のアレゴリーになる。要するにこの機能は、非人称的(非人格的)な語りによる物語の産出と伝達の行為を意味している。――「「物語の精神」……その意味するところは、物語機能そのものにほかならない[42]。」

『トム・ジョーンズ』、『アーガトン物語』、『虚栄の市』、『生意気ざかり』、『ゴリオ爺さん』、『戦争と平和』、『ブッデンブローク家の人々』といった小説における人格化された語り手を、解釈の上で把握できる人物像として考える小説理論家たちの立場と、右に述べたハンブルガーの立場に見られる食い違いは、あまりに明白かつ決定的であるため、単なる見解の相違として片付くものではなく、そもそもの立論の発端における根本的な不一致としてしか説明のつかないものである。[43]

「物語の精神」とか「物語機能」といった概念は、本来「人格化された語り手」という表現とは異質の概念レベルに位置づけられるべきものである。あるいは物語作品の別次元の層に属する概念である。「物語の精神」、「物語機能」[44]というような概念は（ウェイン・C・ブースの「内包された作者」という概念もある程度までこれに含まれる）、いずれも物語作品のある種の機構、すなわちわれわれが簡略化して「深層構造」と呼ぶところのものに、結びつけて理解されねばならない。生成変形文法で用いられる同種の概念とわれわれの概念に共通する点は、いずれにしろそのような概念によって言い表わされる物語の構造的な仕組みは、理論的な解剖の助けによって初めて究明されうるという事実である。

これと対照的に、物語的伝達プロセスを形成する「表層構造」は、読者にとっては一目瞭然たる仕組みをなしている。K・ハンブルガーの根本的な命題――「叙事的フィクションは、三人称の「自己」原点性（あるいは主体性）が、三人称として描写されうる唯一の認識論的な場である」[45]――は、「深層構造」に関する卓見として、物語文学の全ジャンルに無条件に妥当するものである。（この深層構造は、むろん〈作中人物に反映する〉物語と〈局外の語り手による〉物語では、違った風に実現される。）しかしながら、具体的な媒介者的人格を表わす名称は――たとえば一人称の語り手とか、人格化された語り手もしくは全知の語り手、あるいは媒体的人物もしくは映し手など――いずれも別の次元の層に、すなわち理論的解剖を加えずとも読者には自ずと了解される「表層構造」に関連づけなければならない。

小説『選ばれし人』の序文から先刻引用した一節は、ある一つの概念の文学的メタモルフォーゼの傑作である。抽象という天空の高みに住まう「物語の精神」が、不意にひとりの具体的な人格に生まれ変わり、今この場にいる現実の語り手として読者の前に姿を現わす。われわれの術語で言うならば、「深層構造」であるべき現象が、「表層構造」の現象へと変形したのである。これが少数の物語理論家を、幾分か混乱させることになったのである。それも無理からぬことではある。というのも、理論的な討議を重ねる上で概念上の明晰さを期するために、これら二つの層とそれらに属する諸概念を、もっときちんと分離しておかなければならないからである。それらを分離して考えるならば、ハンブルガーの「物語機能」の理論と、人格化された語り手の観念に基づく私の《物語り状況》の類型論との間にある幾つかの齟齬は、たちどころに解消してしまう。双方の命題は、両立しうるのである。つまり、ハンブルガーの命題は、生成の領域に、すなわち物語の構想と産出の領域にあてはまるが、一方、《物語り状況》の類型論は、物語機能によって産出されたものの伝達の領域に、すなわち語り手による伝達の領域にあてはまるのである。(46) 考察を進めるにあたって、この方法論上の重要な区別を常に念頭に置くことが得策である。

一方は「深層構造」を目指し、他方は「表層構造」を目指すこれら二つの概念装置と記述方法を弁別することによって、《物語り状況》のさまざまなタイプを分類するための基準、すなわち語りの媒介性という基準が、もっぱら物語の「表層構造」に適用されるべきものであることが、十分に納得される。「表層構造」に属するものは、いわゆる物語要素の全部を合わせたものであるが、読者への物語の伝達を助けるそれら諸要素の調整システムも「表層構造」に含まれる。この伝達プロセスの主役は、語り手である。彼は読者の眼前を動き回ったり、物語行為そのものを叙述したり、あるいは読者がその存在にもはや気づかなくなるまでに、物語の登場人物の陰に身を潜めたりする。語り手のこうした現象形態は、それぞれが別々に離れて孤立しているのではなく、一連の連続した形態をなしている。つまり、それは一方の極から他方の極へと連なる一個の連続体をなし、その可能性の両極の間には、さまざまな中間形態や移行形態が隙間なく並んでいるのである。その一方の極が、姿を見せたり声を聞かせたりして、読者の前を動き回る人格化された語り手であるとすれば、他方の極は、いわば舞台の陰に姿を隠した非人格的な演出家である。

同様のことは、一人称小説と三人称小説の差異についても当てはまる。両者に共通するのは人格化された語り手であるが、むしろこの語り手は、実に多種多様な現存度と、作中人物の住む虚構の世界への近接度とをもって、読者の前に現われる。両方の《物語り状況》は互いに移行が可能であって、両者の間には幾つかの中間段階が見出される。したがってこの場合も、物語形式は一つの連続体として考えられる。その一方の極に想定されるものは、語り手が作中人物の世界へ完全に帰属している状態(《「私」の語る物語り状況》)であり、もう一方の極に想定されるものは、語り手の属する世界と作中人物の属する世界とが完全に分離している状態(《局外の語り手による物語り状況》)である。この関係は、類型円図表によって図式的に明示される(後見返しの図表参照)。

以上述べたことからも推察されるように、〈局外の語り手〉と一人称の語り手とは、作中人物の属する物語世界に対するその帰属関係によって区別されうるが、物語的伝達装置の構成因子としての己れの機能によっては区別されえないのである。両者は、具現された物語の媒介性の担い手であるが、作品の制作とか生成過程、すなわち虚構の世界(筋、舞台、作中人物と語り手)を想像の産物として創り出す行為とは、直接の関わりをもたない。一人称の語り手も〈局外の語り手〉も、ともに物語作品の「表層構造」を形成する要素である。それらはいずれも、作品の生成過程において、あらゆる語りの根本動機ともいうべきものから、すなわち、ありもしない作り話や虚構をいかにも本当らしく、実際の経験や伝聞であるかの如く見せかけたいという動機のなかから、いわば派生的に生まれてくるものなのである。W・C・ブースは、この証拠隠滅の行為に——作者の想像力から生まれる虚構の起源は秘匿せねばならぬ——「偽装の修辞学」という実に適切な表現を与えた。(47)

かのK・ハンブルガーの命題、すなわち、《局外の語り手による物語り状況》においてはっきり識別できるのは、語り手ではなく物語機能であって、《「私」の語る物語り状況》にこそ人格化された語り手の存在が紛れもなく認められるという命題が、なぜあのように広範かつ錯綜した論議を呼び起こしたか、その理由はおそらくもう明らかになったであろう。つまり、この命題では「深層構造」のレベルの論拠が、「表層構造」のレベルに紛れ込んでいるのである。「物語機能」という概念は、「深層構造」の領域に属する。換言すれば、一般に虚構《フィクション》がどのように成立するか、文学的な物語テクストの生成とノンフィクション的報告のそれとはどのように違うか、という問題がまずもって解明されねばならぬ領域に、それは属するのである。それに対し、K・ハンブルガー(48)が解しているような「一人称の語り手」という概念は、物語の媒介的伝達のプロセスが読者にとって一目で分かる「表層構造」レベルの叙述項目に属している。この境界侵犯がもたらした大きな波紋は、K・ハンブルガーが「三人称小説では語り手は機能を果たさない」という自分の命題に対する批評家の抗議に応えて、『文学の論理』第二版で力説している「物語機能の変動」なる概念によっても、完全に一掃されるわけではない。(49)このような「誤謬」も、論争的なこの書物の他の多くの命題と同じように、議論を、ここで提起したような二つの構造レベル(そのいずれもが同等に物語研究の対象とならねばならぬ)の分離へと導くことによって、物語研究を実り豊かなものにしたのである。この区別は、言語学的物語研究の成果を文芸学的物語理論とうまく調和させることができるならば、おそらくもっと有用なものとなるだろう。

ここで、次の点もはっきり確認しておくほうがよいだろう。つまり、語り手に関する従来の議論、たとえば、語り手が余談や注釈によって物語に介入する権利だとか、語り手が物語からすっかり身を引いてしまったかのような印象を与える能力だとか、そうした問題をめぐる従来の議論も、討議の場をもっぱら、読者への伝達プロセスが進行する語りの「表層構造」の領域に限定しなければならない。「語り手の死は小説の死である」(50)という二十年前には繰り返し引用されたW・カイザーの予測も、まったく同様に「表層構造」の領域に関わる事柄なのである。これに関連して、現代小説の語り手に関するJ・W・ビーチの有名な言葉も、ここで引用したほうがよいであろう。——「作者退場。フィールディングからフォードまでのイギリス小説を概観するとき、他の何にもまして印象的な事柄は、作者[=語り手]の消滅である。[51]」

そんなわけでこれら二つの発言は、叙事的フィクションのジャンルには人格化された語り手は存在しないと断ずるK・ハンブルガーの「深層構造的」所見[52]には、なんの関わりも持たないのである。ハンブルガーの命題をめぐる立ち入った論議において、このことは必ずしも分明でなかったので、今一度ここで強調しておきたい。一九五〇年代におけるドイツ語圏の小説理論は、小説の語り手は個人的な発言が許されるのかどうか、あるいは、語り手はできるだけ物語に関与すべきでないのかどうか、という問題――要するに、F・シュピールハーゲンの時代以来すこぶる活発に議論が戦わされてきた問題――に対して、結局「どちらも然り」という結論を下したのであった。というのもこの場合、二つの異なる、だが芸術的にはまったく等価の物語様式が問題となることが、認識されたからであった。[53] それにひきかえ、英語圏の小説批評並びに小説理論においては、この問題はいまだに決着がついていないようである。たとえばW・C・ブースは、多くの注目を呼び、版を重ねたその著『フィクションの修辞学』(一九六一年)の中で、語り手なる人物と描写の客観性をめぐる論議の過程で明らかになった幾つかの「独断」を論駁するために、三章を割いている。その場合明らかに論争の力点は、およそ小説というものから人格化された語り手の痕跡を残らず消去してしまおうとする「客観主義者」や「中立主義者」の過大な要求の拒否に置かれている。[54]

英米両国での語り手に関する論議は、ドイツ語圏諸国とはどうやら幾分異なる経過を辿っているようである。語り手の「介入」に関するドイツ語圏の議論は、初期段階では、たとえばF・シュピールハーゲンとその論敵たちによって、英米両国よりも激烈に妥協なく展開された。そのために、ジョン・R・フライはこの議論に関するその歴史的展望の中で、おおかたの英米の論議に見られる穏健な「常識的アプローチ」に比し、「ドイツ人の論争の多くに見られる不自然な性質」を正当にも指摘できたのであった。[55] しかし、ドイツにおける議論があまりに激しく展開されたために、かえって今日ドイツ語圏の小説批評においては、人格化された語り手による物語様式と、客観的・演劇的もしくは「語り手不在の」物語様式という二つの様式の同等性については、もはや討議の余地はなさそうに見受けられる。他方、英語圏の小説批評の間では、今なお非常に活発な賛否両論が聞かれるのである。

かくして一九六七年、『タイムズ文芸付録』は、特にアメリカの大学における批評風土は、人格化された語り手による物語様式に対していまだに好意的でない、と不満を訴えるある作家の雄弁な文章を、そっくり一面を割いて掲載した。[56] そして一九七〇年、B・バーゴンジーはこの不満を、自著『現代小説の世界』の中の「イギリス的イデオロギー」と題した章で取り上げ――おそらくそれは全く偶然とはいえないだろうが――、人格化された語り手による物語様式を弁護している。バーゴンジーは、結局状況を次のように総括している。――「独断的に作者[=語り手の意]を追放してしまうことに対する反作用は、当然起こるべくして起こったのである。それは、一九五〇年代後半に幾人かの立場を異にする批評家たちによって、それぞれ別個に始められたように思われる。まず、ロンドン大学におけるキャスリーン・ティロットソンの就任公開講義『語り手と物語』を皮切りに、今は亡きW・J・ハーヴィーの『ジョージ・エリオットの芸術』、さらには最も権威ある労作として、ウェイン・C・ブースの『フィクションの修辞学』へと続く。これらの批評家はいずれも、同じ議論を大いに進展させたのであった。すなわちその意味するところは、小説は一つの対象であると同時に一つの物語であるということである。換言すれば、小説は語られた話なのである。そして最も厳密な意味で非人称的な語りによって、ドラマ風に描写された小説の場面といえども、何者かによって書かれたものなのである。」[57]

論争が英米の小説理論家たちの内輪もめと解されるという事実を度外視すれば、ここに引用した一節の、とりわけ末尾の文が、われわれにとってことのほか興味深く思われる。この文章の中でバーゴンジーも、あらゆる語りの媒介性というものを強調している。「表層構造」のレベルにおいて、言い換えれば、読者への物語の伝達プロセスが現出するレベルにおいて、媒介性は初めて物語に取り込まれたり、排除されたり、あるいは隠蔽されたりすることができる。けれどもバーゴンジーが「最も……ドラマ風に描写された場面といえども、何者かによって書かれたものなのである」と言い切るとき、彼もまた己れの論拠を、「表層構造」のレベルから「深層構造」のレベルへ、つまり作品の構想と生成のレベルへ移行させているのである。こうして、二つの基準系の混同によって議論が混乱しかねないことが、ここでも再び明らかになった。小説のどのページのどの一語にも、「物語機能」はその痕跡を、すなわち「何者かによって書かれた」という痕跡を残しているのである。いずれにせよ、制作の過程すなわちジャンルとしての物語テクストの生成(「深層構造」)は、既述のように、いわば作者が物語そのものに装置した伝達プロセス、すなわち「語られた話」(「表層構造」)から区別されなくてはならない。「語られた話」、そして「何者かによって書かれた小説の場面」という二つの言表を、ここにあるように、並列させることは許容されないのである。というのも、第一の言表は語り手(「表層構造」)に関連し、第二の言表は物語機能(「深層構造」)に関連するからである。

「表層構造」の物語戦略は、確かに言葉とその規範によって物語テクストの深層に結びついているが、しかし深層構造によって全面的な規定を受けるわけではない。物語テクストの描写の媒介性は、作者にとってむしろ一種の自由な遊戯空間であって、それぞれの物語に応じ、その都度ふさわしい物語プロセスを工夫しうる場である。言うまでもなく、作品構想の行為と媒介性創造の行為とは、ほとんど常に緊密な連繋を保ちつつ、相互的・同時的に生起する。したがって時間的に見て、後者の行為が前者の行為の後続行為として起こることは、めったにないといってよい。この二つの行為の明確な分離は、考察の対象となっている事態をいっそう厳密に概念化するうえで、必須の方法論上の補助操作である。

かくして「視点」と「語り手」は、物語における伝達プロセスの理論的分析にとって、最も重要な二つの概念であることが明らかになった。両者が狙いとするものは、同一の叙事的ジャンル現象、すなわち媒介性であるが、しかし得られた分析結果に対する力点の置き方は、それぞれに異なっている。「視点」理論が、語り手の見解と作中人物の見解とを遠近法的に分離する(「……偏見と性向を解き放す」)[58]必要性を特に強調するのに対し、「語り手」理論は、物語的言述の相関性と様相を強調する。語り手の知覚、語り手の意見の表明は、すべて一定の立場からなされる。しかもその立場は、出来事に対する語り手の空間的・時間的距離とか、内外の事象に対する語り手の理解度などを勘案して、かなり正確に定義できるのである。全知のポーズといえども例外ではない。なぜなら、そのようなポーズが始めから終わりまで絶対的に貫徹されているような物語作品は、ほとんど皆無に近いからである。語り手という形姿によって如実に示される語りの媒介性は、物語が内容(話)と形式(媒介性の具象化された形態)の弁証法的統一として把握されうるものであることを、直観的に悟らせる。——「形式とは、内容の相対化としての外面化である。」[59]こうしてわれわれは、語りのジャンル特性である媒介性をめぐる考察の出発点となった論点に、ふたたび立ち返ってくる。すなわち語り手とは、まさにK・フリーデマンが指摘するように、「われわれは世界をそれ自体あるがままにではなく、観察する精神の媒体を通して見えるがままに把握する」[60]という事態を象徴する存在なのである。「視点」と「語り手」という二つの概念は、この物語理論上の核心的事態に狙いを定めながらも、それぞれの立場に応じて、この事態の別々の局面をより強く際立たせる。つまり、「視点」は遠近法的手法の局面を、「語り手」は語りの様相(叙法)という局面を強調するのである。[61]遠近法と叙法は、別の章でさらに詳しく考察することになるであろう。

テーマに沿った立論を進める前に、もう一つはっきりさせておかねばならないことがある。本書で展開するはずの体系的理論は、物語に関する問題の言語的・形式的側面を集中的に扱おうとするものである。当然のことながら、本書で分析される語りの言語的・形式的現象は、作者の人格ともども、歴史的・社会的・政治的コンテクストのなかに埋め込まれている。そして、このコンテクストは、物語作品の成立段階や伝達段階で、作者にさまざまな作用を及ぼすのである。[62]この意味で、ローベルト・ヴァイマンが、議論を「作品のなかに現実化された作家の立場の全容」[63]にまで拡張することを要求するとき、彼の見解に同意せざるをえない。しかしながら何度か折にふれて示唆したように、本書では紙数の制約により、ヴァイマンの要求に応えることはできない。けれども、本章で定義された諸概念の明晰さを損なわぬためにも、次の点だけは指摘しておきたい。つまり、ヴァイマンは、「作家の詩的に現実化された立場の総和」を表わす術語として、換言すれば、現実に対する作家の歴史的・社会的・政治的な立場を表わす術語として、「語り手の立脚点 Erzählerstandpunkt」という概念を提唱した。さらに彼は「視覚的・物語技法的・言語的提示形式」を表わす術語として、「視点 point of view」あるいは「物語視角」という概念を提唱した。(64) しかしこれらの概念はいずれも、これまで定着をみなかったのである。多分、ヴァイマンの考える前者の概念の意味が、簡明的確さに欠ける点にその理由が求められるだろう。

第Ⅱ章　典型的な物語り状況——新たな定義の試み

「ビッツァー」とトーマス・グラッドグラインドは言った。「馬の定義を述べたまえ。」

「四足動物。草食。歯が四十本、つまり臼歯が二十四本、犬歯が四本、それに門歯が十二本。春に脱毛。湿地帯では、ひづめも脱落します。ひづめは硬いですが、蹄鉄を打ちつける必要があります。年齢は、門歯のくぼみで分かります。」ビッツァーはこのように(もちろんもっと多くのことも)述べた。

「さあ二十番の女の子」とグラッドグラインド氏は言った。「きみは、馬がどういうものか分かったね。」

(Ch・ディケンズ『つらいご時世』)

『小説における典型的な物語り状況』が刊行された一九五五年このかた、物語研究は長足の進歩を遂げ、《物語り状況》の諸類型に関して当時提示された理論的根拠は、今日ではもはや十全なものとは言えない。この領域での論議の現状が要請する第一の事柄は、出発点をなす発想と仮定を徹底的に洗い直すことであり、第二は、諸類型を構成する際に用いられる方法を定式化することである。本章では、われわれの研究の目標と範囲を越えないかぎりで、この二つの要請に応えるつもりである。その際、『小説における典型的な物語り状況』や『小説の典型的な形式』によって触発され、専門的な論議のなかで持ち出された幾つかの批判にも言及しなければならないだろう[1]。

《物語り状況》の諸類型に対する異論のうち、最もひんぱんに唱えられたものの一つは、次のような仮定に基づいている。つまり、これらの類型は、個々の作品の個性や複雑さにふさわしくない仕方で語りの現象を図式化している、という仮定である。もちろん《物語り状況》の類型論によって、語りの多様な可能性を一握りのカテゴリーに限定しようと意図したのでないことは、改めて断るまでもないであろう。このことは、以下の記述においてこれまでにもまして明確に示されるはずである[2]。ある小説の《物語り状況》は、間断なく、つまり章ごとにあるいは段落ごとに、変わってゆくものであるから、語りの類型論のこれまでの適用法のように、小説のなかで三つの《物語り状況》のうち主としてどれが優勢であるかを決めるだけではなくて、小説の冒頭から結末まで《物語り状況》の刻々の変化、推移、重層にも、終始格別の注意を払う必要がある。このようにして類型論的な所見を個々の物語テクストの特性に対して適用することを、われわれは、略して、典型的な《物語り状況》の動態化と呼ぶことにする[3]。これについては、本章の第2節(「物語り状況の動態化」)で詳述することになろう。

また本章の第3節(「物語プロセスの型式主義化――語りのパターン化」)では、結局物語プロセスの動態化を妨げる形成力についても述べなければならないだろう。その場合問題なのは、とりわけ通俗小説の分野で見られるような、語りの媒介性の創造を均質化する傾向である。こうした現象は、《物語り状況》の「型式主義化」という概念によって総括される。

1　典型的な物語り状況の構成要素――人称、遠近法、叙法

語りのジャンル特性である媒介性は、既述のように、多層的・複合的な現象である。このジャンル特性を基礎として、語りによる伝達形式すなわち物語様式(語りの様式)の類型論を構築するためには、この複合的現象を幾つかの重要な構成要素に分解することが必要である[4]。これらの要素は、前章で、具現された媒介性のさまざまな段階について論じた際に、ほんの輪郭だけではあるが、すでにはっきり目につき始めている。以下において、これらの要素をさらに精確に定義しようと思う。

第一の構成要素は、「誰が語るのか?」という問いに含まれている。その答えはこうである。つまり、独立した人格として読者の前に姿を現わす語り手であるか、あるいは語られる事柄の背後に身を潜め、読者には事実上その姿が見えない語り手であるか、そのどちらかである。実はここには、語りの二つの基本形式が違う言葉で言い換えられている。この二つの基本形式の区別は、物

語理論ではかなり一般的に認められており、ほぼ次のような対概念に対応している。「本来の物語」と「場景的物語」(オットー・ルートヴィヒ)、「パノラマ的提示 panoramic presentation」と「場景的提示 scenic presentation」(ラボック)、「語ること telling」と「示すこと showing」(N・フリードマン)、「報告調物語」と「場景的描写」(シュタンツェル)(5)。

人格化された語り手による物語様式に見合うものとして持ち出された諸概念は、比較的明白ではっきりしているのに対し、語り手のいない場景的描写に相応する概念には、実は二様の事態が含まれている。すなわちそこには、作品の中ではたいてい緊密に結び合って現われるものの、理論的には分離しなければならない二種類の描写法が、ひそかに混在しているのである。その一方は、ドラマ的に描写された場面(たとえばヘミングウェイの『殺し屋』におけるように、純粋な会話と、簡単なト書ないしは非人格的語り手による荒筋を添えた会話)であり、他方は、ある作中人物の意識に小説の現実をなんら注釈を加えずにそのまま映し出す手法である。こういう人物を、われわれは語り手に対して、映し手と呼ぶ(ジョイスの『若い芸術家の肖像』のスティーヴン)。ほとんど登場人物の対話だけからなるドラマ風な描写の場面は、厳密に考えれば、物語の構成要素ではなく、ドラマの構成要素である。それゆえ、物語の中でそのような場面に比較的ひんぱんに出会うとしても、それを語りの基本類型の構成要素として採用するわけにはいかない。しかしだからといって、さまざまな構成要素の配列によってある物語の輪郭《プロフィール》を作り出す際、このような場面がなんの意味も持たないということにはならない。

本来の語りは、(人格化されたもしくは非人格的な役割を演ずる)語り手と映し手たる人物とによって行われる。この両者が相まって、典型的な《物語り状況》の第一の構成要素、すなわち物語の《叙法》が形成される。叙法は、語り手と映し手を両極として、その間に展開する物語様式のあらゆる可能なヴァリエーションの総和と考えなければならない。言い換えれば、両極の一方は、媒介性という本来の意味での〈語り〉であり、他方は、作中人物の意識の中に虚構の現実を映し出すという意味での〈描出〉である。前者の場合、読者はひとりの人格化された語り手に相対しているように思うが、後者では、読者は虚構の世界をそのままじかに知覚しているような錯覚を抱く。

第一の構成要素である叙法が、語り手ないし映し手たる人物と読者との間に展開する多様な関係および相互作用の所産であるとすれば、第二の構成要素は、語り手と作中人物との間に展開する諸々の関係並びに相互作用に基づいている。その多様な可能性は、再び両極的な位置関係によって明示される。語り手が住まう存在領域と、作中人物が住みなしている存在領域とは、互いに同一であるか、あるいは、互いに異なる領域として分け隔てられているか、そのどちらかである。語り手が作中人物と同じ世界に生きているならば、その場合の語り手は、いわゆる伝統的な術語で言う、一人称小説の語り手である。語り手が作中人物の属する世界と別のところに存在するならば、それは、伝統的術語により、三人称小説と呼ばれる。

一人称小説とか三人称小説という昔ながらの概念は、これまで多くの混乱を巻き起こしている。なぜなら区別の基準である人称代名詞は、一人称小説(Ich-Erzählung)の場合には語り手に関連づけられ、三人称小説(Er-Erzählung)の場合には語り手でなく作中人物に関係づけられるからである。たとえば『トム・ジョーンズ』や『魔の山』のような三人称小説の中にも、一人称の語り手(語り手である「私」)が出てくるのである。したがって、物語の中に(もちろん対話は別として)人称代名詞の一人称が出てくることが決定的なのではなく、当該人称で表わされる人物の居場所が、作中人物の属する虚構の世界の中であるか、それとも外であるかが問題となる。しかしながら、この第二の構成要素の指標としては、その簡明さのゆえに《人称》という概念を引き続き用いたいと思う。第二の構成要素の本質的な判別基準は、——これは声を大にして強調せねばならないことだが——二つの人称代名詞、つまり一人称(私)と三人称(彼/彼女)のどちらが頻出するかという相対的な頻度数の問題ではなく、語り手と作中人物とが住まうそれぞれの存在領域が互いに一致するか一致しないかの問題である。『デイヴィッド・コパフィールド』の語り手は、一人称の語り手である。なぜなら彼は、小説の他の人物たち、すなわちスティアフォース、ペゴティー、マードストン一家、ミコーバー一家などと同じ世界に生きているからである。『トム・ジョーンズ』の語り手は、三人称小説の語り手もしくは〈局外の語り手〉である。なぜなら彼は、トム・ジョーンズ、ソファイア、ウェスタン、パートリッジ、レイディ・ベラストンたちが生きている虚構の世界とは別な所に存在しているからである。語り手の存在領域と作中人物たちの存在領域とが一致するか一致しないかは、物語プロセスとその動機づけにとって根本的に異なる条件である。

〈語り手/映し手〉という二つの可能性を両極とする叙法は、読者の注意をもっぱら、語りや描出のプロセスに対する読者自身の関係に集中させるが、第三の構成要素である《遠近法》は、小説に描かれた現実を読者がどのように受けとめるか、その受けとめ方に読者の注意を向けさせる。この知覚の仕方は、本質的には次の点によって左右される。すなわちそれは、語られる事柄が提示される際の立場が、出来事の内部にあるか、それとも出来事の外部にあるかによって決まる。つまり提示の視点が、前者の場合は、主人公の内部もしくは出来事の中心に置かれており、後者の場合は、語り手、すなわち自分自身は筋の担い手でなく、主人公と出来事との同時代人もしくは目撃者、あるいは直接関与しない年代記作者として、事件を報告する語り手の中に置かれている。これに応じて、内的遠近法と外的遠近法とが区別される。したがって対立概念《遠近法》を構成する要素は、出来事を媒介する人物の出来事そのものへの関与の度合ということになる。一方、対立概念《人称》を構成する要素は、ストーリーの担い手(作中人物)と媒介者的人物(語り手または映し手)とが住みついているそれぞれの存在領域の一致度ということになる。

対立〈内的遠近法／外的遠近法〉は、それゆえ他の二つの構成要素である人称と叙法から截然と区別されうる要素として、語りの媒介性の独立した一側面を含んでいる。それはなかんずく、読者が語られる事柄に対して抱くイメージの時間・空間的方位を規定する。出来事がいわば内側から描き出されるとき、読者にとって、出来事が外から眺められたり報告されたりするのとは違った知覚の状況が生まれる。それに応じて、小説の世界に登場する人物や事物の相互の関係を描き出す方法の相違が現われたり(遠近法的立場／非遠近法的立場)、また、語り手や映し手の知覚・経験範囲の限定の仕方の相違が現われたりする(「全知 omniscience」／「限定された視点 limited point of view」)。

ここで対立〈内的遠近法／外的遠近法〉なる概念で表現されている事態は、実はこれまでにも物語理論において、幾分異なる形で注目されてきたのである。心理学者のE・シュプランガーは、すでに半世紀以上も前に「報告の位置」と「内視の位置」とを区別して、われわれの対立概念の本質的な部分を先取りしたのであった。その後、遠近法を物語テクストの区分と識別のための最も重要な基準とみなしたのは、E・ライプフリートであった。[6] 一方、J・プイヨン、Tz・トドロフ、G・ジュネットにおいては、ここでの遠近法に相当する概念が、他の構成要素、つまりわれわれの概念である叙法や人称にほぼ符合する構成要素よりも、下位に置かれている。[7]

ここで、明確化のため基本的な説明を加えるのがおそらく適切であろう。物語理論の立場からみて、語りの形態の類型学ないし分類学は、一個だけの弁別的特徴に基づく理論も、二個ないし三個もしくはそれ以上の弁別的特徴に基づく理論も、同様に可能なのである。だが、基礎となる構成要素の数の多少によって、獲得されたカテゴリーを適用する際の相違も生ずるであろう。類型論に組み込まれる構成要素が多くなればなるほど、ある類型に近似する個別作品が占めるべき範囲は、ますます狭く限定されたものになる。これは長所とも短所ともなりうる点である。長所は、物語形式の類型学ないし分類学がより多くの構成要素の上に築かれることによって、それだけ定義が容易になることである。短所は、個々の作品をある類型に組み入れようとするとき、獲得された類型概念が狭隘であるために生ずる過度の体系強制の危険である。

《物語り状況》の三つの類型を構成するためにわれわれがここに提示した三分法的基盤は、過去二十年間のおびただしい数の物語理論研究におけるその応用例からも分かるように、[8] 十分実用に堪えるものであることが確証されている。したがって、近年のほとんどの類型論的物語理論が、一元論的構成であるか(K・ハンブルガー)、あるいは――数はさらに増えるが――二分法的構成であるか、そのいずれかであるという事実があるにもかかわらず[9]、われわれはあえてこの三分法的基盤を維持したいと思う。ドリット・コーンは、構成要素《遠近法》は構成要素《叙法》と本質的に内容が一致するから、われわれの類型理論から《遠近法》を削除することを提案した[10]。しかしこの提案をわれわれは受け入れるわけにはいかない。というのも、もしそれを認めれば、われわれの区分方法が一元論的ないし二分法的システムに対して持つと思われる長所を、放棄しなければならないからである。とりわけこの長所と思われる点は、三分法的構成が、形態組織の連続的一貫性を特に明瞭に際立たせるという事実である。それに較べ、一元論的体系と二分法的体系は、各形態群を真っ向から対比させるために、常に実際以上に差異を際立たせる傾向がある[11]。ところで、三つの構成要素において、一つの構成要素の範囲に含まれる個々の特徴が、他の二つの構成要素の範囲に波及する事態も認められるのである[12]。その理由は、物語論的範疇の明確な定義よりは、代表的な可能性の例示を目指すわれわれのシステム上の理念型構成に求められるだろう。しかもこのような事情を考慮に入れても、構成要素《遠近法》が構成要素《叙法》と完全に同一視できないことは、とりわけドリット・コーンの批判が契機となってこの版で行なった《遠近法》概念の新しい定義づけにより、明らかになると思われる。

典型的な《物語り状況》は、こうして三分法的要素《叙法》《人称》《遠近法》によって構成される。これらの構成要素は、それぞれ多様な実現形態を許すが、それらは形態の連続体として表わされる。なぜならそれらの形態は、二つの可能性を両極として、その間にある全行程ないしは全階梯を、段階的かつ連続的に隙間なく満たしているからである。そのような形態連続体を記述するために、近年の構造主義的文学理論は、ソシュールとロマン・ヤコブソンの刺激に導かれ、二項対立の概念を用いている[13]。二項対立という概念の根底には、互いにわずかに相違するだけの多様な現象を、一定の基本型の変種として、すなわち弁別的特徴を持つとともに同体系の他の基本型に対立しているある特定の基本型の変種として、知覚しようとする人間の性向が潜んでいる。このことは言語においても観察されるし、また互いにほとんどごく微少な差異があるだけの多数の知覚対象を分類しなければならない別の分野の精神活動にも妥当する。それゆえ、諸々の具体的な物語形式が特定の基本型の無数に豊かな変形であり転調である、という前提に立つ物語理論にとって、二項対立はまさにあつらえ向きの分類システムである。こうして、三つの構成要素に対応するそれぞれの形態連続体は、二項対立を用いて、双方が対立的であるがゆえに截然と区別されうる二つの非連続な極概念の間に、埋め込むことができる。われわれの三つの構成要素とそれらに対応する形態連続体を表わす二項対立は、それぞれ次のような形で示される。

形態連続体《叙法》——対立〈語り手／非語り手(映し手)〉
形態連続体《人称》——対立〈(語り手の存在領域と作中人物の存在領域とが)一致／不一致〉
形態連続体《遠近法》——対立〈内的遠近法／外的遠近法〉(遠近法主義／非遠近法主義)

これらの三つの対立のそれぞれについては、以下の各章でさらに詳しく述べることになろう。

三つの構成要素と、それらに対応する二項対立を基礎にしての典型的な《物語り状況》の新たな構成は、『小説における典型的な物語り状況』(一九五五年)と『小説の典型的な形式』(一九六四年)の二著において初めて試みられた記述——すなわち《局外の語り手による物語り状況》、《作中人物に反映する物語り状況》、《「私」の語る物語り状況》という三つの《物語り状況》の記述——をさらに敷衍し精密化しようとするものである。その場合、これまで他の研究者によって公表された物語形式の類型論的著述も、それが物語理論的な基礎を持つものであるかぎり、考慮に入れられている。これらの論述の幾つかのものについては、少し立ち入って言及しなければならない。なぜなら、一つには、それらが明らかに『小説における典型的な物語り状況』を意識した上で書かれているからであり、いま一つは、それらが典型的な《物語り状況》の体系を逸脱する解決策を持ち出しているからである。

ルボミール・ドレジェルは、ロマン・ヤコブソン記念論集への寄稿論文の中で、あらゆる可能な物語形式の厳密な構造主義的分類の試みを行なった。ドレジェルによって分別された物語類型の区分を、ここで詳細にわたって再現することはできないが、ドレジェルが出発点としている立場は、はっきり確認しておかなくてはならない。それは、話し手のいるテクスト／話し手のいないテクスト、という区別である。話し手のいるテクストは、さらに、話し手が語り手であるか、それとも(語り手でない)作中人物であるかによって、区分される。語り手は、さらに、出来事と物語プロセスに対して、能動的にふるまう場合と、受動的にふるまう場合とに分けられる。そして最後にようやく、語り手ないし作中人物への言及が、人称代名詞の一人称による場合と三人称による場合とに分類される。ドレジェルの体系の重要な特徴は、彼の基本的な対立概念をなすもの、すなわち〈人格化された語り手／非人格的な語り手〉(叙法)、〈三人称による語り／一人称による語り〉(人称)が——これらは同時にわれわれの典型的な《物語り状況》の構成要素でもあるが——分別基準として並列的に適用されるのではなく、言語学的な樹形図[訳注14]モデルの例に倣い、順序をつけて適用されている点である。[14]

訳注14(樹形図)　変形文法などにおいて用いられる図で、枝分かれ図ともいう。文中の形式素がどの文法範疇に属するか、また、各構成素が相互にどのような先行関係・支配関係にあるかを示す。

ドレジェルでは構成要素《遠近法》が欠落しているか、でなければ暗黙裡に考慮に入れられているのに対し、エルヴィン・ライプフリートではこの《遠近法》が最も重要な分類基準をなしている。ライプフリートは、「内的遠近法」と「外的遠近法」とを区別する。前者は、自ら作中人物の一人でもある語り手の遠近法であり、後者は、筋の展開の渦中にはいない語り手の遠近法である。[15] もっとも、このはなはだ重要な区別は、ライプフリートがよりにもよってジャン・パウルの『生意気ざかり』を例証として用いることによって、幾分か混乱をきたしている。つまりこの小説は、外的遠近法と内的遠近法の区別はおろか、三人称形式の語りと一人称形式の語りの区別もたいそう難しいのである。ライプフリートの見解では、《物語り状況》なる概念は遠近法を意味するだけなので、[16]《物語り状況》という概念をさらに展開させようとする彼の批判的試みも、やや一面的にならざるをえない。

ライプフリートは、〈三人称による語り／一人称による語り〉という対立も、〈語り手／非語り手(映し手)〉の区別も、類型区分の基準として認めようとはしない。[17] したがってライプフリートが、《作中人物に反映する物語り状況》を一人称による遠近法の単なる変形としてしか考慮できない理由も、[18] これによって理解される。類型円図表から見て取れるように、《「私」の語る物語り状況》から〈物語る私〉が完全にいなくなった形態は、《作中人物に反映する物語り状況》に隣接しているが、しかし語り手としての「私」が人格化された形で現われる一人称小説の形態は、そのように隣接してはいないのである。この形態は、《作中人物に反映する物語り状況》よりは、《局外の語り手による物語り状況》にむしろ近い。[19]

物語形式の体系的記述のためのもう一つの試みとして、しかも論議をいっそう批判的に推し進めるものとして、ヴィルヘルム・フューガーの試みがある。[20] フューガーの基本的な対立概念は、〈外的遠近法／内的遠近法〉、〈一人称形式／三人称形式〉の二つである。これに、語り手の認識度、あるいは意識状態を示す三段階が組み合わされる。すなわち、語り手は、他の作中人物または読者に較べ、より多く知っているか、同じだけ知っているか、よりわずかしか知らないか、この三つのうちのいずれかでしかありえない。フューガーは、ドレジェルと同様に、彼の体系化の基礎として樹形図モデルを用いる。このモデルの長所としては、理路整然たる論理性と、あらゆる可能な類別のきめの細かさが挙げられる。こうしてフューガーは十三の類型を定義するのであるが、ただしその三分の一はほとんど仮説的な性格を有するにすぎない。このように細分化された分類は、解釈理論というよりは、むしろ物語理論向きであることは確かである。この体系モデルの短所としては、実際の作品では隣接もしくは近似しているように見える類型が、この理論体系の中ではしばしば遠く隔たっている、という点が挙げられねばならない。したがって、たとえばフューガーの類型10ａ〈これは〈局外の語り手による〉語りの要素を含みもつ〈作中人物に反映する物語り状況〉を指す〉は、類型４ａ〈これは〈作中人物に反映する〉語りの要素の混入可能な局外の語り手による物語り状況〉を指す〉と遠く分け隔てられてしまっている。類型円図表では、これら二つの形態は直接隣り合っているのである。またフューガーの図表では、個々の類型間の移行形態についても顧慮することができない。

　明らかなことは、いかなる物語形式の体系化であれ、理論と実践の両面にわたる要求に、すなわち、一方で概念的整合性と一貫性の要求に、他方で解釈上のテクスト適合性と応用性の要求に、等しく応えることはできない、という事態である。フューガーは、ドレジェル同様、体系的整合性を第一に優先したのであった。これに対し、典型的な《物語り状況》をこれから新たに定義し直すにあたって、われわれは理論の体系性と解釈の実用性との中間の道を模索してみようと思う。その足掛かりとして、すでにそのような中道を目指しているある試みについて、すなわち言語学的分析傾向の顕著な「新文体論《ニュー・スタイリスティックス》」の代表的理論家の試みについて、述べてみたい。それはシーモア・チャットマンの「特性分析 feature analysis」である。(21) チャットマンは「物語的伝達」の形態の体系的記述を試みているが、その場合彼が考えているのは、要するに物語の中で現実化された媒介性の諸形態である。チャットマンも、語り手が存在するか否かの問題から出発し、読者の意識における語り手の現存度のさまざまな度合を判別しようとする。彼はその際、ジョン・オースティンの「発話行為」の理論を用いる。(22) チャットマンは「言説特性」を、「物語言説の単一な属性、たとえば、一人称単数の使用とか、あるいは時間要約法の使用ないし非使用」(23)として解釈している。チャットマンは、これらの物語要素が完全に随意に結合できるものであり、したがって孤立したままでも観察したり記述したりできることを、はっきり強調している。

　こうした立場は、彼以外にもＮ・フリードマン、Ｗ・Ｃ・ブース、そして英米の多くの小説批評家たちによって共有されているが、チャットマンは、拙著『小説における典型的な物語り状況』において用いられた類型論的方法との対決を通じて、この立場をさらに鮮明に輪郭づけようとしている。またそれによって、両者の方法すなわち体系的類型論と「特性分析」のどういう所に、それぞれの利点と欠点があるのかも判然としてくるのである。「特性分析」では、ぎりぎり可能なかぎりテクストに密着した記述方法がとられる。それというのも、こうした形式的分析は、あるテクストにおける物語形式のさまざまな組み合わせの特異性を、その時その時に応じ集中的に解析するからである。この方法から得られる成果は、物語の中で語り手がさまざまな程度で現存するその在り様についての一覧表であって、しかもこの一覧表は、解釈を目的とする場合もきわめて有効である。

しかしながら、そのような「特性分析」の果たしえぬことは、個々の物語要素間の連繫・依存関係を明らかにすること、要するに、最も広い意味で物語の構造と考えられるものを明示することなのである。そのような関連の解明を放棄することは、結局、物語研究をより高度な組織を持つ現象へ、すなわち諸々の物語形式間の微妙に入り組んだ相互依存関係へと分け入らせ、それらをより大きな体系的連関の中で分類することを、放棄することにもなる。それゆえ望ましいのは、二つの方法、つまり個々の物語要素の特質を具体例に即して精密に記述する「特性分析」の方法と、個々の物語現象間の呼応と連関を解明する体系的物語理論の方法とが、相互補助的に効果を発揮することである。そういう意味で、たとえば「物語において、発話と思考とは著しく異なった行為である」[24]というチャットマンの重要な断言も、結局のところ理論的にはなんらの帰結ももたらさない。というのも「特性分析」の領分には、そのような認識が根づかせられるような体系的枠組みは存在しないからである。しかるにわれわれの理論の場合、典型的な《物語り状況》の構成要素の一つである《叙法》すなわち対立《語り手/映し手》は、二つの叙述様式(その一方は「発話」に相応し、もう一方は「思考」に相応する)の記述の手掛かりとなる理論的指標を与えてくれる。

個々の「特性」の体系的分類からは、物語テクストの解釈にとって重要な効果が得られる。「体験話法」という概念に精通している数少ないアメリカの批評家の一人でもあるチャットマンは、「ジョンはすわった」という文章が純粋に外的な行為を叙述しているだけでなく、この行為についてのジョンの意識もある程度含みうること、とりわけそのような文章が体験話法を含むコンテクストの中に現われる場合にはそうであることを[25]、完全に正しく認識している。しかしながら、たんに単語を取り替えるだけで(たとえば「すわった」の代わりに「ぐったり横になった」)、そのような物語文において優勢なのは、外的視点であるのかそれとも内的視点であるのかを、吟味するには不十分に思われる。それよりもずっと重要なのは、そのような文が現われるもっと大きなコンテクストでの物語態度である。そうした物語態度は、典型的な《物語り状況》の一つに関係づけることによって規定できる。紛れもなく《局外の語り手による物語り状況》が優勢であるならば、「ジョンはすわった」という文にとっては、ただ外的視点が問題になる。これに対し《作中人物に反映する物語り状況》が優勢であるならば、少なくとも暗黙のうちに含まれた内的視点の可能性も、考慮に入れなければならない。「特性分析」はそれゆえ、包括的で体系的な物語理論の枠組みを必要とするのである。

続いて、チャットマンがうっかりおかしている誤解(その原因は、おそらく一九五五年の『小説における典型的な物語り状況』の文意の不明瞭さに求められる)を指摘しておきたい。なぜなら、それは典型的な《物語り状況》の新たな定義づけに関連して、多少とも重要性をもつからである。チャットマンは、人称、叙法、そして虚構の世界における語り手の存在（「語り手は虚構の世界の中に存在している」）[26]の三つが、典型的な《物語り状況》の構成要素をなすものと思い込んでいる。しかしすでに最初に確認したように、人称と存在領域の一致（語り手が虚構の世界に居合わせること）とは、同一の構成要素の二様の異なる言い方にすぎない。しかるに、チャットマンのリストでは、構成要素《遠近法》が欠けているのである。[27]

典型的な《物語り状況》を土台とするわれわれの語りの理論が、ここで紹介した他のすべての理論と異なるのは、とりわけわれわれの理論が、三つの構成要素のどれもが対等に考慮されるような三分法的体系化を試みている点である。すなわち、三つの典型的な《物語り状況》のそれぞれを見るならば、そこではそれぞれ別々の構成要素が、他の二つの構成要素に対して、あるいは、それぞれの構成要素に帰属する二項対立の一方の極が、その他の対立項に対して、優位を獲得するのである。

《局外の語り手による物語り状況》——外的遠近法の優位（非遠近法主義）

《「私」の語る物語り状況》——語り手と作中人物双方の属する存在領域の一致が優位

《作中人物に反映する物語り状況》——映し手による叙法の優位

このようにして構成された典型的な《物語り状況》を、それらの間にある対応関係を考慮しつつ一個の円周上に配列し、それぞれの《物語り状況》に帰属する対立項軸線がこの円を等間隔に切るように作図するならば、次のページのような図表が得られる。この図表は、それぞれの典型的な《物語り状況》の相互の位置づけと、それらが対立項軸線の両極に対してもつ関係とを具体的に明示している。この図表では、優勢な対立項要素のほかに、直接隣り合うそれぞれの対立項要素も、典型的な《物語り状況》の構成にいわば二次的な形で関与している様子が示されている。たとえば《作中人物に反映する物語り状況》は、一次的には映し手たる人物の優位によって特徴づけられ、二次的には、まず内的遠近法の優位によって特徴づけられ、次いで存在領域の不一致、すなわち（映し手たる人物への）三人称による言及によって特徴づけられる。円環図式は、後述するように、樹形図モデルの図式（ドレジェル、フューガー）に較べ、類似の物語形式が円の上ですぐ隣り合って現われるという利点をもっている。[28]

さて、典型的な《物語り状況》のこうした理論的基礎づけに基づき、三つのテクスト例を手掛かりに、右に挙げた対立項が本当に物語テクストの媒介性具現における本質的な対立要素をなしているのかどうか、換言すれば、それらが本当に物語の構造の一部をなしており、それらが変化すれば物語内容の意味も変わってくる

略式類型円図表

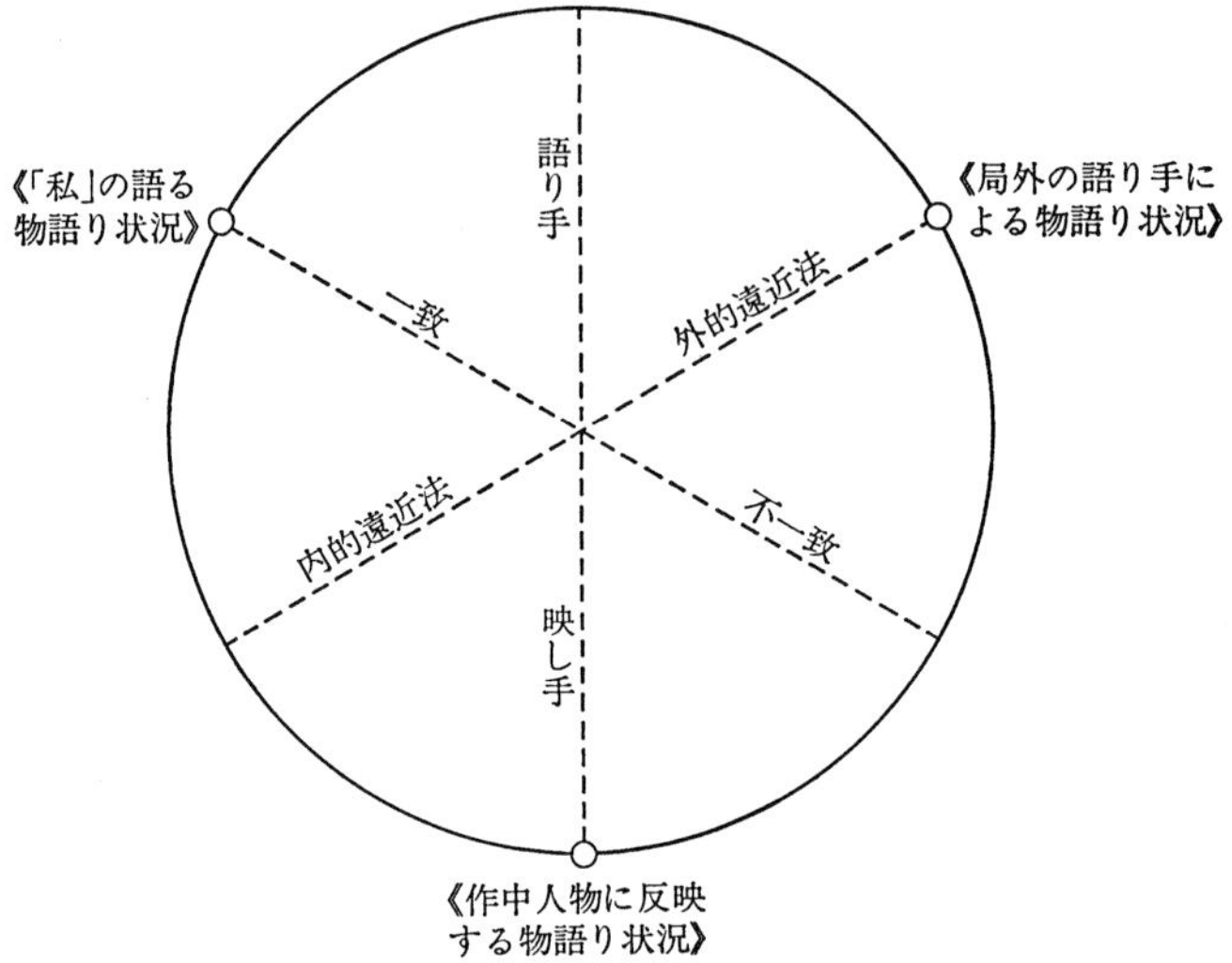

のかどうか、あるいはそれらは本当に物語様式の文体論的変形とみなされうるのかどうかを吟味してみたい。方法論上の理由により、最もなじみ深く分かりやすい構成要素《人称》から始め、しかる後に《遠近法》と《叙法》を扱う。

1の(1) 対立I（人称）——一人称形式の語り／三人称形式の語り

J・D・サリンジャーの『ライ麦畑でつかまえて』の一人称の語り手ホールデン・コールフィールドは、物語の主人公として小説の描き出す虚構の世界のただ中にいる。したがって語り手と他の作中人物との存在領域の一致は、疑問の余地のない既定事実である。その一致の状態は、この一人称の語り手が直接読者に向かって己れの関心事を吐露したい気持をあからさまに示しつつ、維持されている。デイヴィッド・ゴールドクノップの言うように、われわれはそのようなコミュニケーションの可能性に驚嘆することもできよう。——「小説の内部にいる何者かが、小説の外部にいる何者かに向かって語っている。これは私にとって、驚くべき、ほとんどぞっとするような現象に思われる。[29]」この確かに驚くべき現象を、たとえどのように説明しようとも——後でまたその問題に立ち返らねばならないだろうが——、一人称の語り手と小説の他の登場人物の存在領域の一致という根本的な事態には、いささかの変化もないのである。ホールデン・コールフィールドは、彼の物語を次のように語り始める。

もしも君が、ほんとにこの話を聞きたいんならだな、まず、僕がどこで生まれたかとか、チャチな幼年時代はどんなだったのかとか、僕が生まれる前に両親は何をやってたかとか、そういった『デイヴィッド・コパフィールド』式のくだんないことから聞きたがるかもしれないけどさ、実をいうと僕は、そんなことはしゃべりたくないんだな。第一、そういったことは僕には退屈だし、第二に、僕の両親てのは、自分たちの身辺のことを話そうものなら、めいめいが二回ぐらいずつ脳溢血を起こしかねない人間なんだ。そんなことでは、すぐ頭に来るほうなんだな、特におやじのほうがさ。いい人間ではあるんだぜ。だから、そういうことを言ってんじゃないんだ。けど、すごく頭に来るほうなんだな。それに、僕は何も、自叙伝とかなんとか、そんなことをやらかすつもりはないんだからな。ただ、去年のクリスマスの頃にへばっちゃってさ、そのためにこんな西部の町なんかに来て静養しなきゃならなくなったんだけど、そのときに、いろんなイカレタことを経験したからね、そのときの話をしようと思うだけなんだ。(30)

(野崎孝訳、白水社)

もしこの一人称小説を三人称小説に書き換えようと試みるならば、すなわち、語り手の一人二役を廃棄し、作中人物が属する物語世界の外に立つ語り手(語り手と作中人物の存在領域の不一致)を導入しようとするならば、(31)そのような変換はただちに大きな障害にぶつかるだろう。変換の目安として、『トム・ジョーンズ』や『虚栄の市』をひな型とする、〈局外の語り手による〉三人称小説を選ぶならば、一人称の語り手ホールデン・コールフィールドは、ストーリーの現場に居合わせる作中人物であると同時に、小説に描かれる現実の外に立つ語り手でもあるという二つの分裂した形姿にならざるをえない。しかもそのような語り手にとって、ホールデンの下す評価や判断の青臭い単純さは、ティーンエイジャー・スラングの混じったその言い回し同様、場違いなものであろう。たとえ言い回しを大人の言い回しに変えてみたところで、語り手と語られる事柄との間にはよそよそしい距離が生まれるだけだろう。両者の間にそのような距離が介在しないのが、とりもなおさず原作のたいへん重要な持ち味なのである。

一方、変換の目安を『若い芸術家の肖像』〈作中人物に反映する物語り状況〉をひな型とする三人称小説に置くならば、語り手としてのホールデン・コールフィールドは消去されなければならないだろう。そして、映し手たる人物ホールデンのみが残るであろう。彼の想念や感情の動きをわれわれはつぶさに知ることになるけれども、彼がそれを自ら語るわけではない。これによって、この一人称小説の非常に重要な特徴である物語行為のやむにやまれぬ勢いとか、物語の告白的性格が失われてしまうだろう。こうしてここで明らかになった事柄は、語り手の存在領域と作中に描かれた現実の存在領域の一致がかもし出す体験と語りの強い結びつきが、もしも断ち切られてしまうようなことがあると、小説の意味構造に重大な侵害が及ぶということである。けれども、一人称小説を三人称小説に変換するためには、このような結びつきを前もって断ち切ることが必要な前提条件となるだろう。

1の(2) 対立Ⅱ(遠近法)——内的遠近法/外的遠近法

対立〈内的遠近法/外的遠近法〉は、ジェイムズ・ジョイスの『若い芸術家の肖像』の一節、つまりスティーヴンが告解に行く場面を手掛かりにして、記述できる。スティーヴンは精神的にも道徳的にもひどく緊張した状態で、告解聴聞席の前で待っている。

引き戸がとつぜん開いた。告解者が出てきた。次は彼だった。彼は怯《おび》えながら立ちあがり、無我夢中で告解室へはいって行った。

ついにその時がきた。彼は静かな暗がりにひざまずいて目をあげた。頭上に白い十字架がかかっている。神は彼が悔いていることをごらんになるだろう。罪のすべてを告白しよう。彼の告解は長い長いものになるだろう。礼拝室で待っているみんながやがて聞くだろう、彼がどんな罪びとであるかを。知られたっていいじゃないか。ほんとうに罪びとなんだから。それでも神は許すと約束してくださった、もし悔いているならば。彼は悔いている。彼は両手を握りしめ、頭上の白い御姿へと差しのべて祈った。目はかすみ、わななく全身で祈りながら、彼の首はふらふら迷子のように揺れ動き、唇からは弱々しい祈りが洩れた。(32)

(永川玲二訳、新集世界の文学、中央公論社。ただし、人称代名詞など表現の一部を変えてある。)

引用したこのテクストの初めの部分では、スティーヴンは映し手たる人物の役割を演じている。読者は外界の事物をスティーヴンの眼で知覚し、同時にスティーヴンの心的状態を、すなわち彼の思考と極度に興奮した気分とを直接のぞき見る。この内的遠近法による内面描写の部分は——それは「彼は悔いている」という文の末尾にまで及ぶ——、たとえば『ライ麦畑でつかまえて』のような一人称形式へ、それも内的遠近法を装置した一人称形式へと、難なく転換することができる。けれども、引用の最後に出てくる文は、そのような転換に逆らうのである。なぜなら、その文のなかで優勢なものは、もはや内的遠近法でなく外的遠近法であり、しかもそれと平行して、内面描写でなく外界描写が支配的となっているからである。ここに至ってふたたび語り手の声が、映し手による伝達の行われる引用の前半部よりも、いくらか明瞭に聞こえ始める。こうして、引用テクストの内的遠近法による描写部分と外的遠近法による描写部分とは、転換の試みに際して、互いにひどく異なった性質を露呈したわけであるが、この事実は、遠近法の二つの可能性の間の差異が、構造的な根拠に基づくものであることを物語っている。(33)

1の(3)　対立Ⅲ(叙法)——語り手/映し手

スティーヴン・ディーダラスも、『ユリシーズ』の初めの三章において映し手たる人物の役割を演じている。次に引用する一節で、スティーヴンは、彼が教えている学校の校長であるディージー先生から、例の鵞口瘡に関する手紙を受け取る。そして彼は、ダブリンのある新聞の編集者にこの意見書を手渡してくれるようにと、校長に頼まれる。スティーヴンはディージー先生に促され、その手紙の文面にざっと目を通すところである。

——要旨を簡潔に述べておいたよ、とディージー先生は言った。鵞口瘡に関するものなんだがね。まぁ読んでみたまえ。

この問題に関して、これ以上の説はあり得んはずだ。

御紙の貴重なる紙面をお借りいたしたく。かの自由放任主義の学説は、わが国の歴史においてしばしば。われらが家畜貿易は。われらが旧来の諸産業すべての方針。ゴールウェイの港湾計画を阻害せしリヴァプール同業組合。ヨーロッパにひろがる戦火。狭隘なる海峡水路を通じての穀物供給。いかんともなしがたき農林省の沈着ぶり。古典の引用をお許しいただき。カッサンドラ。いかがわしき女の手で。当面の問題にはいれば。

——言うべきことは言っとるだろう? とディージー先生は読みつづけるスティーヴンにたずねた。

鵞口瘡。コッホ予防法として知られ。血清と病原体。免疫馬のパーセンテージ。牛疫。北オーストリア、ミュルツシュテークにおける皇帝の御料馬、獣医たち。ミスター・ヘンリー・ブラックウッド・プライス。公正なる試用を乞うとの丁重な申し入れ。良識の命ずるところ。きわめて重要なる問題。まさに文字通り、牡牛の角をひっとらえ(勇敢に難局に当る、というきまり文句)。貴紙の御好意に感謝の意を表し。

——これを新聞にのせて、みんなに読んでもらいたいと思っとる、とディージー先生が言った。(34)

(丸谷才一、永川玲二、高松雄一訳、
世界文学全集、河出書房新社)

直接話法で引用されているディージー先生の発言にはさまれているテクスト部分には、手紙を読むスティーヴンの意識に反映した彼の思考のプロセスが現われている。その場合、手紙の文面は奇妙な具合にセレクトされ、断片化している。特に好んで注意が向けられるのは、ディージー先生のおびただしい数の常套表現であり、その奇抜な言い回しであり、二つ三つの全く気まぐれに挿入された的はずれな情報である。試みに、この個所を中身はそのままで、ひとりの語り手なる人物の口を通して語らせてみるがよい。するとその意味するところは、完全に変質してしまうだろう。そのようにして語られた章句の重心は、もはや手紙が映し手たる人物スティーヴンの意識の中に喚起する主観的な印象にあるのではなく、手紙の実際の中身にあることになる。この変換の試みは、それゆえ、もし映し手たる人物を語り手たる人物と取り替えたりするようなことがあれば、結果として、物語的言述の決定的な変質を招来することを物語っている。また対立〈語り手／映し手〉は、物語による媒介性具現の様態として、構造的に相対立する形態を現出せしめることが、これにより実証されたことになる。

1の(4)　類型円図表(円環式類型図表)

典型的な《物語り状況》の基礎をなす三つの対立概念《人称》《遠近法》《叙法》の構造的な意味が立証されたので、われわれはここで、典型的な《物語り状況》を類型円図表に配置する作業に移ることにする。すでに述べたように、類型円図表において、三つの《物語り状況》の理念型がおさまるべき個所は、対立項を表わす三本の軸線のそれぞれ一方の極である(四〇ページ「略式類型円図表」参照)。

二項対立により二分法的要素ないし二元論的要素をも統合しているわれわれの体系は、独自の三分法的構造を取ることによって、単純な二元論的ないし一元論的体系に較べ、いくつかの利点を備えている。

(1)　この体系のどの類型も、三つの構成要素(人称、遠近法、叙法)によって定義される。それゆえ、その概念内容は、単一の対立概念を基礎に築かれる(一元論的な)体系の類型よりも、ジャンル論的により包括的に決定される。

(2)　類型論の三分法的構成は、類型の円形配列を許すが、そこからはっきり読み取れることは、一つは体系の整合性であり、いま一つは体系の著しく弁証法的な性格である。三つの主要類型の各々は、他の二つの類型に対して弁証法的な緊張関係にあるが、これは当該類型において、他の二つの類型間にある類型論的対立(二次的構成要素を見よ)が、ある意味で止揚されているからである。だからたとえば、《局外の語り手による物語り状況》と《作中人物に反映する物語り状況》の間にある対立は、叙法と遠近法という点から見れば、《「私」の語る物語り状況》において止揚されているのである。

(3)　典型的な《物語り状況》の類型円図表による配列は、主要類型のあらゆる可能な典型的形態とその変形の系統的図表化を可能にする。この意味で類型円図表は、主要類型の無数のヴァリエーションを包含し、かつ隣接する左右両類型への移行的形態をも潜在せしめる一個のまとまった連続体と考えられる。

(4)　類型円図表は、それゆえ、三つの典型的な《物語り状況》という理念型を、あるいは別の言葉で言えば、三つの非歴史的定数[35]を、語りの歴史的形態に結びつける。というのもこの歴史的形態は、理念型の変形として叙述されるものだからである。

ここでもう一度強調しておきたいと思うのは、理念型は、作家がそれを実現すれば、批評家に褒めそやされるといったような文学上のプログラムなどではなく、いわば批評にとって測量の三角点にも比すべき機能をもつという点である。つまり、際限なく多様な現象や形態に彩られた文学的な語りの風景を叙述する場合に、それらの理念型が指針を与えてくれるのである。典型的な《物語り状況》に対する一昔前の批判は、《物語り状況》の主要類型は、語りの可能性に関する規範的な規則を意味するものだとか、あるいは三つの範疇による決定論的な図式化であるとか、誤った思い込みに基づくことが多かったのである。そのような異議は、最近ではずっと稀になっている。とはいえやはり今一度、この類型論は語りの多様な可能性を制限するものではなく、むしろ逆にその多様性を明らかにしようとするものであることを明言しておきたい。

非歴史的定数としての《物語り状況》の理念型と、長篇小説や短篇小説の歴史に記載されているような語りの歴史的形態との間には、はなはだ示唆に富む関連が見られる。この類型円図表の体系の中で主要類型を構成する際に、われわれは純粋に実用主義的な見地から小説の歴史を顧慮し、三つの対立項軸線の両端に、すなわち全部で六つの極に出来るはずの六つの典型的な《物語り状況》のうち、実際には三つの類型だけを構成したのであった。つまり、十分歴史の検証に耐えうるものだけに絞ったのである。その結果、小説の歴史に記録されている圧倒的多数の作品が、《物語り状況》として構成された三つの類型のいずれかに、すんなり組み入れられる。そして、比較的少数の小説のみが、つまり潜在的に可能であってもまだ現実化されていない類型位置に近い小説だけが、取り残されるのである。

だが、歴史的に生成した典型的形態が多数を占めることをおもんばかってのこの実用主義的・歴史的判断は、いつ撤回されるともかぎらない。というのも、将来の小説の発展によってその必要が生じたあかつきには、類型円図表は修正を余儀なくされるだろうからである。たとえばジョイス以後の小説に、当初は散発的であったものの最近はますますひんぱんに出現してくるある種の表現傾向が、今後さらに増加し重要性を加えてゆくならば、そのような修正がことによると必要になるかもしれない。そういう傾向の一つとして挙げられるのが、内的独白形式による内的遠近法の厳格きわまりなき遂行である。これは、たとえばベケットの小説三部作『モロイ』『マロウンは死ぬ』『名づけえぬもの』に、典型的に看取される傾向である。

これから先数十年間に生まれる小説のあいだでは、内的独白[訳注15]が典型的な《物語り状況》としての地位を獲得するだろうことは、十分に考えられる。そしてそのような《物語り状況》は、〈遠近法〉軸線に沿い、内的遠近法の先端の極に位置づけられねばならないだろう。他の二つのまだ現実化していない類型も、新しい物語形式の開拓を目指す現今の動向にかんがみて、歴史的にその地位が「ふさがる」見込みは十分に高いのである(36)。これについては、類型円図表の詳しい説明の際に(第Ⅵ章)、もっと多くのことに言及できるだろう。

訳注15（内的独白 innerer Monolog） ある作中人物の意識状態を、とりわけその脈絡のない意識の流れ(stream of consciousness)を直接的に再現する手法。聞き手のいない無言の独白としての内的独白では、一人称形式と現在時称が用いられる。

類型円図表は、《物語り状況》の体系と実際の小説の歴史との間に、密接な関連があることをはっきり示している。たとえば、小説の歴史に記載されているすべての小説を、年代順に類型円図表の該当個所に書き入れていくとしよう。すると世紀の変わり目までは、類型円図表中の二つの扇形部分、すなわち《「私」の語る物語り状況》と《局外の語り手による物語り状況》の二類型が占める扇形部分だけが、「埋まってゆく」のが分かる。一方、《作中人物に反映する物語り状況》が占める扇形部分は、今世紀に入ってようやく埋まり始める。それも初めは徐々に、だが――ジョイス以後は――ますます速やかに。すでに述べたように、ベケットや「ヌーヴォー・ロマン」の小説、それにバース、ピンチョン、ヴォネガットなどのアメリカ人の小説に特徴的に現われているような最近の発展も、こうした傾向を継続している。このように眺めると、類型円図表は、小説の歴史によって一歩一歩現実化されてゆくような、いわば小説の構造プログラムの如きものに思われる。類型学という認識的な装置がなかったなら、そして個々の物語形式を相互に関係づける類型円図表の明快な分類システムがなかったなら、普遍的な体系と歴史的な個別形式とのこうした呼応関係は、おそらくこれほど明瞭な形では現われなかったであろう。

結局、類型円図表は、〈基準と偏差〉の理論を修正するための手掛かりをも与えてくれる。類型円図表にも示されているように、ストーリーの伝達形式の分類という観点から見て、ある類型からの逸脱は、必ず同時に別の《物語り状況》の類型への接近を意味している。たとえばJ・デュボアとその仲間たちが、自ら開発した語りの基準を用いて行なっている操作(減損、せり上げ、固定化、変形)[37]も、それらがストーリーの物語的伝達の要素に関わるかぎり、類型円図表上での語りの位置の移動、すなわちある《物語り状況》から別の《物語り状況》への移動[38]として理解することができる。こうして〈基準/偏差〉モデルに代わる新しいモデルとして、変形・生成的形態からなる一個のまとまりある連続体という発想が登場するのである。厳密に言えば、この連続体モデルには基準も、その基準からの逸脱ももはや存在せず、類型円図表の左右いずれかの方向に向かって、形態の絶えざる移行・変形があるのみである。〈基準〉モデルの観点では逸脱として現われる現象も、この連続体モデルの見方によれば、小説の構造プログラムを一つ一つ充足してゆく歴史の理にかなった歩みであることが了解される。

2　物語り状況の動態化

物語理論がここ数十年の間に、種類や形態の分類を第一目的とするそのリンネ時代をようやく乗り越えたということは、物語作品の解釈に《物語り状況》の類型学を適用するにあたっての、その新しい手法のうちにもうかがえる。もはや、ある物語の中でどの《物語り状況》が優勢であるかを確認することに最大の注意が払われるのではなく、むしろ《物語り状況》の特有なプロフィール、あるいは空間的メタファーを時間的メタファーに置き換えて言えば、さまざまな《物語り状況》の組み合わせもしくは特定の《物語り状況》のさまざまな変形から生まれるリズムのパターンこそが、注目されるのである。動態化とは、ある小説における物語プロセスの流れのなかで、《物語り状況》の変転してやまない推移を追う行き方と解することができよう。ここで先回りして、個別的な作品における《物語り状況》の変化のなかにも、一、二の現象が繰り返して起こるある種の規則性、言うなればある種のリズムが認められることを指摘しても、それほど奇異に映ることもあるまい。このリズムは構造的な条件から生まれるものと考えられる。どうやら《物語り状況》に関連があると思われるこれらの構造的な条件について、これから述べてみたい。

右に素描した新しい物語研究における着眼方向の転換は、とりわけここ数十年来の英語圏の小説批評に看取されるパラダイム転換の傾向[39]に、きわめて類似した事例を見出す。つまり、形式と構造の問題に関心を寄せる小説批評が、徹底して形式的な構成をもつ作品、たとえば後期のH・ジェイムズの小説や、フォークナー、ヘミングウェイ、ヴァージニア・ウルフ、そして言うまでもなく

J・ジョイスといった作家の小説にもっぱら没頭してきた時代が終わって、ここ最近、理論志向の強い小説批評は、かつてH・ジェイムズが一見無形式に見えるヴィクトリア朝の長大な小説を評して命名したという「巨大で締まりのないだぶだぶの怪物」[40]なるものに、いちだんと熱い関心を傾けるようになったのである。このパラダイム転換の結果は、二様に考えられる。一つは、あらゆる形式上の範疇を呑み尽くすようなヴィクトリア朝小説のテクスト資料が、理論的な研究手段の変更を余儀なくさせたことであり、もう一つは、多くのヴィクトリア朝時代の小説に明瞭に見て取れる野生状態の陰に、いまだ十分探知されていないながらも、形式と構造の合法則性が潜んでいることが、垣間見えてきたことである。

その意味で、あらゆる形式上の慣例を逸脱する旺盛な物語エネルギーをヴィクトリア朝の作家たちと共有するトルストイ、ドストエフスキー、ゴーゴリなど、ロシアの作家たちの小説や物語に関する最初の包括的な研究に手が染められたのは、おそらく偶然ではないだろう。それは、ボリス・ウスペンスキーの『構成の詩学――芸術的テクストの構造と構成的形式の類型論』[41]である。ユーリイ・ロートマンの記号論的な研究方向に近いウスペンスキーは、物語視点(この概念に該当するロシア語は točka zrenija であるが、それは英語に翻訳すれば「視点 point of view」、ドイツ語では「立脚点 Standpunkt」に相当する)の変化を、研究の中心的な出発点としている。――「一方の視点から他方の視点へ、一方の叙述方法から他方の叙述方法へと推移するなかに、ある種の調和、ある種の秩序があるにちがいない。これは個々の作品に特有のもので、結局それは、われわれに当該作品の内的リズムを定義させることになるであろう。」[42]当面の問題にとって重要なのは、とりわけこの根本的な確言である。同様にここで銘記しておかねばならないのは、ロシアの小説の状況が、このような考察方法を取るのにおあつらえ向きだという点である。というのも、J・ホルトゥーゼンとヴォルフ・シュミートが実証したように、ロシアの小説の場合には、西欧の小説に上述のパラダイム転換を起こるべくして起こさせた前提条件が、同じ程度には備わっていないからである。ホルトゥーゼンとシュミートによれば、ロシアの小説においては一定の《物語り状況》の徹底的な遂行が[43]、フランス、英米、ドイツの小説よりもはるかに少ないのである。

もちろん西欧の小説文学においても最近は、人格化された物語様式と非人称的な物語様式との、あるいは語り手の視点と作中人物の視点との境界が、廃棄される傾向が目立ち始めている。こうした境界は、かつてはフローベールやH・ジェイムズ、それにシュピールハーゲンに倣って、やたらと律儀に際立たせられたのであった。「浮遊する語り手」というJ・リカルドゥの概念は、J・バースの「視点なき視点」[44]と同様に、すでに上述の現象を概念的に把握しようとする試みである。W・H・ショーバーは、最近の小説にしばしば看取される《物語り状況》の変化と推移を、「物語(語りの)位置」という概念によって取り捌こうとする。「位置は小説の構成要素である。位置は、遠近法的な成分と量的な成分とを持つ。(45)」「物語位置」の量を表わす単位として、すなわち、ある一定の「物語位置」が優勢な物語テクストの長さを表わす単位として、一般的には、一章もしくはそれに相当する区分単位が想定される。これによって、(現代の)物語テクストでは《物語り状況》がひんぱんに変わることが、疑いの余地なく把握されるのである。

しかしながら、ともかく全部で六個のカテゴリーとして区分された「物語位置」の網目をもってしても、物語プロセスの多様性を適切に捉えるには、もちろん十分ではない。この場合たとえ数は三つでも、理念型として考えられた《物語り状況》のほうが、およそ考えられるかぎりの変異形を含みもつことによって、ショーバーの六つの「物語位置(46)」よりも、個々の物語テクストの特色を的確に捉えられるように思われる。

ある小説における物語プロセスの流れに見られる《物語り状況》の推移は、多数の要因と関連しているが、なかでも二つのものが重要性の点で傑出している。それは、内容の構成すなわちストーリーと、小説の構造を支える一定の語りの基本形式である。基本モチーフと神話原型からなる物語の構造の体系的分析は、V・プロップやC・レヴィ＝ストロースのような構造主義者たちによって重要な刺激を与えられた。こうした研究方向のこれまでの成果は、たとえそれらがどんなに興味深いものであろうとも、われわれの研究課題とはいささかの相関関係ももちえない。だがいつの日かそれが可能になることが、切に望まれる。そのようなわけで、われわれの考察はもっぱら、語りの基本形式からなる小説の構造と《物語り状況》の推移との関係に集中されることになる。

エーバーハルト・レンメルトの『語りの構造形態(47)』は、物語の時間構造によって識別できる構造形態について記述している。けれども、彼の理論はこみいっているので、なによりもまず構造形態と《物語り状況》の間の基本的な照応関係に的を絞るわれわれの方法には不向きなのである。だからわれわれとしては、レンメルトの『語りの構造形態』よりも前の時期に、たとえばローベルト・ペッチュにまで遡らなければならない。彼は一九三四年、その先駆的な労作『物語芸術の本質と形式』の中で、次のような語りの基本形式を選別した。つまり、〈報告〉〈叙述〉〈心像〉〈場景〉〈会話〉である。これらの基本形式は今日でもなお、小説がどのような形式で構成されているか、そしてそれらの形式は小説の全体構造の中でどのように配置されているか、という問題を調べる上での生産的な出発点をなしている。その後の物語研究者たちは、ペッチュの一覧表にあれこれの概念を付け加えたり、あるいは削除したりした。たとえば、ヘルムート・ボンハイムの四つの概念からなるリストには、ペッチュの基本形式のうちの三つまでが見出される。すなわち、叙述、報告、会話である。ボンハイムの第四のカテゴリー〈注釈〉は、ペッチュにおける〈報告〉の概念に内包されている。[48]

語りのジャンル特性としての媒介性を出発点とする小説理論にとっては、二つの基本形式、すなわち、物語的形式のグループ(報告、叙述、注釈、語り手によるエッセイ)と、非物語的ないし演劇的形式(会話、ドラマ風に描写された場面)とが区別されなければならない。このドラマ風に描写された場面は、主として対話から成り立つが、その対話の中には、ト書きと簡潔な事件報告の機能をもつ物語要素が織り込まれている。こうした場面は、どちらか一方の要素が優勢であるのに応じて、物語的形式とも非物語的形式とも呼びうる。物語の縦軸に沿ったプロフィールのこうした区分は、すでにプラトン以来おなじみの〈物語《ディエゲーシス》(叙述)〉と〈模倣《ミメーシス》〉[訳注16]の区別、並びに両者の混合形式としての叙事詩の定義に照応するものである。[49]

訳注16(ディエゲーシス Diegesis とミメーシス Mimesis)

前者は対話を含まない純粋な物語的叙法を意味し、後者はそれと対比的に、対話などによる演劇的な再現を意味する。

直接的な描写ないしはドラマ風な描写を意味する狭義のミメーシスは、小説では本来対話によってしか実現できない。対話場面はそれゆえ、厳密に考えるならば、叙事的空間における「異物体《コルプス・ファリエーヌム》」なのである。それというのも直接話法による詳細な引用は、小説においては媒介性の回避、すなわち語り手による伝達叙法の回避とみなされざるをえないからである。[50] したがって小説の中に現われる対話場面は、その時その時の《物語り状況》にはあまり左右されない現象なのである。——「正確に言うならば、文学における純粋なミメーシスは、……行為が単に言葉の上でのことにかぎられ……語り手にまったく媒介されない話や純粋な筆写や記録が、登場人物たちの語ったことや口に出して述べた考え以外のいかなるものも含まない場合にのみ可能である。[51]」チャットマンのこの所説に関連するのが、K・ハンブルガーの次の見解、つまり、対話はただ「ミメーシス的な」物語のなかに「土着の場」をもつのであって、間接提示的な一人称小説のなかではない、という見解である。[52] しかしながらこの見解は、「表層構造」のレベルでは一人称小説と三人称小説のそれぞれにおける対話場面と物語的部分の比率には、なんら顕著な相違は認められないという事実に、矛盾しているように思われる。[53] この比率自体は、いずれ分かるように、非常に変動しやすい。この変動は、ただひとえに《物語り状況》によって、ないしはK・ハンブルガーの言う「叙事的フィクション」と一人称小説の差異によって惹き起こされるものではない。小説は単一的なジャンルではなく、ディエゲーシス的・物語的部分とミメーシス的・演劇的部分とが混合した形態なのである。しかも物語的部分といえども、上は優れてディエゲーシス的・物語的要素から、下はミメーシス的・演劇的要素に至るまで、多彩な段階的差異が認められるのである。

体験話法、間接話法、談話の報告、ドラマ風に描写された場面は、語り手による要約的な筋の報告やコメントよりも、ミメーシス的・演劇的なものに近い。こうして並べた一連のもののなかにあって、特殊な位置を占めるのが、意識描写の多様な形態である。なぜなら、意識描写はここで前提されている境界をふみ越えてしまうからである。〈局外の語り手〉による思考の伝達、間接話法に類似した想念の描写、それに体験話法は、いずれも物語的形式に属するが、内的独白は、一定の条件下ではミメーシス的・演劇的形式とみなすことも可能である。

すでに『小説における典型的な物語り状況』で述べたように[54]、本来の意味の物語であるディエゲーシス(物語)と、細密な対話場面に支配的なミメーシス(模倣)は、読者にそれぞれ異なる時間・空間的方位感覚を呼び起こす。けれども、これら二つの可能性の間には、かなり幅の広い中間段階があるものと考えねばならない。読者が叙事的・間接的描写の心づもりで読むか、それともドラマ的・直接的描写の心づもりで読むかは、読者の想像力の好みに左右されることが多い。したがって、小説の語りのプロフィールや語りのリズムについての発言は、いずれにしろ〈読者〉という不確定要因を、わけてもその持久力を考慮に入れなければならない。いったん取られた読みの姿勢と、それに付随する時空感覚は、物語テクスト中にそれらの変更を告げるシグナルが現われないかぎりは、持続する。そして、たとえばD・H・ロレンスの『恋する女たち』のように、長い範囲にわたって《物語り状況》が漠然としか定義できないような物語テクストであっても、読者によって必ずしも、遠近法がどっちつかずだとは受け取られないことも、これにより説明がつくのである。そのような場合も、読者はいったん取られた語りの姿勢に固執しつづけるのであり、新たな方向性が明確に打ち出され、これまでの態度の変更を余儀なくされるまで、それは持続するといってよい。

2の(1)　語りのプロフィール

かくして、物語プロセスのダイナミズムを小説における語りのプロフィールを用いて説明する場合には、小説の物語的部分と非物語的部分(対話やドラマ風に描写された場面)との関係、それも両者の純粋に量的な関係と分布状況から出発しなければならない。この場合、個々の作品において著しい相違が認められる。W・ペイターの『享楽主義者マリウス』では、対話の割合がテクストの一〇パーセントに満たない章が多いが、ヘンリー・グリーンの『何もない《ナッシング》』ではテクスト全体の八〇—八五パーセント、アイヴィ・コンプトン＝バーネットの『母親と息子』では九〇—九五パーセントを占める。したがってヘンリー・グリーンとアイヴィ・コンプトン＝バーネットの小説は、対話小説と呼ぶことができる。これらの小説が、類型円図表の《局外の語り手による物語り状況》

と《作中人物に反映する物語り状況》のほぼ中間に位置するということは、主として対話の量によって決まるのではなく、対話の膨張を許すその物語的な条件によって決まるのである。すなわちその条件とは、〈局外の語り手〉の後退であり、同時に〈作中人物に反映する〉描写の欠如である。物語の〈非物語的な〉構成要素としての対話は、それ自体としては、ある作品の類型円図表における位置づけを決定する基準とはなりえないのである。

右に挙げた作品は、いずれも極端なケースである。たとえばD・H・ロレンスの小説における物語的部分と対話の比率のほうが、平均的小説や物語作品を、より適正に代表するのである。『息子と恋人』における対話の割合は、中間の幾章かではほとんど五〇パーセントに達するが、序章と終章では若干減少する。『虹』では対話の割合は一五パーセントにすぎないが、『恋する女たち』では再び四〇パーセントに上昇する。ロレンスの場合、上述の小説の発端と結末における対話の比率の減少は、事件の提示と画竜点睛のために生ずる現象と解してよいだろう。これと並んで、彼の小説における対話場面の配置の特徴をなすのは、比較的短い物語単位ごとに、おびただしい量の対話場面が散布され布置されていることである。小説の中の対話の比率が、同じく五〇パーセントもしくはそれ以上に達しているトロロープの場合には、これと対照的に、物語的部分と対話はもっと大きな単位のブロックごとに配分されている。

しかしながら、物語プロセスのプロフィールの分析にとって、ある小説のディエゲーシス的・物語的部分とミメーシス的・演劇的部分との交替を書き留めるだけでは不十分である。重要なのは、むしろこれら二つの構成要素の重層である。この重層が見られるのは、一つは間接話法と体験話法のなかであり、もう一つは、ある種の物語機能をもつ対話と独白のなかである。たとえば、ディケンズやハーディ、さらにはD・H・ロレンスのような作家の場合、対話の部分が物語的叙述に溶かし込まれる傾向が見られる。つまり、作中人物の会話の部分が、要約して述べられるか、もしくは体験話法で報告されるのである。これはとりわけハーディの『森林地の人々』と『帰郷』にひんぱんに見られる。たとえば対話場面において、対話の一方の当事者の話が直接話法で再現され、他方の相手の話は間接話法で再現されるか、あるいは中身がかいつまんで報告されるという形も、場合によってはありうるのである。

間接話法による描写と直接話法による描写の量的関係も(前者は本来の物語に属し、後者はミメーシス的・演劇的描写に属する)、われわれのテーマにとって重要である。往々にして間接話法の割合は、直接話法に較べほんのわずかにすぎない。珍しいことではあるが、ある種の小説、たとえば『息子と恋人』では、間接話法はほとんど皆無といってよいほど現われてこない。これは、間接話法は物語の報告形式に最も適した会話の再現形式であるという仮定に、矛盾するように思われる。(55) 体験話法は特殊なケースをなしている。体験話法の形式による発話の再現は、《局外の語り手による物語り状況》においても、《作中人物に反映する物語り状況》においても、かなりひんぱんに見られるのである。これは、報告調物語を場景的描写に滑らかに移行させるばあいに、しばしば用いられる手法である。したがってこのような手法は、小説における物語様式の変化のダイナミズムを和らげるような趣をもっている。

ところで、読者の心構えの切り換えを促しつつ、イメージの照準を物語行為そのものから逸らし、読者を一転して眼前で「現実《イン・》態において《アクトゥー》」進行する場面へ集中させるためには、いったいどれくらいのあいだ対話場面が小説の物語的部分を中断し、持続しなければならないかという問題は、一般的には答えられない。むしろそれは、読者個人のイメージ傾向に大幅に左右される事柄である。この点に関して、なんらかの測定値を出すのがたいへん難しいのは、直接話法による対話場面に、間接話法や体験話法を含む章句がしばしば混じっていて、それらが再三物語行為を想起せしめるからである。したがって全般的に確認しておかねばならないのは、読者がかなり詳細な物語的部分を読んだ後で長い対話場面に移るとき、あるいは逆に、長い対話場面から物語的部分に読み進むとき、読者のイメージにどういう反応が起こるか、こうした点について、われわれはまだあまりにも知識に乏しいということである。(56)

叙事的過去の時間的意味とか、虚構の世界における時間定位や時間感覚の問題も、もとより余す所なく究明されたとはまだまだ言い難い。なぜなら、その点に関して本当に信頼に足る——言い換えれば——検証可能な知見が、いまだわれわれのものとなっていないからである。おそらくこの場合には、映画やテレビというメディアとの比較が有効であろう。ほかならぬ小説の映画化にこそ、小説そのものの仕組みを解明してくれるかもしれぬ限界状況が、しばしば姿を現わすからである。たとえば、テレビ映画化されたドストエフスキーの『悪霊』を例にとると、そこでは所作場面がスクリーンに映し出され、観客への提示が「現実態において」行われている間、それと同時進行の形で、いわば「陰のナレ《ボイス・》ーターの声《オーバー》」として、語り手がその場の出来事を、物語的報告調の過去時称で語る。この場合、ミメーシス的・演劇的描写法とディエゲーシス的・物語的描写法のうち、はたしてどちらが読者のイメージ行為を規定するのであろうか?

2の(2)　語りのリズム

語りのプロフィールが、物語的ブロックと対話ブロックの連鎖の仕方から生まれるとすれば、語りのリズムは、小説の物語的部分を形成する語りのさまざまな基本形式(報告、注釈、叙述、所作の報告を混じえた場景的描写〉の配列と、それらの諸形式の語りのプロフィールに対する関係から生成する。物語的部分と対話的部分の交替が、《物語り状況》にあまり左右されることなく起こるのに対し、語りの基本形式の交替は、主として《物語り状況》によって決定される。しかもその際に、《物語り状況》が次から次と別の《物語り状況》へ推移してゆく経過が、非常に重要な役割を演ずる。基本形式が目まぐるしく交替し、《物語り状況》がひんぱんに移り変わる物語は、はっきり際立ったリズムをもっている。それにひき較べ、わずかに一つないし二つの基本形式と、終始同一の《物語り状況》とから構成される物語は、物語プロセスとして見れば、そのリズムは目立たない。だからといってこのことは、語りのリズムが目立たない作品のほうが、際立ったリズムをもつ作品よりも、なんらかの点で文学的地位が劣るということを意味するわけではない。内的独白のみから成っているシュニッツラーの短篇『グストル少尉』にしても、ほとんど全篇がもっぱら場景的描写に終始するヘミングウェイの短篇『殺し屋』にしても、語りのリズムはあまり顕著ではない。にもかかわらず、この二つの短篇が平板でサスペンスに欠ける作品でないことは、確かなのである。それどころか、物語プロセスの単調さが、かえってこの物語の緊張感を高めるのに一役買ってさえいる。

《作中人物に反映する物語り状況》が支配的なカフカの『審判』においても、同様に語りのリズムはおおむね控え目である。《物語り状況》にひそかな変化が認められるだけであるが、実はこのひそやかな変化こそ、W・クージュスとW・H・ゾーケルが実証したように、解釈にとって少なからず重要なのである。つまり、最初の数章で、ヨーゼフ・Kの作中人物としての遠近法に〈局外の語り手〉の遠近法が、すなわち主人公に対し距離を置く語り手の遠近法が、何度か重なり合うことがある。この語り手がさしはさむ抗議が減少してゆくのに平行して、クージュスが指摘するように、主人公の「独我論的な遠近法」が増幅されてゆく。〈局外の語り手〉によって視点の拡大がなされる第六章は、こうした傾向にいま一度束の間の反転をもたらす。しかし小説の後半では、この〈局外の語り手〉による割り込みは、新たな機能を獲得する。すなわち、クージュスによって「反人格的 antipersonal」と名づけられたこの機能は、最初はヨーゼフ・Kの現実意識の崩壊を、次いで彼の人格崩壊を準備するのである。かくして、《物語り状況》の緩やかな変化と、同じく段階的に進行する主人公の精神的消耗と、最終的な人格崩壊の内的プロセスとの間には、平行関係が確認できる。[57] したがって《物語り状況》の変化の意味は、必ずしも小説に展開される物語様式のダイナミズムの度合から汲み取るべきではなく、むしろ、どの小説もそれぞれ固有の尺度をもっていると考えるべきである。そしてこれを尺度にして、支配的な《物語り状況》からのどういう逸脱が「変哲のない」ものであり、どういう逸脱が「特徴的で」かつ解釈にとって重要なものであるかが、決定されるのである。してみると、たとえば《作中人物に反映する物語り状況》から《局外の語り手による物語り状況》へのひそやかな移行も、『審判』の解釈にとってはすこぶる重要な意味をもつものの、『アンナ・カレーニナ』の序幕に見られる激しい語りのダイナミズムのコンテクストの中では、「変哲のない」もの、この小説の解釈にとっては些細なものと色分けせざるをえないであろう。(58)

『虚栄の市』と『ブッデンブローク家の人々』の書き出しは、似たような構成になっている。それらをA・トロロープの『フィンランド人フィニアス』のような小説と較べてみると、たんに語りのプロフィールのみならず、語りの基本形式と《物語り状況》のダイナミックな変化の点でも、本質的な相違が現われている。トロロープの小説は、発端で設定された《局外の語り手による物語り状況》を他の二作品よりも頑なに守りつづけ、大体のところ、しだいに長くなる対話場面の挿入によって中断されるだけである。こうして、この小説の語りのプロフィールはある種の均質化をこうむることになり、その語りのダイナミズムの効果も薄められることになる。

一方また、ディケンズの三人称小説は、これとは違ったプロフィールをもっている。この場合、報告的な叙述の部分は、対話場面、ドラマ風に描写された所作場面に較べて、分量的に少ないのである。そして物語は、トロロープよりも全般にすみずみまで構成が行き届き、語りの基本形式もいっそうひんぱんに交替する。〈局外の語り手〉による所作の報告も、おおかたは「視覚的〔視覚に訴える〕報告 Sichtbericht」である。(59)すなわち語り手は、姿の見えない観察者が出来事の現場で直接目にし耳にするような事柄の報告のみに、もっぱら自らを限定するのである。それゆえディケンズの小説においては、物語プロセスの重点は明らかに、〈局外の語り手〉によって編まれた場景的描写に、しかも対話部分をも織り込んだ場景的描写にあることになる。

ディケンズにおいては、語り手による外的遠近法から作中人物による内的遠近法への移行も顕著であるが、これはほとんど常にテーマ論的に説明のつく現象である。《作中人物に反映する物語り状況》を取り込んだ持続時間の長い内的視点への移行が最もひんぱんに見られるのは、心中の激しい情念に満たされた場面、とりわけ臨終の場面である。たいていの長い臨終場面並びにその直前の物語部分は、きまって《作中人物に反映する物語り状況》へと傾くきらいがある。その古典的な例が、『ドンビー父子』における幼いポール・ドンビーの長患いと、ついに訪れたその死である。視点が作中人物化するこうした傾向は、この作品では臨終場面の出てくる章の見出しにまで及んでいる。(60)この小説の第五十五章では、《物語り状況》のさらに鮮明な集中化が行なわれ、遠近法もいちだんと首尾一貫したものになっている。物語はもっぱら、死の予感が暗い影を投げかけるカーカーの思考と感情の描写に絞られるが、案の定この章の終わりで彼はあえなく最期を遂げるのである。

これに較べてサッカレーの最も有名な臨終場面、すなわち小説『ニューカム一家』の幕切れにおけるトマス・ニューカムの死は、完全に外的遠近法で語られるが、これはもちろん、この小説の《「私」の語る物語り状況》に起因するものである。フレッド・W・ベーゲが指摘しているように、(61) 描写視点の問題に対するディケンズの関心は、小説家としての発展の過程で年を追うごとに増大していったように思われる。たとえば彼の遺作『エドウィン・ドルード』の書き出し部分、すなわちディケンズとしてはまったく異例な〈作中人物に反映する〉語りを考えてみるだけで、それは十分了解されるだろう。けれども彼の場合、《物語り状況》の推移は、わけても〈局外の語り手による〉報告から〈作中人物に反映する〉描写への移行は、ほとんどきまって内容的な条件によって惹き起こされる現象である。したがって見た目には、それは決して意識的に導入された物語技法ではないのである。例外をなすのが『荒涼館』である。そこでは、明らかに《局外の語り手による物語り状況》で書かれた部分と、同じく紛れもなく《「私」の語る物語り状況》で書かれた部分とが、ほぼ数章ずつ交互に、全篇を通じて規則正しく交替するのである。この二つの《物語り状況》は、二様の相異なる遠近法を、すなわち、時代批判的な気分を抱く〈局外の語り手〉のパノラマ的視点と、一人称の語り手たるエスタ・サマソンの家庭内の視野に限られた、素朴な、しかし共感溢るる視点を表わしている。この入れ替わりのダイナミズムは、おそらく注ぎ込まれる物語手段に必ずしも見合うものではないだろう。というのも、《物語り状況》の順序正しい連続が、重要な要素を、すなわち不意打ちの要素を、初めから排除しているからである。かてて加えてこの贅沢な物語装置も、二つの異なる視点からの出来事の真正なる遠近法的描写に、ほんの部分的にしか役立っていないからである。

十八並びに十九世紀の一人称小説においては、三人称小説の場合と同様に、基調をなす報告調の語りが、場景的描写や対話場面と絶え間なしに交替するのが特色である。《「私」の語る物語り状況》に特有の現象は、〈物語る私〉のパースペクティヴが、再三再四〈体験する私〉の視点と知覚範囲に引き戻され、狭められることである。この転移はほとんど常に漸進的に持続的に行われるので、読者にとってもたいてい目につきにくい。けれども、ほかならぬこの転移こそ、一人称小説の語りのダイナミズムにとってはなはだ重要なのである。なぜならこの転移によって、自叙伝風一人称小説において互いに対峙しあう二つの局面、すなわち二つの「私」(〈物語る私〉と〈体験する私〉)の間にめぐらされる緊張関係が、物語構造の一端となるからである。この相対する二つの「私」という図式の転調がもたらすダイナミズムは、描写がますます〈体験する私〉の視点と知覚範囲に限定されるにつれ、減少してゆく。

それゆえ、そのようなダイナミズムは、『デイヴィッド・コパフィールド』ではサリンジャーの『ライ麦畑でつかまえて』よりも大きく、内的独白の形式に近い小説、たとえばフォークナーの『響きと怒り』のような小説では、ダイナミズムはもっと減少する。

《作中人物に反映する物語り状況》が優勢な小説の場合は、語りの基本形式と《物語り状況》の変転がもたらすダイナミズムは、やはり低下する。なぜならこの場合、一人の作中人物の視点が貫徹される傾向が強まるために、《物語り状況》の度重なる交替が妨げられるからである。最も転換が起こりやすいのは、どちらかといえば《局外の語り手による物語り状況》への方向であるが、ただしこの推移も、たとえばカフカの『審判』や『城』のように、ほとんど常に滑らかに、それと気づかれぬように起こるのである。《作中人物に反映する物語り状況》が一貫して維持される小説では、知覚範囲を〈体験する私〉に始終限定する一人称小説の場合と同じように、視点が媒体的人物〈映し手〉に固定化されることによって、物語プロセスないし描写プロセスの構造は比較的安定したものになる。ただ、それも時には、たとえばドロシ・リチャードソンの〈意識の流れ〉小説の連作『遍歴』のように、単調なものになることもある。この種の小説においては、物語プロセスの微弱なダイナミズムにもかかわらず、意識描写と対話を交替させることによって、一種独特のリズム感を実現することができる。

かくして、ジョイスの『若い芸術家の肖像』の一節を例にとるならば、そこには対話と作中人物による内的視点との交替が見られる。そしてこの対話と報告的叙述から作中人物の内的視点への転換が、すなわち外から内への、動から静への転換が、揺るがぬ持続性をもって繰り返されるとき、そこにはリズミカルな印象が呼び起こされる。次に引用するこの小説の一節で、スティーヴンは考えられぬような行動に敢然と挑み、舎監による不当な折檻の苦情を校長に訴え出る。その帰途、同級生たちが彼を物珍しげに取り囲む。

走ってくる彼をみんなが眺めていた。彼のまわりにあつまって輪をつくり、押しあいながら争って話を聞こうとする。

——どうだった？　どうだった？

——校長先生は何といった？

——校長室にはいったの？

——校長先生は何といった？

——言えよ！　言えよ！

彼はみんなに話してやった。自分がどんなことをしゃべり、校長先生がそれに何と答えたか話しおわると、みんなが帽子をくるくると空にほうりあげて叫んだ。

——ばんざーい！

落ちてきた帽子をつかまえると彼らはそれをまたくるくる

と空高くほうりあげ、また叫んだ。

——ばんざーい! ばんざーい!

みんなが腕をくみあわせ、彼をのせて胴上げしながら動きまわった。スティーヴンがもがいてやっとのがれると、みんなちりぢりに駆けだしてまたもや帽子をほうりあげ、くるくると空に舞うのを眺めながら口笛をふき、またもや叫んだ。

——ばんざーい!

それから彼らは禿げちゃびんドランくたばれを三唱し、クロンゴウズ創立いらいの名校長だと褒めたたえた。

ばんざいはやわらかい灰色の空に消えていった。彼はひとりになっていた。彼は幸福で自由だった。でもドラン神父にたいして威張るつもりは毛頭ない。ますます静かに従順にふるまうことにしよう。ドラン神父になにか親切なことをしてあげたい。威張っていないことを示すために。

空気はやわらかく、灰色で、おだやかで、すでに夕暮がせまっていた。夕暮の匂いが空気にこもっている。これはいなかの畠の匂い。バートン大佐のうちまでみんなで散歩して、かぶを掘りだして皮をむいて食べたあのときの匂い。あずまやの向こうの、虫こぶがいっぱいついた木立の匂い。

生徒たちはクリケットの打撃練習やドロップ、カーブの投球練習をしていた。やわらかい灰色の静けさのなかからボールの音がきこえてくる。そしてあちらこちらから穏やかな空気をとおしてクリケット・バットの音。ピック、パック、ポック、パック。ちょうどあふれる水盤のなかに噴水のしずくが静かに落ちるみたい。(62)

(永川玲二訳、新集世界の文学、中央公論社)


ここでは対話と場景的な報告が、スティーヴンの思考と知覚の〈作中人物に反映する〉描写と入れ替わり、しだいに同級生の声が背景に退いてゆく。かわってスティーヴンの思考がますます描写の前景に出てくる。したがってこの短いテクストの一節には、小説の物語論的基本構造とテーマ論的基本構造とが等しく映し出されている。つまり、前者はかなり持続時間の短い幾つかの基本形式(対話、場景的報告、〈作中人物に反映する〉意識描写)からなる精妙な構造であり、後者は主人公のすべての経験が収斂する内面世界を映し出す前庭としての外的世界の描写である。風景を包む静かな秋の夕暮の描写は、明らかに《作中人物に反映する物語り状況》によって完全にスティーヴンの意識に帰属させられているが、これすらも換喩によって内面世界に変貌させられている。空気の心地よい穏やかさ、稔り豊かな収穫を約束する香り、しだいに迫る夕闇——風景描写を構成するこれらすべての要素は、主人公が勝利を収めたひとときの、すなわち初めて成就した自己主張の喜びに浸るいっときの彼の心の状態を表わしている。

この小説の基本形式を分析する際に、この一節を単純に〈叙述〉

という項目に分類しても、それはあまり意味がないであろう。つまりそうした場合に、この一節が全体の文脈に対してもっている機能の最も重要な側面が、見落とされてしまうからである。すなわち、もともとこの一節は、媒体的人物であり映し手的人物でもある小説の主人公の意識に帰属すべきものなのである。主人公の内面世界を映し出すものこそ、一コマの風景として体験された外界の描写にほかならない。そのようなわけで語りの基本形式の認識は、いつもその時々に支配的な《物語り状況》を顧慮した上で行なわねばならない。それゆえ、一定の語りのプロフィールや語りのリズムの効果についての所見を、有意味なものとするためには、常に《物語り状況》に左右されるところの描写の機能に関係づけなければならない。語りのプロフィールや語りのリズムが、解釈にとっていかなる重要性をもつかは、この描写の機能から初めて明らかになるのである。

3　物語プロセスの型式主義化——語りのパターン化

多くの事例からうかがえるように、物語様式の構想過程と、執筆にあたっての、然るべき物語装置による媒介性具現の経過は、一様な道筋を辿るのではなく、幾多の曲折が見られる。その根本的な原因はおそらく、作家の創造的な生産力の少なくとも一部分を支配している生理的法則に求められる。すでにスターンのトリストラム・シャンディは、肉体と精神の相互依存性と相互作用を知っていた。——「——一方をもみくちゃにしてごらん——そうすればもう一方ももみくちゃになるから。」[63]創造的な行為が営まれる精神的領域においても、疲労状態は存在する。したがって、比較的長い小説では大詰めが近づくと、語りのプロフィールが一様化したり、物語プロセスのダイナミズムが弱まったりする現象が生ずるが、これもべつだん驚くにはあたらない。むしろ不思議に思えるのは、若干の事例を除いて、こうした現象がこれまで物語研究の立場から体系的に研究されたことがないという事実である。

当然のことながら、そのような平板化は、たとえば『虚栄の市』や『アンナ・カレーニナ』のように、彫りの深い語りのプロフィールと物語プロセスの高潮するダイナミズムとを兼ね備えた小説のほうが、比較的平坦なプロフィールと微小なダイナミズムとをもつ小説、たとえばアイヴィ・コンプトン＝バーネットの『夫と妻』やカフカの『城』のような小説よりも、目につきやすいのである。長い小説におけるプロフィールの一様化と語りのダイナミズムの後退という現象は、次のことを意味している。つまり、媒介性の具現は、作家に高度の緊張を強いるものであって、物語行為に向けての己れの想像的イマジネーションの徹底的な傾注を要求するものであること、しかもそのような精神集中は往々にして長時間同じレベルを維持できないということである。この現象は、いろいろな作家を比較しつつ、詳しく研究してみるだけの価値をもっている。その場合、それぞれの《物語り状況》の性質の違いが考慮されなければならないであろう。というのも、いずれの《物語り状況》も作家に同じ程度の集中力を要求するとはかぎらないからである。さらに、そのような研究では、通俗小説はこの点に関して高尚な文学作品と異なるかどうか、その辺の事情も検討しなければならないだろう。

ところで、物語プロフィールや物語リズムの無個性的な一様化は、個々の作品のなかばかりでなく、一作家の全創作過程にも見られる。たとえばサッカレーやトロロープのように、厖大な小説作品を制作したヴィクトリア朝のあの偉大な物語作家たちにも、どうやら晩年の作品には、語りのプロフィールのある種の単調化と、語りのダイナミズムの低調が認められるのである。もちろんその場合、個々の作品におけるそうした傾向の逆転現象も、常に勘案しなければならない。単調化の程度も、作家によりそれぞれ異なっている。トロロープもサッカレーも、見たところ晩年の作品において、プロフィールの一面化(無個性化)、それもディケンズなどよりも顕著な一面化が認められる。ディケンズの場合には、プロフィールの一面化は往々にして個々の作品の内部でも認められるが、これは明らかに、幾つかの連載物を同時に期限にせきたてられて書かねばならなかった事情によるものであろう。

『デイヴィッド・コパフィールド』では、語りのダイナミズムのこうした減少は、おそらく小説の後半における目標の変更に関係づけられるであろう。小説の後半では、もはやひたすらデイヴィッドの生涯のみが語られるのではなく、あたかも人物描写の画廊巡りの如く、多彩な人物像が描かれることになる。さらには、半自伝的な《「私」の語る物語り状況》の本質に基づくことでもあるが、〈物語る私〉から〈体験する私〉への漸進的な移りゆきも、そうした傾向を強めている。しかしながら、『クリスマス・キャロル』のように比較的短い物語に現われるプロフィールの一面化に対しては、そのような理由づけはほとんど当てはまらない。たとえば、この作品では冒頭に語り手が登場するが、彼が行なうおびただしい自己表出や表情豊かな語りの仕草は、物語に十分なダイナミズムを与えている。ところが物語が進むにつれ、この語り手の人格的風貌は目に見えて色褪せてしまう。この一面化は、なかんずく語り手の一人称代名詞(「私」)による自己言及の回数が減ることから読み取れる。この「私」への言及は、最初の一ページだけで六回も現われる。ところが、最終章をなす七ページの間では、紋切り型の結び文句「われらみなの上に神の恵みのあらんことを」の中の「われら」を除けば、ただの一度も現われないのである。

一定の輪郭をもつ語りのプロフィールを型通りに繰り返すことによって、語りのパターン化が生まれる。結末に向かうにつれて一面化する物語のプロフィールは、そのようなパターン化の一つの表われである。物語的部分と対話場面のある種の規則正しい交替も、——そのような連続パターンが変形によってその規則性を妨げられないかぎりは——物語プロセスのパターン化とみなすことができる。同様に、特に物語の提示部から主要部への移行時とか、章の始まりによく見られる傾向、すなわち〈局外の語り手による〉語りから〈作中人物に反映する〉語りへの傾斜も、これに含めなければならない。物語の発端におけるこうした型式主義化は、非常にしばしば観察される現象である。

カフカの『城』の最初の数章にも、〈局外の語り手による〉語りから〈作中人物に反映する〉語りへの傾斜が見られる。またそのような傾斜は、ジョイスの『ダブリンの市民』の中の幾つかの物語においても、物語プロセスの構造にとって決定的な役割を果たしている。なかでも特に『厄介な事件』とか『死者たち』といった物語において、それは際立っている。ジョイスの場合、この語りのパターン化は、まさに彼の創造的なファンタジーの傾向に見られる特異体質の表われにほかならない。つまり、それは彼の想像力に潜む、外界を離れて内的世界へと向かう傾向、換言すれば、表面的現象の記録から顕現《エピファニー》へ、すなわち、表面を精神的に突き抜け、表面下に隠れる意味や象徴の透視にまで到ろうとする傾向である。『死者たち』の冒頭の降雪場面は、最初は〈局外の語り手〉によって気象学的な現象として叙述される。だが物語の結末では、降雪は、媒体的人物たるゲイブリエルによって体験された知覚として映し出され、しかもそれは彼の感情状態の内面化された風景となっている。そのような場合にもなお語りのパターン化を云々することができるかどうかという疑問は、確かにこの作品に関するかぎり、当を得たものといわざるをえない。この疑問に答えようとするならば、われわれは偏差理論の問題に立ち入ることになるだろう。紙数の都合により、その試みは断念せざるをえない。

最近ヘルムート・ボンハイムは、彼が「物語的叙法」と名づけた語りの四つの基本形式、すなわち「発話《スピーチ》」、「報告《レポート》」、「叙《ディスクリプ》述《ション》」、「注釈《コメント》」を分析している過程で、語りのパターン化の問題に行き当たったが、彼自身はこのような概念を用いることはしていない。彼はアメリカのいろいろな短篇作家を例にとり、これらの基本形式が繰り返し現われる際の一定の順序のうち、どういうものが際立って優位を占めるかを実証している。そのような繰り返しのパターンも、それがはなはだしく型にはまった形態であるならば、やはりパターン化とみなすことができる。ボンハイムは、この「叙法のこま切り」(彼自身軽い皮肉をこめて自らの方法をこう呼んでいるのだが)の前に立ちはだかる困難を決して見過ごしてはいない[64]。ほとんどの文学テクストにおけるさまざまな「叙法」のもつれた混合状態が、そのような企てを困難にするのである。しかし、この試みをこうした現象の記述的分類と数量化だけに終わらせたくないならば――確かにそれは不可欠の予備作業ではあろうが――、基本形式や「叙法」の連鎖を支配し、部分的にそれを決定づけるところの《物語り状況》を考慮に入れなければならない。四つの基本形式のそれぞれが、一定の文学的コンテクストの中でどのような機能をもつかという問題に関しては、たいていそのような《物語り状況》から手掛かりが得られる。したがって、たとえば本章で引用した『若い芸術家の肖像』の場面に関して言えば、もし諸々の「叙法」とその連続順序の確認だけに満足して、それらの叙法が《作中人物に反映する物語り状況》の一部分として、スティーヴンの経験と知覚の形成に貢献していることを明示しないならば、引用個所の意味構造にあまり深く踏み込んだことにはならないであろう。そのように見るならば、引用個所の最終段階は、たんなる夕景色の叙述(すなわちボンハイムのリストによる「叙述《デイスクリプシヨン》」)ではなく、主人公の内的経験の換喩的描写なのである。このような描写に対しては、「叙述」という術語はもはやあまり妥当でないように思われる。

4　動態化と型式主義化――要約

比較的長い物語が語られてゆく間に《物語り状況》が蒙る転移と変形に関するわれわれの分析は、相反する二つの傾向、すなわち物語プロセスの動態化への傾向と物語プロセスの型式主義化への傾向とを、明るみに出すことができた。媒介性具現の過程のなかで、物語が進むあいだ絶えず読者への伝達行為を活性化し、読者に変化を与え、それによって一定の《物語り状況》の過度の貫徹から生ずるかもしれぬ単調さを防ぐあらゆる現象を、われわれは一括して動態化と呼ぶ。一方、語りの基本形式の連続した配列のなかで特定のシークエンス・パターンの繰り返しを好んで許容する現象を、われわれは型式主義化と解するのである。型式主義化の結果として、たとえば長い物語の終わり近くに概して物語プロフィールの一面化が現われるように、語りのパターン化現象が生ずる。

しかしながら、この二つの根本傾向の確認から次のような結論を引き出すのは、間違いであろう。つまりそれは、物語プロセスの動態化は、ひとえに作家の創造的な生産性のしからしむる結果であり、逆に型式主義化は、ひとえに作家の創造上のエントロピー、すなわち創造的生産力の枯渇のしからしむる結果であるという結論である。二つの傾向は、むしろ一体のものとして、もしくは相互に依存しあうものとして眺められなければならない。物語テクストに見られる動態化された部分と型式主義化された部分との交替という現象は、文学的な物語テクストに特有な構造特性であって、それは一般に教科書や病歴簿や警察記録におけるような、統一的文体構造をもつ事項テクストとは対照的な現象なのである。文学的な物語テクストのこの特性のなかに、美的形成物の構造法則が、すなわち緩急両様の要素から成り立つその仕組みが、はっきり映し出されている。

　こうした考察のなかから、純文学の小説と通俗小説との関係の問題につながる糸口が得られるであろう。たとえば、両者の相違は、動態化された部分と型式主義化された部分の量的関係ばかりでなく、その配列の仕方によっても識別されうるかという問題設定も、そのようなアプローチの一つである。もう一つの糸口は、動態化された物語部分と型式主義化された物語部分を前にした場合の、読者の反応の差異という方向に求められるだろう。私が別のところで「相補的物語」という概念の検討を試みたときに、すでに明らかにしたことであるが、長い物語作品を前にして読者は、物語に対する態度という点で、一種の収縮期と拡張期の交替を経験する。――「語り手と読者との間における情報伝達過程《コミュニケーション》は、長大な小説の場合であっても、読者という座標系の中での疑問視ないしは異化、主張ないしは確証の連続と考えることができる。とはいえ、小説の長大さや、その結果としての長時間の読書ともなると、それに伴う生理的理由からしても、読者は、自らの置かれた座標系の疑わしさとか陳腐さに対する驚きの状態を、読書の間ずっと持続できないのである。読者という役割行為には、ヴァインリヒが「晴朗さ《ハイターカイト》」と名づけた独特の役割特性が含まれている。これは、彼の考えによれば、（作者の眼が捉えた）世界の否定性というものを前にして、読者が要求する自由空間ともいうべきものである。さらにこれと並んで、読者自身の想像力の自由、すなわち現実の陳腐さと月並みさ、そして読者の無感動を、いわば行間逐語訳のように、物語テクストの中に書き加える自由も含まれる。語られる物語と相補的物語の融合としての小説の講読は、収縮期と拡張期の、異化と同化の、驚きと確証の、精妙化と型式主義化の、新機軸渇望と紋切り型嗜好との絶えざる交替なのである。[65]」

　かくして物語研究の前には、ようやく探求の緒についたばかりの新たな分野が開かれたのであるが、その方面に関するいちだんと精緻な研究が切に望まれる次第である。

第Ⅲ章　対立「人称」――語り手の存在領域と作中人物の存在領域の一致／不一致（一人称による対象指示／三人称による対象指示）

小説の内部にいる何者かが、小説の外部にいる何者かに向かって語っている。これは私にとって、驚くべき、ほとんどぞっとするような現象に思われる。
（デイヴィッド・ゴールドクノップ『小説の生命』）

ここ数年における言語学と文芸学の相互接近は、物語研究に新鮮で強烈な刺激を与えた。物語理論は、とりわけテクスト言語学に重要な概念と問題を提起することによって、それに報いることができたのであった。たとえばエーゴン・ヴェルリヒの『英語のテクスト文法』では、まるまる一章が「視点」について書かれているし、また「テクスト形式」という章の中には、「物語」、「報告」、「新聞記事」などに関する節も設けられている。[1] ロジャー・ファウラーは最近、両分野に共通な分析原理を次のように定義した。――「私は、[物語]テクストが（文から構成されているとともに）構造的には文に似ている、と主張したい。すなわち、（言語学において）個々の文を分析するためにわれわれが提案する構造のカテゴリーは、[物語]テクストにおけるもっと大掛かりな構造の分析にまで拡張して適用することができる。[2]」実際またR・ファウラーは、この興味深くしかも大胆な仮説の一端を証拠立てるような例証を挙げてさえいる。しかし彼の主張のある部分については、もちろんもっと立ち入った検討を加えなければならないであろう。それは、たとえば次のような命題である。――「小説の登場人物と出来事は、おそらく[言語の深層構造要素としての]一定数の述語のタイプと名詞のタイプに酷似している。(3)」

ソシュール以来言語学の分野で流布している対立という概念(三四ページ参照)の援用も、言語に基礎をもつ現象における物語理論と言語学との共通基盤を暗に示している。——「言語的な記号において……肝心なことは、それら相互の区別と境界画定である。本質的なことは、あるものが他のものと異なっているということではなく、あるものが他のすべてのものに並立し、対立しているということである。そして言語の全機構は……この種の対立に基づいている……。(4)」したがって、《物語り状況》を構成する諸要素についてこれから記述する場合、これらの構成要素は、構造上重要な対概念をそのつど対比させることによって分析することにしたい。方法論上の理由により、最も明白な対立である《人称》から始めることにする。続いて、対立《遠近法》、対立《叙法》の順に詳しく論じたい。

1 W・カイザー、W・C・ブースなどにおける一人称小説と三人称小説に関する論議

一人称小説といわゆる三人称小説の間には根本的な相違があるかどうか、つまり換言すれば、構造的なものに根ざした相違があるかどうかという問題に対して、物語理論は今日に至るまで、誰もが納得するような答えをまだ見出していない。本来ならば、これは幾分意外なことですらある。というのも、一人称小説に関する従来の考え方は、三人称小説とは対照的なこうした物語様式がもっている特性の正しい理解を、むしろ長い間妨げてきたのであるが、今日ではそれはもはや克服されたものとみなすことができるからである。たとえばそういう古い考え方の一つが、一人称の語り手たる「私」は作者自身にほぼ一致する、という考えである。そのような同一視をおこさせるきっかけとなったものは一人称形式の長大な教養小説、たとえば『緑のハインリヒ』とか『デイヴィッド・コパフィールド』のような作品であるが、とりわけこれらの作品を解釈する際に、そうした見解が生まれてきたのであった。

小説における客観性の断固たる擁護論者であるフリードリヒ・シュピールハーゲンが、十九世紀的見解からすれば最も主観的であるはずの物語形式、すなわちほかならぬ一人称小説こそが、己れの唱えるプログラム実現〔客観性実現〕への最上の近道であると信じているのは、今日でもなお一読に値する珍説である。一人称小説では作者はその自我をまず「彼」に変える、とシュピールハーゲンは考える。——「「彼」が再び変身して「私」に戻ると、言うまでもなくそれは、昔の、経験的な、素朴で、狭い、そして

愚昧な「私」ではもはやありえない。それは、新たな、己れの愚昧さから作為的に脱却させられた、内省的な「私」であるほかない……」[5] 一人称小説における作者の主観的な自我のこの二度にわたる変身によって、シュピールハーゲンがシラーに倣って言っているように、「主観的なものが客観的なものと」融合する。このことは、彼にとっても、彼の同時代人の多くにとっても、語りの問題そのものを解決したと同じような意味をもったのであった。

しかしながら、「客観的」とか「主観的」とかシュピールハーゲンの時代にとってはひどく重要な概念も、いとも簡単にその帰属関係が逆転しうることを、一人称小説の最初の理論家はすでにわきまえていたのである。すなわちK・フォルストロイターは、一人称小説と三人称小説の差異について、次のように述べている。――「大きな違いは……三人称形式ではどんな評価や解釈でも、それらが作者に由来するものであるために、客観的な妥当性を主張できるのに対し、一人称の語り手が下す判断となると、それらは彼の人柄に制約されるので、決して読者を拘束することにはならないという点にある。」[6] 主観的／客観的の問題を度外視すれば、ここには重要なことが主張されている。つまり、一人称の語り手は、フォルストロイターにとって、もはや作者が偽装のためにかぶった仮面ではなく、独立した虚構の人物なのである。だからその意味では、一人称の語り手の虚構性の認識が、[7] 三人称小説の語り手の虚構性の認識に時間的に先行したといえる。

人格化された語り手についての項〈第I章〉のなかですでに述べたように、三人称小説の〈局外の語り手〉の虚構性は、一九五〇年代の中頃にようやく一般に認識されるようになった。一人称の語り手（「私」）と三人称小説の〈局外の語り手〉とが、等しく虚構の語り手として、したがって根本的には同種のものとしてみなされるやいなや、この共通点は、これ幸いとばかりに、一人称小説と三人称小説の違いをかなり低く見積もるために利用されたのであった。こうした考えが今日でもなお多くの支持者をもっているのは、おそらく、二人の著名な、しかもあまり遠くない時期の小説理論家が共にそれに与しているという事情にも、関わりがあるだろう。その著名な二人とは、ヴォルフガング・カイザーとW・C・ブースである。

カイザーは、すでに述べたように、小説の語り手は、一人称小説であれ三人称小説であれ、作者と同一視することはできないという明快な断言によって、小説理論に決定的な一歩前進をもたらした。だが、同じく三人称小説と一人称小説の間にある根本的な差異に対して彼の目を遮ったものこそ、実はこの重要な認識にほかならなかったのである。カイザーの考えによれば、〈物語る私〉は作者と同一の人物ではなく、作者によって創造された語り手という役柄であるから、この〈物語る私〉は、人称小説の中で語られる固有の生涯を身に負うている人物というよりは、むしろ作者の物語機能を具象化したものなのである。――「小説の中の「私」

という語り手は……決して作中人物の直線的な延長ではない。彼のなかにはもっと多くのものが潜んでいる。齢を重ねた主人公というその語り手の形姿は、ただ表面上目にとまるだけの役柄であって、その陰には別なものが隠されている。[8]」この文章は、いかにもカイザーらしく、デイヴィッド・コパフィールドやハインリヒ・レーを引き合いに出して述べられたものではなく、『白鯨』の中の一人称の語り手を引き合いに出して述べられている。確かにこの作品では、語り手の役割が局外の語り手的なものに化する傾向が、はっきり認められる。それゆえカイザーは、一人称小説を読む者なら誰にでも思い浮かぶ一人称の語り手と「孫たちに自分の若い頃の話をしてやる祖父」との類似性を、認めようとはしないのである。

「われわれは、トーマス・マンが、物語られるクルルと物語るクルルとの間に緊密な連繋をもたせていることを、決して見誤るものではない……しかしそれでもわれわれは、そのような連繋を、個人としての一貫性をもった発展というカテゴリーで考えているのではないから、若い頃のフェーリクス・クルルと年老いたフェーリクス・クルルとを決して一つにすることはしないのである。[9]」これは、まことに驚くべき意見である。なぜならば、拙著『小説の典型的な形式』の中ですでに指摘したように、カイザーは、半自叙伝的な一人称小説の作者によって主題化された語り手と主人公との人格的な一体化という現象に、まったく気づいていないからである。[10] それがためにカイザーの理論では、一人称小説(『緑のハインリヒ』、『デイヴィッド・コパフィールド』、『詐欺師フェーリクス・クルルの告白』)の半自叙伝的形式を決定づけているところの構造法則、すなわち、老成して分別くさくなった語り手である〈私〉と、己れの実存的状況にいまだ完全にとらわれたままの主人公たる〈私〉との間に形成される緊張関係が、覆い隠されてしまうのである。

この問題を論じてゆく過程で明らかになったように、〈局外の語り手〉に対しては虚構の人物としての自律性を最終的に認めた当の小説理論家が、一人称の語り手からはその自律的な人格性の中枢を、すなわち、語り手たる〈私〉と物語の主人公たる〈私〉との間にある実存的な連続性を奪おうとしているのは、なんとも皮肉なことではある。カイザーの見解を支える一つの根拠は、おそらく、多くの一人称小説においては〈物語る私〉と〈体験する私〉との結びつきが、特にその初期の段階ではごくごくゆるいものであるか、あるいはただそれとなく匂わされているだけであるという事情をふまえたものであろう。一人称小説ではまた、遠い過去に遡る体験に対して、心理学的に然るべき距離を保ち、遠近法的な操作を加えることも往々にして行われない。その結果、時間的に遠い過去の物語を、一人称の語り手の個人的な回想として性格づけることは放棄されるのである。たとえばシュティフターの『晩夏』には、この二つの傾向が認められる。[11] しかし若干の作家が一定の物語形式に潜む描写能力をまるっきり、もしくはわずかしか駆使しないからといって、この事実から、こうした表現形式は小説ジャンルにとって原則的に不要なものであると結論することは、許されないであろう。いずれにせよ『晩夏』は、非遠近法的に物語られた小説と見ることもできる。非遠近法主義は、後でも述べるように、時間的な遠近法的処理に、すなわち〈物語る私〉と〈体験する私〉の関係にあまり注意を払わないということを意味している。

ところで、一人称小説と三人称小説が根本的には同じであるという命題には、一人称による物語行為についてのあまりに狭隘な考えがこびりついていることが多い。つまり、一人称の語り手は、自分の体験したことと、自分の記憶していることしか語れない、という考えである。しかしながら〈物語る私〉は、回顧的な能力を意味しているばかりでなく、再創造的な能力も意味しているのである。言い換えれば、一人称の語り手は、己れの過去の生を回想する人物であるばかりでなく、この過去の生を己れの想像力の中で再創造する人物でもある。したがって彼の語りは、〈体験する私〉の経験と知識の範囲に厳しく縛られることはないのである。これは、たとえばデイヴィッド・コパフィールドも再三再四はっきり言明していることでもある。[12]

W・C・ブースは、別な観点から、一人称小説と三人称小説の相違を構造的には無意味なものとみなしている。影響力の強いその著書『フィクションの修辞学』の中で彼は、われわれの問題にとって重大な結論を引き出している。——「おそらく最も余分な区別立ては、人称のそれである。物語は一人称か三人称で語られる、と言ってみたところで、それはわれわれにとって何の意味もなさないのである。つまり、語り手の特性が特殊な効果とどのように関わっているかをわれわれがもっと明確に把握し、そして記述しないかぎりは。[13]」一読したところ、この文章の前段の主張を制限しているかにみえる後段の従属文は、その実この主張にほとんど変更を加えていないのである。なぜなら、そこでは、どんな文学上の分類にも当てはまるような方法論上の自明の事柄が、述べられているだけだからである。

ブースにとって重要な判別基準である対立概念〈劇化された語り手〉／〈劇化されない語り手〉[14]は、基本的には人格化された物語様式と非人格的な物語様式の違いを指すものと考えられる。しかしブースが、このような差異が一人称の語り手にも三人称小説の語り手にも等しく観察されることをいくら強調しても、それによってどの基準が重要でどの基準が重要でないかは、決して実証されたことにはならないのである。われわれの類型論では、両者は完全に等価の構成要素として、すなわち《人称》と《叙法》として現われる。[15]《人称》というカテゴリーがもつ弁別的な意義をブースが否認したのは、どうやら彼の『フィクションの修辞学』における二つの際立った傾向に関連しているようである。第一に問題になるのは、(これはまったく納得のゆくことであるが)いたずらな簡略化に対する彼の嫌悪、つまり、とりわけアメリカ合衆国で広く流布している「創作作文《クリエイティヴ・ライティング》の手引き」などに見られるような、物語における一人称と三人称の使い方に関する簡便な教示といったものに対する彼の反発である。これにひきかえ、ブースが対立概念〈一人称/三人称〉を軽視するもう一つの理由は、いちだんと受け入れ難いもののように思われる。すなわち、それはあらゆる種類の体系的な文学理論に対する彼の不信感[16]である。ちなみに、そうした不信感は、つい最近に至るまで、ドイツ語圏の論文よりは英語圏の論文においてはるかに強く表明されている。

もし一人称小説といわゆる三人称小説の間に構造的な差異があるとすれば、この差異は、理論的な裏づけと体系的な一貫性を持つ方法によってしか、立証することができないであろう。前章で、『ライ麦畑でつかまえて』のテクストの一節を手掛かりにして、そのような方向へのアプローチが試みられた。綿密な考証に入る前に、三人称小説と一人称小説の区別の論拠を小説理論の広大な対象領域のなかから、つまり実作品のなかから探り出し、それらの幾つかを提示してみようと思う。

2　実作品による例証

作家のなかには二つの物語形式のうちの一方を特に好む人がいるから(たとえばデフォーは一人称小説を、フィールディングは三人称小説を好む)、そのような好みには、文体上の理由のみならず、構造上の理由もあるものと推測される。このことは、作家が熟慮の末に小説全篇を、あるいはその一部を、一方の物語形式から他方の物語形式に書き換えたようなケースに、間違いなく当てはまるだろう。J・オースティンは、初め一人称形式で一篇の書簡小説を構想したが、後にそれは三人称小説『分別と多感』に生まれ変わった。G・ケラーの『緑のハインリヒ』は、ためらいつつ熟慮したあげく、三人称形式から一人称形式へと移し換えられた古典的な改作の例である。F・カフカは、もともと一人称で書かれていた小説『城』の第一章の草稿を三人称形式に書き改めたのであった。一人称形式と三人称形式のどちらを選ぶかという問題が、どれほど頭を悩ますものであるかは、他の多くの作家の例によっても裏づけることができる。たとえばJ・ケアリは、『恩寵の囚人』の中のある一章を一人称から三人称に書き換えたが、彼は自らにとって不満足なその成果について書物の中で報告[17]している。

そして最後にわれわれが手にするのは、熟慮を重ねたうえでの視点の選択を物語芸術の第一の要請として掲げた作家、すなわちヘンリー・ジェイムズの証言である。一人称にするか三人称にするかという決定の問題は、彼にとって、しばしばこの二つの描写法の特性を徹底的に吟味するきっかけともなったのであった。小説『使者たち』の序文の中で彼は、この小説のために一人称形式の使用を検討してみたが、結局それを放棄したこと、しかも「締まりのなさ」と、一人称形式につきものである「自己暴露の恐るべき流動性[18]」の理由で放棄したことを証言している。よくよく考えてみると、この反対理由は、もっぱら一人称小説にのみ向けられるものではなく、一人称形式であれ三人称形式であれ、およそ熟慮を経ない物語様式の形式的凡庸さに向けられるべきものでもある。H・ジェイムズは、作家活動の後期の段階では、人格化された語りの形態よりは、《作中人物に反映する物語り状況》の非人称的な物語様式を好んだ。一人称小説を退ける決断は、したがって彼の場合ほとんど常に、一人称小説では達成の困難な(と彼が考える)、よりいっそう非人称的な物語様式を受け入れるための決断でもある。ひとりH・ジェイムズにとどまらず、他の多くの作家たちも、一人称形式と三人称形式の間での採択の問題についてずいぶん頭を悩ませたり、一人称形式に対する賛否両論を声高に述べ合っている。こうした事態から結論せざるをえないのは、一人称形式と三人称形式のどちらに決めるかという問題は、彼らにとって文体論的な作法の問題ではなく、物語の構造の問題であったということである。

小説家の立場から見た対立概念〈一人称／三人称〉の包括的な歴史的叙述はまだなされていないが、しかし典拠とすべき幾つかの研究はすでに出ている。たとえば名を挙げるとすれば、リチャード・スタング『イギリスにおける小説の理論、一八五〇―一八七〇年』(ニューヨーク、一九五九年)、ケニス・グレーアム『イギリスにおける小説の批評、一八六五―一九〇〇年』(オックスフォード、一九六五年)、ミリアム・アロット『小説家の小説論』(ロンドン、一九五九年)、ラインホルト・グリム編『ドイツの小説理論――ドイツにおける史的小説詩学論集』(フランクフルト・アム・マイン、一九六八年)、エーバーハルト・レンメルト編『小説理論――一八八〇年以降のドイツ小説史資料集』(ケルン、一九七五年)である。そのほかに、K・フォルストロイター、B・ロンバーク、M・ヘニングなどの一人称小説に関する論考も参照することができるであろう。

一人称小説と三人称小説の境界画定は、現代の作家たちにとっても今なおアクチュアルな問題である。一人称小説と三人称小説の対立のなかに、そしてその根底にある語り手と作中人物の存在領域の一致と不一致という対立のなかに、現代の幾人かの作家たちは、物語行為の着想豊かで大胆な革新のための沃野を見出したのであった。英語圏の小説ではサミュエル・ベケットの常識を破る一人称小説、すなわち三部作『モロイ』、『マロウンは死ぬ』、『名づけえぬもの』が、そのような試みのお手本となった。[19] ドイツ語圏の小説の場合、この種の最も重要な作品は、P・F・バザーロイドによって研究されている。[20] バザーロイドは、一人称形式の破格な使用法がその本来のテーマを規定しているような、しかも作品の意味がかなりその点に根ざしているような三篇の一人称小説を、分析している。つまり、ギュンター・グラスの『ブリキの太鼓』、ウーヴェ・ヨーンゾンの『アヒムに関する第三の書』、マックス・フリッシュの『わが名はガンテンバイン』である。これら三人の作家の他の作品についても、そのほとんどのものは、一人称小説が現代文学において特別な位置を占めることの例証として、引き合いに出せるものであろう。これら現代の一人称小説においては、見受けるところ、一人称と三人称の対立の構造的基盤の問題性が、あまりに徹底的に先鋭化されているので、物語の一人称は、今日ではもう複雑さ、難解さ、異様さの同義語としてみなされるほどである。たとえば、それはマックス・フリッシュの次のような名言からうかがい知ることができるだろう。――「もし疎外が一人称に現われるように見えないとしたら、どのようにして疎外を概念として抽象的に表現することができるだろうか?」[21]

3　一人称小説と三人称小説の映画化

一人称形式と三人称形式の区別の重要性を証拠立てる確かな論拠は、物語ないしは小説とそれの映画化作品とを比較することによっても得られる。一人称小説の場合も、映画監督は、映像的な媒体への変換という問題の前に立たせられるが、これは三人称小説の場合とは全然異質な問題なのである。なぜなら映写カメラは、おそらく文学作品よりも巧みにそして楽々と、空間的な遠近法を鮮明に提示することができるが、しかし一人称小説において行われるような作中人物の主観性の細密な再現ともなると、かなり厄介な障害に直面するからである。そしてそれを克服するためには、大掛かりな描写技法を動員しなければならない。それゆえスタンリー・キューブリックが、サッカレーの一人称小説『バリー・リンドン』を映画化するにあたって、三人称小説に書き換えさせたのも、それなりの理由があってのことなのである。その場合、原作の言述構造は、しばしばかなり恣意的に扱われる。たとえば、バリーの自分自身に関する陳述が、ただ無造作に〈局外の語り手〉にも似た「陰のナレーターの声 voice over」(これはスクリーンには登場しない人物の解説の声である)の注釈の言葉として述べられるような場合がそうである。その際そのような注釈の意味がどのように変わりうるかは、次の例によって説明できるだろう。冒険家にして軍人であるバリーが、七年戦争における負傷が縁で彼をあるドイツ娘に結びつけた恋愛関係に嫌気がさしたとき、彼は、次のような、いかにも彼の性格を特徴づけるような一連の想念によって、わが良心をなぐさめるのである。

軍服を着た青年に心を寄せる令嬢は、すばやく恋人を取り替えるだけの心構えをしていなければならぬ。さもないと、彼女の人生はただただ悲しいものとなるだろう。(第五章)

バリーのこうした考えが、映画のなかでは非人格的な「陰のナレーターの声」によって語られるために、それは小説の場合とは違った意味合いをもつことになる。つまり、バリーはおのがシニシズムから解放され、彼の言葉は、無関係な傍観者が唱える万人向きの処世訓と化するのである。ケン・キージーの一人称小説『カッコーの巣』の映画化の場合も、それと同様なことが起こっている。ここでも映画制作者に不人気な一人称の視点は放棄され、その結果として小説のなかの陳述の言葉は、はなはだしく歪められてしまっている。

これに較べ、三人称小説の映画化は、そのほとんどが原作にはるかに忠実なものとなっている。たとえば、ケン・ラッセルによるD・H・ロレンスの『恋する女たち』の映画化、ライナー・ヴェルナー・ファスビンダーによるフォンターネの『エフィ・ブリースト』の映画化、あるいはエリック・ローマーによるクライストの短篇『O侯爵夫人』の映画化作品がそうである。ほかならぬこうした映画化作品からうかがえるのは、原作をできるだけ忠実に理解しようとする努力が、監督に、映画というメディアにつきものである直接性の傾向を、媒介性を暗示する物語的要素を用いることによって、できるかぎり抑えるよう仕向けていることである。したがってたとえば、E・ローマーは、クライストの短篇の中の幾つかの文を原文のまま、何度かスクリーン上の映画の場面にフェードインさせている。これは、フォンターネの『エフィ・ブリースト』でもファスビンダーによって利用され、奏功した手法である。

また映画のなかで、合間をぬって繰り返し語り手の声が音声として、すなわち「画面に出ないナレーターの声」として聞かれる場合も、同様に媒介性の暗示が目指されている。近頃こうした物語要素が、映画化にあたって非常にひんぱんに使用されているのは、注目される現象である。こうしてわれわれは語り手の声を、すでに述べたように、『バリー・リンドン』やフォンターネの『エフィ・ブリースト』の中でも聞くのである。わけても長々と発言が許されるのは、ドストエフスキーの『悪霊』をテレビ映画化した作品(北ドイツ放送・オーストリア国営放送共同制作)に出てくる一人称の語り手である。しかもこの語り手は、自ら画面に登場するが、決して〈物語る私〉としてではなく、常に〈体験する私〉としてのみ登場する。この映画でも小説の語りの媒介性を耳で聞き取らせようとする監督の努力はまことにめざましいもので、小説の中ではあからさまに一人称の語り手を持ち出すことなく叙述される二、三の場面にも、たとえばスタヴローギンとガガーノフの決闘のような場面にも、[22] 映画では一人称の視点を装置しているほどである。この目的のために、映画では一人称の語り手に、ガガーノフの介添え人役が振り当てられる。一方、小説ではドロスドフがこの役を務めている。したがって小説では、一人称の語り手は、決闘場面に個人的にはまったく居合わせていないのである。彼自身があたかも目撃者であったかのごとく、はなはだ詳細に描写している他の多くの場面においても、それは同様である。一人称の視点のそのような越境行為は(一人称の語り手は、この場合、自分の直接の記憶から語るというよりは、むしろ想像力のなかから出来事を彷彿させるのである)、十九世紀の小説ではかなりひんぱんに見て取れる。映画の『悪霊』が、ほかならぬ一人称の語り手に許されたこの破格表現を行使していないのは珍しいことである。

ここにその概略を述べた小説と映画の関係から、おそらくもうはっきり読み取れるように、小説の映画化の分析は、とりもなおさず物語の固有な特質を解明するのに役立ちうる。マクルーハンによれば今や終末を迎えようとしている「グーテンベルク時代」[23]の文芸学は、非言語的なメディアを通じての再現という事態によるる文学的テクストの変容を、これからますます考慮しなければならないであろう。文学作品の映画化の問題に関しては、すでに幾つかの興味深い研究が出ている。[24] しかし、特定の文学的物語構造と《物語り状況》の他のメディアへの置換の問題は、まだ十分には研究が進められていない。したがって本書での考察は、もとよりこうした問題を今後解明してゆくための予備研究と解することもできる。これまであまり顧みられなかったことであるが、こうした問題には、文学教授法に関する重要な要素が内在している。つまり、一方のメディアから他方のメディアへの置換の問題は、小説と映画のジャンル的特性の分析の足掛かりとなるからである。原作がひどく変えられている映画ですらも、逆に原作の意味構造を回復しようという気を起こさせる点では、有用であるといえる。そしてことによると、文学的な構造の諸相に潜む意味が初めて正しく認識されることだってないとはいえない。

4　対立「人称」〈一人称／三人称〉の物語理論による新たな基礎づけの試み

これまでの予備的考察は、すでに度々その実態を露わにした一人称小説と三人称小説の構造的な相違が、文芸学的にもそして物語理論的にも説明のつくものであるか否か、という問題にわれわれを導く。この構造的な相違をわれわれの体系の枠内で物語理論的に根拠づけようとする試みは、すでに自明の事柄と認められている前提条件、すなわち虚構の物語における語り手と作中人物の存在領域の一致と不一致という対立から出発しなければならない。この条件から、一人称小説と三人称小説のそれぞれの弁別的特徴が導き出されるのである。

　まず初めに、物語研究において一人称小説と三人称小説の違いを理論的に根拠づける試みが、すでにどの程度までなされているかが明らかにされねばならない[25]。ここで再び、K・ハンブルガーの『文学の論理』の名をまず挙げねばならぬだろう。それというのも、〈一人称／三人称〉という対立のジャンル論的な本質に関して、これまでのところ最も綿密な説明がこの書物によって提示されているからである。K・ハンブルガーにとって、「叙事的フィクション」である三人称形式の小説と、一人称小説の「偽装の現実言表」との間には截然と境界線が横たわり、それを境にして、二つの根本的に異なる物語様式が分かたれる。すなわち、「叙事的フィクション」とは、非人称的な物語機能によって生み出された三人称小説のことであり、「偽装の現実言表」とは、一人称の語り手による個人的な報告のことなのである。K・ハンブルガーが『文学の論理』の中で摘出し、新たな定義づけをしている語りの諸現象は、ほとんどそのすべてがこのジャンル上の境界に関わるものである。言い換えれば、それらの現象は、そもそもこの境界によって厳しい制限を受けているのであり、この境界を踏み越えることは、その本質が一変することを意味する。つまりこの境界線が、それらの現象の終わる地点である。それらの現象というのは、叙事的過去[訳注17]〔フィクションで用いられる過去時称〕の意味、内的事象を表わす動詞の機能、体験話法の現出、人格化された語り手の領域、非人称的な物語機能の領域などといった事柄である。

訳注17〔叙事的過去 episches Präteritum〕K・ハンブルガーによれば、歴史的な記述における過去時称は現実に起こった事件の過去性を表わしているが、虚構の物語における過去形は、その文法的な機能を失い、出来事を過ぎ去ったものとしてでなく、現前的なもの〔現に起こりつつある事柄〕として読者の想像力の中に喚起する。

K・ハンブルガーの理論がその当時まき起こした論議は、あまりにも徹底的かつ広範なものであったから、ここで取り出した問題に今さらもう一度詳しく立ち入る必要はあるまい。もちろん〈三人称／一人称〉という対立の妥当性に関するK・ハンブルガーの論拠は、第I章でもすでに示唆したように、無条件には受け入れ難いものである。もっとも強い異議が向けられるのは、彼女が三人称形式の「叙事的フィクション」から人格化された語り手を消去しようとしている点である。彼女の考えによれば、三人称形式の「叙事的フィクション」においては、ただ非人格的なものとして捉えられる「物語機能」だけが作用しているのである。大幅な改訂がなされた『文学の論理』の第二版で、K・ハンブルガーがさらに多くのページ数を費やして論じている物語機能の「変動」の概念によって、確かにこの命題の論調は和らげられはしたものの、その理論に根本的な変更を加えるものではないから、ここではそのような補正は考慮に入れなくてよいだろう。

K・ハンブルガーによれば、小説の三人称形式と一人称形式の境界には、二人のそれぞれ異なる役割をもった語り手が相対しているのではなく、境界を挟んでその一方に存在するのは、通常は人格化された語り手という観念には結びつかない非人称的な「物語機能」であり、もう一方に存在するのが、自らの物語行為によって読者にその現存を常に意識せしめるところの人格化された相貌をもつ一人称の語り手である。その結果、K・ハンブルガーにとっては、一人称小説において、しかもただこの場合にかぎってのみ、本当の物語が成立する、ということになる。つまりここで初めて、ひとりの人格化された語り手が、過去のある時点に自分が体験したり、目撃したり、あるいは見聞したりしたことを報告するのである。これに対し、三人称小説の「叙事的フィクション」は、すでに名を挙げた「物語機能」のミメーシス的な、非人称的な描出行為によって特徴づけられる。

こうして、三人称小説と一人称小説の根本的な違いは、K・ハンブルガーによれば、一個の対立概念によって言い表わされる。それは力点の置き方に応じて、次のような対概念で考えることができる。すなわち、〈ミメーシス／ディエゲーシス〉、〈非人称的な語り／人格化された語り〉、〈虚構／現実言表の錯覚〉である。第I章ですでに述べたように、この対立概念は、語りの「深層構造」のレベルではある種の妥当性を主張することができる。しかし、本書が対象とする諸々の物語現象の分析と叙述が行われる「表層構造」のレベルでは、この対立概念は、三人称小説にも人格化された語り手すなわち〈局外の語り手〉が登場するという厳然たる理由から、その正当性を主張することはできない。K・ハンブルガーがあらゆる形態の三人称小説に対して立てる基準は、《局外の語り手による物語り状況》と《作中人物に反映する物語り状況》との折衷的な物語様式の領域(類型円図表参照)、及び《作中人物に反映する物語り状況》それ自体に対してのみ、当てはまるのである。

W・ロッケマンは、「物語研究の状況」という彼の論文の中で、ハンブルガーの理論的成果を部分的に借用しているが、個々の点ではハンブルガーと異なる立論を試みている(26)。その際彼は、われわれの今後の論証にとって重要な幾つかの論点に言及している。ゲーテの『ヴィルヘルム・マイスターの修業時代』の冒頭の文章を足掛かりにして、ロッケマンは、読者にとって、語られる陳述内容の「信頼性」の差異は、その陳述が三人称形式でなされているか、それとも一人称形式でなされているかによって決まることを、指摘している。ここでは実のところ、三人称形式と一人称形式のもう一つの非常に重要な違いに、言及されているのである。つまり、一人称の語り手は、W・ブースの術語(27)を用いるとすれば、字義通りに「信頼できない語り手」なのである。しかし一人称の語り手の「信頼のできなさ」は、ただひとえに作中人物としてのその人格的な特性に基づくものではなく(たとえばその性格、その真理愛、誠実さなどの度合いに応じて、多くの「信頼できる」一人称の語り手もいれば、同様に多くの「信頼できない」一人称の語り手もいる)、物語世界において一人称の語り手が占めるその存在論的な立場に基づいている。一人称の語り手は、作中人物たちと同じ世界に住むというその立場のために、また肉体的にも制約された独自の人格を備えているために(この両方の条件から彼の知覚・知識範囲の限定が生ずる)、物語られる出来事に関して個人的・主観的な、それゆえ条件付きで妥当するだけの見解しか持てないのである。

ただ、この条件付きの「信頼性」だけでは、識別基準として十分ではない。というのも、三人称小説の〈局外の語り手〉といえどもそのかなりな数が――これはロッケマンによって見過ごされている事であるが(28)――、ただ条件付きでのみ「信頼するに足る」人物だからである。なぜならそのような語り手も、作者によって創造された、ある独自の人格を備えた虚構の人物としてみなされうるからである。しかしながら、なんらの制約もない全知の語り手は、この限定つきの語り手の役割から除外されなければならないであろう。ただ実際問題として、終始一貫した全知の語り手というものはおよそ存在しないのである。いかなる〈局外の語り手〉といえども、初めは全知の語り手らしくふるまっていても、遅かれ早かれその知識の範囲は限定を受けることになる。あるいはフィールディングの小説に見られるように、ある人物、ある事件についての最終判定の能力が、一時的にこうした語り手から取り上げられるのである。「信頼性」はそれゆえ、ブースも言うように、「劇化された語り手」一般に関わる問題なのである。言い換えれば、「信頼性」は、人格化された相貌をもつ〈局外の語り手〉や、また人格化された相貌をもつ一人称の語り手にも等しく関わる問題なのである。

してみると三人称小説と一人称小説の本質的な相違は、たとえ両者の物語様式の間には段階的な差異が認められるとしても、そのそれぞれの物語形式に備わる「信頼性」の外観とか「確実度」に求められるということにはならない。[29] もし三人称小説の語り手の「信頼性」が限定されたものであるとすれば、そこでは一人称の語り手の場合とは根本的に異なる理由が決定的な役割を演じている。これらの理由を定義することが肝要なのである。それというのも、そうすることによってわれわれは、一人称小説と三人称小説の構造に関わるもっとも重要な差異特徴を見出すことができるからである。

三つの典型的な《物語り状況》の体系を記述した際に、人格化された一人称の語り手と三人称小説の〈局外の語り手〉との基本的な相違は、語り手が物語の中の現実に、すなわち作中人物たちが生きる虚構の世界に属しているか、あるいは属していないかという事実によって決まることが定義された。この定義によれば、一人称の語り手は、自らの立場が肉体的・実存的に虚構の世界に固定されていることによって、三人称小説の〈局外の語り手〉と区別される。他の言葉で言うならば、一人称の語り手は、作中人物たちと同じ世界のなかで「肉体化された私」を意のままに操るのであり、一方、自分自身のことに言及するときには「私は」という言葉も口に出せる〈局外の語り手〉は、作中人物たちの住む虚構の世界のなかではもちろんのこと、その外側の世界でもそうした「肉体化された私」を自由にもてあそぶことはできないのである。

〈局外の語り手〉には、確かに輪郭の鮮明な人格化された風貌が読み取れるけれども——だからこそこのような語り手にも「信頼性」という基準が適用できるのである——、こうした人格的特徴は一定の肉体性の観念には結びつかない。仮に〈局外の語り手〉にそのようなことが起こるとしても、その肉体はたんなる機能的メカニズム、すなわちたとえば机に向かって紙にペンを走らせているものの、実存的な自我とはなんら関係のない機能にとどまるのである。

「古典的な」、つまり自叙伝風な形式の一人称小説の語り手は、これとまったく様相を異にしている。その自我は、まったくありのままの「肉体化された私」である。言い換えれば、彼の肉体性は、読者が〈体験する私〉として認知するところの実存の一面である。けれども〈物語る私〉にも、この肉体性が付着しているのである。もちろんそれはさまざまな作者によって、実にいろいろな仕方で具象化されている。『詐欺師フェーリクス・クルルの告白』の一人称の語り手がそのような「肉体化された私」を所有していることは、ほとんど見過ごしようのない事実である。そして〈物語る私〉も、そのような自我を形成する一側面である。この〈物語る私〉の肉体性は、物語の冒頭で語り手が己れの伝記の執筆を妨げる大いなる疲労を訴えることによって、主題化されている。

わたしがペンを執って、たっぷり暇に恵まれた隠遁の身で

――それはそうとわたしは健康なのだが、疲れている、ひどく疲れている(だからたぶん、ほんの短い段落を書いては休み、書いては休み、どうにか進めるだけかもしれぬ)、つまり、わたしの告白を手筋のよいきちっとした好ましい字で、何でも書かしてくれる我慢づよい紙に書き記そうとすると、一体わたしは素養とか修練の点から見てこのような精神的な企てに耐えられるのかどうか、ふっと疑念が頭をもたげてくる。しかしながら、わたしが伝えたいと思うことはすべて、紛れもなくわたし自身の直接の経験、誤謬、情熱から構成されているといってよい。したがってわたしは自分の素材を完全に掌握しているわけだから、例の疑念もせいぜいのところ、わたしが意のままにできる表現の感覚と作法に関わるものといってよいだろう。わたしの考えによれば、こういう問題では、無事修了した正規の学業よりも、天賦の才能とか家庭での良き躾というものが、ずっと強力な決め手になるのである。(30)

この「肉体化された私」の肉体的疲労は、今まさに物語ろうとする〈物語る私〉の生涯から直接に帰結したものとして理解されねばならない。したがってこの疲労は、主人公の体験と物語行為との実存的な関連を、すなわち〈物語る私〉と〈体験する私〉との実存的な関連を示唆している。(31)〈局外の語り手〉による三人称小説においては、たとえ語り手がそれと似たような自己描写を行なったとしても、それは空疎な自伝的粉飾のままにとどまるだろう。スターンの『トリストラム・シャンディ』においては、〈物語る私〉の肉体性が物語の中心テーマの一つにすらなっている。それゆえスターンの小説に関するB・ファービアーンの適切な評言(32)に少し変化をつけて、『トリストラム・シャンディ』を、「肉体化された私」が肉体の重荷をひきずりつつ小説を書くという不可能事に敢然と挑んだ小説の試み、と呼ぶこともできよう。『トム・ジョーンズ』の語り手も『魔の山』の語り手も、上述の一人称の語り手たちに劣らずしきりに「私は」という言葉を口にするし、またその精神的風貌も読者にとって歴然と見分けられるものであるが、やはり『トリストラム・シャンディ』や『フェーリクス・クルル』に較べれば、実体感がなく肉体性を欠いているといわねばならない。

このように見てくると、物語における一人称形式と三人称形式との決定的な違いは、まさにこうした肉体性の点にあることが分かる。決定的なものは、K・ハンブルガーが考えるように、物語プロセスの人格化された様相(一人称の語り手)とか非人称的な様相(物語機能)といったものではなく、「私は」という言葉を口にする語り手に備わる「肉体性」の程度の違いである。自叙伝風な一人称小説の形式では、この「肉体性」が〈体験する私〉と〈物語る私〉とを等しく特徴づけている。〈物語る私〉にまつわる描写が後退するにつれ(類型円図表参照)、〈物語る私〉の「肉体性」の程度は減少し、かわって〈体験する私〉の「肉体性」がいっそう明瞭に浮かび出てくるのである。

5　一人称小説と三人称小説における時間・空間指示機能

前節で明示した一人称小説と三人称小説の相違は、物語の構造の深層にまで及ぶものである。そのことは、時間・空間指示機能に拠って、すなわちそれぞれの《物語り状況》において使用されうる場所の副詞と時の副詞に拠って裏づけることができる。説明のために一つの例文を取り上げたい。この例文は、フィクション構造の時空指示的な特性を具体的に示すために、すでにカール・ビューラーによって採用され、のちにK・ハンブルガーによって再度使われたものである。ビューラーは、置換理論を説明するために、ある小説の主人公に関して、当人が目下ローマにいることが報告されている文例を取り上げる。ビューラーによれば、「小説の作者」は——ということはもちろん〈局外の語り手〉も——この状況を伝えたあと、自分の好きなように物語を続けることができる。すなわち語り手は、自分の立場をストーリーの現場に移すにしろ移さないにしろそれぞれの場合に応じて、「あそこで」とか「ここで」という副詞を用いて物語を続けてゆくことができる。

——「「かの地で、彼は丸一日大広場をとぼとぼ歩きまわった。」……この文中の「かの地で」の代わりに、「この地で」とも同じく言えるはずである。[33]」

K・ハンブルガーがこの置換理論を是認することができないのは、このような説明が、独自の時間的・空間的位置感覚をもつ人格化された語り手の存在を前提としているからである。虚構的な語り(三人称小説)の場合、K・ハンブルガーにとって決定的に重要なのは、もっぱら作中人物の位置体系(「私」—原点)であって、語り手もしくは物語機能のそれではない。けれどもハンブルガーの説明は、自説を立証するために彼女自身が挙げているその実例によって、逆に論駁を受けることになる。彼女は次のように述べる。——「「かの地で」は……「この地で」とまったく同様に、虚構の人物、すなわち作中人物の虚構の「私」—原点に関係づけられている。この事は、状況指示機能をもつ時の副詞を「かの地で」という場所の副詞に結びつけて考えるならば、ただちに判然とするであろう。つまり、「かの地で彼は今日、丸一日とぼとぼ歩きまわった」という表現は、「この地で彼は今日、……とぼとぼ歩きまわった」とまったく同じように容認できるものなのである。[34]」しかし〈局外の語り手〉による三人称小説においては、遠隔指示機能の「かの地で(あそこで)」が近隣指示機能の「今日」と無造作に並んで一つの文に現われることはないのであって、二つが同時に現われるとしても、それは一人称小説の場合なのである。

この事実を説明する一つの根拠は、一人称の語り手の肉体性、すなわち陳述されている出来事の現場にその肉体が居合わせているという在り様である。この肉体性によって空間的・時間的方位が厳然と決定されるので、一つの独立した自律的な位置体系がこの「私」をめぐって築き上げられ、その体系内では遠隔指示機能も近隣指示機能も併存が可能になるのである。

三人称小説の〈局外の語り手〉は、その肉体性の欠如のために、一人称の語り手の場合と同じように自律的な機能をもつ方位体系をそう簡単には構築できない。彼は、方位の中心を作中人物の現在の居場所に設定するにせよ、あるいは方位の中心を漠然と時空を隔てた彼方に置き、物語行為によってそれを暗示するにせよ、いわば文が変わるごとにそのつど自らの態度を決定し、この決定を読者に鮮明なシグナルとして伝えなければならない。これがつまり、ビューラーの置換理論が実際には《局外の語り手による物語り状況》にしか当てはまらないゆえんなのである。一方《作中人物に反映する物語り状況》に関しては、物語の状況指示機能はまた違った働き方をする。これについては、いずれ対立〈語り手／映し手〉を検討する際に論ずることになるであろう。[35]

6　語り手の「肉体性」と語りの動機づけ

三人称小説と一人称小説にそれぞれ優勢な状況指示機能の相違について、前節でいわば補説として述べたわけであるが、ここでわれわれは本章の本来のテーマに、すなわち「肉体化された私」をもつ語り手とそのような肉体的制約をもたない語り手との対立関係、要するに一人称の語り手と三人称小説の〈局外の語り手〉との対立関係に戻ることにする。語り手たる「私」が肉体性を有するかもしくは有さないかによって、語り手の語りに対する動機づけに関して非常に重要な、ことによると最も本質的な違いが生ずる。「肉体化された私」にとって、この動機づけは実存的なものである。それは自らの人生経験、この身で味わった喜びや苦悩、その気分や欲望に直接結びついている。だからそこにはなにかやむにやまれぬもの、宿命的なもの、避け難いものがまつわりついている。たとえば『ライ麦畑でつかまえて』の一人称の語り手に見て取れるように。

しかしながら語りの動機は、きちんとした総括的展望への欲求や、円熟して思慮深くなり、人生の迷妄から脱却した「私」の立場から生の意味を探りたいという気持ちからも生まれる。この場合も同じく語りの動機は、たとえ体験を隔てる年月はより長いものであるとしても、結局は実存的なものが原因となって生まれるのである。というのも一人称小説においては、物語行為は常に「私」の体験と経験に関連し、それらと真に一体化しているからである。あるいは読者は、自分のイメージの中で、体験と語りのこの実存的な一体化を具象化すべき義務を負わされているからである。換言するならば、一人称の語り手の人生は、物語行為の完結をもって初めて実を結ぶ。したがってたとえばヘンリー・ジェイムズの一人称小説『ねじの回転』の中で幽霊につきまとわれる女家庭教師の物語行為は、この人物の自己劇化の究極的な行為を意味する。それはとりもなおさず、女家庭教師が物語のストーリーの中で演じる役割をそのまま続行することにほかならない。

これに反し、三人称小説の語り手にとっては、語りに対する実存的な必然性は存在しない。彼の動機づけは、実存的なものというよりはむしろ文学的・審美的なものである。『トム・ジョーンズ』や『魔の山』の〈局外の語り手〉は、主人公の運命に共感をおぼえたり、また主人公に対し好意や嫌悪を抱いたりすることができる。こういう態度は、場合によっては語りの手法(W・C・ブースの言う意味での「フィクションの修辞学」)にも影響を及ぼすであろう。だがこういう態度そのものは、語り手に対し語りへの実存的な動機を与えることはない。このことから導き出されるもう一つの結論は、〈局外の語り手〉にとっては、たとえばオリュンポスの神のごとき全知の語り手から、実体もなく姿も見せずただ目と耳で事件の現場に立ち会うだけの語り手に至るまで、さまざまな役割の入れ替えが、「肉体化された私」よりもはるかに容易に行なえるということである。

この「肉体化された私」は、自分の所有に帰した肉体を、たとえそれが語り手である自分にとってどんなに重荷になろうと(たとえばS・ベケットの『モロイ』と『マロウンは死ぬ』の一人称の語り手がそれに当たる)、それを引きずって歩かなければならない。そしてまさにその点に、こうした語り手が己れの肉体性に拘束されている状況がよく表われている。こうしたすべてのことは、一般的には読者によって意識されることはないが、それにもかかわらず読者は実に独特な暗示的効果を、すなわち物語る「肉体化された私」の実存的な動機から発する効果を免れるわけにはいかないのである。また、一人称小説の分野での現代作家たちによるさまざまな革新は、こうした語りの問題に対して読者の注意を喚起するのに大いに貢献したのであった。もちろんL・スターンがその道の先達として、彼らよりもはるか昔にすでに先鞭をつけていたことは言うまでもない。『トリストラム・シャンディ』は、まさしく一人称の語り手が己れの肉体性に実存的に拘束されていることを示すお手本ともいうべき作品である。

いいえ――私はあの頃私を苦しめていたあの性《たち》の悪い咳、それは今に至るまで悪魔以上に私をおびえさせてもいるのですが、そのひどい咳さえゆるしてくれるなら、毎年二巻ずつを書いてゆくつもりだと申上げました――[36]

（朱牟田夏雄訳、岩波文庫）

マックス・フリッシュは、ほかならぬこの肉体性への拘束を、彼の一人称の語り手のアイデンティティ探求の足掛かりにしている。だから彼の小説『わが名はガンテンバイン』は、一つの読み方として、次のように読むこともできる。つまり、そこではまずもって実体のない、ほとんど〈局外の語り手〉のごとき「書物たる私」が、エンダリン、ガンテンバイン、スオボダという「肉体化された私」のいずれが、その著しく匿名的で抽象的な語り手たる「私」という実在を、実存的にも審美的にも満足すべき全体性を備えた人間的実質でもって満たすのに最もふさわしいかを、いわば実験的に試しているともいえるのである。同じ作家の短篇『モントーク』では、もしこう言ってよいなら、「肉体をもたぬ私」と「肉体をもつ私」とが、あるときは「彼」として登場し、またあるときは「私」として登場する主人公の、とらえどころのない人格を、なんとか手中に収めようと懸命になっているのである。

7　作品解釈のための幾つかの結論

物語における一人称形式と三人称形式の根本的な相違は、すでに《物語り状況》の新たな定義づけの際に述べたように、語り手と作中人物の存在領域の〈一致／不一致〉という対立に基づいている。一人称の語り手に関して用いられる「肉体化された私」という補助概念は、一人称小説における語り手と作中人物の存在領域の一致という事態から生まれるある局面を、ことさらに際立たせようとするものである。それはすなわち、語り手たる「私」の物語行為が、作中に描かれる現実のなかの実存的条件に縛られているという状況である。すでに指摘したように、これによって物語行為の独特の手法に対する動機づけと、物語られる内容の選択プロセスが垣間見えてくるが、さらにそれらの連関を見極めることによって解釈の可能性が開かれてくる。物語形式が陳述そのものを相対化していることは、その陳述が実存的な制約を受けている点にはっきり表われている。それにひきかえ三人称小説では、われわれは、ただ文学的ないしは審美的な約束事のみが物語行為を条件づけるファクターであると考えることができる。

さて、二つのテクスト例によって、この区別を行なうための一つの考え方を示してみよう。作者が〈局外の語り手による〉ないしは〈作中人物に反映する〉描写の三人称形式をきわめて意識的に選択し、それを徹底的に貫徹しているその長篇小説とは対照的に、一人称形式と三人称形式とにそれぞれまつわる約束事のあいだで一種の揺らめきを見せているH・ジェイムズの『短篇集』の中から、上述の実例を取り出してみる。その中の一篇『ほんもの』では、主人公、つまり一続きの小説の挿絵のために適当なモデルを探している画家が、この物語の一人称の語り手である。この一人称の語り手は、人品いやしからぬある夫婦をめぐる自分の体験を報告する。この夫婦は、どうやら経済的な窮状のために、やむをえずモデルとして雇ってもらおうとしているようである。

> わたしは彼らが好きだった――彼らはとてもさっぱりしていた。もし彼らが適当とあれば、彼らを使うことに異存はなかった。だが、どういうわけか、その完璧さにもかかわらず、わたしはなかなか彼らを信用することができなかった。結局、彼らはアマチュアであったし、わたしの人生を支配する情熱といえばアマチュア憎悪であった。これに加えて、わたしにはもう一つつむじ曲がりなところ――つまり、生れつき実物よりも描かれた物のほうを好むという癖があった。実物の欠点は、ともすると説明不足になりがちなことだった。わたしは形になった物が好きだった。そのほうが確かだったからである。[37]

夫婦が画家のところに職探しにやって来た当時、画家が彼らに対して示した留保の態度は、物語が一人称形式であることによって微妙な具合に相対化されている。これは三人称形式ではとてもありえないような現象である。まずそれに一役買っているのが、物語距離、すなわち今の〈物語る私〉が当時の〈体験する私〉の思惑と感情を報告するときの、その時間的・心理的隔たりである。「わたしの人生を支配する情熱といえばアマチュア憎悪であった」と「これに加えて、わたしにはもう一つつむじ曲がりなところ……があった」という文の過去時称「あった」は、語り手にとって、そして同時に読者にとっても、現在の一人称の語り手をかつての見解から脱却させてくれた真実の過去を意味している。画家によって克服されたそれらの見解の一つを表わす「つむじ曲がりなところ」という異常で極端な表現が、それを裏づけている。いずれにしろ、この言葉の選択は、過去の見解とはきっぱり一線を画している現在の〈物語る私〉によるものとみなすことができる。このことから読者は、語り手たる「私」が、くだんの出来事を経験した時以来ある変化を遂げたこと、そしてその変化が結果として「私」の人生観や芸術観の修正をもたらしたことを、推し測らなければならない。

　こうしたすべてのことは、物語の解釈にとって、とりわけくだんの夫婦に対する画家の態度の解釈にとって、深長なる意味をもっている。物語の結末は、物語行為の実存的な前提が、すなわち「私」という人物の人間として並びに芸術家としての見解の然るべき変化（これは物語の進行中に何度か示唆されることでもある）が、物語の解釈に取り込まれてこそ、はじめて理解できるものなのである。もしこの物語が三人称形式で書かれているとしたら、簡単な書き換えの試みがすでに示しているように、物語距離は、これといった特徴もなくなり意味を失ってしまうだろう。また、その場合の過去時称の「あった」は、今はもはやそうでない、ということを含意するものではないだろう。そこでは、主人公すなわち画家と〈局外の語り手〉との互いに一線を画する意見が対峙しあうことになり、ひとりの人物の意識の中でのさまざまの異なる見解の相克という場面にはならないであろう。

さて一人称小説のこの一節を、同じ作者による三人称小説の類似の個所と比較してみよう。『教え子』は、家庭教師ペムバートンとその生徒モーガンの物語である。モーガンは、フィレンツェ、ヴェネツィア、ニース、そしてパリで、ますますひどくなる経済的困窮のために、暗澹とした、せわしない旅行者の生活を細々と続ける、あるアメリカ人の家庭の病身の末子である。自分の仕事に対しきちんと俸給をもらったためしのないペムバートンは、彼に託された早熟で利発な生徒の魅力的な人柄によって、十分にそれは償われていると感じている。次に引用する一節で、彼はモーガンとともにパリを踏査してまわる。

> 彼らは自分たちのパリを知るようになったが、それは有益なことだった。というのも彼らは、翌年戻って来て、もっと長く滞在したからであった。二度目の滞在の一般的な特徴は、ペムバートンの今の記憶の中では、最初の滞在のときのものと哀れにもごっちゃに入り混じっている。彼の目に浮かぶのは、モーガンのはいていたボロボロの半ズボン——彼のブラウスに全然似合わなくて、背丈が大きくなるにつれ、ただ色が褪せていくだけの、あの長持ちする半ズボンであった。そしてモーガンの三足か四足の色物の靴下にあいた穴の一つ一つを、彼は思い出す。
>
> モーガンは母親にかわいがられていたが、しかし彼が絶対必要な以上に上等な服を着ていることは、決してなかった。[38]

後年におけるペムバートンのパリの日々の回想が、三人称小説の形で思いがけなく述べられるが、これは物語の解釈にとってあまり重要ではない。物語距離はこの場合、時称が過去から現在に転換されることによって（この現在形は〈局外の語り手〉の物語的現在を意味してもいる）著しく強調されているにもかかわらず、ほとんど特徴らしい特徴ももたず、重要性に欠けている。その理由は、物語の三人称形式に根ざしている。つまり物語が三人称形式であることによって、物語行為が、事が終わったあとの（モーガンの不慮の死がそのクライマックスをなす〉ペムバートンの実存的状況に結びつけられておらず、したがってその方向からの動機づけもなされていない。ペムバートンのパリ時代をめぐる回想も、一見したところ〈局外の語り手〉によって幾分恣意的に選ばれているきらいがあり、それがために物語の意味構造にとってはほとんど重要性を持たないのである。この個所を一人称小説の形式に書き換えてみると、一人称の語り手(「私」)が、目下進行中の物語行為の中で、モーガンの外見がその頃「私」に与えた印象を思い出しながら述べる発言は、ある特別な意味を帯びることになるだろう。それはもはや偶然に選び取られたエピソードではなく、一人称の語り手の回想のなかで然るべき選択がなされることによって、ある種の実存的な重要性を持つことになる。

H・ジェイムズが物語を執筆するときには、たいてい芸術的な慎重さをもって事を運ぶにもかかわらず、ペムバートンが後年になってするはずの回想が先取りされてしまっているのは、おそらく物語がペムバートンを一人称の語り手とする一人称形式で構想されていた、初期の段階の名残をとどめるものであると推測しても、あながち不当ではあるまい。(注目すべきことには、『教え子』の前後に成立した十篇の物語のうち、五篇が一人称形式、あとの五篇が三人称形式で書かれている[39]。)H・ジェイムズの他の幾つかの三人称小説においても、上述の命題を証拠立てるような事実が見出される。つまりそれらの短篇の中でも同様に、ある体験をめぐって、後々になされるはずの回想が先取りされてしまっている。この現象は、三人称小説にとっては異常なことであり、一人称小説にあってはごく普通のことなのである。『師の教え』の中の次の一節を参照せられたい。

今でも彼は好きなときにいつでも、その部屋が思い浮かべられる。明るい赤色に統一され、社交的でおしゃべり好きで、大胆にも見事な手際で鮮やかなブルーの色調にまとめたカーテンのかかったその部屋を。彼は、あるきまったものがどこにあったか、たとえば机の上に頁を開けてあったこれこれの本とか、左側の、自分の後ろのどこかに置かれた花の、ほとんど強烈ともいえる香りとかを、今でも覚えているのである……[40]

もう一つの、もっと一般的で物語理論からみてもおそらく興味深い説明は、こうした語りの特徴が生まれる原因を、一人称小説と三人称小説の相違点を調整する傾向に求めるやり方であろう。〈局外の語り手〉が作中人物の一人に、物語の出来事が終わった後のある一定の時点から回想するという特権を、つまり通常は一人称の語り手のみが所有している特権を付与することによって、彼はこの人物をいわば一人称の語り手に近づける。この特権化された人物は、自らの経験した個々のエピソードを、あたかも一人称の語り手がするように、然るべき時間的距離を置いて眺める。回顧の瞬間にこのような語り手は——たとえ束の間であっても——一人称の語り手と同じように実存的な制約を受けることになるが、そのような制約は、語り手の意識状態が、体験する主体(自己)に縛られることによって、つまりわれわれが一人称の語り手の場合に「肉体化された私」と名づけたものに縛られることによって、生ずるのである。物語の結末で出来事の時間を語りの現在と一致させようとするのも、同じ方向を目指す手法である。この場合ふつうには物語の時制は過去から現在へ移行するが、これは昔の一人称小説でも三人称小説でも広く流布していた慣行である。『師の教え』の結末で、物語の主人公すなわち若い小説家ポール・オバートの体験を描くための現在時称は、次のように〈局外の語り手〉の語りの現在に包摂されてしまう。「ポールはまだ大丈夫とは思っていない。しかしながら、私は彼のためにこう言ってさしつかえなかろう、[41]……」

こうしてH・ジェイムズの短篇(『短篇集』)には、ある一つの傾向が(彼の長篇小説にはどうやらそれに相当するものが見当らないようである)、すなわち作者が三人称小説の主人公に、本来は一人称の語り手にのみ帰すべきところの実存的制約を負わせることによって、三人称小説を一人称小説に近づけようとする傾向が見られる。同時に〈局外の語り手〉も、そのような部分で己れ自身の語りの現在を作中人物の最終的な体験の場である現在と合流させることによって、作中人物の世界に近づくのである。〈局外の語り手による物語り状況〉を〈「私」の語る物語り状況〉に同化させようとするこの手法は、昔の作家たちによってしばしばもっと目立つ仕方で試みられているが、たとえばそのような傾向は、サッカレーの『虚栄の市』のプンパーニッケル挿話に見出される。これについては後でもっと詳しく述べることになるであろう。

対立〈一人称小説/三人称小説〉に関するわれわれの論述の結果を、以下に要約してみよう。三人称小説と比較した場合の一人称小説の本質は、物語の出来事を語り手が眺めるときのその捉え方と、物語られる事柄を選択する際のその動機づけの性質のなかにある。一人称形式で物語られることはすべて、一人称の語り手にとってなにかしら実存的に有意味な事柄である。一人称の語り手にとっては実存的に有意味な事柄であっても、三人称小説となると——H・ジェイムズに見られる一人称小説に近似した作品は除く——それに対応するような類似の効果をもつ意味レベルは存在しない。〈局外の語り手〉の語りへの動機づけは、文学的・審美的なものでありこそすれ、決して実存的な性質のものではないのである。

一人称小説と三人称小説における相違点のこのような側面は、物語理論の上でもこれまでほとんど顧みられることがなかった。デイヴィッド・ゴールドクノップの「告白の増殖作用」という概念が、すなわち自己告白の形式による一種の意味増殖作用という概念が、このような見方にもっとも近いと思われる。――「告白の増殖作用」は単純に次のことを意味している。「私」という語り手がわれわれに語るすべてのことは、その資料的価値にもましてある種の特徴的な意味を持っている。つまり彼がわれわれに向かってそれを語っているという事実によってそれは独特の意味を持つのである。この付加された言外の意味は、もちろん彼がわれわれに語る事柄次第では重要でないこともあるだろう。たとえば、「彼は十九年前にカリフォルニアのサンジエゴで生まれた」と「私は十九年前にカリフォルニアのサンジエゴで生まれた」とは、ほとんど等価である。なぜならそこには、われわれに自分の生まれた時と場所を語る人物に関して、特筆すべき情報はなにもないからである。両方の言述の意味は、主としてその事実内容に限定されている。しかしながら、もしその情報提供者が女性で、しかもその年齢が四十歳、そしてその場所もいささか毒々しい含みのある所――たとえばラスベガス――であるとすれば、告白の増殖作用が効果をあげ始める……

ここで、ある作者がわれわれに「彼は十九年前にカリフォルニアのサンジエゴで生まれた。彼の母親は売春婦だった。」と語るところを想定してみるがよい。もしこれと同じ情報をわれわれに与えるのが「私」という人物であるとしたら、この「私」は実の母親を売春婦と呼ぶような類いの人間になってしまう。そしてそれは、リベラルなわれわれの時代においては、素性そのものよりもはるかに重要な特徴づけの要素になる……この意味増殖作用が、「私」という語り手を用いる最も確固たる理由なのである。」[42] ゴールドクノップの「告白の増殖作用」という概念は、本章で「肉体化された私」という概念を用いて説明したように、本質的には一人称小説における物語行為の実存的制約という事態を言い表わしている。ゴールドクノップの目のつけ所はわれわれのそれとは正反対であるように見えるにもかかわらず、彼の命題は、結局のところわれわれの考察と同じ結果を導き出している。ゴールドクノップにとっては物語行為が「私」を制約するが、われわれにとっては「私」が物語行為を制約する。しかし両者いずれの場合にも、〈物語る私〉と〈体験する私〉の相互依存性が、解釈にとって決定的に重要なのである。アメリカの小説理論家にして小説家であるゴールドクノップの見解は、その主張が物語の一人称形式と三人称形式の差異の無意味性を唱えるブースの見解とははっきり相容れない形で述べられているだけに、われわれの命題にとってはいっそう意味深い裏づけを提供してくれる。[43]

8　人称代名詞(一人称／三人称)による対象指示の交替

私は、自らの物語を体験する「私」であろうとは思わぬ。
(M・フリッシュ『わが名はガンテンバイン』)

「彼」は、距離を置いた「私」である。
(デュボア他『一般修辞学』)

〈物語る私〉と〈体験する私〉の完全な同一化に対する抵抗感は、多くの一人称小説において潜在的に存在している。己れ自身の過去の間違いや迷妄を暴露することを恐れはばかるというのは、確かに一人称の語り手によって好んで主張されることであるにしても、その実まったく表向きの説明でしかないのである。たとえばS・モームの『菓子とビール』の中で、一人称の語り手は次のように述べている。

私はこの本を一人称単数で書き出さなければよかったと、今では思っている……誰だって自分のことをまったくひどい愚か者として描き出さねばならないとしたら、あんまり気持ちのいいことではない。(44)

このような抵抗感を抱く本当の理由は、もっと根の深いものであって、それは〈体験する私〉の「肉体性」に関係している。つまり、どちらかといえば精神的なもの、たとえば回想とか空想とか思考といったものを目指す〈物語る私〉は、〈体験する私〉の「肉体性」に対して、必ずしもあからさまにというわけではないが、しかしそれとはっきり分かる仕方で距離を保とうとするのである。〈体験する私〉の、距離を置こうとするそのような傾向がもっとも簡明直截に表われる形態は、一人称の語り手が昔の自分に言及する際に、人称代名詞が一人称から三人称へと人れ替わることである。「「彼」は距離を置いた「私」である」というデュボアとその僚友たちによる裁断は、これによって裏書きされることになる。

一人称の語り手がこうした傾向を表出する手段は、この他にもまだ幾つか存在する。たとえば『デイヴィッド・コパフィールド』では、一人称による自己言及は実際問題として一度も放棄されることはないが、そのかわり一人称の語り手がその昔の己が人生のあるエピソード、ある場面を回顧するときには、彼は通常の物語の時称すなわち過去形ではなく、現在形で叙述しようとする姿勢がすこぶる強いのである。「歴史的現在」という呼称は、その場合あまりふさわしくない。なぜならそこでは、思い出を生き生きと繰り広げ、(45) それを現前化させることはほとんど問題とならないからである。この現在時称はしばしば一種の画面—効果を生み出す。思い出は、少し離れたところに据えられた一枚の絵のように、見渡しのきくもの、平静に距離を置いて眺めるものとして提示される。この結果から生まれるものが、一種の距離を置いた見方にほかならない。つまり、固定された画面の上の「私」はほとんども「彼」に近いのである。こうした関連でもっともよく引用される『デイヴィッド・コパフィールド』の一節は、第四十三章（「またも回顧」）の冒頭である。

もう一度、私の一生の記憶すべき時期のことを考えてみよう。我が身の影を伴いつつ、朧ろげな行列をなして、私の傍を通って行く、それらの日の行列を見るために、ちょっと側《わき》へそれて立ってみよう。

幾週、幾カ月、幾季節が、どんどん過ぎて行く。それらは夏の一日、冬の一夕としか思われない。今や、ドーラと一緒に散歩する広場は、花が咲き揃って、輝かしい金色の野となったかと思うと、今やまた、眼に見えぬヘザァ（ヒースとも呼ばれる小灌木。〔以下略〕）は堆くなって、雪の蔽いの下にかたまっている。ひと息の内に、二人の日曜の散歩の間、ずっと流れている河は、夏の太陽にきらきらと輝き、冬の風に波立ち、漂う氷の山でいっぱいになるのだ。

今までに、河が海をさして流れて行った以上の早さで、それはちらりと光り、暗くなり、そして転び去って行く。……

初め感激した時に見た家の、すぐ傍にある、愉快な、小さな家へ、私たちはバッキンガム・ストリートから越して来た。……これは何の前ぶれだろうか。私の結婚か。そうだ！

そうだ！　私はドーラと結婚しようとしているのだ！……

それでもまだ、私はそれを信じない。私たちは楽しい晩を過ごして、極度に愉快なのだが、それでも、私はまだそれを信じない。私は気が落ちつかない。自分の幸福が必ず来るものとして、これで大丈夫と認めるわけにいかない。なんとなく、ほおっとした、不安定なような状態になっているような気がする。まるで、自分は一、二週間前に、朝非常に早く起きて、それから一度も、ベッドにはいったことがないとでもいうように。いつ昨日だったのか、わけが分らない。私は幾カ月も、認可状[46]をポケットに入れて、持って歩いているような気がするのだ。

（市川又彦訳、岩波文庫。人名の表記を一部変更。以下の同書からの引用も同様。）

8の(1)　『ヘンリー・エズモンド』における人称代名詞（一人称／三人称）の入れ替わり

イギリスの小説の歴史において、一人称による対象指示と三人称による対象指示の徹底的な交替を示すもっとも興味深い例は、サッカレーの『ヘンリー・エズモンド』(一八五二年)である。[47] 一人称小説『ヘンリー・エズモンド』において、われわれはすでに巻の表題から章の表題に移るところで、また章の表題から物語テクストに移るところで、この人称代名詞の交替にぶつかる。

第二巻

エズモンド氏の軍隊生活並びにエズモンド家に関わる他の事柄を収録する。

第一章

私が入獄し、訪問を受けるも、獄中では慰めも得られぬこと。

日頃尊敬し愛慕していた人が非業の死を遂げるのを見たことがあって、そんなとき他人の慰めなどどんなに空しいものであるか知っている者ならば、あの流血と殺人の深夜の惨劇に一役買った後のハリー・エズモンドの心痛がいかばかりであったか、想像がつくだろう。彼は、敬愛する奥方に直接会って、一部始終を話すなどという気には到底なれなかった。[48]

ここに記されている事情はかなり錯綜している。おそらく、『ヘンリー・エズモンド』における人称代名詞の交替がまだ十分に説明されていないことが、その一つの理由であろう。もう一つの理由は、察するところこれまでのサッカレー研究者がほぼ一致して認めているように、サッカレーが今日でもかなりわれわれの目を惹くこの実験を試みたのは、決して特定の芸術的意図に導かれてのことではなかったという点にあるだろう。このような見方に立てば、サッカレーの手法の特性を詳しく分析するのも、無用であるかにみえる。たとえばジェフリー・ティロットソンは、文字通りこの意味で「『エズモンド』における一人称と三人称の間の奇妙な動揺」[49]について語っているが、しかしその事に関してそれ以上の論議は進めていない。ジェイムズ　サザーランドも、そのたいへん興味深いサッカレー研究の中で、この問題に関しては何も述べてはいない。[50] ジョン・ルーフバロウは、次のような指摘を——もちろん非常に重要な指摘ではあるが——するにとどめている。すなわち、サッカレーは一人称の語り手の三人称による自己言及の手本を、彼の同時代人の回顧録の中に求めているという指摘である。[51]

この小説を特徴づけている一人称と三人称による自己言及の交替を小説の解釈のなかに取り込むさらに進んだ試みは、W・イーザーにおいてようやく見出される。[52] イーザーは、一人称から三人称への移行を、作者とその語り手との「二重性を現出」せしめようとする努力の表われとして説明する。——「(その二重性の)一つは、かつての態度や過去の出来事を条件づけていたところの一時的な立場がどれほど相対的なものであるかという事実であり、もう一つは、己れの過去をこうして距離を置いて振り返れるからには、月日が経つ間にきっと自己判断の意識が成長したに違いないという洞察である。[53]」これによってすでに、こうした人称交替の効果の要点が、すなわち一人称の語り手が己れ自身のかつての体験に対して距離を置くという筆法が、把握されているのである。[54]もちろんその場合、顧慮されなかったこともある。つまりそれは、一人称から三人称への移行が、ハリーに始まり、ヘンリー・エズモンド、エズモンド氏、エズモンド隊長、そして後にはエズモンド大佐として登場する〈体験する私〉のレベルで起こるばかりでなく、〈物語る私〉のレベルでも起こっているという事実である。〈体験する私〉が「彼」(三人称)に変わるところで、語り手の役割演技が、すなわち軍人エズモンドの「活動的生活」と語り手エズモンドの「観想的生活」の対比が始まる。そしてこれによって、もう一つの別な意味レベルが持ち込まれることになる。その場合に〈物語る私〉もしばしば、多少皮肉めいた感じのする異化作用を甘受しなければならない。つまり、〈体験する私〉に対する語り手の距離を置いた見方は、いわば〈物語る私〉にまでも波及するのである。

閣下がこの争いをあくまで遂行する決心であり、どんなに懇願してもそれから手を引かせることはできないと知って、ハリー・エズモンドは(苦労と反省と白髪とが今は彼を穏やかに見せているが、その頃は血気にはやる激しい性分であった)、彼の情け深く寛大な庇護者を助けるのが己れの義務だと考えた……エズモンドはまたしても幸運に恵まれた。彼の連隊の三分の一以上が戦死したにもかかわらず、彼は無傷で難を免れ、再び司令官の報告で手柄を取り立てられる光栄に浴し、少佐に進級させられた。しかしこの戦闘はあらゆる新聞に載り、わが国のどんな小さな村でも語り草となったくらいだから、ここで取り立てて話す必要はほとんどない。そこで話をこの文の筆者の個人的な事件に戻すとしよう。これなる筆者はもはや老境に達しているが、いささか距離を置いた立場で、それらの事件をきたるべきわが子孫のために物語る次第である。[55]

〈物語る私〉の三人称への移行は、常に〈体験する私〉の三人称への移行と相携えて、いわばその続きとして起こるようにみえる。小説の解釈にとっても、またわれわれの論点にとってもより重要な人称の交替は、〈物語る私〉のそれではなく、〈体験する私〉のそれである。〈体験する私〉のレベルでの一人称と三人称の交替に関して言えることは、一人称から三人称への移行は、見たところいつでも起こりうるということである。一時的にせよ自己を突き放して、距離を置いて眺めるという視点の切り換えは、ごく普通の意味で自伝と回想録の常套手段の一つであることを思えば、これも合点のゆくことなのである。しかしながら一人称小説の物語基準からのこうした逸脱行為は、見受けるところサッカレーによっていつでも任意の場所で撤回され、再び元に戻されるというわけではない。すなわち三人称から一人称への復帰は、《物語り状況》のある程度の〈作中人物化〉が前提として必要なのである。それゆえ三人称から一人称への復帰は、エズモンドによって内的な考察が、たとえばある観察や印象の描写、あるいは自分の考えや気持ちの詳しい説明が、一種の《作中人物に反映する物語り状況》によって提示されるときに、もっとも起こりやすいのである。したがってたとえば第二巻第十三章ではエズモンドが彼の母の墓参りをするところが語られるが、その結末に現われる三人称から一人称への転換に先立って、エズモンドの立場から墓地の詳しい描写が行なわれ、さらに墓の眺めが彼の心に呼び起こすさまざまな想いが描かれるのである。

同じように三人称から一人称への移行は、エズモンドが長い不在の後カースルウッドへ戻って来て、そこで初めてカースルウッド夫人、すなわち彼の後の令夫人に二人きりで出会う場面でも起こる。この決定的な場面に先行しているのは、眠れぬままに過ごした夜の間にエズモンドの心に浮かんだ数々の思い出や感慨の描写である。翌朝彼が、自室の次の間で見つけた一族の関係書類をちょうどめくっているところへ、カースルウッド夫人が現われる。

次にエズモンドは、長い戸だなを開けた……またここには一束の書類もあった……これこそ閣下が話していた例の書類、つまりホールトが逮捕の当日閣下に見せ、一週間してから返事を伺いに戻って来ると言っていた書類であった。私はこのとき、部屋のドアの輪をきゃしゃな指がこつこつ叩いている音を耳にしたので、これらの書類を慌てて先刻取り出した秘密の場所に戻した。それは愛と歓迎の表情を満面に湛えた私の優しい奥方であった。彼女もまた、寝つかれぬ夜を過ごしたことは疑いなかった。しかしどちらも、相手にどのように時を過ごしたかは尋ねなかった。だが口に出して言われなくとも推し測れたり、目に見えぬところで起こってもそれと知れる事柄がある。この心優しい婦人は、私が外国で負傷したとき二度ともその日が分かったと、私に語ったものだった。同情がいかに遠くまで達するものか、何人にも分かりはしないのである。「私あなたのお部屋を覗きました。ベッドが、小さな古いベッドが空っぽでした。きっとこちらにいらっしゃると思いましたわ」と彼女は、ただこれだけ言った。そして眼に至福の表情を湛え、ほのかに頬を染めつつ、この淑やかな女性はそっと彼にキスをした。(56)

引用部分は、三人称による対象指示でもって始まる。エズモンドの諸々の思念や記憶が、体験話法ないしは《作中人物に反映する物語り状況》に近い形で述べられる。つまり、「これこそ例の書類であった……」という部分である。この作中人物的な内的視点によって、三人称から一人称による対象指示への復帰(「私は……これらの書類を……戻した……」)の前提条件が与えられる。けれどもとりわけ目を惹くのは、最後の文において思いがけず再び距離を取るかのように三人称に戻ってしまう所である。「私」はまさしく突き上げる感情に堪えかね、「彼」に逃げ場を見出す。「私」としてではなく「彼」として、エズモンドは、すでに久しきにわたって自分が尊敬している婦人から、この遅ればせの、しかも初めてのキスを受ける。対象に対して距離を置く三人称へのこの再度の移行は、しかしながらこの場合もまったく何の前触れもなく起こるわけではない。つまり直接話法による引用の前に、その普遍妥当的な性格からいっても、またそれが現在時称で言われている点から見ても、〈物語る私〉に由来することが一目瞭然であるような発言が現われるのである。したがってよくよく見れば、対象に対して距離を保つその仕方は、二段構えで行われることが分かる。まず初めに〈物語る私〉が〈体験する私〉から引き離され、然る後にいっそう明確に距離を置くため、〈体験する私〉への言及が三人称に変わるのである。[57]

この小説における人称代名詞の交替の状況は、たとえば「私たち」という人称代名詞が、あるときはエズモンドとその仲間を指すのに使われ、また別のときには〈体験する私〉としてのエズモンドと〈物語る私〉としての語り手とを指すために使われるというように、はなはだ紛らわしい形で多用されるために、複雑な様相を呈している。しかしこうした状況をいっそう精密に分析することによって、一般に〈一人称／三人称〉という対立が物語において果たす機能に関してさらに重要な示唆が得られるであろう。さしあたり一つの成果としてすでに確認できることは、人称代名詞による対象指示が三人称(「彼」)から一人称(「私」)に再び戻るにあたっては、——先に指摘した通り——ほとんど常に作中人物を介した《物語り状況》への傾斜がまず先行するという事実である。この認識はわれわれのテーマにとって特に重要である。なぜならそれは後でもっと詳しく基礎づけるはずの一つの判断を、予め示唆するものだからである。つまりそれは、語り手たる人物に支配される圏域での(すなわち《局外の語り手による物語り状況》のレベルでの)三人称と一人称の交替は、映し手たる人物に支配される圏域での(すなわち《作中人物に反映する物語り状況》のレベルでの)それとは別な機能を持っているという所見である。

人称代名詞による対象指示の変化に関するこれまでの考察結果は、おおよそ次のようにまとめられるだろう。一人称から三人称への変化は、たいてい〈物語る私〉が〈体験する私〉との間に距離を置く目的のために行われる。このような変換は、実際問題として物語の文脈の中ではいつでも起こりうる。それというのも〈物語る私〉と〈体験する私〉とを隔てる物語距離の中には、すでにこうした可能性が胚胎しているからである。一方、三人称から一人称への変化、言い換えれば、一人称小説特有の人称指示への復帰は、《物語り状況》がある程度作中人物的なものへ傾斜することが前提条件となる。二つの変化のうちどちらの変化がより意味深く、より読者の注意を惹きつけるかは、さらに綿密な分析を加えたうえで調べなければならない。そのような調査では、サッカレーの他の小説、とりわけ『ペンデニス』や『ニューカム一家』に見られる人称代名詞の変化も取り込んだうえで、検討しなければならないだろう。

これまでサッカレー研究がその種の問題に対してそれほど関心を示してこなかったとすれば、それは一部には、サッカレーが構造の問題にはほんのわずかしか関心を持っていなかったという憶測に基づいている。そしてこの広く流布している見解は、作者自身による小説『ヘンリー・エズモンド』の改訂の仕方を手掛かりにして、裏づけることができるものと考えられている。[58] けれども、サッカレーが執筆中に行なった変更(たとえば第三巻以降の編者による補助資料の追加)と、ここで論じた一人称と三人称の交替のような現象、すなわち初めから小説の物語様式の本質に根ざし、しかも終始一貫して保持される小説の構造要素ともいうべきものとは、もともと質的に異なっている。『ヘンリー・エズモンド』の場合、その一人称と三人称による対象指示の交替は、疑いもなく一貫して計画通りに遂行された小説の語りの一形式である。それゆえにその現象は、それ相応の細心な分析を施すに値するものなのである。われわれがここで提起したものは、そのような分析の一つの可能な足掛かりにすぎない。

8の(2)　現代小説における人称(一人称／三人称)の交替——『ハーツォグ』、『わが名はガンテンバイン』、『モントーク』の場合

現代小説の場合、この人称の交替は、さまざまな作家の作品においてますますひんぱんに現われるようになっている。次に掲げるリストは、そのような人称の交替を含む英米・独のもっとも名を知られた小説の幾つかである。決して完全なリストではないが、それらを列挙すれば以下の通りである。すなわち、J・コンラッド『西欧の眼のもとで』、R・P・ウォレン『王の家来たちも』、S・ベロー『ハーツォグ』、M・ドラブル『滝』、K・ヴォネガット・ジュニア『チャンピオンたちの朝食』、G・グラス『ブリキの太鼓』、そしてM・フリッシュの小説もこれに含まれる。特にM・フリッシュの小説では、『モントーク』に至るまで上述の現象がますます頻度数を加えて観察されるばかりでなく、その意味

機能もますます複雑さの度合いを増していることが見て取れる。[59]

『わが名はガンテンバイン』では、語り手たる「私」から新たな「私」という主体が次々と細胞分裂し、それらが以前の「私」を「彼」の距離にまで遠ざける。あるいはこうも言うことができるだろう。つまり、語り手たる「私」は、己れの〈物語る私〉のために、〈体験する私〉のさまざまな役割をテストしているのである、と。――「私は、服を試着してみるように、物語を試してみる。[60]」「私」という役割が意のままに取り替えられるだけでも、たとえそれが文法的に必ずしも顕在化していなくとも、この小説は三人称小説のカテゴリーに入る。というのも作中人物の属する物語世界を意のままにできる権力は、もともと三人称の作中人物たちを手中に収める〈局外の語り手〉にのみ留保されている特権だからである。一人称の語り手は己れの「肉体化された私」に実存的に依存しているために、その自我を意のままに処理できる権力を持っていないのである。

けれども小説『ガンテンバイン』の「私」のように、この意のままにできる権力を要求する一人称の語り手は、そのことによって〈局外の語り手〉の位置に一歩だけ近づく。人称交替の問題と虚構の世界に対する自由裁量権の問題が交差する所で、一人称小説と三人称小説の相違がひときわ明確に浮かび出てくるのは、すこぶる示唆的なことである。〈局外の語り手〉は、一定の限度内で自分が物語りつつある虚構の現実を変える可能性を持っている。たとえば、ヴィクトリア朝時代の作家の長篇連載小説にしばしば見られるように、少なからぬ読者の要望に応えて、作中人物を予め定めていた運命から守ってやるために、この運命をいわば土壇場で変更してしまうというやり方である。一人称の語り手が似たようなことをやろうとすると、それによって彼自身の立場の虚構的な土台が怪しいものになってしまう。彼自身が虚構の世界の一部であって、作中人物の世界における「肉体化された私」なのであるから、いかなる変更の企ても、己れ自身の実存の前提をイロニー化することと同じことになってしまう。

ほかならぬこうした状況の逆説性が、誰でもがなじみの物語伝統の傾向にことさら逆らって書くことを好むK・ヴォネガット・ジュニアのような作家にとっては、しばしば創作の刺激となっているように思われる。『スローターハウス5』の一人称の語り手が作中人物のひとりを見て叫ぶ言葉(「それは私だった。それは僕だった。それはこの本の作者だった。[61]」)に現われる人称の交替は、確かにもはや客観化するとか距離を置くとかいう概念では捉えきれない要素をもっている。ここでは一人称小説と三人称小説の両方の物語構造に横たわる究極的な不一致が、叙述のテーマになっている。これは『チャンピオンたちの朝食』の中ではさらに過激な逆説性を用いて提示されるテーマでもある。

現代小説における一人称と三人称の交替という現象に関しては、内容的な側面と形式的な側面とを区別しなければならない。内容的に見れば、この変動は明らかに意識の分裂という心理状態に関連している。自意識と意識の分裂は、心理学的に見て、たんに病理学的な領域の問題にとどまるものではない。一人称から三人称への変化やその逆の変化は、子供の言葉にも見出されるし、わけても「前自我性」といわれるものの発展段階や、また大人の社会的ないし心理的な動機づけをもつ役割演技にも見出される。精神分裂症では、患者の一人称による自己言及と三人称による自己言及が入れ替わるのは、この病状の紛れもない徴候である。バザーロイドも推測しているように、現代小説において一人称と三人称がいや増す頻度数で交替するのは、おそらく現代人のアイデンティティ問題の深刻化を物語るものであろう。(62)

われわれの理論の文脈からすれば第一の関心事である形式的側面は、上述の事柄を背景において考えるとき、アクチュアルな意義をもって迫ってくる。すなわち、(芸術作品としての)文学と現実とは必ずしも同一の法則に従っているわけではないということが、ここで再び明らかになるのである。つまり文学においては、一人称と三人称の交替は、こと意識描写に関するかぎり、外的出来事を扱う物語の場合とは異なり、見たところあまり重要性はもたないということである。このような変換が、「私」という人物の想念や観察などを描写する領域では、他の場合よりもスムーズにゆくということは、すでに『ヘンリー・エズセンド』を手掛かりにして実証した通りである。

現代小説は、上述の考察結果をもっと一般化した形に読み替えることを許すであろう。つまりそれは、(《作中人物に反映する物語り状況》もしくは内的独白を用いての)意識の描写においては、〈一人称／三人称〉という対立はその構造的な意味を失ってしまうということにほかならない。このことは、意識の流れを描写した部分では人称代名詞による指示がたえず「彼」と「私」の間で揺れ動き、しかもそのこと自体からは文意を左右するような重大な帰結は生じないという事実によって見定められる。別の言葉で言えば、〈一人称／三人称〉という対立がここでは識別特徴を欠いて、目立たなくなってしまうのである。この問題は、後で(第Ⅵ章3)さらに詳しく論ずることになろう。意識の流れの描写の中では人称の移動が目立たなくなるというこの独特の現象は、『ユリシーズ』よりももっと忠実に伝統的な物語様式を守っている今日の小説にも看取される。示唆に富むその実例を次に挙げてみよう。それは、《作中人物に反映する物語り状況》の優勢な小説であるS・ベローの『ハーツォグ』である。

電話が鳴った——五回、八回、十回と大きな響きで。ハーツォグは時計に目をやった。時刻を見て彼は驚いた——六時に近い。昼間はどこへ行ったのか？　電話は鳴りつづけ、錐のように耳に突き刺さってくる。彼は受話器を取る気になれなかった。だが、所詮二人の子供がいることだし——彼は父親だったから、電話に答える義務がある。そこで受話器に手を伸ばすと、彼はラモーナの声を聞いた――ラモーナの弾むような声が彼を逸楽の生へと、だが形而上的で超越的な逸楽の生へと呼んでいる――……

やめてくれ、ラモーナ、とモーゼスは叫びたかった、きみは愛らしく、かぐわしく、性的で肉感的で――この世のすべてだ。だがこんな講義だけは！　後生だから、ラモーナ、黙ってくれ。しかし、彼女はしゃべりつづけた。ハーツォグは天井を見上げた。蜘蛛が壁の刳形にびっしり巣を張った様子は、さながらライン川の岸辺にも似ていた。葡萄のかわりに、糸玉に包まれた羽虫が、房のように垂れ下がっていた。こんな講義を聞かされるのも、元はといえばみなおれ自身が招いたことなんだ。ラモーナにおれの身の上話を――卑しい生まれから身を立て、ついに完全な破局を招くに至った半生をすべて語ったからなのだ。だが多くの間違いを仕出かした男には、友人の忠告を聞き流せるだけの余裕はないのだ。(63)

ここで三人称から一人称への転換が目立たずに行われる理由は、この場面での意識内容の描写が、他の多くの現代小説の場合と同じように、人格化された語り手が不在のままになされているという点にある。つまり、意識の担い手自身が映し手として機能し、読者は、彼の思考や知覚や感情を直接のぞき見ているような心地にさせられるのである。人格化された語り手による「彼は考えた」という表現が現われないかぎりは、思考内容はそのまますぐに一人称でも三人称でも言い表わせる。一人称は、直接話法で語られた言葉の再現に対応するものとして現われ、三人称は、間接話法に対応するものとして現われる。ただ、間接引用の媒介者として機能できるような語り手がもはやいないときには、直接引用と間接引用の区別は意味がなくなる。したがって意識描写の枠内では、「思考内容の直接的再現」とか「思考内容の間接的再現」、あるいは意識の担い手を指示する「一人称」とか「三人称」というカテゴリーは、弁別特徴を失ってしまうのである。そして一方のカテゴリーから他方のカテゴリーへの変換は、読者によってもはや全く心に留められないのが通例である。

内面世界のさまざまな描写形式のこうした調整機能は、時として〈局外の語り手〉が共存する形で確認される場合もある。もちろんその前提条件として、〈局外の語り手〉の機能は、そのような個所では、作中人物の考えを叙述しその精神状態を描写するだけにとどめられなくてはならない。D・H・ロレンスの『恋する女たち』の中の次の一節で、グドルーンはチロルのどこかある山の宿で、自分の隣に眠っているジェラルドのことについてあれこれ思い悩む。

「おお、あなた、あなた、そのゲームはあなたにだってふさわしいものではないのよ。あなたはほんとにりっぱな人なのよ——なぜあなたはこんな哀れな見世物に使われなければならないの!」

彼女の心臓は彼に対する憐れみと悲しみで破れそうになっていた。そして同時に、彼女は口を歪めた。彼女自身の、口には出さない長広舌を嘲り、皮肉ったのだ。ああ、それはなんたる茶番劇だ。彼女はパーネルとキャサリン・オシェーのことを考えた(十九世紀末のアイルランドの独立運動家パーネルは人妻オシェーのことで躓いた)。パーネル! 結局、だれがアイルランドの独立をまじめな問題と考えるだろう。政治的なアイルランドを考える人などは、たとえそれがどういうことであれ、いるだろうか? だれにそんなことができよう? じっさい、古いつぎはぎの憲法にこれ以上どんな間に合わせの補修をするかなどということに、わずかの注意を払いうる人間などがいるだろうか。国の問題など、というものには、山高帽子に払うほどの関心も払う人間などがいるものか!

すべてはこれに尽きるのだ、ジェラルド、わたしの若い英雄よ。とにかく、われわれはこれ以上、古い肉汁をかきたてて吐き気を催したりすることなしにしよう。あなたは美しく生きるのよ、わたしのジェラルド、そしてむこうみずに。完全な瞬間というものがあるのよ。目ざめなさい、ジェラルド。目ざめて、わたしにこの完全な瞬間を確信させなさい。おお、わたしに確信を与えよ、わたしはそれを必要としている。[64]

(伊藤整訳、世界文学大系、河出書房新社)

ここでは(引用符つきと引用符ぬきの)無言独白もしくは内的独白の一人称形式が、体験話法(「ああ、それはなんたる茶番劇だ」)並びに〈局外の語り手〉による人物の想念の叙述(「彼女はパーネル……のことを考えた」)の三人称形式と入れ替わっている。この一人称から三人称への変換とほぼ同様に、目立たず、これといった指標もなく、過去時称から現在時称への移行が行われる。過去は想念を叙述する際の物語時称であり、現在は内的独白を描写する際の物語時称である。しかしながらここでは現在時称は、コンテクストからいって想念の叙述というよりは体験話法とみなすべき文章(「結局、だれがアイルランドの独立をまじめな問題と考えるだろう」)にも現われる。そのような文の現在時称は、そこに表現された作中人物の考えを、いわば〈局外の語り手〉の注釈に近いものに変え、一般的な妥当性を主張するまでに至る。[65] D・H・ロレンスにおいてはこの「格言風の現在時称」[66]は、体験話法による描写のなかで、〈局外の語り手〉(もしくは作者)の政治的・道徳的・哲学的見解が作中人物のそれと一致する場合には、ほとんど必ずといってよいほど現われてくるのである。

内面世界の描写と人格化された語り手の後退は、一人称と三人称の交替が目立たなくなるための前提条件である。マックス・フリッシュの最新作『モントーク』(一九七五年)では、一人称と三人称の変換が、意識描写の場面に特有のさりげなさで連続的に駆使されている。それによって一人称の語り手の用いる現在時称と、その語り手と同一人物、すなわち「私」(語り手)という人物を三人称で指示する《物語り状況》との間には、奇妙な緊張感が生まれる。この種の変換は、小説が始まるとまもなく現われるが、しかし初めのうちは物語の幾つかの部分に分散して現われる。だが後になるほどこの変換はますますひんぱんになり、見方によっては、恣意的にすらなる。そしてあげくの果てには、同一の文章のなかでの急変すら起こるようになる。

マックス、君は幸運な男だ
とリュンは、いつまでも黙りつづけることのないように、ふたたび例の話を、つまり僕が一九六三年にマレーネ・ディートリヒの客室をどうやって譲り受けたか、その経緯を語った後で、言う……[67]

ここではどうやら作者によって、物語要素《人称》の使用を支配している基準の意識的な「異化」が目指されているようである。「異化」は、ヴィクトル・シクロフスキーが初めてこの概念を導入したそのもともとの意味で理解されなくてはならない。[68] 本質的には伝統的な物語テクストの与える経験に立脚する読者の期待は——すなわち人格化された語り手のいる物語は一人称形式か三人称形式かのどちらかの立場で書かれなければならないという期待は——ここにおいて見事に裏切られる。そのような拒絶は、物語テクストを「扱いにくい」もの、受け入れ難いものにし、それがため読者に高度の注意力を喚起するのである。かくして作者は、自らの主題を形式的な手段によって形象化することも可能になる。その主題とは、主人公が自分自身に対して、すなわち己れの現時点での体験や過去の体験の記憶に対して、的確な距離を見出すことの困難さ、言い換えれば、己れのアイデンティティの問題を解決することの困難さを意味している。

数年してから僕は僕自身を見るが、僕だということが分からない。——彼女は、チューリヒのビルヒャー・ベンナー病院にいる。それで彼は、彼女を見舞うためにやって来る。[69]

この文章の中の「僕」と「彼」は同一人物を指している。しかしここでは『ヘンリー・エズモンド』におけるように、長い時間をかけて「僕」を一定の隔たりのある位置へずらし、それによってごく自然に「僕」が「彼」に変換しうるような具合に事は運んでいない。というか、そういうことは初めから本気で試みられてはいないのである。小説が終わりに近づくと一人称と三人称の交替がいよいよ目まぐるしくなるために、上述のような隔たりの設定はおよそ不可能だということが、ますます目に見えて明らかになってくる。ところで、人称〈一人称／三人称〉の交替と並んで他の物語要素も、こうした物語形式の異化のプロセスに組み込まれている。それは人称〈一人称／三人称〉の交替に直接関係することでもあるが、たとえば一つの文章中における直接話法と間接話法による描写形式の混交である。

> たとえば、彼は言う、僕は生まれてこのかたまだ一度も女郎屋に行ったことがない、と。[70]

> 物を書くとき読者のことを考えるかどうかという質問は、どこの大学でも聞かれることだ。たとえば、僕は読者が素足のままだなんてついぞ想像したこともない、と彼は考える[71]（傍点はシュタンツェル）。

すでに前のほうで引用した『ガンテンバイン』の中の名言「私は、服を試着してみるように、物語を試してみる」は、したがって物語の内容に関連するばかりでなく、物語がいかにして語られうるかという方法の問題にも関連しているのである。小説『モントーク』の主人公が、何よりもまず「作り話をでっち上げることなく物語りうる」可能性と考えているところの「〈単純な語り手〉という立場[72]」もまた、物語理論的な意味からすれば一種の不可能事である。

一人称小説と三人称小説の対立は、本章で立証されたように、小説の中に人格化された語り手がはっきり存在するかぎりでは、構造的な意味をもっている。それゆえに〈一人称／三人称〉という対立は、物語形式を体系的に叙述するときとか典型的な《物語り状況》を定義する際には必ず顧慮しなくてはならないのである。W・C・ブースがこの対立を「最も余分な区別立て」として無視したのは、誤りであることが明らかになった。そしてわれわれは〈一人称／三人称〉という対立の構造的な意味を、作家たちの実践の産物であるテクストや発言を手掛かりにして、また小説とその映画化作品との比較を通じて具体的に示すことができた。さらにこの検討結果に対して、われわれは物語理論的な立場から説明を加えたが、その際とりわけ一人称と三人称とが入れ替わる作品やテクスト個所に的を絞って、論証を進めた。そこで明らかになった点は、最初に一般的な形で定式化された見解は、限定的なものと解されねばならぬということである。すなわち、意識描写の領域では一人称と三人称の対立は著しく目立たないものになり、人格化された語り手による外界描写の領域においてそのような対立が本来持っていた意味が、そこでは失われてしまうのである。人称の変換という現象は、どうやら語り手という人物と映し手という人物が果たす機能上の相違に関連しているようである。それゆえ対立《叙法》を分析する際に、もう一度その問題に立ち返らねばならないであろう。

対立〈一人称／三人称〉について論じた本章は、そのかなりな紙数を一人称小説の分析に割くことになったが、この辺で締めくくりをつけなければならない。現代の一人称小説が投げかける諸々の物語理論的問題に関しては、ほんの輪郭を記述しただけで、その委曲を尽くした論議にまで及ぶことはできなかった。この物語形式には、物語理論家にとってのみならず作家にとっても、格別の魅惑が内在するということは、わけてもサミュエル・ベケットの防御的な身振り、すなわち彼の最後の一人称小説に現われたその身振りから窺い知ることができる。彼はその中で、この物語形式による実験をぎりぎりの線まで押し進めている。

だがこののろうべき一人称はもうたくさんだ、それは実際あまりにも人をあざむくものだ。もし私が注意深さに欠けるならば、私は深みにはまり込むだろう。(73)

一人称小説、並びにその三人称小説との対立点に関しては、類型円図表の記述(第Ⅵ章)に関連して、なお若干の論点が話題として取り上げられるであろう。

第Ⅳ章　対立「遠近法」――内的遠近法／外的遠近法

もはや窓から乗り出して外を眺めつつ、一筋の記憶の糸をじっくり辿っているといった人の姿ではない――それはヘンリー・ジェイムズの小説によって思い浮かぶイメージではない。むしろ窓辺にいるのは読者自身であって、あたかも窓がストレザーの意識生活の深層に向かってまっすぐ開かれているかのようなのだ。彼の知覚と識別のエネルギーがそこで働いているのが見える。

（パーシー・ラボック、『使者たち』に関する論考、『小説の技法』より）

1　対立「遠近法」と対立「人称」の関係

《人称》と《遠近法》という二つの対立が共通項として抱える問題は、物語を語るときの、もしくは物語の中身を受けとめるときの視点(point of view)の問題である。この点で両者を分かつものは、《人称》と《遠近法》というそれぞれの観点に基づいて物語視点を選択することから生ずる帰結の違いである。すでに述べたように、語り手が位置する領域と作中人物が住まう領域との一致と不一致という対立からは、解釈にとって(とりわけ物語行為の実存的基盤と動機づけに関して)重要な帰結が生まれるが、これは物語内容の「信頼度」という問題にとっても決定的に重要である。一方、対立〈内的遠近法／外的遠近法〉は、読者が小説に描かれた現実の具体的なイメージを得るために行なわねばならない統覚プロセスのコントロールを含意している。物語の《遠近法》という概念には、描かれた現実の受けとめ方の規制、およびその虚構世界における読者の時間・空間感覚の操作と並んで、描写の対象となる現実のある一面の選択、そして虚構の世界を形づくる個々の事物と出来事の選別に関わる諸前提も含まれている。

内的遠近法が優勢なのは、物語世界が知覚されたり描写されたりする際の視点が主人公の内部にあるか、もしくは出来事の中心に置かれている場合である。したがって内的遠近法が用いられるのは、自伝的形式による一人称小説や書簡体小説、あるいは自律的な内的独白や《作中人物に反映する物語り状況》の領域である。

外的遠近法が優勢なのは、物語世界が知覚されたり描写されたりする際の視点が主人公以外のところにあったり、出来事の周辺に置かれている場合である。こうした形式に属するものは、《局外の語り手による物語り状況》や〈周縁的な〔周辺に位置する〕一人称の語り手〉[訳注18]による物語テクストである。[1]

訳注18〈周縁的な〔周辺に位置する〕一人称の語り手 peripherer Ich-Erzähler〉　物語られる出来事の中心に立つ主人公ではなく、出来事の周辺に位置して、観察者、目撃者、主人公の伝記作者などの役割を担う一人称の語り手。第Ⅵ章2の(2)参照。

境界領域では、例によってある種の分類上の問題が生ずる。〈周縁的な一人称の語り手〉（マーロウ）によって語られるJ・コンラッドの『ロード・ジム』では、内的遠近法から外的遠近法の方向にすでに越境行為がなされている。というのも、この小説ではジムが明らかに主人公だからである。それにひきかえ同じ作者による短篇『闇の奥』では、見方によっては、一人称の語り手マーロウが本来の主人公とみなされうるのである。なぜなら彼が出来事の渦中にあって、ミスタ・クルツよりも強烈に出来事を支配しているからである。そのように見れば、『闇の奥』は内的遠近法によるものとみなすことができる。

〔外的遠近法を装置した〕《局外の語り手による物語り状況》から〔内的遠近法を装置した〕《作中人物に反映する物語り状況》に移行する境界領域では、同じような分類上の困難が生ずる。それというのも《局外の語り手による物語り状況》の枠内で、所々に体験話法の形式による作中人物の内的視点が現われるからである。たとえばJ・オースティンの『エマ』の中に、そのような内的遠近法が一時的に現われることがある。またヘミングウェイの短篇『殺し屋』のように、会話場面や場景的描写の部分が延々と続き、しかも同時に〈局外の語り手〉が陰に隠れてしまう場合も、結局、内的遠近法による伝達の形式である。そのような場合に、個々の読者が物語られる出来事に関して抱く表象が、あたかも出来事の現場に直接居合わせるかのようにイメージされるか〔内的遠近法の立場〕、それともいまだなお耳に聞こえる〈局外の語り手〉の声を通して思い浮かべるか〈外的遠近法〉は、読者の好みにゆだねられるであろう。

対立〈内的遠近法／外的遠近法〉は、物語プロセスのなかでも、なかんずく空間的・時間的知覚カテゴリーによる読者の物語内容の統覚を操作する領域の記述に役立つ。その場合、内的遠近法は、空間という知覚カテゴリーに対して一種の親近性を示し、外的遠近法は、時間という知覚カテゴリーに対して一種の親近性を示すように思われる。その結果、内的遠近法が優勢なときには、空間的な意味での遠近法化が、外的遠近法の場合にもましてよりいっそう強い効果を発揮する。つまり空間の中での人物や事物の相互関係、固定された視点からの観察や場面描写に現われる視覚的消尽線といったものが、解釈にとって重要性を増すのである。また、より鮮明な視界の画定、換言すれば、語り手あるいは映し手の知識範囲もしくは経験範囲の限定（「制限された視点」）というものも、そこでは重要性と説得力をもつ。それに反し外的遠近法は、むしろ時間芸術としての語りというものに左右される。すなわちここでは通例として、人物や事物の空間的な相互関係、そして語り手の知識範囲の限定といったことは、物語のなかに主題化されていないのである。あるいはそういった事柄は、〈語り手〉による叙法を支配する「そして――それから」という図式に従属したままなのである。

おそらくこの一般的な考察をもう一歩先へ進めることができるだろう。遠近法的手法が記号論的に意味をもちうるのは、ただ内的遠近法の場合だけである。すなわちそこでは、空間的な関係とか観察の視点、あるいは視覚的消尽線とか物語世界に関する知識範囲の限定といった側面が、解釈にとって非常に重要になってくるのである。なぜならば、それらの側面が描写プロセスのなかに主題化されているからである。ところが、外的遠近法においては――時間という知覚カテゴリーに対する親近性の結果として――往々にして一種の非遠近法主義が優勢を占め、物語に描かれた現実の空間的関係は意味を失う。したがって対立〈内的遠近法／外的遠近法〉には、遠近法主義と非遠近法主義の対立関係も含まれるのである。

遠近法という問題圏にはさらに、知覚する者（「知り手 knower」）の視点と物語る者（「言い手 sayer」）の視点との区別も含まれる。これはすでに第Ｉ章（1）で指摘したことでもある。内的遠近法の枠内では、この点に関してたいていなんの困難も生じない。というのは、このような区別が必要な場合、すなわち自伝的形式による一人称小説においては、〈物語る私〉と〈体験する私〉の区別によって十分それはカバーできるからである。それに較べ外的遠近法による物語では、知覚する者と物語る者との区分けは往々にしてそれほど容易ではない。たとえばトーマス・マンの『ヴェニスに死す』におけるアッシェンバッハは、外的並びに内的世界の描写の大部分を通じて、知覚する者として存在している。しかし彼の物の見方は、〈局外の語り手〉のそれと合致することはない。より厳密に言うならば、物語が進行するにつれてますます合致しなくなってゆくのである。アッシェンバッハの知覚が語り手の言表の中に埋め込まれることによって、非常に厄介な解釈上の問題が幾つか派生してくる。

このような事態をもっと具合よく説明するために、ここで「焦点」という概念を導入したいと思う。物語の焦点、ないしは物語に描かれた現実の一断面への鋭い照準は、読者の注意を、主題的にもっとも重要な物語の要素へと向かわせる。それゆえ焦点化を、物語視点の手法による主題的要素の「前景化」と言い表わすこともできよう。こうしてたとえば空間の描写に鮮明に焦点が合わされることによって、読者の注意は、人物や事物の空間的な相互関係の主題的重要性に向けられることになる。さらに描写の重心の移動も、それが〈物語る私〉に向かうにしろ〈体験する私〉に向かうにしろ、《「私」の語る物語り状況》の枠内では一種の焦点化と解することができる。《局外の語り手による物語り状況》における外的遠近法の場合は、一時的にもせよ、物語られる出来事よりも物語行為そのもののほうに、より鮮烈に焦点が合わされるのである。同様に、ある場面で脇役がエピソード風に登場するのも、一種の焦点化である。

もしも〈局外の語り手〉が全知の特権を独特の仕方で行使して、二、三の作中人物については内的視点の立場からその思考や感情の描写を行ない、そのかわり他の作中人物については内的視点の描写を差し控えるとすれば、同様にこれも一種の焦点化——作中人物に対する読者の態度を操作するがゆえに、読者にとって非常に重要な焦点化——である。結局意識描写のなかにも、そのような視覚的焦点調節が見られるのである。その場合読者の注視の焦点を——ということは映し手を通しての描写の焦点ということでもあるが——もっぱら外的世界の出来事の描写に合わせることもできるし、あるいは映し手の内面的事象の描写に合わせることもできる。たとえば『ユリシーズ』の「プロテウス」挿話におけるスティーヴン・ディーダラスの意識描写では、スティーヴンの意識に生起する内面的事象がもっぱら注視の焦点になっている。それに反し、同じ小説の「ライストリュゴン人」挿話におけるレオポルド・ブルームの意識描写では、そのような注視の焦点になっているものは、もっぱら外的世界の出来事、すなわちダブリンの街をぶらぶら歩いているときにブルームが知覚する事柄である。(2)

ここで《遠近法》と「焦点」という概念を、G・ジュネットの「焦点化」(focalisation)という概念に関連づけておく必要がある。(3) ジュネットの「焦点化」は、大体のところわれわれの《遠近法》という概念と一致する。ジュネットが区別する三種類の「焦点化」のうち、「内的焦点化」はわれわれの内的遠近法に対応する(ジュネットの挙げている例は、H・ジェイムズの『使者たち』と『メイジーの知ったこと』である)。他の二種類の「焦点化」、すなわ

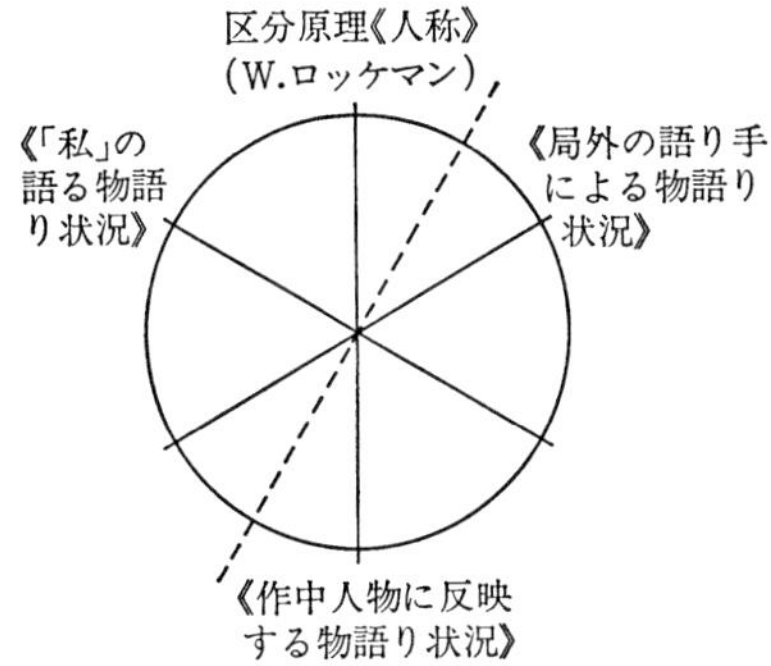

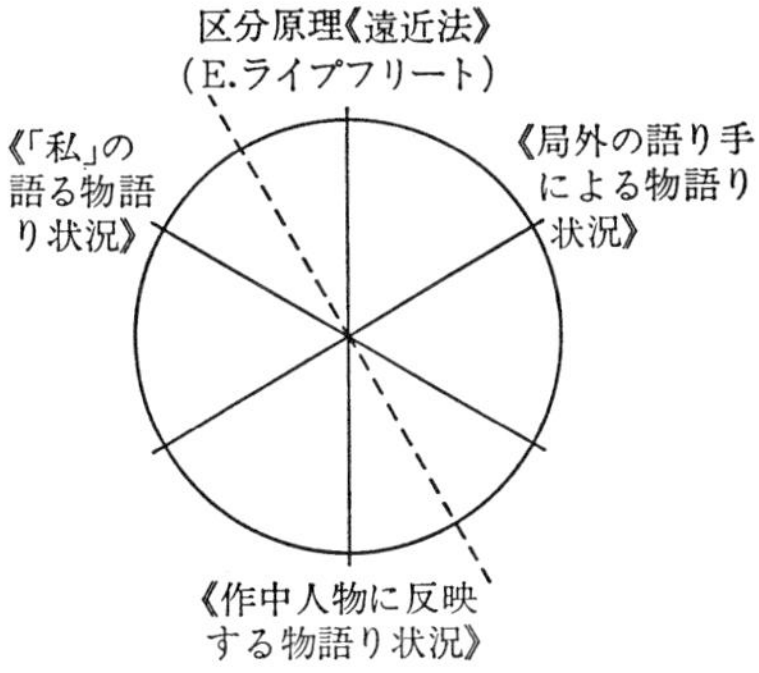

ち「焦点化ゼロ」〈局外の語り手〉の全知に対応）と「外的焦点化」（ジュネットの例では『殺し屋』）はわれわれの外的遠近法に一致する。[4] したがってわれわれの用いる「焦点化」という概念は、ジュネットの「焦点化」と同一視することはできない。われわれの場合の焦点化は、前述のように、〈内的遠近法／外的遠近法〉という対立の埒内での主題に関わる強調法なのである。このような観点は、ジュネットの場合その「焦点化」という概念にはほんの部分的に取り込まれているだけで、むしろジュネットの理論にとって特に重要な「叙法」と「声」の区別、あるいは「誰が見るか？」と「誰が話すか？」の区別のなかにそのような観点が含まれている。[5]

以下において、われわれはさらに二つの理論に取り組まねばならない。これらの理論は明らかに拙著『小説における典型的な物語り状況』を引き合いに出して、《人称》と《遠近法》の区別の必要性を否定しているからである。W・ロッケマンは、語りの二つの相である《人称》と《遠近法》の分離の可能性を否定する。なぜならば、K・ハンブルガーにとってと同じように彼にとっても、唯一の根本的な区別といえるものは「一人称小説」と「三人称小説」の区別、すなわち本書では対立概念《人称》によって把握されている区別だけだからである。ロッケマンにとっては、《局外の語り手による物語り状況》と《作中人物に反映する物語り状況》とは互いに区別できないものなのである[6]（前者はわれわれの体系では外的遠近法の優勢によって、後者は内的遠近法の優勢によって特徴づけられる)。

ロッケマンが対立《遠近法》を対立《人称》に従属させようとするのに対して、E・ライプフリートは逆の道を取る。つまり、彼は対立《人称》を対立《遠近法》に従属させようとするのである。双方の理論の対立しあう方向性がもっとも鮮明になるのは、《作中人物に反映する物語り状況》に対する批判においてである。ライプフリートは、《作中人物に反映する物語り状況》を《「私」の語る物語り状況》の内的遠近法による変種としてしか認めようとはしない(7)。一方、ロッケマンはそれを《局外の語り手による物語り状況》のたんなる変種として理解している(8)。

これらの相違は、よくよく見れば、根本的な食い違いではなく、むしろ出発点の違いから必然的に生まれるものなのである。ロッケマンもライプフリートも、基本的にはただ一つの対立(ロッケマンの場合は《人称》、ライプフリートの場合は《遠近法》)に基づく出発点を拠り所にしている。それゆえ彼らの区分図式は、三分法的な構造を出発点とするわれわれの図式に較べ、大まかできめが荒いのである。だから逆の意味で、われわれの三分法的な体系に備わるきめ細かな区分の可能性を放棄して、われわれの体系をロッケマンやライプフリートの単純で精緻さを欠く体系に還元することも、基本的には決して難しいことではない。しかしながら、すでに実証したように、一元的あるいは二分法的体系にまさるその長所ゆえに、われわれは三分法的体系のより緻密なアプローチをあくまで固守したいのである(9)。

2 遠近法と空間の描写

語りは、レッシングの『ラオコオン』に言われているような意味で時間芸術である。それゆえ、その本来の次元は出来事の時間的継起である。したがって物語における空間の具体的な描写には、言い換えれば、事物の空間的並存の描写には、時間的な筋の流れの物語的再現に要するのとは違う余分な努力、すなわち物語に内属する強度の時間性を克服するための努力が必要になる(10)。その意味で物語に現われる空間の遠近法的描写は、たとえばある話の出来事の年代的配列が、語りを通じて自ずから出来上がってゆくのとは違って、決して自然に生まれるものではない。つまり空間の物語的描写は、非遠近法主義への「自然な」傾向、ということはすなわち、ジャンル的に制約された傾向をもっているのである。これは空間の映画的描写が、遠近法主義への「自然な」傾向を示すのと同様である(11)。

いかなる芸術ジャンルも、いかなるメディアも、もちろん自らに内属する傾向を克服することはできるが、しかしそれには常に初めは作り手の、後には受け手の特別な注意力の傾注が必要なのである。このことは、文学による遠近法的描写が、空間の遠近法的処理に際して、視覚的な鮮明さを完璧には実現できないことを意味している。このことはまた解釈に関しても、ことのほか重要な問題を投げかける。物語による遠近法的描写は、事物の空間的秩序とそれら相互の関係の認知と描写を目指すというよりは、描かれる対象の選別、記号論的なウェイトづけ、空間の中での個々の事物の意味づけといったものを目指すのである。

物語られた空間は、すでにローマーン・インガルデンが指摘したように、常にただ部分的に確定したものを内包する「図式的構成」であって、残りの他の部分は「不確定個所」(12)として、常に読者に対して開かれたままなのである。そしてその具象化や空白の補塡は、大幅に読者の想像力にゆだねられる。さらに、物語の中のある舞台を空間的な遠近法によって描写する場合には、そのような「不確定個所」がおびただしく存在し、解釈にとってははなはだ厄介な問題をしばしば投げかけることも、ここで指摘しておかねばならない。すなわち、物語られた空間は、もし映画であればその表現世界をほぼ完璧な確定性として提示できるところで、往々にして「不確定」にならざるをえない。これを一般的に文学的メディアの短所とみなすのは誤りであろう。それどころか、このジャンル的に制約された特性は、場合によっては長所とも解しうるのである。小説家のジョン・ファウルズは、自作の小説の映画化の体験に基づき、映画の「確定性」と比較しながら、物語られた事物が持っている「不確定性」の長所を次のように評価している。

映画には決してできなくとも、小説にできることは沢山ある。映画は、過ぎ去った昔をあまり精密に描くことはできない。映画は脱線することができないし、とりわけ除外することができない。これが映画における異常な点なのだ――そこではだれもが特定の椅子とか特定の衣服とか特定の装飾品を所有せねばならない。小説の中では、そうしたものをすべて省くことができる。そこで提供されるものはわずかな対話だけである。映画制作者が決して実現できないものこそ、まさにこの否定的な側面なのである。全画面を「設定する」必要はない。小説を書くことの楽しみは、どのページでも、どの文章の中でもなにかを省けるということだ。(13)

小説理論は、R・インガルデンの不確定個所の理論を別にすれば、このような問題の背景をこれまでほとんど調べることはなかった。最近ではそのような研究の端緒がボリス・A・ウスペンスキーに見出される。ただし彼の『構成の詩学』は、もっぱら文学と絵画における遠近法的描写の比較研究に捧げられている。(14)原則的に堅持せねばならない立場は、ある空間の中に具体的な事物を取り込むための尺度は、物語られた空間の場合と絵画もしくは映画における空間描写の場合とでは、異なる基準で考えねばならないということである。このことは、たとえばある物語の具体的なディテールをめぐって、その細密な描写が重要であるかそれともその簡潔な描写が重要であるかが問題になるとき、解釈に関わる要因として考慮されねばならないであろう。E・ヘミングウェイの省略の原理も、文学的なテクストが自らのジャンル的制約のゆえに内包する「不確定性」をふまえてこそ、初めてそれが物語にとってどういう意味を持つか認識できるのである。[15]

　具体的に確定した要素が、幾つかの数少ない特徴に還元されているだけの物語世界の「図式的構成」に喜んで甘んじようとする読者の態度は、おそらく一般的にはすでにオルダス・ハックスリーが『知覚の扉』の中で指摘したような知覚の状況に関連している。すなわちそれは、外的現実の中で意のままにできるデータが知覚過程を通してしだいに選別され、削減されてゆくという知覚の仕組みである。[16] 最近では認知心理学も、その問題に徹底的に取り組んでいる。なかでもロバート・E・オーンスタインは、われわれの感覚器官は、世界に対して開かれた窓としてではなく、むしろデータ削減のシステムとして把握されなければならないという結論に達している。そのようなシステムは、われわれが生物学的・精神的に生き残るために最も大切な印象と情報にのみ注意力を集中することを、可能にしてくれるのである。[17]

　物語に描かれる虚構の現実が文学的な創造過程を通じてしだいに単純なものへ還元されてゆく現象を、われわれの日常的な現実認識におけるデータ削減の延長現象もしくは類似現象として捉えるならば、前述の認識に含まれる物語理論的な重要性は容易に推察できるであろう。われわれは今日、われわれの知覚におけるこのデータ削減をコントロールする生物学的・心理学的因子の幾つかを知っている。だが文学的な現実描写のプロセスにおいては、いかなる基準によってデータの選別がなされるのであろうか？ この問いには、おそらく決して筋の通った答えを与えることはできないであろう。というのも創造的意識の合法則性を、完全に究明することはできないからである。もちろん文学的な選別過程の結果や、そのような選別過程の結果として物語テクストに現われる虚構的現実の「図式的構成」については、叙述も分析も可能である。[18]

　ところでここで浮上してくるのが、ヘンリー・ジェイムズなどによってしばしば主題化された二分法の問題、すなわち実物と芸術的に表現された物とを較べた場合の、完成度の違いに基づく「人生」／「芸術」という二分法の問題である。ヘンリー・ジェイムズの『ポイントン邸の収集品』の序文には次のように書かれている。

　人生はすべて包括と混乱であり、芸術はすべて区別と選択であるから、芸術は、ただ自らのみが関わる堅固な潜在的価値を求めて、あたかも犬が埋められた骨かなにかをくんくん嗅ぎつけるように、厖大な量の中から本能的にしかも誤たずに探し当てる。(19)

われわれの経験でもありわれわれの現実の知覚でもある「人生」もまた、——オーンスタインが指摘しているように——すでに選択されたものであり、したがって厳密に見れば、「図式的構成」にすぎない。「人生」と「芸術」という対立図式によって、全部そろった現実(人生)とそうでない不完全な現実(芸術)とが相対しているわけではない。両者ともすでに選択されたものなのである。それゆえ上述の問いは本来ならば、現実の両様の型(人生版と芸術版)においては同一の選択原理が働いているのか、それとも似ても似つかぬ選択原理が働いているのか、と問うべきなのである。あるいは別の表現を用いれば、われわれの真の現実体験の図式化は、作家の創造的想像力にとって、自らの虚構世界を図式化するための基本モデルとなりうるか、と問うべきであろう。この問いに答えることは——そもそもそれが可能であるとしての話であるが——本書の研究の枠を大幅に踏み越えることでもあるし、また著者の力量にあまることでもあろう。したがってわれわれは、これ以上この問題に深入りしないことにし、次節からは再びテクストに密着した問題に立ち返ることにする。

2の(1)　物語における空間描写の二つのモデル

物語に描かれた虚構の空間に関して、その空間の「中味」を選別し図式化する原理の手掛かりをつかむために、まず初めに、そうした問題がもっとも鮮明に現われるテクスト個所を分析してみるのが得策であろう。虚構の出来事の舞台として機能する、輪郭のはっきりした室内空間の描写がそれにあたる。遠近法的な図式化の程度に応じて、手始めに空間描写を大まかに区分けしてみると、二種類の描写が選別される。すなわち、遠近法的処理がはっきりそれと分かる空間描写のテクストと、非遠近法的な空間描写のテクストである。徹底した遠近法的空間描写の実例は、とりわけ「視覚的報告」による描写が支配的な(それを極端にまで遂行したものが「カメラ・アイ」技法と呼ばれる)小説のなかに見出される。この「カメラ・アイ」技法は、E・ヘミングウェイ、ジョン・ドス・パソス、クリスティーン・ブルック＝ロウズ、そしてもちろん「ヌーヴォー・ロマン」に見出される。そのなかでもアラン・ロブ＝グリエの『嫉妬』が断然際立っている。

たとえばジョイスの『若い芸術家の肖像』のように、《作中人物に反映する物語り状況》が優勢な作品の場合には、徹底した焦点化は、非人称的な「カメラ・アイ」を通して生まれるのでなく、映し手たる人物スティーヴンの意識を通して生まれる。次に引用する一節は、スティーヴンが、自分が通うイエズス会の学校の校長に、すこぶる厄介な話題をめぐって、つまりスティーヴンが教団に入会する可能性について、話し合いをするために呼び出されたところである。この会見のために校長は、おそらくわざと部屋の窓を背にして立ち、スティーヴンに自分の身体の輪郭だけを見せ、顔の表情は見えないようにする。スティーヴン―校長―窓を結ぶ直線の遠近法的固定が、スティーヴンの眼を通して読者が知覚するこの場面を主題的に明示するための背景として、その本質的な機能を果たしている。

校長は光を背にして窓ぎわに立って、片肘を褐色の日よけにもたれ、となりの日よけの紐をぶらぶら動かしたり輪にしたりしながら話をし、ほほえんでいた。スティーヴンは校長と向かいあって立ち、屋根の上で衰えてゆく夏の長い日脚と、校長の指のいかにも神父らしいゆるやかな器用な動きとをかわるがわる目で追っていた。校長の顔はすっかりかげになっているが、薄れた陽ざしがうしろから深い溝のあるこめかみや頭の曲線を浮きあがらせる。スティーヴンの耳はまた、校長の重々しくて愛想のよい声のアクセントや間合いのとりかたを追っていた。終わったばかりの休暇のこと、海外にあるイエズス会の学校のこと、先生たちの移動のことなど、どうでもいい話題をその重々しくて愛想のよい声がさりげなく語りつづけ、切れめごとにスティーヴンはうやうやしく何か質問して話のつなぎ役を勤めねばならない。この世間話が前置きにすぎないことは判っているし、彼は次にくるものを待ちかまえていた。[20]

（永川玲二訳、新集世界の文学、中央公論社）

場面、空間、並びに両方の人物の位置関係の鋭い焦点化によって、場面を構成する具体的な品目の中から特定の細部を選び出し、それらを強調するための動機づけがなされているように見える。かくして眺める人物から眺められる物を経由して明るい窓へと伸びる消尽線によって、光線に浮かぶイエズス会神父の頭部の輪郭は、あたかもそれが修道生活の禁欲というテーマに対する暗黙の注解であるかのように、浮き彫りされるのである。すなわち、「薄れた陽ざしがうしろから深い溝のあるこめかみや頭の曲線を浮きあがらせる。」同様にこうした遠近法的処理によって、スティーヴンの眼からは透視できない空間として校長の顔の前に横たわる暗闇と、晴れた夏の日が涼やかに暮れようとしていることをうかがわせる明るい窓辺とのコントラストが強調されるのである。

戸外の明るい晴朗な世界と修道会神父の部屋の陰気で謹厳な雰囲気とのコントラストは、話し合いが終わってスティーヴンが校長に送られて建物を出たときに、いっそう増幅されて感じられる。

彼が最初に目にするものは、手風琴の音色に合わせて歌ったり踊ったりしながら通りを歩いて行く若者の一団である。(21) 校長の部屋の場面での細部の選択と排除、より精密に言えば、人物の服装とか部屋の調度などの細部について伝える部分と伝えない部分の選択と排除も、スティーヴンの視点からの鋭い焦点化によって決定される。視点の担い手であるスティーヴンの意識がこの選択を行なうので、この意識のフィルターを通過する個々の事物はいずれも、スティーヴンの状況にとって意味と重要性を獲得するのである。

もしこの同じ場面を映画で撮影するならば、おそらく別の種類の細々した事物が、たとえば家具調度品とか神父のスータンの特殊な襞とかいったものが、視界に入ってくるだろう。しかし、映画における場面のこうした幾分具体的にすぎる確定性は、おそらく観察者にとって、本当に重要なものの選択を難しくするであろう。あるいは、カメラは重要なものを「大写し」で選別しなければならないだろう。それゆえ文学的物語の解釈においては、描かれた現実の中の個々の事物の選択と削除が、とりもなおさずこれらの事物の記号論的な増幅作用を引き起こすということを、常に念頭におかなければならないのである。そしてこの細部の選別が、直接体験に基づく遠近法的処理によって行われるとき、すなわち右の引用におけるように映し手的人物(スティーヴン)の知覚を通して行われるとき、選別されたものの価値はいっそう増大するのである。

空間と空間の中に配された人物相互の位置関係が遠近法的に処理されない場合には、したがって換言すれば、それらが非遠近法的に描写される場合には、事態は全然違った経過を辿る。ディケンズの『荒涼館』の第四十四章には、まったく外面的に見て、『若い芸術家の肖像』からの引用場面と比較しうるような状況が見出される。つまり、『荒涼館』の一人称の語り手であるエスタ・サマソンは、彼女の後見人ジョン・ジャーンディスから面談のために彼の部屋に呼ばれる。そのすぐ後、彼女は彼の結婚申し込みの手紙を手渡される。しかしながら、この面談のことや、彼女が手紙を読んだ後で彼と出会ったことを報告するエスタの話の中には、およそ空間とか二人の人物を隔てる位置関係を遠近法的に捉え、それをそのような立場から叙述する気配すら感じられないのである。

翌朝ジャーンディスさんが部屋へ私をお呼びになりましたので、そのとき私は昨夜お話していなかったことをお話しました。おじさまは、この秘密を守り続けて、昨日のような出会いを今後避ける以外には、どうにもしようがないことだ、とおっしゃいました。……

翌朝食堂に入りますと、ジャーンディスさんはいつもの通りの様子でした。まったく率直で開けひろげで、自然な態度でした。ぎごちないところは少しも見られませんでした。私の態度にもぎごちないところは少しもありません(少なくとも自分ではそう思っているのですが)でした。午前中家の内や外で二人きりになることが何度もありました。おそらくお手紙のことを何かいわれるのではないかと思っていましたが、一言もおっしゃいませんでした。[22]

(青木雄造、小池滋訳、世界文学大系、筑摩書房)

このエピソードの伝達は、『若い芸術家の肖像』におけるように映し手的人物を通して行われるのでなく、語り手なる人物を通して行われる。これは重要な違いである。「語ること telling」、すなわち語り手の報告は、非遠近法主義に対してある種の親近性を示すが、一方「示すこと showing」、すなわち場景的並びに〈作中人物に反映する〉描写は、遠近法主義に対する親近性をはっきり表わしている。

遠近法主義的な空間描写と非遠近法主義的な空間描写を区別するための、確かでしかも文学教授法的にも有益な検査対象は、スケッチ風に描かれた室内描写である。非遠近法主義の優勢な物語においては、たとえ家具調度の全品目にわたってほぼもれなく読者に伝え知らされたとしても、部屋の内部がそれによって生き生きと素描されたということには決してならない。アントニー・トロロープの『バーチェスターの塔』から次に引用する個所は、ヴィクトリア朝小説における室内描写の特色あるモデルとみなすことができる。バーチェスターの二人の高位聖職者、グラントリ博士とハーディング氏は、バーチェスターの新任の主教、プラウディ博士のもとへ――彼ら二人は新しい主教の任命に全面的に賛成ではなかったので、多少の抵抗はあったのだが――就任の挨拶に出かける。

主教は在宅していた。二人の訪問客は、いつもの広間を通って、前の善良な主教がいつもすわっていた馴染みの部屋へ案内された。家具は査定価格によって購入されていた。どの椅子や机も、壁を背にしたどの書棚も、それに絨毯の中の方形のどれをとっても、彼ら二人には自分たちの寝室同様にまったく馴染みのものであった。それにもかかわらず、彼らはすぐさま自分たちがここでは部外者だということを感じ取った。家具のほとんどは同じものだった。だが位置は変えられていた。新しいソファーがもちこまれていた。これはまことに恐るべき所業、まったくもって高位聖職者にあるまじき、ほとんど反宗教的ともいえることだった。いまだかつてこのようなソファーが、英国国教会の品位ある高教会派牧師の書斎に置かれたためしはなかった。……

わが友人たちが見ると、プラウディ博士は前主教の椅子にすわっていたが、彼の新しい法衣の前だれは見るからにぜいたくなものだった。また、スロープ氏が炉の前の敷物のところに立っていたが、以前よく大執事がそうやって立っていたのとまったく同じように、何かしきりに説得しようとしているのだった。ソファーにはプラウディ夫人の姿も見られた。これこそ、バーチェスター主教職の年代記のどこを捜しても、その先例が見当たらぬような大異変であった。(23)

この個所がわれわれの分析にとって興味深く思われるのは、ここでは、ことに部屋とその家具調度が物語の中心に据えられているからである。けれども新しい主教が、より正確に言うと、彼の妻が、主教館の応接間に施した変化が――たとえば「まことに恐るべき所業」である新しいソファーが――すぐさま訪問客の目を惹くことはあっても、当の訪問者をぞっとさせる家具の位置については一言も触れられていない。読者は、部屋の家具調度品についてはかなり完璧な目録を手にするのであるが、その空間的な位置関係については何も知らされないのである。読者の想像力の中にこの部屋の具体的なイメージを喚起することは、部屋の中の家具の配置がたまたまヴィクトリア風応接間特有の設計に合致するかぎりでは、ある程度までは可能であろう。したがって、二人の訪問者にとってこの応接間を知悉していることが、ちょうど不可欠の前提であると同様に(「馴染みの部屋」)、読者にとってはこの設計図面を知悉していることが、必要な前提条件となるだろう。いずれにしろ現代の読者にとっては、空間的な位置関係は不確定個所を形成している。というのも物語テクストそのものの中に、そのことへの指示が含まれていないからである。厳密に言えば、読者はこの個所を読んでも、叙述された部屋の中で前後、左右、正面といった方向づけを行なう必要はまったくない。このことは、読者が物語の空間に対して抱くイメージの性質にとって重要な帰結を含んでいる。読者は、個々の家具調度品についての多くの趣味的批評や価値判断を知らされるが、部屋そのものの具体的な印象をもつまでには至らず、またそれを実感的に知覚することもできないのである。個々の家具は、いわば舞台の上の大道具のような役目をもっている。主教の玉座は、主教がそこからバーチェスターの世界を支配せんがための場所であり、ソファーは、プラウディ夫人がそこからバーチェスターの世界を支配するための場所である。

この二つの権力の「制御中枢」の間で――注意深い読者ならここでもうそれに気づいたであろうが――葛藤が展開する。この二つの力がせめぎあうなかで、礼拝堂付き牧師スロープ博士の占めるべき場所はどこであろうか？　彼は今「炉の前の敷物の上に」、したがって暖炉のそばに座を占めたところである。現代の作家ならおそらく、知覚の然るべき遠近法的処理によって、主教の椅子、ソファー、暖炉をその空間的位置関係の視点から際立たせ、そこに記号論的な意味づけを与える機会をみすみす取り逃がしたりはしないであろう。ヴィクトリア朝小説の非遠近法主義は、少数の例外を除いて、一般にこうした含意レベルを排除してしまうのである。

引用個所の《物語り状況》は、〈局外の語り手〉が叙述の中に訪問者の見解や注釈を大幅に取り込んでいるにもかかわらず、〈局外の語り手による〉語りが主調をなしている。またそこでは外的遠近法が優勢を占めている。したがってそこには、すでに確認したように、非遠近法主義への親近性をあらわに示すようなファクターも存在している。けれども引用個所の非遠近法主義は、《局外の語り手による物語り状況》から必然的に帰結する結果ではない。このことは、トーマス・マンの『ブッデンブローク家の人々』の中の、同じく〈局外の語り手による〉語りに基づく室内描写と較べることによって、裏づけられる。

窓の向かい側のガラス扉を通して、柱廊式広間の薄暗がりが見えた。一方、部屋に入って来る者から見て左手には、食堂に通ずる高い白い観音開きのドアがあった。反対側の壁では……暖炉がぱちぱち音をたてていた。[24]

ここでは《局外の語り手による物語り状況》にもかかわらず、ある種の遠近法化の傾向が読み取れる。つまり、語り手自身が叙述の現場に身を置いているかのような印象を受けるのである。こうして読者にも、ブッデンブローク家の客間の中での方向づけが可能になる。K・ハンブルガーはこの個所を手掛かりにして、その模様を具体的に示そうとしている。「そのつど読者の真の「私」ー原点が呼び出され、読者はその「触感的イメージ」の助けを借りてこの部屋の状況を思い浮かべることができる」[25]と彼女は言う。しかしながらこれは、遠近法的手法による空間描写にのみ当てはまることなのである。『バーチェスターの塔』からの引用個所と比較してみれば分かるように、非遠近法的空間描写においては、「「触感的イメージ」の助けを借りて」部屋の光景を想像力の中に喚起することは、読者にとってうまくゆかない。「「触感的イメージ」の助けを借りて」読者が虚構の現実の中へ身を移し入れるのは、K・ハンブルガーの考えによれば、「叙事的フィクション」すなわち三人称物語においては一般的に見られる現象ということであるが、これは実は空間描写が遠近法的立場でなされているときにのみ可能なのである。非遠近法的空間描写では、空間における方向づけは不確定のままにとどまる。したがって読者の個人的なイメージ嗜好に基づいて方向づけがなされるか、あるいはそもそも具体的な形としてイメージ化されることは全くないのである。

3　遠近法主義／非遠近法主義
――その歴史的次元

比較的古い時期の小説は、非遠近法的物語様式を特に愛好するようである。ほとんどすべての偉大なヴィクトリア朝時代の作家たち、すなわちディケンズ、サッカレー、ジョージ・エリオット、トロロープ、さらには彼らの同時代人たるバルザック、ジャン・パウル、トルストイなどは、わずかな、しかもたいていはごく短い例外期間を除き、いずれも非遠近法的に物語る作家たちである。遠近法主義への転換は、フローベールとH・ジェイムズの小説によってようやくはっきりした輪郭をとり始め、やがて近代小説における支配的な様式傾向となるに至る。十九世紀末以降の遠近法的物語スタイルの進出には、文学的な原因と文学外的な原因とがあるが、もちろん、それら相互の影響というものも考えねばならない。文学的な原因としては、根本的には、小説を客観的な非人格的なもの、演劇的・場景的なものに変えようとするフローベール、シュピールハーゲン、H・ジェイムズ、あるいはその他の同志たちの努力によるものと考えられる。[26] 遠近法主義が、虚構の現実の場面をありありと手に取るように提示し、それによって読者に、あたかもじかにそれを知覚しているかのような錯覚を抱かせるという点では、遠近法主義は上述の意図にかなうものなのである。

文学外的な原因は、おそらく十九世紀末の印象主義の中に求めることができる。芸術理論家E・H・ゴンブリチが実証したところによると、見極めがたいほど多様な形態に彩られる外的世界を、芸術的に知覚する場合にも実際的に知覚する場合にも、そこには伝統的な知覚のパターンと、これらの知覚パターンの修正とをめぐって、一種の相互作用が展開する。つまり実地検証的な経験に基づき、こうした知覚パターンの修正が、たえず新たに不可避となるのである。印象主義とともに伝統的な知覚パターンはしだいに重要性を失い、個性的・主観的な知覚に取って代わられるようになる。[27] トロロープの『バーチェスターの塔』の読者は、おそらくはまだ「領主の邸宅の応接間」というイメージ・パターンで満足することができたのであった。それにひきかえ印象主義以後の読者は、類似の部屋のイメージのもっと詳細な規定を期待するのである。これは、絵画芸術ばかりでなく、世紀転換期以降の写真芸術によっても強化された期待であった。

遠近法主義と非遠近法主義は、歴史的には完全に同等の文学的様式傾向として理解されなければならない。この点をしっかり押さえておくことが特に重要である。なぜなら、この百年間における小説の発展は、文学的描写の次元としての《遠近法》の発見によって決定的な影響を受けたからであり、またその結果として遠近法的物語様式は、一部の文芸批評家の目には、非遠近法的物語様式に比して格段の美的価値を獲得するに至ったからでもある。実際また小説の表現能力は、この遠近法主義によって、小説の全歴史を通じて類例を見ないほどに拡張されたのであった。[28] しかしながら、この方向に向けての歴史的発展は、旧来の非遠近法的な語りの伝統によって書かれた偉大な小説の価値を決して低下させるものではない。いずれにせよ、個々の小説を解釈する場合には、その小説がより多く遠近法的なスタイルで書かれているか、それともより多く非遠近法的なスタイルで書かれているかに、注意が払われねばならない。作品を両方のスタイルのどちらかに分類することによって、《遠近法》という描写のレベルがどの程度まで解釈に取り込まれなければならないかが、解き明かされるのである。

これまで《遠近法》という概念とその派生概念は、もっぱら空間的な意味合いで、もしくは物語の中の空間描写に関連して理解されてきた。しかし物語文学にとっては、この概念の転義、すなわち「ある作中人物ないしは語り手の個人的・主観的な立場から提示される物の見方」という意味も、少なくともこれまで論じてきた概念と同様に重要である。この意味での遠近法化は、それゆえ主観化と同義である。われわれはすでに、空間的遠近法の手法に関しては物語は、絵画、写真、映画といった他の芸術ジャンルやメディアに較べ、ある意味で不利な立場にあることを、確認せざるをえなかった。しかし(描写の主観化という意味での)遠近法的手法に関しては、物語文学は少なくとも映画というメディアよりも優れている、とわれわれは断言できるのである。なぜなら主観的遠近法化に関しては、カメラ・メディアの可能性よりも小説のもつ可能性のほうが、より多様でより柔軟性に富むからである。

カメラ・メディアと比較して分かることは、物語が遠近法的な主観化において有利であるばかりでなく(映画における持続的な〈一人称による〉視点の再現の困難さを想起せよ!)、意識的・意図的に行使される非遠近法的描写においても利点があるということである。すなわち、非遠近法的描写が意図的に駆使されることによって、それは文学的な物語メディアの一つの特権と化するのである。それというのも、カメラのレンズは常に遠近法化されたものしか捉えることができないからである。幾つかの現代小説(W・バローズ『裸のランチ』、ジョン・バース『びっくりハウスの迷子』)の中で、意識的に目指されている非遠近法主義を背景において考えるならば、一時期古風で稚拙なものとあしらわれた昔の小説の非遠近法主義が、最近あらためて文学的アクチュアリティを獲得しつつあるように見えるのはなぜか、その理由も自ずから明らかになるであろう。

ところで、遠近法主義と非遠近法主義という二つの傾向は、イギリスの小説批評の場合(ドイツ、フランスの場合も事情は全く同様である)、一九二〇年代にもうその支持者を見出している。

イギリスの小説批評では、遠近法主義はパーシー・ラボックの『小説の技術』(一九二一年)に、そして非遠近法主義はラボックへの回答として書かれたE・M・フォースターの『小説の諸相』(一九二七年)に、そのそれぞれの支持者を見出している。「視点」技法の徹底的な遂行による小説の遠近法化というラボックの要請に対するE・M・フォースターの反論は、しばしば引用されるものであるが、その反論が最高潮に達するのは、彼が非遠近法主義に対して熱烈な支持を表明するところである。

> ではこれから第二の技巧、つまり物語が語られる視点について述べてみよう。
> 批評家のなかにはこれを基本的な技巧と考える人もいる。
> 「小説の技法における方法上のこみいった問題のすべては、[とパーシー・ラボック氏は言う]自分のみるところでは、視点の問題——語り手が物語に対してどういう関係にあるかという問題——に支配されている。」
> そしてラボック氏の『小説の技法』は、種々様々の視点を天才的な洞察力でもって吟味しているのである……
> 彼の言にしたがう人々は、小説の美学のために確実な基礎を置くことになるであろうが——私はそんな基礎をとうてい約束することはできない……方法上のこみいった問題のすべては幾つかの定式にではなく、作家が読者にうむをいわせず自分の言うことを受け入れさせてしまう力量に帰着すると私には思われる——このような力量をラボック氏も認め称賛してはいるものの、彼はそれを問題の中心にではなく末端に置くのである。私ならそれをまん真ん中に据えたいところである。(29)

さて、H・ジェイムズやその後継者たちが掲げているような遠近法主義的要求は、今では小説批評の至る所に根を下ろしているので、もう一方の傾向である非遠近法主義にも、遠近法主義と等価の、そしてそれに代わりうる正当な方法としての、然るべき評価を与えることが可能になった。これによってわれわれは、十九世紀の偉大な小説に対して、ただジェイムズ／ラボックの眼鏡を通して眺めるよりも、よりふさわしい適切なアプローチの方法を獲得したことになる。ジェイムズ／ラボックの眼鏡を通して見た場合には、遠近法的な不整合が過度に大きく目に映るからである。英米の小説批評において、W・C・ブースと並んで特に名を挙げなければならないのは、W・J・ハーヴィーとバーバラ・ハーディである。彼らは、ジョージ・エリオット、G・メレディス、T・ハーディ、D・H・ロレンスのような非遠近法的な構成をもつ小説の作者たちを、十九世紀の偉大なロシア人作家たちとともに、いちだんと肯定的な立場から考察しようと努めたのであった。(30)

B・ハーディは『適切な形式』の序文の中で、こう書いている。

——「私が示そうと努めたのは、『ミドルマーチ』や『アンナ・カレーニナ』のような小説を巨大で締まりがないと呼ぶのが、結局一理あることではあっても、しかしこの大きさと締まりのなさにも、特別な利点があるという点である。すなわち小説家は、個人的な瞬間の特質や未決状態を、そして懐疑や矛盾や動揺を、ありのままに細大もらさず語ることができるという点である。ジェイムズがそのような小説を「液状プディング」と呼んでいるのは、間違いであった……」[31]

現在、特に英米の小説批評には、振り子運動が真ん中から極端に一方へ傾きすぎる危険が存在している。一つの「中心的な意識」の内部での視点の徹底的な遠近法化と焦点化によって描かれるべき「劇的小説」というH・ジェイムズとP・ラボックの要請は、長い間異論の余地なきこととして君臨してきた。しかし、ここ数十年来、小説批評が新たにヴィクトリア朝作家の非遠近法的な語りによる小説の研究に取り組むようになってからは、一種の方向転換が兆してきたのである。けれどもこの転換は、英米の小説批評の全般にわたって新たな公正な判断を、すなわち二つの手法の芸術的同等性の承認をもたらしたわけではない。

最近ではスコールズとケロッグの著作に、H・ジェイムズによって宣伝された遠近法主義に対する根本的な留保が見出される。——「ヘンリー・ジェイムズは、ジョイスとプルーストという巨人たちの間に立っていて、彼ら二人の世界を極度に軽んじているとみなすことができる……プルーストのように、彼は物語を一つの中心的な意識を通して濾過するが、しかしプルーストと違って、彼はこの意識を時間と空間のなかに固定し、巧妙な仕上げという己れの欲求のために、人生の広大な領域を犠牲にするのである……ジェイムズの影響は、物語の全体的な流れに逆行する傾向がある……」[32] H・ジェイムズの遠近法的物語様式に対するこのような断罪は、物語理論的にはほとんど批判に堪えないものである。遠近法的物語様式は、物語における空間関係の描写に際して、原理的に可能な二つの様式傾向の一方を表わしている。この一方の物語様式に関して述べられた、「物語の全体的な流れに逆行する傾向がある」という主張も、われわれがすでに指摘したところの物語ジャンル特有の障害と関連づけられた場合にのみ、理解できるように思われる。これを克服するために、作家は格別の努力を傾注しなければならないのである。

あるいはこう言うこともできるだろう。すなわち、遠近法的物語様式は、小説と物語の表現能力に潜むもう一方の部分を、非遠近法的物語様式として駆使するのである、と。その場合二つの様式の差異は、決して「視点」や語り手の人格性などの選択にとどまるわけでなく、物語技法のほとんどあらゆる他の領域にまでまたがるのである。たとえばディートリヒ・ウェーバーは、分析的物語の構造形式は、「作中人物に反映する形式であれ、一人称形式であれ、厳密に遠近法的な語りの枠内でこそ」[33] 展開しうる、と述べている。

4　内的遠近法／外的遠近法

この二つの立場のどちらか一方の選択は、普通には世界観もしくはイデオロギーによって決定される。このことは視点の問題に関するたいていの著述のなかでも触れられているが、しかしすでに第Ⅰ章(2)で述べたように、R・ヴァイマンによって特に力をこめて強調されている。[34] 最も多くの注目を集め論議を呼んだのは、次のようなサルトルの所説である。つまりサルトルによれば、人格化された語り手の存在と、それに伴う語り手の知的視野の遠近法的限定化とは、虚構の現実のイデオロギー的な固定化を招来し、結局、政治的・社会的現状の保守的賛美をもたらすに至ったというものである。[35] D・ロッジは別の見地からこの事態を眺めているが、しかし結局物語視点と世界観との間には密接な関連があることを断言している。たとえばD・ロッジは、この問題をめぐってフランソワ・モーリヤック、ジャン＝ポール・サルトル、並びにグレアム・グリーンの間で展開された議論に関連して、次のように述べている。――「全知の作者による語りと、出来事に関する明白にキリスト教的な観点との間に、規範的な相関関係を確認するのは難しいことではない。それに対応して、限定された語り手と、より世俗的人間的な観点との間にも、同様の関係が確認されるだろう。[36]」こうした関連はおそらく、D・ロッジが考えているよりはもっと複雑で厄介なものであろう。われわれのここでの試み、すなわち遠近法化に含まれる物語技法的諸条件の解明が、もしかするとそのような困難を解きほぐすのにいくらか役立つかもしれない。[37]

対立〈内的遠近法／外的遠近法〉のイデオロギー的・世界観的要素は、すでにロッジが指摘しているように、物語られる事柄の限界づけ、語り手の知識・経験範囲の限定化に関連している。内的遠近法は当然のことながら、語り手もしくは映し手的人物の知的視野の制限（「制限された視点」"limited point of view"）をもたらす。語り手の全知（"omniscience"）は往々にして、〈局外の語り手〉のオリュンポス的な立場からの外的遠近法を前提としている。それゆえこのような語り手は、作中人物の考えや気持を、なんらの制限もなく思うがままにのぞき見ることができる。しかし驚くべきことには、このようなオリュンポス的な全知が一貫してすべての作中人物、事態の成り行き、因果関係などに行使されているような小説は、ほとんど見当らないのである。たとえばディケンズやサッカレーの小説では、他のたいていのヴィクトリア朝作家の場合と同じように、〈局外の語り手〉が全知であるかの如くふるまう章節と、〈局外の語り手〉が物語の中で語られる事情に部分的にしか通じていないかの如く装う章節とが、入り混じる。この語り手の知的視野の変化と平行して、たいていは外的遠近法と内的遠近法の交替が行われる。長い物語や長篇小説におけるそのような交替の周期的パターンは、すでに言及したイデオロギー的な含みからいっても、はなはだ意味深いものと思われる。しかしこれまでのところ、このような関連の立ち入った研究はまだ現われていない。W・フューガーは最近この問題の基本線をめぐっての理論的な論考を公表したが、上述の問題を研究するにあたっては、この論考の成果が顧慮されなければならないだろう[38]。

フューガーは、フィールディングの『ジョーゼフ・アンドルーズ』においては〈局外の語り手〉の全知が再三にわたり制限を受けるという考察から出発して、この作品では「知(Wissen)と無知(Nichtwissen)との機能的に説明可能な配分原理」が認められるかどうかという問いを立てる。彼はさらに、「否認された語り手の知」の幾つかの層を明るみに出し、それらを語り手のさまざまな役割と振る舞いに関係づける。それはたとえば、検証や文書による証明のために尽力したり、作中人物に関する判断をためらったり差し控えたり、あるいは人間的条件に個人的に制約されたりすることである。そのように人格化された特性を身に帯びた〈局外の語り手〉は、(われわれの類型円図表のパターンで言うと)一人称の語り手に近づく。そしてこのような語り手は、自分自らが作中人物の世界に包み込まれるという実存的な役柄によって、知的視野が制限を受けるとともに、人間的条件に制約されることにもなるのである。語り手が己れの役割を個人的なものに変じようとする傾向は——それは一人称の語り手の肉体化という現象のなかに最も顕著に現われている——読者の語り手に対する態度を大きく左右することになる。完全な全知は、読者には怪物のように思われる。それに較べ、折々に全知が否定されると、〈局外の語り手〉は人間的な相貌を帯びる。

かくして対立《遠近法》も、複合的で多面的な現象であることが分かった。数ある問題のなかから特に一般的重要性をもつものを二つ取り上げ、以下において詳しく考察しようと思う。つまり、一つは内面世界の描写における遠近法の問題であり、いま一つは語り手の注釈と個々の作中人物の見解との境界づけの問題である。

4の(1) 内面世界の描写

ある作中人物の意識内容が読者に直接性の錯覚のもとに提示されうるのは、物語というジャンルに特有の特徴である。K・ハンブルガーの言葉を借りて言えばこうである。——「叙事的フィクションは、三人称の「自己」原点性(あるいは主体性)が、三人称として描写されうる唯一の認識論的な場である[39]。」

K・ハンブルガーの重要な基本的命題に付け加えて言えることは、もちろん物語の一人称形式においても、少なくとも「叙事的フィクション」の三人称形式と同じ位の規模で、内面世界の描写ができるということである。内面世界の描写、すなわち作中人物の想念、知覚、感情、そして意識状態の描写は、その意味であらゆる物語文学特有の、わけても小説特有の領分である。その場合、「描写の媒介性」という物語のジャンル特性が演ずる特殊な役割が、注目されなくてはならない。つまり外的世界の描写よりも内面世界の描写のほうが、直接性の錯覚を(言い換えれば、ジャンル特性としての媒介性の見かけ上の放棄を)ずっと促進するかに見える。なかんずく現代小説には、内面世界の描写に直接性の見かけを与え、巧まず自然に生み出されたように印象づけようとする傾向が、明瞭にうかがえるのである。新しい小説における内面世界の描写が、好んで〈映し手〉による叙法を用いるのも、このことから理解されるであろう。したがって内面世界の描写は、語りの叙法の問題でもある。この問題は、物語要素《叙法》に関する章のなかで具体的な形をとって現われてくるであろう。

内面世界の描写はまた、右に引用したK・ハンブルガーの『文学の論理』の一節が示唆しているように、視界の遠近法的限定化、すなわち作中人物の意識の中をのぞき見る語り手の視野の限界づけの問題でもある。それはどうやら遠近法、つまり物語の視点の選択にも関連しているようである。外的遠近法に則って内面世界の描写を遂行する形式は、〈局外の語り手〉の全知を前提とした心象風景の報告である。これに対し、たとえば〈周縁的な一人称の語り手〉は、自分が主人公の心の内を知っていることを読者の前で理由づけなければならない。つまり、当の人物の然るべき報告や発言を引き合いに出したり、その人物の仕草や身振り、顔の表情、反応などから彼の心中を推し量ることによって、それをやらなければならないのである。一方、内的遠近法が優勢の場合には、そのような理由づけは要らない。

内的独白、体験話法、さらには《作中人物に反映する物語り状況》――要するに〈映し手〉による叙法の諸形式は、直接性を、すなわち作中人物の心の内を直接のぞき見ているような錯覚を誘発するといってよい。現代の物語文学は、物語に描かれる現実の諸相のなかでも特に意識描写に格別の関心を向けてきたのであって、それがまた結果としてすこぶる精妙な表現手段を開発することにもなったのである。物語形式のそのような分野の分析は、それゆえに多くの物語研究者たちの注目を集めたのであった。このテーマに関する英・独・仏各言語による参考文献を細大もらさず考慮した、これまでのうちで最も徹底的な研究が、最近ドリット・コーンによって発表された(40)。この書物はわれわれの理論にとってきわめて重要である。なぜなら、そこでは意識描写のさまざまな形態が、原則的には三人称形式と一人称形式によって区分されているからである。

ここでは、解釈にとって最も重要な結論の一つについて述べてみたい。それは、内面世界の描写において内的遠近法と外的遠近法のうちいずれを選ぶか、という問題から直接導き出される結論でもある。つまりそれは、一つには、物語の中の二、三の登場人物に内面世界の描写を振り分ける手法の問題であるが、もう一つは、そこから生ずる結果として、読者の共感をコントロールする効果の問題である。たとえばヘミングウェイが彼の短篇でしばしば実践しているように、個々の作中人物への内的視点を拒否するのも、読者の共感をコントロールする一種の(ネガティヴな)形式である。ペーター・ハントケの小説『左利きの女』(一九七六年)では、どうやら物語られる出来事に随伴しているらしい内面世界の事象が、あくまでも触れられずじまいにおかれる。この場合まったく意識的に、テクストの中に不確定個所が放置される。そして読者はそれによって、たえず自分自身の想像と経験の世界から、物語の中身を補完するように仕向けられるのである。[41]

内面世界の描写は、共感をコントロールするためのきわめて有効な手段である。なぜなら物語の中のある人物のために読者が受ける影響は、意識下の領域で起こるからである。読者がある作中人物の振る舞いのもっとも内奥の動機について知れば知るほど、この人物のその時々の振る舞いに対して、進んで理解や温情や寛容の心などを抱く気持ちがいっそう強まるであろう。[42]こうした共感のコントロールが、もし内的視点によって、すなわち当該人物の意識の中をじかにのぞき込んでいるような錯覚によって誘発されるならば、それは〈局外の語り手〉による心象風景の報告よりも、つまり換言すれば、作中人物の胸中に関する語り手の言述よりも、現代の読者にはおそらくもっと強い作用を及ぼすであろう。もちろんこの問題は、理論面からのみ決定されうることではなく、内面世界の描写の二つの形式を前にして読者が示す反応の傾きを、経験心理学的に調べることによって、解明されなければならないだろう。これは将来の物語研究にとって、究明の望まれる重要な分野である。

ある小説において、役柄がほぼ同等の重みをもつために、読者には初めのうちまったく同じ大きさに見える幾人かの人物が登場する場合(たとえば『恋する女たち』の中のグドルーン、アーシュラ、バーキン、ジェラルドのように)、もう一つの問題が生ずる。つまり、内面世界の描写を幾人かの作中人物に振り分けることによって、しかもその描写が特定の人物にかなり偏ることによって、読者の共感が、特別に目をかけられたその人物に集中してしまうという事態が生まれる。かくしてグドルーンは『恋する女たち』の大詰めで、内面世界の描写によってアーシュラ、バーキンをさしおき、そしてジェラルドさえもさしおいて、特典を与えられるのである。語り手が、グドルーンのために共感を求めようとして、意識下で行なうこの種の試みは、重要な意味をもっている。つまり、グドルーン自身が、恋人ジェラルドとドイツ人レールケという二人の男性の間で揺れ動くその振る舞いによって、共感の喪失を甘受しなければならないだけに、いわば共感の喪失を償おうとしてなされる、語り手のそのような共感への訴えは、いっそう重要なのである。

内面世界の描写による共感のコントロールを、小説の解釈において然るべく考慮に入れるためには、そもそもどの作中人物を通して内面世界が描かれているか、そして複数の作中人物がそれに関与している場合には、その中の一人の人物に作者が特典を与えているかどうかにも、注意が払われなければならない。マーガレット・ドラブルの三角関係を扱った物語『針の眼』では、幕切れの直前までは三人の主要人物のうちの二人によって、すなわち夫と不仲になった妻と、その恋人で法律相談役である男とを媒介にして、内的視点による描写が提供される。幕切れ直前になってようやく、それまで内面世界の描写では冷遇されていた夫が有利になるように、共感の配分率が明らかに逆転するのである。そしてこの夫なる人物は、作者によって一度だけ、それもほんの束の間ではあるが、自分の境遇を自分がどう見ているかを、読者にありのままの意見として述べる機会を与えられるのである。(43)

ところで、作家が小説を書くとき、彼は常に内面世界の描写の割り振りを意識的に行なっているわけではない。マーガレット・ドラブルが行なったある対談からも、上に引用したケースが、作者が承知のうえで行なった操作とはみなせないことが察知できる。しかしこの考察結果は、ひたすらこうした観点の重要性を高めるのである。というのも、作者自身には往々にして説明できないことであるが、このような観点を通して眺めることによって、執筆の過程で作者が個々の人物に対してどういう態度を取ったかが、逆推理できるからである。小説の個々の登場人物に、内面世界の描写がどのような頻度数でどのように分配されているかを精密に分析することによって、ことによっては作者の意識の深層に潜む価値観と考え方を、ちょうど作者の比喩的な言葉を読み解くのと同じように逆推論できるであろう。(44)

まさしくそのような分析が念頭に浮かぶ作品といえば、二人の性格の違う姉妹を扱ったジェイン・オースティンの小説『分別と多感』(一八一一年)である。この小説の表題は、十八世紀末期の女性に特有の経験と行動の対極的タイプを表わしているが、その一方の「分別」はエリナーに、他方の「多感」は妹のメアリアンにあてがわれたものである。ジェイン・オースティンが、このように特徴づけられた二人の姉妹を対決させることによって、おそらく個人的な、彼女自身はあまり意識していない葛藤にけりをつけたという事情にかんがみて、この小説における内面世界の描写のあまりに不釣り合いな分配の仕方は、きわめて示唆的な意味をもっている。

読者はたえずエリナー(「分別」)の考えや感情をのぞき見ることになるが、反面、メアリアン(「多感」)の意識の中を直接のぞき見ることは、全般的に見て読者には拒まれる。このような描写の戦略は、ほかならぬメアリアンの体験様式が、(ジェイン・オースティンの描き出す当時の社会階層の)女性にとっては、規範的な行動基準からの逸脱を表わしているだけに、いっそう注目に値する。ジェイン・オースティンの描写の戦略はそれだけにとどまらず、二人の姉妹の生来の気質の方向に逆らう体のものなのである。トニー・タナーは、二人の姉妹の気質について、次のように特色づけている。――「メアリアンは……「あらゆる隠し事を嫌う」が、エリナーは……必要な社会的遮蔽の中で何らかの秩序を維持するために、進んで個人的な感情を抑えようとする。」トニー・タナーがここでこの小説の核心に触れているのは、決して偶然ではない。――「個人の内面世界がどの程度に、個人的活力と精神的健康のために、噴き出ることが許されるべきであろうか。そして、社会の構成員の生活にとって意味深い空間と定義を提供する社会構造を維持するために、外的な世界がどの程度に、個の内的真実を抑圧し支配することが許されるべきであろうか。(45)」

小説の大詰め近くなると、序章や中間部よりも目立って個人的な口出しをしてくる語り手は(46)、この小説の中心問題に関しては、直接にはなんら明白な態度表明をしていない。一方、作者のジェイン・オースティンは、内面世界の描写という点でメアリアンよりもエリナーをあからさまに優遇することによって、この問題に関する彼女の立場を明確に打ち出したのである。そのような態度表明のテーゼは、書簡形式で書かれたその小説の草稿がもしもわれわれの手元に保存されているとするならば、あるいは原典の歴史的検討を通じて裏づけることもできるだろう。エリナーもメアリアンも等しく文通者の役割を演じていたと仮定すれば、初稿の書簡形式では内面世界の描写がもっと均等に二人の姉妹に振り分けられていたものと推定される。(47)ジェイン・オースティンの性格の違う二人の姉妹の物語のモデルであるマライア・エッジワースの『ジューリアとキャロラインの手紙』(一七九五年)では、ともかく二人の姉妹に、自分たちの考えや気持ちを手紙で述べ合う機会が与えられている。したがって『分別と多感』の内面世界の描写に見られる独特の描写戦略は、同時代の文学におけるこうしたテーマの伝統的形式に反して、ジェイン・オースティンによって選び取られたもののように思われる。そしてこのことは、小説の解釈にとってこの決断がもつ意味をいっそう高めるのである。(48)

4の(2)　内的遠近法と外的遠近法の境界づけの問題

対立〈内的遠近法/外的遠近法〉は、小説の解釈をめぐる解釈学的な問題に対してもわれわれの注意を向ける。内的遠近法と外的遠近法とが物語の中で重層している場合には、語られている一定の見解が作中の中心人物に帰せられるものなのか、それとも周辺に位置する語り手もしくは〈局外の語り手〉の見解ととるべきなのかを決定するのは、一般に読者にとってはかなり困難な、あるいはほとんど不可能なことといってよい。われわれがここで再び直面するのは、知覚する者と物語る者の区別の問題である。描写の遠近法上の区別に関する読者の期待と要求が、前世紀を経る間に決定的に変わってしまったことも、考慮されなくてはならない。したがってこの問題を考察する場合には、歴史的次元を無視するわけにはゆかない。

この境界確定の問題が、ほぼ百年前、つまりこの問題が発生した当初に、文学の領域を踏み越える大きなセンセーションを巻き起こしつつ、討議に付されたということは、決して偶然ではない。小説『ボヴァリー夫人』の作者としてのフローベールを相手どった訴訟の中で、検事はとりわけ、「姦通の賛美 glorification de l'adultère」として、初めて不倫の愛を体験をした後のエンマの思いが描かれている一節を、告発しようとしたのであった。[49] 彼女の心中は、内的視点によって提示されている。それゆえ弁護人は、ここに描かれているものはエンマの思いや憧れであって、作者のものではないという説明によって、フローベールに向けられた非難を論破することができたのであった。その際弁護人は、作中人物の意見と作者ないしは語り手の意見との区別という論拠を用いたのであった。この区別は、われわれの体系では対立〈内的遠近法／外的遠近法〉によって概念的に把握されるものなのである。

ヤウスはこの事態を、次のように表現している。――「告発された文章は、読者が信頼を寄せられるような語り手による客観的な断言ではなく、その……感情に特徴がよく表わされているような人物の主観的な意見なのである。」この目的のためにフローベールによって「見事に、そして遠近法的にも首尾一貫して」駆使される手法は、体験話法である。[50] これは、弁護人の論拠の狙いを内容的に再現したものとしては正しいが、しかし小説理論的な説明としては不正確である。もし体験話法が〈局外の語り手による〉物語様式の中に埋め込まれているように見えるならば、その場合の体験話法の形式は、遠近法的立場から見て、内的遠近法と外的遠近法の混合形態である。体験話法は、最近ロイ・パスカルによってもそのように定義し直されている。体験話法に関する彼の著書も、そのため『二重の声』というタイトルをつけられている。[51]

告発された個所にうかがわれるエンマの考えが、もし体験話法でのみ表現されているとしたら、作者もしくは語り手は、このような考え方に対するあらゆる種類の共同責任から完全に免れることはできないであろう。というのも作者もしくは語り手が暗黙のうちに存在するならば、彼にとってはエンマの考え方に対して、距離を置く機会があるはずだからである。それにもかかわらず、すでに触れた弁護人の論拠は正鵠を射ている。なぜならば、当該個所の描写形式は、内的遠近法による内視の形式だからである。[52] そこでは体験話法、並びに内的独白もしくは偽装の直接話法の萌芽をなすものが、共に働き合っている。たとえわずかの間しか持続しないにせよ――ほかならぬこの内的独白が、体験話法に潜在的に含まれる内的遠近法と外的遠近法の融合に抗して、読者の心に内的遠近法の印象を定着させるのである。エンマは、鏡に映った自分の姿を眺めている。

　自分の姿を鏡の中に見たとき、エンマは自分の顔に驚いた。眼がこんなに大きく、こんなに黒く、こんなに深々としていたことはついぞなかった。なにかある霊妙なものが彼女の身にふりそそぎ、その姿をすっかり変えてしまったのだ。

　彼女は繰り返しつぶやいた。私には恋人があるのだわ。恋人があるのだわ。それを想うにつけ、また娘時代が訪れたみたいに、嬉しくなるのだった。いままで諦めていたあの恋の悦び、あの焼けるような幸福感が、じきに私のものになるのだわ。そこではなにもかもが情熱であり、恍惚であり、錯乱であるような、なにか不思議な世界に入ろうとしているのだわ……(53)

　決定的に重要なことは、この個所では幾つかの表現手段が共働することによって、読者の心に内的遠近法による内視の形式という印象が呼び起こされるという点である。それらの表現手段の一つとして、上に名を挙げたもののほかに、小説のほとんど大部分を通じて「視点」をもっぱらエンマに固定する《作中人物に反映する物語り状況》の優位も加えなければならない。だがここで述べたことは、決して小説のすべての部分に当てはまるわけではない。ついでに言うと、この小説は《「私」の語る物語り状況》で始まるが、しかしやがてこの《物語り状況》は《局外の語り手による(もしくは)作中人物に反映する物語り状況》に席を譲って、最終的には放棄されてしまう。《局外の語り手による物語り状況》が優勢なところでは、外的遠近法が支配している。ところで、こうした外的遠近法が支配的な部分には、作者を相手どった例の訴訟において検事が告発理由として挙げている上述の引用個所(内的遠近法によってエンマの心が内視されている)よりも、もっと有効な弾劾の理由づけとして引用できるような文章が、数多く見出されるのである。

　たとえば第三部第五章で、エンマは恋人の待っている町へ馬車で出かけることになるが、読者はエンマと同じ眼で街道の景色を眺め、エンマと同じ思い、同じ気持ちで道中を辿ることになる。描写は内的遠近法によって支配されている。町の遠景の描写は、馬車が道中越えて行く丘の上から叙述されているが、しかしこれは外的遠近法で行われている。ここでは紛れもなく、町の眺望の描写に詩的情趣を添えようとしている〈局外の語り手〉の声が、聞き取れる。この詩的情趣は、レオンとの再会を目前にして、精神的な興奮状態にあるエンマの瞬間的な高揚に帰するものと見ることはできない。レオンとの逢引きの場を秘めている町の印象の、こうした詩的なあるいは想像力豊かな盛り上げの中には、おそらくエンマの行動に対する〈局外の語り手〉の共鳴と解しうるような何かが、鳴り響いているのである。

ようやくレンガ造りの家が建て込んできて、地面が車輪の下に響きわたり、「つばめ」は庭の間を抜けていった。透垣《すいがき》越しに、彫像や、葡萄棚や、いちいの木の刈り込みや、ブランコなどが見えた。ついで一望のもとに、町があらわれた。

町はあたかも雛壇のように下ってゆき、霧のなかに沈んで、いくつかの橋の向こうに、雑然と広がっていた。かなたには平坦な野原が単調な起伏をなして登ってゆき、淡い空のおぼろな裾に接するまで遠く続いていた。こうして高みから見わたすと、景色全体がまるでひとつの絵のように、じっと動かなかった。錨をおろした船が、かたすみにかたまっていた。川は緑の丘の裾に曲がりくねっていた。そして長方形をした島々が、動かずにじっとしているおおきな黒い魚のように水の上に浮かんでいた。工場の煙突は、先からどんどん飛び散っていく褐色の巨大な羽飾りのような煙を吐き出していた。霧の中にそびえる教会の明るい鐘の響きにまじって、鋳造所のうなるような騒音が聞こえていた。大通りの街路樹はすっかり葉を落とし、家々のさなかに伸びでた紫色の茨のしげみのようであった。雨に濡れてきらきらと光る屋根が、地区ごとの高さの違いに応じて、まちまちに反射していた。ときどき一陣の風が、あたかも断崖に音もなくくだける空の波のように、雲を聖カトリーヌの丘の方へと運んでいくのだった。(54)

もし作者が、歴史上の訴訟において検事が要求したような仕方でエンマの「過ち」を断罪しようとしたならば、彼はこの作品のなかで〈局外の語り手〉にもっと違った観念や連想を述べさせたであろう。描写が内的遠近法から外的遠近法へ移行することによって、ある意味では、出来事に対する作者の解釈が——もちろんこれはただ隠れた底流として聞き取れるにすぎない——示される。もしわれわれが検事の道徳的憤激に与する立場であったなら、小説理論的に見て、むしろ作者によるこの解釈こそ、鏡を前にしてのエンマの感想にもまさる「姦通の賛美」の理由づけとして、弾劾することができたかもしれない。引用個所に続く段落では、〈局外の語り手〉による町の光景の叙述が、エンマの情熱的な期待と直接に関連づけられる。体験話法に関する研究の中でこの個所を扱っているR・パスカルは、町への道中の描写が始まるとともに、遠近法が外的遠近法から内的遠近法へ、知覚が〈作中人物に反映する〉知覚から〈局外の語り手〉による知覚へと移行するのは、作者の過失であると批判している。(55)そのような批判は、一般に十九世紀半ばの小説がまだ全然あずかり知らない遠近法主義というものを前提にしている。《作中人物に反映する物語り状況》が支配的な小説としては最も初期のものに属する『ボヴァリー夫人』においても、遠近法主義はそれほど首尾一貫した形では期待できないのである。

『ボヴァリー夫人』事件から百年有余を経て、英国の裁判所は「女王対ペンギン・ブックス有限責任会社(訴訟事件)」に携わらなければならなかった。告発された作品は、D・H・ロレンスの『チャタレイ夫人の恋人』の信頼すべき版、すなわちその「無削除」版であった。両方の訴訟事件における告発と弁護の論拠を比較するのは、受容史的にも小説理論的にもきわめて興味深い試みであろう。しかしここでは、われわれのテーマにとって重要な境界づけの問題にだけ触れておきたい。D・H・ロレンスの小説は、『ボヴァリー夫人』よりもはるかに非遠近法主義的な作品である。この作品では、内的遠近法と外的遠近法とがたえず交替する。それればかりでなく、明らかに作者の分身と思われる語り手の見解と、二人の主要人物であるチャタレイ夫人とメラーズの見解とが、そもそも区別できるのかどうか、区別できるとすればどういう点であるのかが、必ずしも分明でないのである。それゆえ公判の進行中に、弁護人と召喚された相当数にのぼる弁護側証人は――そのほとんどが文芸学や小説批評の分野における大家たちであった――、フローベールの弁護人と違って、検事局によって猥褻性のかどで告発された幾つかの個所は、個々の作中人物の考えや体験を反映しているだけであって、必ずしも作者の見解を含むものではないという論拠を引き合いに出すことができなかった。そのことは検察当局にとっては非常に役に立ったのである。(56)

他方、小説の文学的な地位に関する論議の中だったら、あるいは小説を制約する条件として持ち出せたかもしれない最も重要な論拠、すなわち虚構の独立した個我としての主要人物の不十分な客観化という論拠は、検事によって採用されることがなかった。この点に、この小説本来の(文学的な)弱点が潜んでいる。D・H・ロレンスが、その語り手という形姿を通して「自らの偏見と性向を登場人物たちのそれらから解放し」(57)ようと試みるのは、きわめて稀なことである。『チャタレイ夫人の恋人』におけるD・H・ロレンスの物語様式は、なによりもまず、彼自らが宣言した性哲学を読者にできるだけ大幅に受け入れてもらうよう、働きかけることを狙いとしている。これは、当時としては非常に危険の伴う困難な企てであった。

無削除のテクストを出版するにあたって遭遇した障害の少なからぬ部分が、アクチュアルであると同時に挑発的でもあるテーマの描写に対して、D・H・ロレンスが時代ばなれした形式を、すなわち〈局外の語り手による〉非遠近法主義的な物語様式を選んだという事実に帰せられるものである。〈作中人物に反映する〉鮮明な遠近法的手法を用いたならば、つまり、たとえば一貫してコニイ・チャタレイの視点からの描写に徹底したならば、あるいは『チャタレイ夫人の恋人』は重要な現代小説の一つとなりえたであろう。というのも、もしそのように書かれたとすればこの小説の形式は、「内容の相対的な外面化」として理解されることになり、作者を己れ自身の性的イデオロギーの伝道者的一面性から芸術的に防御してくれることになったであろうからである。『恋する女たち』ではD・H・ロレンスは、語りの媒介性のなかに潜在する諸々の形式の力を、その相対化の効果ともどもに、はるかに巧みに表現のプロセスのなかに取り込むことができたのであった。

D・H・ロレンスと対照的に、フローベールは、われわれが《作中人物に反映する物語り状況》を用いた遠近法的手法と呼ぶところの新しい芸術手段によって、昔ながらのテーマを新しい見方で捉えなおすのにふさわしい物語形式を発見した。かくしてヤウスも述べるように、「この小説は、生の実践の諸問題を、先鋭化した形で、あるいは新たな形で投げかけることができた。そしてこれらの問題は、公判が進むうちに告発の第一の契機であったもの、すなわち猥褻性と考えられたものを全く背後に押しやってしまったのである。[58]」D・H・ロレンスの小説は最終的に裁判所の黙認(承認ではないにしても)を得ることになったものの、しかしフローベールの場合と違って、テーマ表現のための物語の形式は、そのことにほんの副次的にしか寄与しなかったのである。「女王対ペンギン・ブックス有限責任会社」訴訟に勝利したのは、小説の作者ではなくて、新しい性の考え方の提唱者であり予言者であるD・H・ロレンスであった。

ごく概略的ではあるが二つの訴訟事件に関してここで述べた所見から、小説における遠近法の設定の仕方は、その言述構造の要所を規定することが、おそらく明らかになったことと思う。厳格な内的遠近法に貫かれた小説では、語りの形式は、外的遠近法に貫かれた小説もしくは遠近法が交替する小説とは違った仕方で、言述の「妥当性」を相対化する。そこに生ずる境界確定の問題も多種多様である。そこで、テーマ的にはいかなる点から見ても差し障りのない作品を意図的に選び、その中からもう一つの実例を取り出して、ここに提示してみたい。H・G・ウェルズの短篇『盲人の国』において、盲人の谷への思いがけぬ侵入者であるヌネスは、目明きである自分のほうが谷間の盲目の住人よりもはるかに優れた存在であるとみなす。すぐさま彼の心の中には、谷間の盲目の住人たちを自分の支配下におさめるために、目明きとしての自分の優越性を利用しようという考えが浮かんでくる。彼を迎える最初の盲人たちに向かって近づいて行くあいだに、次のような考えが彼の脳裏をかすめる。

彼の心には、失われた谷間や「盲人の国」についてのさまざまな古い物語がよみがえり、つぎのような古いことわざが、まるで詩の折り返し句のように、心にひびき渡った——「『盲人の国』では、片目の男が王になる」「『盲人の国』では、片目の男が王になる」

そこで彼は、たいへんあいそよく男たちに挨拶した。[59]

(阿部知二訳、創元推理文庫)

もし引用の最後に出てくる文の「たいへんあいそよく」が、〈局外の語り手〉の外的視点を表わしているとすれば、この言葉は事の真相を述べていることになる。つまり、谷間の住人たちに向けられたヌネスの挨拶は、本当に心底からあいそのよいものであったということである。しかし「たいへんあいそよく」が、先行する幾つかの文章の内的遠近法に連なる一部であるとすれば、強調された丁重さは一種のお芝居を、すなわち盲人たちを欺いて己れの真意を隠そうとするヌネスの策略を表わすことになる。この物語の重要な山場をなす結末の部分でも、われわれは似たような境界づけの問題に出くわす。ヌネスは盲人の谷から無事逃げだすことに成功する。疲れ果てて彼は、谷の周囲に連なる山の尾根の上で休息する。

彼が休んでいるところからだと、谷はまるで穴の中にあって、一マイル近く下方にあるように見えた。谷はもう、もやや影でかすんでいたが、まわりの山々の頂は光と火とでできているようだった。そして、手近な岩石のこまごました細部は、微妙な美しさにあふれていた――緑色の鉱脈が一筋、灰色の岩肌をつらぬき、そこここに水晶の面がきらめき、彼の顔のすぐわきに、こまやかに美しい小さなオレンジ色の苔があった。谷には濃い神秘な影が落ちていて、青さは深まって紫となり、紫はあざやかな暗黒となってゆき、頭上にははてしなく広い空があった。しかし、彼はもうそれらのものに注意をむけず、ぐったりそこに横たわって、かつて自分が王になろうと考えた「盲人の谷」からぬけだしただけで満足したというように、微笑していた。

日没の輝きが消えて夜になったが、彼はまだ、冷たく光る星の下で、やすらかに満ちたりて横たわっていた。(60)

(阿部知二訳、創元推理文庫)

ヌネスの逃亡は外的状況から見れば確かに幸運であったといえるが、彼ははたして生き延びることができるのかどうか、また彼が取り戻した自由は、盲目の少女に対する自らの愛の断念に見合うだけの償いをもたらしうるのかどうか、――ストーリーの理解にとって中心的な意味をもつこうした疑問に対して、物語はなんら決定的な回答を与えない。結末がこのように未解決のままに終わる理由は、語りの遠近法の取り方に求めることができる。引用された個所は、初めのうちは、逃亡した主人公の視点から眺めた内的遠近法によって提示される。主人公のこの内的遠近法は、「彼はもうそれらのものに注意をむけず」という文によって効果が薄められ、〈局外の語り手による〉外的遠近法が浮かび出てくる。そして結局、直喩の「〔あたかも〕……というように as if」によって、この〈局外の語り手による〉外的遠近法がなおも強調される。

しかも同時に読者はこの決定的瞬間に、ヌネスの心の中をのぞき見ることが拒まれる。したがってまた、「冷たく光る星」の輝きが、休息しているヌネスの実感した知覚であるのか、つまり言い換えれば、ジェイムズ・ジョイスの『ダブリンの市民』の諸篇の幕切れにしばしば見られるエピファニー（顕現）という意味での知覚なのか、それともヌネスの運命の皮肉に対する〈局外の語り手〉の注釈であるのか、はっきり分からずじまいなのである。実際運命の皮肉というべきか、ヌネスは個人的には自由を取り戻すけれども、生とその取り戻した自由の享受とは拒まれてしまう。

こうして、物語内容の遠近法的処理から生ずる境界づけの問題は、物語や小説の解釈において重要な問題を投げかけるのである。遠近法主義と非遠近法主義という二つの様式傾向を区別することによって、さらには内的遠近法と外的遠近法という視点の固定化に関わる二つの可能性を区別することによって、そのような解釈上の問題を解決するにあたって顧慮されるべき有用な概念装置が提供される。

4の(3)　ディケンズにおける潜在意識的遠近法化

十九世紀の物語文学においては、遠近法主義と非遠近法主義とは一般的に言ってまだ意識的に区別はされていない。フローベールの『ボヴァリー夫人』は、この点で一般的な発展にはるかに先んじたものであった。フローベールによって先行されたこの距離は、英語圏の小説では、ようやく世紀末近くヘンリー・ジェイムズの後期作品によって取り戻すことができた。もちろんすでにフローベールやヘンリー・ジェイムズ以前にも一人称小説（書簡体小説や日記体小説も含めて）においては、この形式そのものに内在する内的遠近法への必然性によって、遠近法化の問題が討議の俎上に載せられたのであった。

しかし、たとえばサッカレーが、たいへん魅力的ではあっても、道徳的にはきわめていかがわしい冒険家にして山師、賭博師にして遺産横領者であるバリー・リンドンの生涯を一人称形式で物語ったときに[61]身に被った諸々の難儀は、ヴィクトリア朝時代の大多数の読者が、こうした物語形式に含まれる遠近法化と相対化という表現の可能性に対して、まだ未熟な感覚しか持っていなかったことを物語っている。ヴィクトリア朝時代の読者にとっては、一人称の語り手バリー・リンドンが《「私」の語る物語り状況》の内的遠近法に主観的に拘束されていることを見抜くのは、まだ困難であったように見受けられる。とはいえサッカレー自身は、己れの状況を客観的に描くことにかけては、語り手は制限された能力しか持っていない事実に、読者の注意を促すことを必ずしも怠っているわけではない。

この一人称小説が同時代の読者層の一部に不興と無理解とをも

って迎えられたのが機縁となって、結局サッカレーはこのバリーの一人称小説に若干の脚注を書き加え、その注釈の中で、読者はすべからくバリーの物語に批判的距離をもって相対すべきことを、はっきり言明したのである。[62]

> バリー氏がここで語っている軍務は——われわれはことさらそう思うのだが——彼によって非常にあいまいな言葉で述べられているものであった。……[63]
>
> この奇妙な告白を聞けば、リンドン氏は彼の愛人をあらんかぎりの方法で虐待しているように思われるだろう。……[64]

作者をして、主人公の道徳的弱点をこのようにあからさまに名指しすることを余儀なくさせた読者層は、かといって、物語における遠近法化のいっそう高度な手法の駆使へと作者を鼓舞したわけでないことも、また確かな事実である。しかしながら、ヴィクトリア朝時代の読者層は——これはもっぱら読者の並外れた層の厚さに由来することであるが——社会的にもまた教養の点から見ても、ひどく不均一であった。その結果としてわれわれは、ヴィクトリア朝時代の語り手のなかに、一方で、一部の読者における文学上の寡欲に意を用いながら、同時に他方で、語りの媒介性をより精妙に、より効果的に具現せんとする傾向を見出す。こうしてディケンズ、サッカレー、ジョージ・エリオットなどの作家において、われわれは、遠近法化のより高度な形式が織り込まれた場面に、再三出くわすのである。そのような遠近法化の試みは、もちろんたいてい小説の二、三の場面ないしは短い部分に限定されており、したがって小説全体を拘束するような固定した視点の設定ではない。むしろそれは、「挿話的な強調 episodic intensification」に用立てられるものである。

たとえばディケンズは、——いかにも特徴的なことだが[65]——ある場面を「視覚的〔視覚に訴える〕報告 Sichtbericht」の形式で描くときにかぎって、きまって厳格な視点技法の立場に接近する。つまりそこでは非人格的な語り手が、ある出来事を、あたかも彼自身が(目に見えぬ)目撃者としてその場に居合わせたかのごとく、報告するのである。しかしこの伝達者の非人格性は、遠近法をいわば「無個性な」ものに変じてしまう。そして、一定の視点から、ある独特の意識を通しての出来事の提示という意味での遠近法化の効果は、ほとんど失われてしまう。それゆえ「視覚的報告」という描写形式は、内的遠近法にも外的遠近法にも一義的に組み入れることができない。むしろそれは一種の場景的な描写というべきであって、そこでは語りの媒介性が廃棄されているかに見えるので、われわれの三つの対立概念はもはや有効に働かないのである。

ヴィクトリア朝の小説における内面世界の描写の場合にも、視角が時として一人の作中人物だけに狭められることがある。しかし、それは暫時の間であって、決して長くは続かない。ディケンズの場合はそれはとりわけ、劇の進行中に死すべく定められた人物、しかも細密な〈作中人物に反映する〉内的遠近法の特権を与えられる人物である。[66] その最もよく知られた実例の一つは、『ドンビー父子』におけるポール・ドンビーの病気と遂に訪れたその死の描写（第十四、十六章）である。それに比して、ディケンズの最後の作品である未完の小説『エドウィン・ドルード』の厳格な内的遠近法による開幕場面は、独特のすこぶる興味深い事例をなしている。それというのも、小説の出だしに特に顕著なこの遠近法化の手法からは、ことによるとディケンズが死の直前に、彼にとっては新しい遠近法的物語スタイルの実験を試みつつあったことを、うかがい知ることができるからである。推測によると、ディケンズはウィルキー・コリンズの探偵小説に刺激を受けたようである。コリンズの小説では、物語の内実がいちだんと厳格な遠近法化の手法を必要としたのであった。

ヴィクトリア朝の物語文学における遠近法の問題に関するこれまでの考察は、現代の遠近法主義的な小説を通じて、われわれになじみとなった遠近法的手法の諸形態を出発点としたものである。ここで、本章の初めに行なった定義に基づき非遠近法主義的様式の流派に数え入れるべき作品の中にも、読者の共感をコントロールする傾向が認められることを示しておきたい。こうした傾向も結局のところ、語りの遠近法的手法に帰するのである。

『クリスマス・キャロル』は、最初一見したところでは、完全にディケンズの一般的な特徴である非遠近法的スタイルで物語られる話である。吝嗇家の老エブネゼル・スクルージが、他人のクリスマスの幸福を一連の幻影として見ることによって、ディケンズ的な意味での純正なクリスマス精神に目覚める過程は、すでにテーマから言っても、ある程度遠近法化が必要とされる物語である。すなわちその場合、読者は、自分の想像のなかで、老いた人間嫌いのスクルージの立場になりきり、彼と同じ眼差しで、フェズウィグ家の舞踏会での人々の楽しいばか騒ぎや、鵞鳥とプディングを前にしたクラシット一家の晴れやかな満足感や、愉快な罰金ゲームに興ずる甥一家の喜びを共にしなければならない。というのも、これらの印象こそ、長年の間スクルージの心を鎧のように閉ざしてきた冷酷非情さを和らげるものだからである。ところが、ディケンズは観察の視点をスクルージにではなく〈局外の語り手〉に委ねることによって、たっぷり趣向を凝らしつつ、それぞれの状況にふさわしい熱情をこめて、これらのクリスマスの団欒の場面を叙することができたのである。また、だからこそ、テーマの趣旨からすれば一段と効果の大きい内的遠近法も、断念することができたといえる。

こうして、たいていは各々のクリスマスの幻影が終わる頃になってようやく読者は、いわば遅ればせながら、物語られた事柄は、もともとがスクルージの知覚に起因するものであることを想起させられる。実際ディケンズにとっては、クリスマスの人間味溢れる喜びを、彼の「クリスマス哲学 philosophie de Noël(67)」の表現として生き生きと叙述することは、少なくとも老スクルージの不可思議な改心を描くのと同じくらい重要なことであった。前者のような効果を意図したのであれば、語り手の視点を形成する外的遠近法も、また主調をなす非遠近法主義も、まったく当を得たものであって、しかも納得のゆくものである。しかし、クリスマスの幻影によってスクルージのなかに惹き起こされる改心が物語の本来の主題であると見るならば、事態は違って見えるだろう。もちろんその場合、スクルージの自省と改心の心理的動機づけが、見た目にはごく初歩的な形でしかなされていないことも、考慮に入れなければならない。突き詰めれば、それはおとぎ話の中の奇跡のようなものなのだ。

けれども『クリスマス・キャロル』の表向きのストーリーを支配する非遠近法主義の背後には、地表から隠れた動きであるにしても、ある種の遠近法化の端緒が潜んでいる。これは、《遠近法》という局面が、われわれがこれまで考えていた以上に物語の構想の深部に関わっていることを示しているがゆえに、われわれにとって興味深い問題である。つまり、ここではスクルージの改心の描写と平行して、人非人エブネゼル・スクルージが、いかにもクリスマスにふさわしく、自然で無私な心をもつ人々の共同体の中へ、徐々に融け込んでゆく過程が描き出されているのである。ただ読者は、その経過を無意識に心に留めるにすぎない。すなわちこの過程は、クリスマスの喜びを実感する視点が、〈局外の語り手〉のそれから、スクルージのそれへと微妙に移動する点に表わされている。

第一のクリスマスの幻影の中で、「過去のクリスマスの幽霊」は、大勢の子供たちのためにクリスマス・プレゼントを贈ったりするが、なかでも少し年かさの一人の少女が、とりわけ語り手の注意を惹く。明らかにエロチックな響きが聞き取れるこの少女への賛嘆の言葉は、〈局外の語り手〉自身のものであるが、これはもとより、人称代名詞の一人称単数が異例なほど反復されることから察しのつくことである。語り手はその幻想のなかで、ふざけて「若い山賊ども」のようにあの感嘆の的である年長の娘に襲いかかり、「根こそぎ剝ぎとる」子供たちの中に、こっそり紛れ込むのである。

> あの仲間の一人になれるんだったら、どんなものでも出すがな！　だが、あんな乱暴は出来ない、絶対に出来ない！　全世界の富を出されてもあの編みあげた髪の毛をめちゃめちゃにしたり押しつぶしたりはしないな。それにあの、貴重な小さい靴だが、神も照覧あれ！　私は自分の命を守るためでも、無理にあれを引張り取ったりしないね、なんぼ冗談にだって、あの若いひよっこがやってるように、あの娘の腰廻り

をはかると言って飛びついたりはしないね、そんなことをしたら罰はてきめんで腰のまわりに私の腕が根をつけてしまって二度とまっすぐには伸びないものと覚悟しなければならない。而も、本心を白状すれば、私はたまらなくあの唇に触れたかったのだ。その唇をひらかせるために話しかけて見たかったのだ。あの伏眼がちの眼のまつげを見つめながら、顔をあからめさせずに置きたいのだ。あの髪の毛をほどいて波打たせるところを見たいのだ。あの髪の毛はたとえ一インチでも、評価の方法のない貴重な記念品になるのだ。一口に言えば、私の実の気持は、子供のように気軽に自由にふるまいながら、而もそれを特権と感じて充分喜べるだけの大人でありたかったのだ。[68]

（村岡花子訳、新潮文庫）

ここではまだほとんど改心の気配すらないスクルージが、このような考えや感情を抱くのは、まず絶対にあり得ないことである。それに対し最後の章で——スクルージはいつのまにか新しい人間に生まれ変わっている——甥の家の女中が、クリスマスの訪問にやって来たスクルージにドアを開けてやるとき、その娘を一目見てスクルージにどんな考えが浮かんだかを、読者はただちに、すなわち一種の体験話法の形で、知るのである。

「御主人はおいでかな？」と、スクルージは出て来た娘に言った。いい娘だ。まったくいい娘だ。[69]

（村岡花子訳、新潮文庫）

スクルージがこのような感情を抱くことは、先に引用した場面では不可能であっただろうし、また語り手としても、それを読者に伝えることは是認しなかったであろう。しかしスクルージが人間らしさを取り戻した今となっては、読者は、スクルージの、多少付けたりめくが、しかしそれだけになおさら「人間的な」考えや気持ちを、追体験する機会を持つようになるのである。「生まれ変わった」スクルージが、雇い人ボブ・クラシットの子沢山な家庭のために取り寄せた七面鳥を、しかもその種のものとしては極上の逸品を見て、次のような全くスクルージらしからぬ観察に誘われるとき、そのことはとりわけ明白になる。

「——それ、七面鳥が来たぞ。いよう、ほう！　御苦労さん！　クリスマスおめでとう！」

それはたしかに七面鳥だった。これじゃとても自分の足では立てそうもなかったろうよ、この鳥は。たちまち、ポキンと封蠟の棒のように折れてしまったことだろう。[70]

（村岡花子訳、新潮文庫）

スクルージが甥の家に晩餐をご馳走になりに来たことを双方が共に喜ぶ模様も、今や完全にスクルージの視点から描かれる。

「ああ、おどろいた。どなたです？」と、フレッドは叫んだ。

「私だよ。お前の伯父のスクルージだ。御馳走になりに来たんだよ。入れてくれるかい？　フレッド？」

入れてくれるかだって！　彼の腕が振りちぎれなかったのがめっけものだった。五分もすると彼はすっかりくつろいでしまった。これほど真心こもった歓迎ぶりはまたとないくらいだった。姪は(夢で見たのと)同じだった。トッパーが来たところを見るとこれまた同じだった。肥った姉妹もそうだし、だれもみな(夢で見たのと)同じだった。すばらしい宴会、すばらしい遊び、すばらしい和気あいあいの空気、すばらしい、すばらしい幸福！[71]

(村岡花子訳、新潮文庫)

こうして遠近法化は、たんに描写視点の選択における熟慮を経た構想の問題であるだけにとどまらないことが、明らかになった。語りの遠近法化は、物語の深層でも起こりうるのである。ディケンズの『クリスマス・キャロル』の場合には、それは物語の主人公に対する作者と語り手の態度の変化から直接生じてくるものなのである。知覚の中心が徐々にスクルージという人物の中に移動するのは、物語の進行とともにこの人物が道徳的にも情緒的にも立ち直ってゆくことの直接の帰結である。遠近法化のこのような形式は、「視点」技法に貫徹された物語に較べると、読者の意識に対してというよりはむしろその潜在意識に向かって、働きかける。しかしながら、かえって読者の意識にのぼらないからこそ、そのような識閾下の遠近法化は、おそらく格別の効果に富むのであろう。

第Ⅴ章　対立「叙法」——語り手的人物／映し手的人物(1)

それでもやはり物語の語り手は、第一に、物語の聴き手であり、物語の読み手でもある。
（H・ジェイムズ、『カサマシマ公爵夫人』の序文）

いつも私は思うのだが、あの、人の身になろうとする熱烈な創造的努力には、美しく心を夢中にさせるようなものがある。
（H・ジェイムズ、『アメリカ人』の序文）

対立《叙法》は、《物語り状況》の三分法的体系を支える三つの柱の一つであって、それゆえ他の二つの対立と密接な関連をもっている。すでに対立《人称》を分析した際に、三人称による対象指示と一人称による対象指示との交替がもつ記号論的な意味は、この交替が語り手的人物の圏域で起こるか、それとも映し手的人物の圏域で起こるかに依存していることが明らかになった。映し手的人物による意識描写に関しては、この対象指示の交替は、実際には目立たないものであって、したがって大多数の読者はおそらく全然気に留めることのないものである。対立《遠近法》の分析も、対立《叙法》との関連を明るみに出した。どうやら内的遠近法と映し手的人物の優勢な描写法との間には緊密な呼応関係が存在するようであるが、また他方、外的遠近法と語り手的人物の優勢な描写法との間にも同様の関係が見られる。これらの関係は、類型円図表の図式によって体系的に明示される。

対立《叙法》によって、語りのジャンル特性をなす「媒介性」の次の二つの現象形態が理論的に把握される。つまり一つは、語りそのものによって主題化された媒介性であり、いま一つは、読者に直接性の錯覚を抱かせるところの、否定もしくは排除された媒介性である。語りにおいて、振り子はたえずこの二つの極の間を揺れ動く。その構造がこうした振幅に刻印されていないような物語作品はごく少数であるし、またあるとしても通常短い作品である。しかし、こうした変動にもかかわらず、物語様式が両極の一方に方向づけられているような作品も多数存在するのである。こうした作品においては、対立《叙法》は《物語り状況》の弁別的特徴をなしている。

二つの物語様式、すなわち、間接的もしくは本来的な物語様式と、見かけ上直接的なもしくは場景的＝模倣的な物語様式との区別は、物語理論研究のもっとも古い成果の一つである。[2] この区別は、プラトンの「ディエゲーシス」と「ミメーシス」の対比における概念的中核を形づくるものであるが、この二つの概念の対比は、古代並びに古代以降の修辞学によって継承され発展させられてきたのであった。[3] この二つの物語様式の区別は、十九世紀末期の小説理論における客観主義論争によって新たな現実性を帯びることになった。とりわけオットー・ルートヴィヒは上述の対比を概念的に定着させようとして、討論の口火を切ったのであった。彼による「本来の物語」と「場景的な物語」の区別(注目すべきことに彼は両者の混合形態も認めている[4])は、拙著『小説における典型的な物語り状況』の中で提起された術語、すなわち「報告調物語」と「場景的描写」の基礎をなすものである。これらの術語は、見受けるところ物語理論によって広く受け入れられているようである。[5]

英語圏の物語理論においては、それに代わる術語として、「純然たる語り simple narration」と「場面的提示 scenic presentation」ないし「場面 scene」(パーシー・ラボック)、あるいは「語ること telling」と「示すこと showing」(N・フリードマン)が根をおろしている。[6] 最近この対立概念は、J・アンデレックの「報告モデル」と「物語モデル」の区別によって、コミュニケーション理論に基づく裏づけを得ることができた。[7] 術語としてさらに啓発的なのは、それらの二つのモデルに分類されるテクストの種類名である。つまり、「Ich(一人称の語り手)が Du(読者＝二人称)に呼びかける虚構的テクスト」(fiktiver Ich-Du-Text)と「映し手的人物を三人称で指示する虚構的テクスト」(fiktiver Er-Text)であるが、アンデレック自身も明らかにしているように、[8] これは一人称小説と三人称小説という周知の概念の類義語としてみなされるべきではなく、本質的には、われわれの理論において対立《叙法》として捉えられている二つの対照的な物語様式を言い表わしている。

これらの対をなす対立概念は、一つの独特の体系の中に組み込まれているので、たとえそれらの意味がさまざまに変化しても、その意味の核心、すなわち、物語的描写における主題化された媒介性と否定された媒介性(ないしは直接性の錯覚)の対立という図式は、変わらないのである。

この対立概念によって把握された語りの基本形式が、たとえばヴィルヘルム・ヴォリンガーの「抽象」と「感情移入」、あるいはE・H・ゴンブリチの「概念主義」と「印象主義」という対立概念に、ある種の関連をもっていることは十分に考えられる。[9] 彼らは、このような対立概念によって、現実体験と芸術体験の根本的態度の対立を定義したのであった。両者の対立概念の一方に共通する意味内容は、知覚と陳述の「間接的様式 modus obliquus」であって、具体的には要約的報告の諸形態、概括的抽象、概念化といったものがそれに含まれる。もう一方の概念に共通する意味内容は、「直接的様式 modus rectus」であって、具体的には事象を「現実態において《イン・アクトゥー》」叙する場景的描写の諸形態、観念の具象化、印象の直接性といったものがそれに含まれる。しかしながらこれらの対応関係について、ここでこれ以上立ち入るわけにはいかない。そのような対応関係を指摘したのは、問題となる対立が、物語理論ばかりでなく、現実体験並びに芸術体験一般の本質的事態を表わしていることを示そうと思ったからである。

われわれの理論の文脈から言えば、二つの相異なる基本形式は、まずもってあらゆる語りに内在する媒介性の異なった解釈、すなわち物語プロセスの人格化と非人格化として理解されねばならない。とくに後者には、読者に物語の出来事を直接的に提示しているという印象を与え、それによって物語内容をいわば「現実態において」知覚しているかのごとき錯覚を呼び起こす意図が潜んでいる。間接的(媒介的)なるものの直接性(の錯覚)という後者のケースにおける見かけ上のパラドックスは、アンデレックにおいても現われる。すなわち彼は、「三人称テクスト Er-Text」の中では「コミュニケーションは、己れがコミュニケーションであることを否定することによって、その固有の前提条件を作り出す」[10]と述べているのである。とくに示唆に富むと思われるのは、語りの二つの基本形式という対立の一方の極を占める「ミメーシス」ないし「場景的描写」が、単純な定義に逆らうように見えるのに対し、もう一方の極を占める「ディエゲーシス」ないし「報告調物語」は、ほとんど定義に手こずることがないという点である。

「場景的描写」の場合に見られる概念装置と実態との乖離の状況を生む主因は、物語プロセスを演劇的プロセスになぞらえることによって、文学現象としての「場景的描写」が多層性を帯びることである。物語の「場景的描写」の領域では、すでに第Ⅱ章(2の(1)を参照)で論じたように、物語的テクスト部分と非物語的テクスト部分とが区別されなくてはならない。紹介の文句(たとえば「彼は言った」というような)や発話場面を特徴づけるト書きのない登場人物の対話は、非物語的なテクスト部分であって、その意味でそれは本来、物語における演劇的「異物体」である。したがって厳密に言えば、それは「場景的描写」という概念から切り離さなければならない。それゆえ物語形式としての「場景的描写」は、紹介の文句やト書きによって物語的に彩色された対話と、——たとえ極度に縮約された形であれ——所作の報告とを必ず含むのである。そのような非人格的な決まり文句に還元された物語的言辞は、物語られる出来事を直接的に、いわば「現実態において」体験するという読者の錯覚を、破綻に導かないのが普通である。

このように語り手が登場しないことによって生ずる直接性の錯覚は、とりわけ現代小説の、出来事を一人の作中人物の意識における反映として描写する非対話的部分に対しても、この「場景的描写」なる概念を転用する機縁を与えた。したがって、「場景的描写」そのものは、直接性の錯覚を呼び起こしうる二つの異なる現象を含んでいることを、しっかり見据えておかなければならない。つまりその二つの現象とは、発話状況とそれに付随する所作に関する簡潔で非人称的な指示を含む長い対話場面と、一人の作中人物の意識における虚構の出来事の反映である。前者の意味の「場景的描写」は、語り手が影を潜め、出来事の経過が前面に出てくる場合には、《「私」の語る物語り状況》でも《局外の語り手による物語り状況》でも等しく現われうる。一人の作中人物の意識に出来事を映し出す手法としての「場景的描写」[11]は、《作中人物に反映する物語り状況》と内的独白の領分である。

この領域における錯綜した、そして部分的には矛盾をはらんだ術語の多彩さは、とりわけ「報告調物語」(語ること)と「場景的描写」(示すこと)という二つの現象を、互いに区分けすることの困難さに起因している。それゆえ対立《叙法》を、さしあたり物語的伝達プロセスの種類によってではなく、一般にそれよりももっと容易かつ明白に確認できるところの、伝達遂行者の種類によって記述することを提案したい。これにより対立《叙法》は、語り手的人物による伝達と映し手的人物による伝達との対立として、あるいは——いずれは簡略化して呼ぶことになろうが——語り手と映し手との対立として理解されることになる。

語り手的人物は物語り、報告し、記録し、知らせ、伝達し、文通し、文書によるレポートをし、証人を呼び出し、己れ自身の語りに言及し、読者に語りかけ、物語の中身について注釈をする。こうした語り手的人物は、過去の小説において、ほとんどなんの制約を受けることもなく君臨していた。シーデ・ハメーテ・ベネンヘーリ訳注19、ジンプリチシムス(グリンメルスハウゼン)、ロビンソン・クルーソー、クラリッサ・ハーロウ、トリストラム・シャンディ、ヴェルテル(ゲーテ)、あるいは『トム・ジョーンズ』、『アーガトン』(ヴィーラント)、『ヴィルヘルム・マイスター』、『虚栄の市』といった作品の語り手たち、さらにはデイヴィッド・コパフィールド、ハインリヒ・レー、そしてマルセル、マーロウ[12]、ゼレヌス・ツァイトブローム(『ファウスト博士』)、フェーリクス・クルル、『わが名はガンテンバイン』の「書物たる私」等々、——これらはみな語り手的人物である。

訳注19(シーデ・ハメーテ・ベネンヘーリ)　セルバンテスが

物語上の技巧から、『ドン・キホーテ』の原作者として設定している架空のアラビア人史家の名前。

映し手的人物は映し出す。すなわち外界の事象を己れの意識の中に反映する。そして知覚し、感じ、記憶に留めるが、しかしそれらはつねに沈黙のうちに行われる。なぜならば、映し手的人物は決して「物語る」ことがないからである。すなわち、彼は己れの知覚、思考、感情を言葉に表わさない。というのも彼は、コミュニケーション的状況の中にはいないからである。見受けるところ読者は、映し手的人物の意識の中を直接のぞき込むことによって、その意識の中に表われている事象や反応を、いわばじかに知るのである。映し手的人物は、現代の小説において、とうに真価の定まっている語り手的人物の手強いライバルとなった。映し手的人物も、偉大な伝統を背負う語り手的人物同様に、今日では豊かな多様性を示している。二人のエンマ（ジェイン・オースティンの『エマ』およびフローベールの『ボヴァリー夫人』の主人公）も、彼女たちの果たす役割の特徴である自らの内面世界の「開放性」を別とすれば、すでに両者の間にほとんど共通項はない。ランバート・ストレザー（『使者たち』）、スティーヴン・ディーダラス（『若い芸術家の肖像』）、グストル少尉（シュニッツラー）、ウェルギリウス（ヘルマン・ブロッホ『ウェルギリウスの死』）、ヨーゼフ・KおよびK（『審判』および『城』）、レオポルド・ブルーム、モリー・ブルーム（『ユリシーズ』）、ラムゼー夫人（『灯台へ』）、マロウン（『マロウンは死ぬ』）といった人物たちは、すでにこうした役割の多彩さがはっきり見て取れる映し手的人物である。[13]

上述のリストからも明らかなように、語り手的人物の機能は、〈局外の語り手〉のさまざまなニュアンスに富む機能を含み持つとともに、一人称の語り手の〈物語る私〉の機能も備えている。一方、ただ〈体験する私〉としてのみ現実化され、もっぱら己れの体験の反射を事とするだけで、そうした体験のコミュニケーションを主題化していない一人称の語り手は、映し手的人物である。この映し手的人物にはすべての媒体的人物も含まれるが、これらは映し手的人物の主要な比率を占めている。「映し手的人物」という概念も「語り手的人物」という概念も、等しく一人称形式と三人称形式両様の現象形態を含むのに対し、《作中人物に反映する物語り状況》という概念は三人称形式に限定されている。このことは、類型円図表の図式で言えば、語り手の極に帰属する半円上でも、また映し手の極に帰属する半円上でも、一人称形式と三人称形式の両方が共に見出されるという事実によって了解される。それにひきかえ《作中人物に反映する物語り状況》は、類型円図表の映し手の極の近傍に分布するだけで、しかも三人称形式の圏域にのみ存在するのである。

類型円図表において、語り手と映し手の両極が位置するそれぞれの圏域の間には、伝達プロセスを規定しているのが語り手であるのかそれとも映し手であるのか、明確に確認できないような物語様式が座を占める中間地帯が存在している。しかもそれは、一人称形式の物語にも三人称形式の物語にも見られる現象である。たいていそれは、ごく簡略な所作の報告を伴うだけで大部分が対話から成り立ち、折々短い意識描写が挿入される物語なのである。ヘミングウェイの短篇、たとえば『殺し屋』(三人称形式)と『五万ドル』(一人称形式)は、このテクスト・モデルに非常に近い。これらの短篇では、語り手的要素と映し手的要素との間に不安定な釣り合いが支配している。語り手の言葉であることが歴然としているような文章、たとえば〈局外の語り手〉の注釈みたいなものがたった一つあるだけでも、あるいは逆に、知覚をもっぱら映し手としての作中人物に帰せしめたり、もしくは一人称の語り手にさながら内的独白の場面のように物思いにふけらせたりする長い一節があったりすると、この均衡は崩れてしまうだろう。そして当該の物語部分は、語り手か映し手かのどちらかに比重が傾くことになるだろう。

　上述のヘミングウェイの短篇では、長々とした対話場面を中断する短い物語部分は、総体的にはあまり数は多くないが、しかしまさにこうした物語部分が、明白に〈局外の語り手による〉語りの特性も、また〈作中人物に反映する〉語りの特性も示していないというのが、とりもなおさずヘミングウェイのこの種の短篇の特徴なのである。この場合にも、境界画定の問題が頻出する。それはたとえば、一定の叙述が、映し手の(すなわち作中人物の)知覚の一部を意味しているのか、それとも語り手の報告の一部を意味しているのか、といった問題である。ヘミングウェイの作品を読む場合、読者はこの点で最大限の注意力が要求される。またヘミングウェイの多くの短篇を解釈するにあたって、見解がさまざまに分かれる理由も、まさにこの微妙な点にあることは確かであろう。

1　語り手的人物、映し手的人物、および両者の中間形態

読者諸兄よ、あなたがたが……なにかロマンスめいたものを期待されるとしたら、それはとんでもない間違いである。あなたがたは、情熱を、刺激を、そしてメロドラマを期待しておられるのだろうか？　そういう期待はひっこめて、もっと月並みなことだと思っていただきたい。あなたがたにお話しようとしているのは、現実的で、冷静で、堅実なことなのである。月曜日の朝のように、味気ないことなのである……

(シャーロット・ブロンテ『シャーリー』の初めの部分)

ダロウェイ夫人は、自分で花を買ってくると言った。なにしろルーシーは手一杯であったから。ドアは蝶つが

いからそっくり外されるだろう。それにはランプルメイア商会の職人が来てくれるはずだ。それに、ああ、なんというすばらしい朝だろう——海辺の子供たちが迎えた朝のように新鮮で。
まあ愉快！

（ヴァージニア・ウルフ『ダロウェイ夫人』の初めの部分、近藤いね子訳、みすず書房）

対立《叙法》の予備的検討から、語り手と映し手との幾つかの特徴がすでに明らかになった。それらの特徴を両方の機能の担い手に対してどう配分するかは、根本的には語りの基本形式に対する両者の関係によって決まる。つまりその場合、「報告調物語」は語り手へ、「場景的描写」は映し手へ関連づけられる。伝達と受容のプロセスは、それらが語り手によって操作されるか、あるいは映し手によって操作されるかに応じて、異なった経過を辿る。語り手は常に「送り手」として機能する。彼は報告もしくは通知を、あたかも「受け手」すなわち読者に伝達するかのように、語るのである。映し手とのコミュニケーション過程は、これとは違う経過を辿る。この人物は「物語る」ことをしないから、「送り手」の役割を演ずることもできないのである。このモデル・ケースにおけるコミュニケーション過程の特徴をよく表わしているのは、語りの媒介性が読者の直接性の錯覚によって覆い隠されてしまうという事実である。つまり、読者が出来事を映し手の眼と意識を通して知覚しているように思い込むことによって、読者は出来事を直接この目で見ているように錯覚するのである。

以上の点から、物語テクストの解釈にとって有益な帰結が得られる。というのも物語内容は、語り手を通しての伝達であるか、それとも映し手を通しての伝達であるかに応じて、それぞれ異なる程度の信憑性や妥当性をもつからである。その理由の一端は、すでにフリードマンによって、「視点」理論と関連させつつ言及されている。つまり、叙法＝「語ること telling」による伝達は、陳述の普遍性、完全性、明示性という観点から選択される叙述の手法であり、また叙法＝「示すこと showing」による描写は、陳述の部分性、断片性、不完全性、暗示性という観点から選択される叙述の手法である。[14] この状況はもっと具体的に把握することができる。語り手によって伝達される物語と映し手によって提示される物語の認識論的相違は、主として、語り手が己れの物語行為を常に意識しているのに対して、映し手にはそのような意識が完全に欠落しているという点にある。

モル・フランダーズ、トリストラム・シャンディ、デイヴィッド・コパフィールド、イシュメイル、ハインリヒ・レー、フェーリクス・クルル、シュティラー、シギィ・イェプセン（ジークフリート・レンツ『国語の時間』）といった語り手たち、そして『トム・ジョーンズ』、『ジーベンケース』（ジャン・パウル）、『ゴリオ爺さん』、『虚栄の市』、『ブッデンブローク家の人々』といった作品の語り手たちは、語りつつ物語行為を主題化しているばかりでなく、彼らが公衆すなわち読者の前で演技していることをたえず意識することによって、物語行為そのものにも常に反応している。それゆえ彼らは、このような読者や、また彼らの物語にとってもふさわしい物語戦略[15]ないし物語修辞学を、見出さねばならぬ仕儀となる。あらゆる種類の物語戦略ないし物語修辞学は、物語を変えつつ、意味の力点をずらし、細部の選択と部分の配置に影響を及ぼす。そして、すでに語られた事柄とこれから語られる事柄との間に、必然的に相互参照の網の目を張りめぐらす。物語内容のこのような「操作」は、映し手による描写では決して起こらない。

エンマ・ボヴァリー、ランバート・ストレザー、スティーヴン・ディーダラス、ヨーゼフ・Kといった映し手的人物は、一瞬たりとも己れの体験を意識することはない。彼らの経験、知覚、感情が、コミュニケーション行為の対象なのである。したがって彼らの経験の質は、このコミュニケーション過程によって影響を受けることはなく、またそのように描写された事柄の妥当性や信憑性も損なわれることはない。しかしだからといって、もちろん、ここでは作者による物語戦略的ないし修辞学的な物語の彫琢がなされていないというわけではない。いずれにせよ、こうした戦略的な工夫は、伝達プロセス(表層構造)に属する事柄ではなく、制作プロセス(発生的な深層構造)の一端をなしている。本書の本来の研究対象をなしている伝達プロセスの分析にとっては、したがって、映し手的人物によって担われる描写が、読者に呼び起こす直接性の錯覚について論述しうるのみである。

文学においてはどんな場合もそうであるように、こうした対立に関しては一義的、典型的なケースばかりでなく、どちらか一方の極に簡単に帰属させられないような多義的、非典型的なケースも多数存在する。類型円図表の「三人称」側、すなわち《局外の語り手による物語り状況》から《作中人物に反映する物語り状況》へと推移する地帯に、そのような混合形態が現われる。そのような作品の《物語り状況》は、〈局外の語り手〉と〈映し手的作中人物〉の併存によってはっきり特徴づけられている。この併存は、物語プロフィールにおいてはたいてい相前後する形で現われる。つまり、〈局外の語り手による〉語りがひとしきり続いた後では、〈作中人物に反映する〉描写が取って代わるという具合である。J・オースティンの『エマ』の第二十二章は、その典型的な例証である。ミュアリエル・スパークの『ミス・ブロディの青春』では、〈局外の語り手〉による歴然たる報告調の叙述と、映し手的人物サンディ・ストレンジャーの思考と知覚の〈作中人物に反映する〉描写とが、少しずつ順番に現われるのである。[16]

特例といえるのは、語り手が映し手の役割行動に一致してしまうケースである。これについては、本章の4(「語り手の作中人物化」)で改めて論ずることになろう。対話部分と一種のト書きのような簡潔な非人称的報告とからなる場景的描写は、すでに述べたように、この対立《叙法》の両極に対して通例は中立的な関係にある。換言すれば、そこでは一種の不安定な均衡が支配していて、どちらか一方の物語様式の特徴がはっきり現われでもすると、その均衡は語り手の極もしくは映し手の極に向かって崩れるのである。

類型円図表の一人称（「私」）側では、語り手から映し手への移行形態あるいはその混合形態は、いくぶん問題的な様相を呈している。この場合移行の経過として現われるものは、語り手から映し手への変身ではなく、語り手たる「私」の役割交換、すなわち語り手から映し手への役割の入れ替わりである。この交替には往々にして、すこぶる微妙で、時として説明しがたい複雑な段階的変化が伴う。一人称の作中人物である〈物語る私〉が影を潜め、かわって〈体験する私〉が直接視野の中に入ってくればくるほど、この一人称の作中人物は映し手の機能に近づいてゆく。この辺の事情は、作者がテクストの修正を行なうにあたって、〈物語る私〉を後退させ、かわりに〈体験する私〉を前面に押し出すように《物語り状況》を変更するとき、最も明瞭な形で納得される。ジョイスは、『ダブリンの市民』の第一の物語『姉妹』を次のように改稿した。

その夕方、伯母は私をつれてお悔やみに行った。薄れた金色のむし暑い夏の夕方だった。（初稿）

夕方に、伯母は私をつれてお悔やみに行った。日没後であったが、家々の西向きの窓ガラスが大きな層雲の褐色がかった金色を映していた。（決定稿）

テクストの改訂により、語り手たる「私」は映し手の立場にいっそう近づく。このことが最も明瞭に表われているのは、時の添加語「その夕方」を「夕方に」に変えることによって、物語距離を取り払ってしまった点である。(17)

モリー・ブルームのようにもっぱら内的独白によって自己表出する一人称の人物は、もはや語り手的人物ではなく、映し手的人物である。それゆえ内的独白に適用される解釈条件は、描写の叙法〈映し手〉にとっても決定的な意味をもっている。(18)けれども事態は必ずしも一義的に説明されるというわけではない。たとえばベケットの小説『モロイ』、『マロウンは死ぬ』、『名づけえぬもの』における一人称の作中人物は、語り手としての役割行動と映し手としての役割行動との間で、その分裂した人格構造を特徴づけるような独特の振幅を見せている。もちろんベケットの『名づけえぬもの』における一人称の語り手が、「いつか私は、口をきかなくなることができるのだろうか……もし口をきかなくなったら、どうなるだろうか？」(19)というような考えを述べるとき、彼は自分が何者であるかを、つまり、少なくともこの場に関しては自分が語り手であることを、明白に承知している。というのも、ただ語り手のみが、そのような運命に脅威を覚えうるからである。映し手にとって沈黙はなんら問題ではない。それどころか、映し手の沈黙は、己れの体験の実存的高揚とすら解しうる。映し手は、無言のまま外界の知覚に専念しているか、あるいは外界の事象の己が意識への反映に没入しているときにかぎって、しばしば最も多くの情報を伝達するのである。

1の(1)　語り手の信頼性

芸術家を信頼するなかれ、物語を信頼せよ。
（D・H・ロレンス「場所の精神」、『アメリカ古典文学研究』所収）

語り手と映し手とを分かつ相違から、虚構の出来事を読者へ媒介する者としての両者の信頼性の評価をめぐり、幾つかの結論を引き出すことができる。さて、対立《人称》について論述した際にすでになじみとなった解釈上の問題に、われわれは再び出くわすことになる。つまり、語り手は、どの程度信頼するにたる確かな報告者としてみなされうるか、という問題である。一人称小説の語り手と三人称小説の語り手との相違に関する章のなかで、一人称の語り手においては〈局外の語り手〉の場合よりも、己が身の上話の再現にあたっては、語りへの実存的な動機づけに基づく、ある種の偏向が見られることが確認された。いくらか一般化し単純化した形で、こう言うことができるだろう。すなわち、すべての一人称の語り手は、その語の意味するように、ある種の偏向をもった、したがって多かれ少なかれ信頼できない語り手である、と。〈局外の語り手〉といえども、人格化された語り手としての表情を見せるかぎりでは、その真実性はまったく疑問の余地なきこととは言い切れない。けれども、語り手に対して懐疑的態度を取るべし、という明確な信号を読者が受け取らないかぎりでは、通例このような語り手は信頼性を主張できるのである。このような場合、信頼性の問題は、語り手の独特な性質に密接に関連しているばかりでなく——人間の性格にもいろいろあるように、正直な語り手もいれば不正直な語り手もいるし、あるいは偏見にとらわれない語り手もいれば偏見をもった語り手もいる——物語行為の特殊な動機づけにも深く関わっている。語り手と映し手の対比によって、われわれは解釈上重要なこうした問題の、もう一つの局面に注意を促されるのである。

語り手的人物は、語り手として、自らの物語が聴き手もしくは読み手の共感を呼ぶか、あるいはせめて関心を呼び起こすように、物語を提示すべき義務を負っている。そのために、すでに説明したように、一定の語りの戦略が必要とされる。つまり、サスペンスの要素を周到に配置するとか、個々の作中人物に対する読者の共感と批判を操作するとかいったことをしなければならないのである。これらの事柄は、語り手の評釈的なコメントとか、あるいは無意識裡に作用を及ぼすレトリックの力によってなしうるが、一方また、限られた作中人物にのみ已が胸中を読者に伝える特権を付与し、他の作中人物にはこの特権を終始与えないでおくという手法によっても、実践しうる。要するに、語り手は自らの物語を練り上げ、物語として提示してゆく過程で、物語の中身を、意識的もしくは無意識的に変更せざるをえないのである。この種の変更と介入は、解釈のなかへ取り込まれなければならない。というのも、そうした変更や介入は、まさに媒介性というジャンル特性をもつ物語文学にふさわしく、作者をして物語内容の相対化を可能ならしめる重要な形式要素だからである。

語り手の信頼性(reliability)という概念は、W・C・ブースの『フィクションの修辞学』によって物語理論と解釈論のゆるぎない構成要素となった。ブースは、周知のように「信頼できる語り手」と「信頼できない語り手」とを区別し、それを次のように定義する。——「より適切な術語がないために、私は、語り手が作品の規範(すなわち、内包された作者の規範)に従って語ったり行動したりする場合には、信頼できる語り手と呼び、そうでない場合には、信頼できない語り手と呼んでいる。[20]」そもそもそのような「規範」を物語作品の中に確認できるのかどうかという非常に難しい問題については、ここでは立ち入らないでおく。ブースの著書の大半の部分が、まさにこの問題の論議に費やされているのである。これに関連してわれわれにことに興味深く思われるのは、ブースが「信頼性」の基準を、語り手にも映し手にも区別なしに適用していることである。この理由は、ブースが一般に語り手と映し手との間に区別を設けず、両者を「ナレーター narrator」という概念で包括している点に求められる。[21]

「ナレーター」という概念のそのような拡大解釈は、その他若干の英米の物語理論家や小説理論家にも見られる現象であるが、ちなみにヘンリー・ジェイムズは、彼の「序文」の中ですでにこのような拡大解釈を行なっている。もっともブースは、時折「語り手 narrator」と「映し手 reflector」(あるいは「三人称の映し手」ないし「偽装した語り手」[22])とを、われわれの対立概念〈語り手／映し手〉と同じ意味で区別しており、この点ではH・ジェイムズの手本を踏襲しているといえる。けれども後になって、この区別が彼にとっては物語叙法の問題というより文体上の綾の問題に見えてくるや否や、彼はこの区別を再び放棄してしまう。たとえば『若い芸術家の肖像』におけるスティーヴンの映し手としての機能に関する叙述に引き続いて、ブースは次のように書いている。——「われわれは、たとえどんな深度のものであれ、一様な内部からの視点はすべて、その心の内が示されている作中人物を、一時的に語り手に変えるということを、想起すべきであろう。したがって内部からの視点は、当てにならなさの程度に応じて……いろいろ変化しやすいのである。一般的に言えば、われわれが深く潜入すればするほど、われわれはより多くの当てにならなさを、共感を喪失することなく受け入れようとするのである。[23]」

このテーゼに呼応して、引き続きジェイン・オースティンのエマ、ストレザー、ポール・モレル、ピンキー(『ブライトン・ロック』)、グレゴール・ザムザ(カフカの『変身』)といった映し手的人物たちも、「語り手」と呼ばれ、その「信頼性」が論議されている。語り手と映し手の格差をこのようにならしてしまうことによって、また「信頼性」という基準を二つのカテゴリーに無差別に適用することによって、ブースはこのような区別がもつ構造的な重要性を覆い隠し、「信頼性」というそれ自体としては非常に重要な概念の有用性をも減少させてしまう。したがってわれわれとしては、信頼性の基準はもっぱら語り手的人物のみに、すなわち言葉で表わされる陳述をなすとともに、受け手に向かって語ったり語りかけようとする人物(アンデレックのIch-Du=テクスト)のみに適用することを、ここで提案したい。このような場合にのみ、信頼性、確実性、そして信憑性の問題は、初めて有意味な解釈の対象となりうるのである。

映し手的人物においては、信頼性の基準は重要性をもたない。そのかわりこのような場合には、明晰な映し手と混濁した映し手とに差別をつけること、つまり、当の人物が鋭敏な知覚能力に恵まれているか、それとも鈍い知覚能力しか持たぬかに応じて、両者を差別することが肝要である。あるいはわれわれは、とりわけヘンリー・ジェイムズの小説の中に見出されるような、自らの体験をともすれば主知主義的に処理しがちな映し手的人物と、他方精神的に不活発な、往々にしてただぼんやり露命をつなぐだけの映し手的人物とを区別しなければならない。後者はしばしば現代小説に登場してくるが、フォークナーの『死の床に横たわりて』のバンドレン一家や、もっと極端な形では、『響きと怒り』の白痴のベンジーが、その典型とみなされうる。

2　対立「叙法」と「不確定個所」
(R・インガルデン)

物語理論は、二、三の非常に重要な概念と刺激をローマーン・インガルデンに負うている。それらのなかでも特に「不確定個所」[24]という概念は、近年受容理論によっても取り上げられたが[25]、この概念はわれわれとの関連からいっても重要である。なぜなら語り手は、映し手の場合とは違った種類の「不確定個所」を、しかも違った頻度数で創り出すからである。私が別の論文の中で特に三つの《物語り状況》に関連して述べたこの現象は[26]、対立概念〈語り手／映し手〉を適用することによってもっと的確に把握することができる。不確定個所の多様性は文学作品の形態に依存するか否かという問題の考察は、インガルデンにおいてすでに見られるけれども、彼はこの問題を深く踏み込んで追究することはなかった。しかしながら、インガルデンがこの関連の立ち入った研究への示唆として、小説家の名を二人ずつ二組挙げているのは、決して偶然ではないだろう。その二人の小説家のうち、一方は明らかに語り手的人物を特に好み、もう一方は映し手的人物を特に好むのである。つまりそれは、ゴールズワージとジョイス、それにトーマス・マンとフォークナーである。(27)

語り手は、物語内容の選択プロセスの動機づけを提供し、読者はこれを納得する。つまり語り手は、物語行為の中に自らが現存することによって、提供される情報の「完全性」を保証し、物語の理解を助けるのである。映し手においては、物語行為と物語内容の選択の動機づけは主題化されていない。したがって読者には、物語内容の選択基準に関するいかなる明示的な情報も与えられないままなのである。物語内容の選択は、この場合もっぱら描写の遠近法からなされる。映し手の鋭く照準された遠近法によって、虚構の現実の一断面を切り取り、それをくまなく照明しながら描写し、映し手にとって重要な細部がすみずみまで見分けられるようにするのである。だが、この断面の外側には暗やみ、不確かさが支配し、大きな不確定個所が広がっている。ただ時折、照らし出された断面からの読者の逆推理によって、この大きな空所が点描的に把握されるだけである。読者は、このような描写様式からは、映し手の知覚によって照らし出された虚構の現実の一断面の外側に、はたして描かれた出来事にとって重大な意味をもちうるような何かが存在しているのかどうかを、判断することはできない。つまり、そのことを読者に明らかにできるような審級は欠如しているのである。読者はこの問題においては、映し手の手に無条件に委ねられ、またその実存的に制約された知識・経験の地平に繋ぎとめられている。不確定という事態は、この場合、語り手におけるようにコミュニケーションの問題ではなく、虚構の一人物の実存並びに現実体験の条件として認識されるのである。

すでに強調したように、語り手の報告調物語(「語ること」)は、具体的な出来事を、かいつまんだ報告や講評もしくは評釈によって抽象的に概括することを目指す。それに反して映し手による描写では、部分的で具体的なものが、映し手によって体験されたり知覚されたりするままに、要約も抽象化もされず、そのまま提示される。その結果、この二つの物語様式によって、読者にとってはまったく性質を異にする物語の見方が、「用意される」ことになる。(28) この相違が、読者による不確定個所の具体化や、テクストに「用意された」見方の現実化に対して、どのような作用を及ぼし、それをどう決定づけるかは、まだまだ未知の分野である。この問題を研究するための一つの可能な手続きが、すでに言及した私の論文(「相補的物語」)の中で提案されている。(29) そこで行なった考察の幾つかをここで簡単に要約し、対立《叙法》と関連させて述べてみたい。

物語は、映し手によるよりも語り手によって、〈語り手―読者〉というコミュニケーション過程に向けてよりいっそう強く方向づけられる。物語内容の選択という点では、このことは、語り手がストーリーのあれこれの部分を飛ばしたり、ある人物、ある場面、ある出来事の叙述をはしょったり、あるいは極端に切り詰める理由を、たいてい語り手自身が明示的に説明していることを意味している。これが明示的に説明されない場合には、たいてい読者に対する語り手の話の仕方のなかに、なぜ語り手がしかじかのことを縮めたり省いたりするかが、それと分かるように暗黙裡に示されている。語り手と読者との間のこの暗黙の合意が絶え間なく裏づけられることによって、読者の側に、ある確信が、つまり語り手は物語にとって重要でない情報はなにひとつ読者に知らせはしないという確信の感情が生まれてくる。己れの想像力によって物語内容を補完しようという読者の意欲や自発性は、そのような物語態度によって、促進されるというよりはむしろ鈍らされたり低下させられたりする。もちろんこれが当てはまるのは、まずもってその信頼性が疑問の余地のないタイプの語り手である。これは、読者に一定の期待の態度を植えつける伝統的物語手法である。それゆえに現代の作家たちのなかには、わざとそれを逆手に取る人もいる。たとえば『ミス・ブロディの青春』の語り手は、しばしば登場人物たちの後半生を先取りし、まったく恣意的な事柄を縷々報告しては、彼らの体験にとってははなはだ重要なその間の長い時期を平気で飛び越すのである。

映し手は、読者に対しいかなる個人的な関係ももたない。したがって彼は、たとえなんらかの方法でそれが可能であっても、彼の意識が何を受けとめ、何を受けとめなかったかを、自分や読者に対し説明する義務を負わないのである。確かに遠近法の固定化と限定化は、虚構の現実の特定の一断面の選択を理由づけるものと解されようが、しかしそれによって読者は、描かれた虚構世界の一断面の外側には、物語にとって重大な意味をもつものは何も存在しない、また何も起こらない、という保証を受け取るわけではない。その意味で、映し手によって照明を当てられた虚構的現実の一断面の縁に広がる「不確定個所」は、時として不気味で得体の知れぬ性格を帯びる。――「作中人物の意識というスポットライトで照らし出された断面の外側に広がる空間は、推測、懸念、不安……といったものが巣くう空所である。現代世界に住む人間の存在の不安と実存の危機が、わけても小説の〈作中人物に反映する〉形式にもっとも説得力に富む表現を見出したのも、ゆえなきことではない。そのことは、たとえばカフカの小説に、ことのほか明白に表われている。[30]」

カフカが小説『城』の第一章を草稿の一人称形式から三人称形式に移し換えたのは、主人公Kを語り手的人物から映し手的人物に変換したのだと解することもできる。カフカの他の小説の主人公と同じように、Kは無数の説明しがたく不可解な状況に取り巻かれているが、しかし映し手としてのKに、読者はもはやそうした状況の解明を要求することはできない。ドリット・コーンは、カフカのこの人称変換に関連して「独り語りの論理は――自己説明とは言わないまでも――自己正当化を要求する」[31]と述べたが、この言明は、したがって映し手とは逆に、すべての語り手にあまねく当てはまるのである。これはまた、《局外の語り手による物語り状況》の圏域における語り手にも妥当する。もちろんその場合、〈局外の語り手〉が全知全能のオリュンポスの神の役割を演じていないとしての話であるが。

カフカに『城』(初稿)の第一章を、一人称から三人称に書き改めさせることになった誘因の幾つかをドリット・コーンは説明しているが、彼女の解釈の準拠枠を、対立〈一人称／三人称〉から対立〈語り手／映し手〉にまで拡大して考えるならば、彼女の説明の有効性はいささかも失われることはないだろう。そもそもカフカの『城』の初稿の改作を、類型円図表の〈語り手―映し手〉の軸上における転換として説明するのが、おそらく最も当を得ているだろう。初稿(一人称形式)の《作中人物に反映する物語り状況》への書き換え、並びにそこから生ずる結果としての主人公Kの語り手的人物から映し手的人物への変身は、なかんずく「不確定個所」の構造変換を招来したのであって、それがために、宿命の名状しがたい不気味さを描写しようとするこの小説の全般的傾向がいっそう強調されるのである。

ちなみに、《作中人物に反映する物語り状況》とこの小説の選択原理との間にある関連については、すでにロータル・フィーツが注意を促している。伝統的な語りによる物語(語り手的人物!)とは対照的に、カフカにおいて効果をあげているのは「物語の全体に対する部分の重要性や興味深さとともに、とりあえずは物語技法的な説明を加える必要のない自然な選択原理である。Kの意識の限界と彼の人間的・遠近法的制約は、素材を切り詰めさせ、それに関する〈局外の語り手〉の明示的な理由づけを無用もしくは不可能にしてしまう[32]。」

3　物語の序幕における語り手と映し手

……代名詞は人が考案した最も恐るべき仮面の一つである。
（ジョン・ファウルズ『フランス軍中尉の女』）

ストーリーの伝達様式は、物語の初めの部分に最も濃厚に現われるはずである。なぜなら、物語の最初の言葉とともに、早くも読者の想像力の照準がその時々の語りの叙法に合わされるプロセスが始まるからである。

物語の幕開けが最も目立たずに行われるのは、《局外の語り手による物語り状況》である。なぜなら、このような発端は、ノンフィクション的な報告の出だしに類似した経過を辿るからである。たいていは物語の書き出しの文章から語り手がすでに登場し、ストーリーの理解にとって必要な予備知識を読者に伝え、こうして読者を慎重に物語の前域へと導き入れる。昔の小説では、章の標題もそのような手ほどきのプロセスに含まれている。

第一章
ガマリエル・ピクル氏の話。彼の姉妹の気質が語られる。彼は彼女の懇願に負け、田舎に引きこもる。

都から百マイル離れた海沿いの、イングランドのある州に、ガマリエル・ピクル氏が住んでいた。彼こそ、われわれがこれからその冒険譚を記録するつもりの主人公の父君である。彼はロンドンのある商人の息子であった。[33]……

（T・スモレット『ペリグリン・ピクルの冒険』）

このような物語の書き出しの狙いは、読者に次のように思い込ませるところにある。つまり、ここで媒介者として顔を出している語り手は、事件と作中人物の最善の理解のために読者に折よく情報を提供し、また必要とあらば然るべき解説や論評をさしはさむにやぶさかでないことを、常にその物語様式そのものによって読者に保証している、と思い込ませるのである。

エマ・ウッドハウスは、美しく、才気にとみ、裕福であって、あたたかな家庭と明るい気質とを持ち、生活の最上の恵みのかずかずを身に集めているように見え、世に生をうけてかれこれ二十一年になるが、苦しみも悩みもほとんどなかったのである。[34]

（J・オースティン『エマ』、阿部知二訳、世界の文学、中央公論社）

物語の冒頭における作中人物のこのような概括的な紹介は、後でこの肖像に若干の修正が施される可能性を排除するものではない。事実またジェイン・オースティンの小説の語り手は、エマの長所をごく大雑把に並べたてた後、すぐに「……ように見えseemed」を疑問符のように付け加えることによって、すでにエマの場合におけるこの可能性をほのめかしているのである。また、この「……ように見え」によって、紹介役の語り手は一瞬間その全知の立場を放棄し、すでに自らの役割が作中人物化へ向かうことをにおわせている。

《「私」の語る物語り状況》における物語の発端も、《局外の語り手による物語り状況》の場合に似ている。ここで語り手の役割を演ずる「私」は、〈局外の語り手〉とまったく同様に最初は物語の保証人として案内役を務め、主人公の名前とか素性のように読者にとって重要な情報を、いわば「一番重要なことを最初に」の原則に従って、できるだけ早い時機に伝えるのである。もちろん第Ⅲ章ですでに述べたように、《局外の語り手による物語り状況》における語り手と《「私」の語る物語り状況》における語り手との間には相違が存在する。この相違は、一人称の語り手とその語りの動機が物語そのものに実存的に結びついているのに対し、〈局外の語り手〉にはそのような繋りが欠如している点にある。ディケンズの『大いなる遺産』の有名な序幕は、このことを非常に鮮明に納得させてくれる。ピップは語り手として、自分の名前と素性に関する最初の情報を紹介した後、すぐさま彼は主人公(〈体験する私〉)としての自らの存在を、語り手(〈物語る私〉)としての自らの役割に絡み合わせ始める。他の情報が欠けているために、彼の想像力が、両親の墓石の碑銘と兄弟の墓の形状から読み取るものは、彼の生存の起源をなす実存的状況の想像上の見取り図にほかならない。あまりにも有名になったその個所を、次に引用してみよう。

わたしは父も母も見たことはないし、ふたりの似顔というものも見たことはないので(ふたりが生きていたのは、まだ写真などというものができない、ずっと昔のことだったから)、ふたりの様子についてのわたしの幼いころの空想は、妙な話だが、ふたりの墓石から生まれた。父の墓石の文字の格好は、わたしに、父は黒い縮れ毛をした、角ばった、がっしりした体つきの、色の浅黒い男だという、奇妙な考えをいだかせた。「ならびに上記のものの妻ジョージアナ」という碑銘のぐあいや格好から、母はそばかすのある、病身なひとだったろうと、子供らしく思いこんでいた。両親のお墓のそばには、長さ一フィート半くらいの、小さな菱形の石が五つ、きれいに一列にならんでいて、それは幼い五人の兄弟の思い出にとって神聖なものであった――彼らは生活という万人の戦いを、非常に早いうちに切りあげてしまったのである。これらの石からわたしは、彼らはみんなズボンのポケットに手をつっこみ、あおむけになって生まれ、そのままいちどもポケットから手をだしたことがないんだという、宗教的な信念をいだくようになった。[35]

(ディケンズ『大いなる遺産』、山西英一訳、新潮文庫)

伝統的な自叙伝風一人称小説においては、一人称の語り手の自己紹介とその実存基盤の叙述が発端に置かれる。ここではアイデンティティの問題は存在しない。現代小説ではこうした場合に、しばしば革新的な試みが見られる。つまり、一人称の作中人物のアイデンティティが問題視されるのである。マックス・フリッシュの『シュティラー』の「ぼくはシュティラーでない」という挑発的な書き出しは、今日ではもうそのような出だしのモデルとみなされうるものである。(36)

もっと目立たないけれども、われわれの観点にとって格別興味深く思われるのは、人称代名詞の一人称単数が、自己紹介もなく、またアイデンティティの問題化もなく、いきなり現われてくるケースである。次に引用するのがその例である。

私はプレスト夫人に秘密を打ち明けていた。事実、彼女がいなかったら、私はほとんど成功しなかっただろう。というのも、仕事全般における実り豊かな発想は、彼女の友好的な言葉からもたらされた結果だったからである。(37)

（ヘンリー・ジェイムズ『アスパンの恋文』）(38)

私は立ち止まらずに、まっすぐ控えの間を通り抜けた。

（ウィリアム・フォークナー『名誉』）

この「私」が最初に現われるとき、読者にとってはまだ完全に不確定な存在であるが、その主体が何を意味するかは疑問の余地がない。つまり、それは語り手的人物である。なぜならば、直接引用の談話を別とすれば、一人称単数で物語の冒頭に登場しうるのは、このような人物だけだからである。ここに述べた事柄の意味は、上記の物語の書き出しを三人称に書き換えてみればすぐに分かる。「彼は立ち止まらずに、まっすぐ控えの間を通り抜けた。」原作のテクストの「私」がただ語り手にしか関連づけられないのに対し、書き換えられたテクストの「彼」が何を指しているかは、完全に未決定のままである。このことをもっと詳しく吟味するために、われわれはまず映し手の登場する物語の序幕を立ち入って考察する必要がある。

映し手による物語の出だしは、読者をストーリーの中へ手引きするための予備的説明は一切ぬきで始まるのが普通である。しかもこのような発端を著しく際立たせているのは、映し手への最初の言及がほとんど常に人称代名詞の「彼」とか「彼女」によってなされ、それ以上詳しく説明されないことである。人称代名詞それ自体は、「連鎖信号」(39)の一つである。すなわちその信号は、それに先行する一定の情報があって、その情報そのものが、その信号本来の意味を規定するということを表わしている。しかしながら映し手に関連づけられる物語の冒頭の人称代名詞は、その代名詞が題名に掲げられた人物を指す稀なケースを除外すれば、不確定で正体不明なのである。そのような「指示対象のない代名詞」(40)を「不連続的連鎖信号」と呼んでいるジョーゼフ・M・バッカスは、ワシントン・アーヴィングからJ・D・サリンジャーに至るまでの数多くのアメリカの短篇小説を取り上げ、それらを素材としてこの種の物語の発端を研究している。そして彼は、このような書き出しが目立ってひんぱんに見られるのは、ことにH・ジェイムズ、ジャック・ロンドン、シャーウッド・アンダーソン、E・ヘミングウェイ、W・フォークナーといった作家であり、さらに一九二五年以降の多くの名を知られていない作家にも見られるという結論に達している。バッカスは、この現象をなによりもまず歴史的な現象として、すなわちとりわけH・ジェイムズとアンダーソンという二人の先達の影響として、解釈しようとしている。

しかしバッカスは、自ら観察した現象を物語理論的なカテゴリーに結びつける試みには、敢えて手を染めないのである。それを可能にするためには、彼によって提示された資料をもう一度整理し直さなければならない。まず初めに、「指示対象のない代名詞」が作中人物の直接話法の形で冒頭の文に現われるケースを、すべて除外しなければならない。たとえば、次に引用するN・ホーソーンの短篇『エゴティズム』がその例である。「ほら彼女が来たよ！」と、その少年は通りを行く途中叫んだ。(41)」対話による物語の始まりは、出だしの唐突さという点では、作中人物の話す言葉で物語が始まる場合と共通している。しかし厳密に考えれば、これは物語的な構成というよりは、揚景的・ドラマ的な描写である。同様にして除外しなければならないのは、人称代名詞が一人称(二人称も含む)単数で現われるすべてのケースである。前述したように、物語の冒頭に現われる「私」は、本来の意味での「指示対象のない代名詞」ではない。なぜならこの「私」は、語りの媒介性という根拠に基づいて、常に媒介者に――すなわち語り手的人物に――関連づけられるからである。(特殊な地位を占めるのが、内的独白もしくは無言の独白の冒頭における「私」である。この「私」は語り手的人物ではなく、映し手的人物の役割を演ずる。)

右に挙げたケースを除外して考えるならば、人称代名詞「彼」もしくは「彼女」が「不連続的連鎖信号」として現われる文で叙述された物語の冒頭は、《作中人物に反映する物語り状況》が優勢な物語への導入路となることが分かる。この人称代名詞によって意味されている人物は、ほとんど常に映し手的人物である。これによって、バッカスが確認しているように、ジェイムズ、アンダーソン、ヘミングウェイといった、ことのほか《作中人物に反映する物語り状況》への好みをうかがわせる作家たちに、目立った頻度でこうした現象が見られる理由も説明がつくのである。この結論は、ジェイムズ・ジョイス、キャサリーン・マンスフィールド、W・サマセット・モームなどのようなイギリス作家たちの例を眺めることによって、いっそう強く裏づけられる。次に示す例からそれは察知できよう。

八年前に、彼は友人をノース・ウォールで見送って、成功を祈った。(42)

(J・ジョイス『小さな雲』、『ダブリンの市民』所収)

彼女はヴェランダにすわって、昼食に帰ってくる夫を待っていた。(43)

（W・S・モーム『環境の力』）

もちろん、彼は知っていた——誰よりもよく——自分にはとうてい成算はないことを、まるで見込みはないということを。(44)

（K・マンスフィールド『鳩の夫婦』）

これら三つの物語の冒頭では、《作中人物に反映する物語り状況》がすこぶる明瞭な形で優勢を占めている。いずれの場合にも、指示対象のないその人称代名詞の背後には映し手が立っていて、その視点と意識を通して物語内容が読者に伝達される。普通ならば読者を出来事の演ぜられる時と場所へ、そして作中人物のもとへと案内するはずの予備的叙述にかわって、この場合、読者はいわば直接に(引用の順序はその直接度の増大を反映している)出来事に対面する。と同時に読者は、指示対象のない人称代名詞によって表わされる映し手の立場へ、自らの気持を移入するよう仕向けられる。読者自身、性別以外はまだ何一つ知るところのない作中人物の立場に身を置くことを、のっけから要求される、そうした書き出しが、現代の読者に対していかなる困難も惹き起こさないという事実は、実のところ驚くべきことといわねばならない。物語理論がこの現象にこれまでほとんど気づかなかったのも、不思議といわねばならない。しかし結局こうした現象は、ノンフィクション的報告テクストでは考えられぬような、虚構的物語に固有の特性なのである。(ノンフィクション的テクストでは、少なくともそのような人称代名詞に、必要な前提を与えるなんらかの言語外的示唆の助けを借りることなしには、そうした現象は考えられない。)

われわれは、語り手と映し手とを区別することによって、さらにはそれによって特徴づけられる物語内容の伝達様式に差別をつけることによって、この現象への物語理論的なアプローチを可能にすることができる。語り手の登場する物語の発端では、読者は冒頭の前置き的叙述によって物語の中へ導かれる。語り手は、物語の理解にとって必要なあらゆる情報が、タイミングよく伝えられ提示されることを、読者に保証する人物のようにも見える。映し手の登場する物語の発端では、読者は、(あらゆる前置き的な導入部の放棄によって)映し手の現時点の立場に身を置き、物語られる出来事をその人物とともに「現実態において」共体験するよう仕向けられる。語り手の不在、あらゆる前置き的叙述の欠如、「指示対象のない代名詞」による映し手の現出といった事象が、物語的条件を形成している。これらの条件の下で、読者による映し手への自己移入は、最も速やかにそして最も完璧に成就される。現代の物語文学においては、どうやらこのタイプの物語の書き出しが深く根を下ろしているようである。

こうして、「不連続的連鎖信号」としての人称代名詞が出てくる物語の発端は、物語の最初の文章から、それどころかひょっとすると最初の言葉から、《物語り状況》の〈作中人物化〉[訳注20]を惹き起こすことになる。その際英語における「指示対象のない代名詞」がもっている〈作中人物化〉の機能は、動詞の単純な時制形式のかわりに、しばしばパラフレーズされた時制形式(進行形)を用いることによっててこ入れされる。――「彼女はヴェランダにすわっていた……」叙事的過去がパラフレーズされた形式(「拡張された時制 expanded tense」)をとることによって、力点は、所作の状態、もしくはその経過と持続に置かれることになる。またそれによって、内的遠近法による出来事の知覚という《叙法》の側面が、強調される。パラフレーズされた時制(進行形)が、物語の冒頭で名詞の主語とともに現われる場合、次に引用するO・ヘンリーの『操り人形』の例から分かるように、その時制にはさしあたりただ継続性の意味があるだけである。

　訳注20(《物語り状況》の〈作中人物化〉)　語り手が映し手的人物へ変容し、《物語り状況》が《作中人物に反映する物語り状況》へと傾斜すること。

　警官が、二十四番街に交差する真暗な路地の入口に立っていた。ちょうどその付近で、高架鉄道が通りを横切っている。(45)

　この警官が映し手になるか、それとも〈局外の語り手〉が引き続き物語様式を規定してゆくかは、未決定のままである。いずれにしろ、描写はさしあたり外的遠近法によるものであって、叙述のスタイルには、〈局外の語り手による〉語りの特徴(「真暗な」)が含まれている。同様に、場所の表示に見られる概観的手法も、〈局外の語り手による〉要素である。にもかかわらず、パラフレーズされた時制の使用に、〈作中人物化〉の要素が感じられる。なぜなら「現実態として」の出来事の観察は、映し手を特徴づけるものだからである。

　「指示対象のない代名詞」の出てくる物語の冒頭で、〈作中人物化〉の効果を強めるもう一つの言語的現象は、いわゆる「親密化冠詞」(46)である。われわれはこの概念をW・J・M・ブロンズヴールから借用したが、彼は、アイリス・マードックの『イタリアの女』の冒頭の文「私はドアをそっと押した I pressed the door gently」を次のように注釈している。――「まず初めに、この場合の「私」は、内包された作者または語り手を指している。この「私」は、そのような理由のために、物語の創出者としての役割を果たすことのできる純粋の助格代名詞である。しかしながら、ドアに付せられた定冠詞によって、この「私」は突如ストーリーのなかへ巻き込まれることになる。今や「私」は自分のよく知っているドアについて語っているのである。「私」のドアに対する反応は――同じ最初の段落の中で、引き続き出てくる家に対する反応も含め——語り手の反応ではない。それは、ある人物の、すなわち子供の頃からこのドアを知っていて、そのドアに感情的な反応をせずにはおれない人間の反応である。[47]」これをわれわれの術語の概念に翻訳すれば、次のようになる。つまり、マードックの冒頭の文によって、読者の方向づけの中心はほぼ完全に〈体験する私〉のなかへ移動する。そしてそれによって、物語の口火を切るこの「私」は映し手の役柄に近づくのである。

ここで、三人称による物語も考察してみよう。ヘンリー・ジェイムズの『うそつき』は、一貫して《作中人物に反映する物語り状況》で描かれる物語であるが、ここに出てくる指示対象のない人称代名詞「彼」の背後には、この物語の映し手が隠れている。この物語の冒頭には、この「彼」のほかに、幾つかの「親密化冠詞」も現われる。

> その汽車は三十分遅れた。それに、その駅からの車の道のりも彼が思っていたより長かったので、彼がその家に着いたときには、家の人たちはそれぞれ食事の服装に着替えるために分散していた。彼は真直ぐ彼の部屋へ案内された。[48]

いわゆる「親密化冠詞」を付して紹介されている場所や物は、映し手にはなじみのないものばかりである。画家のオリヴァー・リヨンがこの豪壮な田舎の別荘を訪問するのは、これが初めてである。にもかかわらず、定冠詞の使用は親密化を惹き起こしているのである。つまり、映し手がこれらの事物を知覚すると同時に、読者もそれらのものに慣れ親しみ、それらを所与のものとして受け入れ、それによって語り手による手引きは、あらずもがなとなるのである。その結果読者は、出来事の渦中にあるリヨンの立場に、ほぼ完璧になりきることができる。

ヘミングウェイにおけるこのような冠詞の使用法を綿密に研究したラインホルト・ヴィンクラーは、『白い象のような山々』の中の二人の主要人物を引き合いに出しながら、以下のような論述を行なっている。(なお、この二人の人物は、最初の言及では「アメリカ人と連れの女 The American and the girl」として登場する。)——「定冠詞の使用は何を正当化しているのだろうか? それはどんな予備情報を指示しているのだろうか? ……われわれとしては、ある種の潜在的なコンテクストを仮定する以外には、すなわち定冠詞が、テクストには描写されない物語の部分を——いうなれば出来事の前史というものを——暗示していることを推測する以外には手はない。[49]」この前史(出来事が起こる前の経緯)は、いわば作中人物(たいていは映し手)の意識の中に貯えられているが、しかしこれは語り手による物語の書き出しとは違って、読者のために「取り出される」わけではない。映し手の立場に自己移入した読者は、不確定なものが確固たる相貌をもって現われるときにはいつでも、自らの情報欲求を一時的に停止する。これは読者が、映し手にできるだけ完全に感情移入し、出来事の現場にできるだけ完全に身を移すために行われるのである。

H・ジェイムズとは対照的にヘミングウェイにおいては、映し手の存在は必ずしも明確に認めることはできない。対象を個別化する「彼」や「彼女」のかわりに、ヘミングウェイにおいては、集合的な「彼ら」とか「誰もかれも」、あるいは非人称的な「人one」が、「指示対象のない代名詞」という身分で物語の冒頭に現われることが稀でない。

> 彼らが運びこまれたのは真夜中ごろで、それからは夜通し、廊下沿いの病室にいる者には誰にも、ロシア語でなにか言うのが聞こえてきた。(50)
>
> （E・ヘミングウェイ『賭博師と尼とラジオと』）

K・マンスフィールドにおいても、そのような物語の書き出しは稀ではない。

> 直後の一週は、彼らの一生で最もいそがしい週の一つとなった。寝床に入ったときでさえ、そこで横になって休んでいるのは、肉体だけだった。精神のほうは、なお動いていて、あれやこれやと考え、いろいろ相談し、思案したり、決心したり、どこだったかと思い出そうとしたり……(51)
>
> （K・マンスフィールド『大佐の娘たち』、安藤一郎訳、新潮文庫）

> そして、とうとう申し分のない天気になった。たとえ彼らがあつらえたとしても、これ以上、園遊会にもってこいの日は得られなかったであろう。(52)
>
> （K・マンスフィールド『園遊会』）

読者が、集合的な「彼ら」と自己同一化をはかるということは現実的にはあまり考えられないことであるから、ここに挙げた幾つかの例に関しては、われわれの感情移入理論も変更せざるをえない。というのも、「彼ら」がそもそも誰を意味しているか分からないからである。S・チャットマンは、『園遊会』の書き出しを次のように説明している。――「家族のなかの誰か一人の考えなのか、それとも家族全員の考えなのか、あるいは彼らの一人が他の者たちに言ったことなのか、それとも彼らの意見の一致の報告なのか、あるいは語り手の判断を――それだって彼らの判断となんら違わない――表わしているのか、まるで見分けがつかないのである。(53)」このような物語の書き出しに映し手をはっきり確認することが不可能であるとすれば、それゆえにこそ、語り手が、すなわちかいつまんで報告しながら、しかも多くの点で自分があたかも映し手であるかのように振る舞う語り手が、想定されなければならない。たとえば『大佐の娘たち』においては、文中の

「彼らは」もしくは「彼らの」が何を指しているかは、題名によって説明がつくけれども、「直後の一週」がいつを指すかは不確定のままである。実を言えば、これは伝統的な語り手の物語態度にそぐわないことである。われわれはここに、語り手の〈作中人物化〉[訳注21]の端緒を見出すのである。

訳注21〈語り手の〈作中人物化〉〉 語り手が映し手的人物と化すること。

指示対象のない複数形の人称代名詞が現われる右のような物語の発端に関しては、J・M・バッカスの言説が妥当性をもっている。彼は、「不連続的連鎖信号」の現われるあらゆる物語の発端を次のように特徴づけている。つまり、「読者の好奇心をそそること……、読者を単刀直入に本題へ(in medias res)導き、出来事を目の当たりにしているような、あるいは巻き込まれたような感じを抱かせること……、話に迫真性をもたせること……、匿名性もしくは曖昧性の印象を与えること」[54]――これらがそのような物語の発端の機能である、と。実際この場合には、読者が一定の作中人物へ自己移入することは起こらないけれども、読者が出来事の現場に居合わせるような効果が生ずる。ここで取り上げた物語の発端が先述の物語の発端と根本的に異なるのは、まさにこの点なのである。

締めくくりに指摘しておきたいのは、映し手ないしは〈作中人物化〉された語り手が登場する物語の発端と、解決をもたらさない物語の結末との間には、どうやら構造的な連関があるらしいということである。というのはつまり、この節で言及した物語のほとんどが、「未確定の」物語の発端ばかりでなく、未決定の結末をも示しているからである。言い換えれば、土壇場に至って物語の筋は、事態を奇妙な具合に宙ぶらりんにさせたまま、終わってしまうのである。このような状態は、しばしば映し手の知覚として描写される。それゆえこの種の物語の結末は、わけても《作中人物に反映する物語り状況》が優勢な物語もしくは映し手が媒介者の役目を果たしている物語の作者たちに、したがってH・ジェイムズ、J・ジョイス、K・マンスフィールド、E・ヘミングウェイといった作家たちに、そして彼らと方向性を同じくする多数の現代作家たちに、見られるものなのである。

3の(1) 「イーミックな」テクストの書き出しと「エティックな」テクストの書き出し――テクスト言語学によるそれらの区別

唐突に代名詞で始まる物語の発端は、すでにテクスト言語学の関心をも引いており、実際にそれは〈主題/解題〉(Thema/Rhema)構成の問題として、すなわち文成分連続の問題として研究されている。というのも、ほかならぬ物語の発端において、第一の文成分ないしは文導入(テーマ)によって緊張が生み出され、やがてその緊張が後続の文成分の中の本来の報告によって解消してゆく模様が明瞭に読み取れるからである。(55) この〈主題／解題〉構成の観点は、これまで物語理論研究の立場からはほとんど顧みられることがなかった。しかしここには将来の研究にとって、非常に実り多い課題が潜んでいる。

一方、ロラント・ハルヴェークは、テクスト言語学によって提供されたもう一つの対概念、すなわち「エティック etic」と「イーミック emic」訳注22という概念を、われわれが前節で取り上げたところの、代名詞による物語の書き出しの分析に応用している。(56) これらの概念は、「音声学的 phonetic」並びに「音素論的 phonemic」という概念に倣って、K・L・パイクが最初に考案したものである。(57) ハルヴェークによれば、「エティックな物語の発端」は、「もっぱら「外面的」で言語外的であり、したがって言語的・構造的に規定された」ものではない。「他方、イーミックな物語の発端は、言語内的であり、したがって言語的・構造的に規定されたものである。」(58)

訳注22（エティック etic とイーミック emic）　人間の言語行動を分析する場合、エティックの立場では、言語の普遍的(絶対的)な物理的特性が記述されるのに対し、イーミックな立場では、言語行動を人間の文化活動全体の中で捉え、個々の単位や構造が全体の中で果たす機能や意味が記述される。

エティックなテクストの書き出しの例として、ハルヴェークは、次に示すように、トーマス・マンの短篇『掟』の冒頭を引用している。――「彼の誕生は無秩序なものであった。」ハルヴェークによれば、そのようなテクストの冒頭の「代名詞による指示対象の不確定性」は、ある種の「不快感」を呼び起こすということであるが、しかしそれは「昔々一人の男が暮らしていた……」というような説明を予め前提することによって、解消する類いのものである。物語理論的な見地から見れば、そのような物語の始まりが読者に「不快感」を呼び起こすというハルヴェークの見解には同意しがたい。ましてや、そのような書き出しの文法的「不埒さ」(59) についても云々することはできない。

「不快感」が問題になりうるとすれば、おそらく歴史的な意味においてであろう。語り手が登場して前置きを述べる昔風の物語スタイルになじんでいた世紀転換期の読者世代は、たとえばH・ジェイムズの小説に初めて出会ったとき、おそらくそのような「不快感」を感じたであろう。現代の読者は、指示対象のない代名詞が現われる物語の冒頭に出くわしても、もはやそれを異常なこととは受けとめず、物語の発端を形成する(少なくとも)二つの基本的な可能性の一方を体現するものとして受け取ることは確かである。しかしながら、映し手の登場によって始まる物語の発端と語り手によって主導される物語の発端とでは、読者の想像力がそれぞれ異なった反応の仕方をすることも、確かな事実である。後者の場合には、読者のために、必要な全ての情報がただちに提示される。たとえばハインリヒ・フォン・クライストの短篇『ミヒャエル・コールハース』の冒頭がその好例であるが、〈局外の語り手による〉叙述形式で書かれたその部分は、ハルヴェークによってイーミックなテクストの書き出しの手本とみなされている。

十六世紀の中頃、ハーフェル河畔にミヒャエル・コールハースという名の馬商人が住んでいた。教師の倅である彼は、当代きっての正直者ながら、同時に恐るべき人間の一人でもあった。[60]

こうして、イーミックなテクスト発端部とエティックなテクスト発端部というテクスト言語学的な対立概念の背後に、われわれの対立概念〈語り手／映し手〉の重要な一側面が、ほの見えてくる。この符合はさしあたり、二つの物語様式(語り手と映し手)の物語理論的な区別の根底には、言語学的に把握可能な差異が存在していることの証左とみなすこともできる。

ハルヴェークは、ノンフィクション的テクストと虚構的テクストとの間に、あるいは彼の用語で言えば、「非文学的な、(より正確には)文学外的なテクスト実践」と「文学的な、ないしは(より正確には)文学的・虚構的なテクスト実践」との間に区別をたてるが、この区別はわれわれにとって興味深いものである。彼によれば、すでに引用したトーマス・マンの『掟』の冒頭「彼の誕生は無秩序なものであった。」とか、あるいは「彼は机から立ちあがった。」(『生みの悩み』)といったようなエティックなテクスト発端部は、「非文学的な、(より正確には)文学外的なテクスト実践においては容認できない」[61]ものである。言い換えれば、そのような物語の書き出しは、虚構的なテクスト発端部でのみ可能なのである。このことから、われわれにとってもう一つの証左が得られる。つまり、われわれの類型円図表上で〈語り手〉の極の近傍に位置する物語様式は、〈映し手〉の極の近傍に見出される物語様式とは言語的・構造的にも異なっていることが、裏づけられるのである。語り手によって主導される物語の書き出しは、ノンフィクション的報告における類似のテクスト発端部となんら違うところがない。それに反し、映し手が優勢な物語の発端は、そもそも虚構的なテクストにおいてのみ可能なのである。

ここでただちに一つの異論に立ち合わざるをえないが、これはハルヴェークがもっぱら実例として引用するトーマス・マンの短篇に特有のその独自の物語様式に関連している。トーマス・マンの物語スタイルは、一般に〈作中人物に反映する〉語りではなく、紛れもなく〈局外の語り手による〉語りである。先に挙げた引用の中で、それだけが切り離されている物語の冒頭を、再び物語のコンテクストのなかに戻してやるならば、当の物語の序奏部を支配しているのは映し手ではなく、語り手であることがすぐに判明するであろう。このことを実証するために、『生みの悩み』の序奏部をもう少し詳しく引用しなければならない。

彼は机から立ちあがった。彼のその小さな壊れそうな書き物机から、すてばちになったように立ちあがり、首をたれたまま、部屋の反対側のすみにある、円柱のように細長い暖炉のほうへ歩いていった。彼は暖炉のタイルに両手をあててみたが、それはほとんど冷えきっていた。真夜中もとうに過ぎていたからである。そこで彼は、求めるささやかな恵みも得られぬまま、暖炉に背をもたせかけた。咳きこみながら裾を合わせた部屋着の襟の折り返しから、洗いざらしのレースのひだ飾りが垂れていた。彼は一息つこうとして、激しく鼻で息をした。例によって鼻風邪をひいていたからである。

それは独特な、気味の悪い鼻風邪で、完全になおったためしはほとんどなかった。彼の目蓋は炎症を起こし、鼻孔のへりはすっかり擦りむけていた。頭や身体のなかに、この鼻風邪が重くつらい酒の酔いのようによどんでいた。それとも、このだるさや重苦しさはすべて、医者がまたぞろ数週間前から彼に科している不愉快な室内拘禁のせいなのであろうか？こんなことをされるのが、果たしてよいものかどうか。カタルがいつまでもなおらず、胸と下腹部の痙攣がやまないかぎり、これも仕方のないことかもしれなかった。イェーナでは何週間も何週間も前から、悪天候が続いていた。それもそのはずで、神経のすみずみにまで荒涼として陰欝に冷たく感じられる、みじめな厭わしい天候だった。十二月の風が暖炉の煙突のなかでほえていた。わびしく神に見捨てられたようなその咆哮は、あたかも嵐の吹きすさぶ夜の荒野を彷徨するように、そして魂の癒されぬ悲嘆の声のように聞こえた。それにしても、これはよくなかった。こうした窮屈な監禁状態は。思考と、思考を生む血のリズムとのためによくなかった。……(62)

最初の段落を支配している《局外の語り手による物語り状況》は、作中人物によってこの場でなされる知覚とか、その感情の動きを幾度か指摘する場合にも、そのまま維持される。つまり、〈局外の語り手による〉外的遠近法が支配的なのである。第二の段落に至ってようやく、この外的遠近法は〈作中人物に反映する〉内的遠近法に変換するが、特徴的なことにはその境界域で体験話法が現われる。――「それとも、このだるさや重苦しさはすべて、……不愉快な室内拘禁のせいなのであろうか？　こんなことをされるのが、果たしてよいものかどうか。」確かにこの後で《物語り状況》は〈作中人物に反映する〉形式に変わるものの、しかしながら時折〈局外の語り手〉がさしはさむ意見やト書きが耳につく状況は、最後まで変わらないのである。したがって、『生みの悩み』は――最初の段落を除けば――《作中人物に反映する物語り状況》が優勢であるものの、もっぱらそれのみに終始する物語ではない。それにまた、描写のために映し手として虚構化された人物たるフリードリヒ・シラーのほうが、ただ時折発言するだけの〈局外の語り手〉よりも重きをなしているのである。

エティックな冒頭の文によって始まる物語の序奏部は、確かにこの物語に優勢な《作中人物に反映する物語り状況》にマッチしたものであるが、しかし人称代名詞による指示対象の不確定性は、ただちに語り手の声によって緩和される。というのも、物語の発端の不確定性はすぐさま解消し、確定的なものが現われるだろうという読者の期待を裏切らないためには、語り手の存在をほのめかすだけで十分だからである。だからトーマス・マンが、自分の物語においてエティックなテクストの書き出しを用いたのは、むしろ〈局外の語り手による〉物語に通例とされている発端を異化するためなのである。あの物語の口火を切る最初の言葉、すなわち「彼」が誰を指しているのか、という読者の待ち受ける情報を、トーマス・マンはさしあたり差し控える。しだいに謎が解きほぐされていく点を考えれば(つまりシラーを指すということ!)、これはなはだ効果的なのである。この意味ではやはり、ハルヴェークが引用しているトーマス・マンの実例は、必ずしもエティックなテクストの書き出しの特色を示しているとは言い難い。もっと典型的な特色を示しているのは、すでにその一部を引用したS・モームの短篇『環境の力』の書き出しである。

彼女はヴェランダにすわって、昼食に帰ってくる夫を待っていた。朝の涼やかさがなくなる頃に、マレイ人のボーイがブラインドをみなおろしてしまったが、彼女はその一枚を少しだけあげて、川が見えるようにしておいた。真昼の息もつけぬような陽射しの下で、川は死人のような青白さに照りかえっている。原住民が一人、丸木舟を櫂でこいでいるが、舟があまりに小さいので水面に見えないほどだ。昼日中の物の色はどれも灰色で生気がない。炎熱による色調の違いがあるだけだ。(63)

ここでは語り手は、最初まったく表に現われないため、人称代名詞「彼女」によって表わされる人物が実際には映し手となり、真正の内的遠近法が装置される。そして読者は、すでに冒頭の風景描写を、この映し手の眼と視点で知覚している。すなわち、読者は、そもそもこの人物が何者であるかを認識する前に――たとえこのことがどんなに逆説的に響こうとも――早くもこの映し手に感情移入し始めるのである。読者はこの場合、先に引用したトーマス・マンのテクストの冒頭を読むのとはいくらか違った状況の中にいる。モームの場合、冒頭の文中の人称代名詞による指示対象の不確定性は程なく解消するであろうということを、読者に保証できるような語り手は、さしあたり現われない。それどころか読者は、この不確定性の解消を自ら遂行せねばならぬこと、しかも物語テクストの含みのある表現に精神を集中し、映し手へ感情移入することによって、それを遂行せねばならぬことを感ずるのである。

ただ《作中人物に反映する物語り状況》においてのみ、われわれは、通常ノンフィクション的テクストの場合には不可能なタイプのコミュニケーション過程を経験する。『生みの悩み』の書き出しでは、このコミュニケーション過程がいわば束の間だけ装われ、その後すぐにノンフィクション的テクストにおいても可能なコミュニケーション形式へと移行する。モームの短篇の冒頭部分は、アンデレックの「物語モデル」にちょうど合致するように構成されている。トーマス・マンの短篇の冒頭は、最初の短い文章だけ読むと、いかにも「物語モデル」通りに構成されているかのような印象を与えるが、しかしたちまちにして「報告モデル」に属するテクストであることが露呈する。あるいはわれわれの術語に即して言うならば、『環境の力』の発端におけるコミュニケーション過程は、映し手によって支配され、『生みの悩み』の発端は、――出だしの語の指示作用の不確定性にもかかわらず――語り手によって支配されている。したがってトーマス・マンにおいては、物語の書き出しの古い伝統が束の間だけ新しい手法と重なり合い、それがある種の異化効果をもたらしているのである。とはいうものの、読者に対するその作用を「不快感」と呼ぶことはできない。なにはさておき、そのような効果は、「単刀直入な話の持ち出し方 in medias res」の割には、読者の注意力をわずかしか高めないのである。これに関連して、トーマス・マンの物語技法のもう一つの側面を、次節で取り扱うことにする。

4　キャサリン・マンスフィールド、ジェイムズ・ジョイス、トーマス・マンにおける語り手の作中人物化

語り手と映し手は、ただ類型円図表の理念的な構成の中でのみ、はっきり区分けされた両極として互いに対立している。物語テクストを読む場合、すでに本章の1でも指摘したように、われわれはしばしば両者の融合形態や混合形態にぶつかる。ここでは、類型論的にも興味深い独特のケースとして、語り手が映し手に同化する事例、すなわち語り手の〈作中人物化〉をさらに立ち入って考察しようと思う。選び出された実例のうちの一つ、すなわちJ・ジョイスの『ユリシーズ』の一節は、極端な例である。残りの二

語り手	映し手
①物語の前置き＝導入部と提示部は明示的で、読者に向けられている	①唐突なもしくは短縮された物語の発端、予めの前提（提示部は読者が推測しなければならない）
②イーミックなテクストの書き出し（ハルヴェーク）	②エティックなテクストの書き出し（ハルヴェーク）
③物語られる事柄は、語り手によって「支配」されている、それゆえ全体が見渡せ、一定の秩序を保ち、有意味である	③描写される事柄は、映し手によって体験の瞬間に心に留められる、それゆえそれは彼にとってたいてい見極めがたく、その意味もしばしば問題をはらんでいる
④報告の短縮化、並びに概念的な抽象化と一般化の傾向	④具体的な局部性、並びに印象主義と感情移入の傾向
⑤《局外の語り手による物語状況》と〈物語る私〉の優勢な《「私」の語る物語り状況》	⑤《作中人物に反映する物語り状況》と〈体験する私〉の優勢な《「私」の語る物語り状況》、内的独白
⑥報告モデルによるコミュニケーション過程（アンデレック）	⑥物語モデルによるコミュニケーション過程（アンデレック）
⑦選択パターンは一目で分かる、語り手の個性によって動機づけられている	⑦選択パターンはすぐには分からない、不確定個所は実存的に深い意味をもつ
⑧物語距離は明示的である、叙事的過去	⑧「現実態において」の出来事の描写、

つは、もっと目立たないものであるが、それだけにいっそう典型的なものである。この二つの例というのは、K・マンスフィールドの諸短篇のうち特に『園遊会』の一節、それにトーマス・マンの短篇『トリスタン』の一節である。『ユリシーズ』における語り手の作中人物化に関しては、私がすでに公表した詳細な論文があるので、その成果をここで抜粋して紹介したい[64]。短篇『トリスタン』の例の分析にあたっては、R・ハルヴェークによる『トリスタン』の《物語り状況》に関するテクスト言語学的記述[65]に言及する。それというのも、これは、《物語り状況》の記述をめぐって、テクスト言語学的観点からの記述と文学理論的観点からの記述とを対決させるのに、またとない絶好の機会だからである。

　語り手の作中人物化のプロセス、すなわち語り手の映し手への同化のプロセスを分かりやすくするために、語り手の特色を示す物語態度を整理し、それを映し手の特色を示す描写態度と対比させることが必要で

は過去を意味している	叙事的過去は過去の意味を失う、英語では「現実態において」の印象が動詞の進行形によって強められる
⑨時間・空間的定位＝あの頃／あそこで	⑨時間・空間的定位＝今／ここで
⑩方向づけの中心は語り手にあるが、一時的に描写場面に移動することもありうる	⑩方向づけの中心は映し手にある、〈今／ここで〉という時間・空間的定位が「親密化冠詞」や「指示対象のない代名詞」などによって強められる
⑪外的遠近法と内的遠近法、非遠近法主義への傾向	⑪内的遠近法、遠近法主義への傾向
⑫三人称による対象指示と一人称による対象指示との対立が明白である	⑫三人称による対象指示と一人称による対象指示の交替が、意識描写においては気づかれにくくなる

ある。簡潔さと整然たる明快さを期して、両者の特徴をそれぞれ平行に列挙することで、それを行なってみたい。

〈作中人物化〉が進行する過程で、語り手は、映し手の幾つかの特徴を身に帯びるようになる。厳密に言えば、〈局外の語り手〉が、ある種の事柄についてはよく知らないと言い切るとき、すでにそこで〈作中人物化〉が始まっている[66]。しかしながら、語り手の〈作中人物化〉は、そのほかの、いちだんと顕著な映し手的特徴が語り手に認められるようになったとき、初めて明白になるのである。顕著な特徴というのは、前置き抜きの物語の書き出し、作中人物による知覚や評価への移行、語り手の言葉が作中人物の言葉に同化すること、連想構造などである。

4の(1)　キャサリン・マンスフィールド、『園遊会』

上述の〈作中人物化〉が、細部にわたっていかなる具合に行われるかを、K・マンスフィールドの短篇『園遊会』の一節を手掛りにして示したいと思う。シェリダン家の邸宅のすぐ近くに住む、ある労働者の家庭に起こった不幸の知らせは、ローラにとって、予定された園遊会が取り止めになるかもしれぬことを意味している。ローラの妹ジョーズは、姉のこの懸念を「無茶な」ことだと言う。そしてこの意見には、後になって母や他のきょうだいたちも同調する。ローラとジョーズの会話の最中に、長い説明的な注釈が挿入されるが、これは、いかなる作中人物の個人的な意見でもなく、したがって語り手に帰属するものと考えざるをえない。

「でも表門のすぐ前で死んだ人があるというのに園遊会をするなんて考えられないわ。」無茶といえば、たしかに無茶である。というのは、あの小さな家々は、彼女たちの家へ通じている急な坂道のどん底の路地に、ひとかたまりになって建っている。一応、広い道は間にあるが、あまりにも近すぎる。それはまったくこの上もなく目ざわりで、このかいわいに存在する資格のあるものではない。それは、こげ茶色に塗った小さなみすぼらしい住まいである。狭い庭には、キャベツの株と、病気の鶏とトマトの空缶のほかになにもない。煙突から出る煙さえも貧乏じみていた。そのぼろきれや切れっぱしのような煙は、シェリダン家の煙突からもくもくと出る銀色の羽毛のような煙とはくらべものにならない。その路地には、洗濯婆さん、煙突掃除人、靴なおし、それから表に小さな鳥籠を一面にぶらさげている男などが住んでいる。子供たちがわんさといる。シェリダン家の子供たちは、小さいときには、そこへ足をふみいれてはいけないといわれていた。言葉が乱暴だし、病気がうつされるかもしれないというわけである。しかし、ローラやローリーは大きくなると、ときどき散歩のついでにそこをぶらつくこともあった。いやな、むかむかするところだった。二人はぞっとしながら通り抜けるのであった。しかし、人間というものはどこへでも行かなければならない、なんでも見なければいけない――そう考えて、彼らは通り抜けるのであった。

「それに、バンドが、あのかわいそうなおばさんに、どうひびくかと思えば……」とローラはいった。(67)

(崎山正毅、伊沢龍雄訳、岩波文庫)

この引用個所のなかで、シェリダン家の庭園と邸宅がある高台の上り口に立ち並ぶ労働者の住宅に関する情報が、読者に伝えられているという点では、この挿入文は、〈局外の語り手〉による読者向けの解説の一部とみなすことができる。この叙述に見られる概括的な口調、シェリダンの子供たちがまだ小さかった頃への言及、彼らが大きくなってこの貧しげな一角をぶらぶら歩き回ったときの印象についての手短な報告、これらはみなこの個所の報告的性格を強調している。また、外的遠近法と時間・空間的定位(あの頃/あそこで)もそれに一役買っている。これらはすべて、語り手を特色づける物語態度の要素である。

けれども、語り手のこうした物語態度と、ローラの抗議に絡んで、周囲の環境に対して向けられる論評の主観的な調子とは、必ずしもそのまま一致するわけではない。「無茶といえば、たしかに無茶である」は、たんにジョーズの意見がそのまま言葉通りにこだましているだけではなく、シェリダン一家（ローラは除く）特有の考え方をも内包しているのである。そしてもちろん、これは語り手に特有の考え方ではないのである。さらに「〔その家々は〕あまりにも近すぎる。……まったくこの上もなく目ざわりで……小さなみすぼらしい住まいである。……キャベツの株と、病気の鶏とトマトの空缶のほかになにもない。……いやな、むかむかするところだった。」なども、同じように解さなくてはならない。ここで語っているのは、己れの社会的偏見と無理解をそれと知らずにさらけ出している語り手ではなく、ここでは、ある何者かが、シェリダン家の人々に代わって考えたり、感じたりしている。したがって、いわば名前のない人物が語っているのである。なぜなら、それは物語の中の虚構の人物には属さないからである。

この無名の映し手的人物の立場から見れば、こうした意見表明は「現実態において」の出来事であり、そこにはシェリダン家の家族それぞれの過去の経験と観察が生き生きと映し出されている。ここで支配しているのは、〈今／ここで〉という時間・空間定位と内的遠近法である。ということはつまり、この個所を、ローラとジョーズを目下わずらわせている問題をめぐっての、〈例の無名の映し手的人物の〉内的独白の一部として読むこともできるという意味である。その場合、この映し手的人物は、一種の主観的な偏見にとらわれていることが露呈されるが、この偏見こそ、この問題をめぐって彼とシェリダン家の人々とを連帯させているところのものなのである。もし〈局外の語り手〉であるならば——一人称の語り手は形式上の理由から除外されねばならない——、自ら意のままにできる外的遠近法によって、この偏見を打破せざるをえないであろう。それにひきかえ、己れの主観性をほしいままにするのが、映し手の本性なのである。

こういう映し手は、作中人物の属する虚構の世界に実存的な基盤をもっていないので、このような現象は語り手の変身として、すなわち作中人物への擬態的な同化として把握せざるをえない。この変身を、われわれは〈語り手の〉〈作中人物化〉と呼ぶのである。『園遊会』においては〈作中人物化〉した語り手が——ちなみに類似の現象はK・マンスフィールドの他の短篇にも認められる——シェリダン家の人々（常にこの物語の主人公ローラだけを除いて）の意識の集合的な声と化する。そしてこの声からは、彼ら一族における社会的・人道的な連帯の欠如が聞き取れる。かくして、この作中人物化された語り手を通して、シェリダン一族の振る舞いに対する評価が、劇的独白におけると同様に間接的な形でなされるのである。

しかも、こうした社会的共感の欠如は、わが家の門前に住む貧しい人々に対するシェリダン一族の態度が、見た目には作中人物の住む虚構の世界の外側に位置し、いわば〈局外の語り手〉と同じ存在論的な資格を有する当事者によって共有されているという事実によって、なおさら強調されているかに見える。それと同時に、（言外に推測されるはずの）本来の語り手の見解と、このように〈作中人物化〉された語り手によって、シェリダン一家に符節を合わせたように述べられる見解との齟齬から生ずるイロニーも、聞き逃すわけにはいかない。このようにして作者は読者のなかに、こうした見解に対する激しい拒否反応を誘発できるのである。それはおそらく、個々の作中人物に、たとえばシェリダン夫人に、このような意見を主張させる場合にもまして、激しい効果をもっている。

　語り手の〈作中人物化〉は、K・マンスフィールドの物語様式の非常に顕著な特徴であるけれども、この点はこれまで批評家たちに全くといっていいほど顧みられることがなかった。『園遊会およびその他の短篇集』という一巻に収められた作品の中では、『入り海』、『園遊会』、『大佐の娘たち』などにその顕著な例が見られる[68]。語り手の〈作中人物化〉は、[69]他のさまざまな現代作家たちにも、たとえばヴァージニア・ウルフ、ミュアリエル・スパーク[70]などにも、指摘できるような現象である。この興味深い物語現象の包括的な研究は、まだなされていないのである。

4の(2)　ジェイムズ・ジョイス、『ユリシーズ』

　先に言及した私の論文[71]の中でも詳述したことであるが、『ユリシーズ』における語り手の〈作中人物化〉は、ある意味でジョイスにとりわけ顕著に見られる傾向、すなわち《局外の語り手による物語状況》から《作中人物に反映する物語り状況》へと向かう傾向の延長と考えられる。語り手の〈作中人物化〉というプロセスにおいて、〈局外の語り手〉はこうした傾向と呼応しつつ、束の間だけ映し手のある種の特性を身に帯びる。とりわけ語り手が「物語る」ことをやめ、あたかも媒体的な人物のように、描写される現実を自らの意識内容として映し出し始めるときに、そうした現象が起こるのである。そこでは読者指向の物語態度は、主観中心の反射行為に変わる。しかもそうした変化からは、物語の構造、描写されるべき現実断片の選択、時間・空間的方向づけ、そしてわけても読者の共感の操作にとって、ある種の重要な効果が生まれるのである。

　『ユリシーズ』においては、分節化[72]、すなわち物語テクストを首尾の整わぬ幾つもの部分に分割することが――そこではあらゆる前置きや繋ぎの要素が欠けている――重要な機能をもつ。テレーゼ・フィッシャー＝ザイデルは、『ユリシーズ』の中で〈作中人物に反映する〉描写の部分と〈作中人物を介さない〉描写の部分とを区別している。彼女の関心は、とりわけこの二種類の部分が入れ替わり立ち替わり連なってゆくその変化の相に向けられる。またこの変化は、たえず内的遠近法（ことにスティーヴンとレオポルド・ブルームの）と外的遠近法（すなわちこの二人の人物に帰属しない遠近法）との交替をも招来し、それがまたこの『ユリシーズ』の重要な構成原理となってもいる。フィッシャー＝ザイデルは、「これら二種類の部分の間には滑らかな移行部がある」ことも確認しているが、この所見は、『ユリシーズ』においては映し手の機能と作用が、時として語り手のそれと重なり合うというわれわれの見解に非常に近い(73)。つまり、フィッシャー＝ザイデルが言うところの〈作中人物に反映する部分〉は映し手に帰属し、〈作中人物を介さない部分〉は語り手に帰属するからである。こうしてここでも、語り手の〈作中人物化〉が行われるのである。

『ユリシーズ』の「セイレーン」の章の前奏部(74)、つまりこの章を構成する最も重要な所作と対話と音声のモチーフからフーガ風に作曲された序曲は、〈作中人物化〉された語り手の所産とみなすことができる。この前奏曲の成立は、およそこんな風に考えることもできる。つまり、作者たる語り手は、この章を語り終えるかもしくは少なくとも構想した後で、己れの意識を自由気ままにこの章の中身と戯れさせるのである。こうして自由な連想を遊ばせながら、特異な言葉のモチーフと断片的文章が組み合わされる。そして、おそらくは意識の深層から生まれる操作を通して、新たなモチーフと響きの単位が、それどころか意味の単位までもが、織り成されてくる(75)。このようなモチーフのモンタージュは、読者のために素材を整える語り手の所業としてではなく、〈作中人物化〉された語り手の想像力の所産として解されなければならない。つまりそれは、語り手の想像力が、描写される現実の諸要素と気ままに戯れた結果生まれたものなのだ。

語り手の〈作中人物化〉は、『ユリシーズ』の前半の何個所かに、「セイレーン」挿話の前奏部ほど徹底的で顕著な形ではないにしても、確認することができる(76)。以下においてわれわれは、「さまよえる岩」の章の最初の大きな分節に分析を絞ろうと思う(77)。「さまよえる岩」挿話は、一九〇四年六月十六日（「ブルームの日」）午後三時頃のダブリン市街のスナップショットをモンタージュ[訳注23]している。このモンタージュでは、主要人物とはぼ全ての脇役とが、その所在地ごとに、読者の想像上の市街地図の上に書き込まれる。ジョイスはこの場合、さまざまの場所における同時進行的な出来事の断片を分節化しモンタージュする技法を用いている。ストーリーの断片化した部分をモンタージュする技法は、物語行為の〈作中人物化〉の表われとみることもできる。なぜなら、そうすることによって語り手は、物語に解説的な前置きを加え、出来事を選択し、それを読者に適ったやり方で提示するという、己れの物語的権限を放棄してしまうからである。そしてこのような権限を譲渡された当事者〈映し手〉は、見たところ、たいがいその時々の知覚の偶発性や気ままな連想の恣意性というものに操られている。これらの二つは、いずれも映し手の特徴である。

訳注23（モンタージュ Montage）　多数の断片を組み合わせて、場面を構成すること。現実のさまざまな領域や層を透視させる効果を狙う手法。

「さまよう岩」挿話の最初の大きな分節には、アーテインまで歩いてゆく途中のイエズス会神父コンミー師が登場する。彼は、先だって亡くなったアイルランド人ディグナムの息子のために、そこの孤児院を訪れるつもりである。ここの部分は、簡潔な場面提示を伴いつつ、〈局外の語り手による〉報告文によって開始される。第二の文ではすでに《作中人物に反映する物語り状況》が現われる。すなわち、コンミー神父が己れの任務に関して思いめぐらしたことや、それに続く勝手気ままな連想の描写がそれである。それからコンミー神父は、通りをぴっこを引きながら物乞いして歩く一本足の水兵に出会う。そしてこの水兵には、他の作中人物の幾人かも、この章の中で出会うことになる。（この乞食の傷病兵は、出来事の同時進行性を、この章の十九の分節にわたって可視化する機能をもつ進行役の一人である。）第三の段落においてようやく、〈局外の語り手〉の声が再び聞こえてくる。この語り手は、物乞いする傷病兵の姿がコンミー神父の心に呼び起こした思いを、〈局外の語り手による〉心象風景として報告した後、次のように続ける。

日の光にまばたきする樹樹の葉叢の蔭を歩いてゆくと、むこうからデイヴィッド・シーヒー代議士夫人が近づいて来た。

――それはもう、しごく元気にいたしておりますわ、神父様。で、神父様のほうはいかがでいらっしゃいますの？

コンミー神父のほうも、それこそすばらしく元気。たぶんバクストンへ海水浴にゆきますよ。で、お子さん方は、ベルヴェディアの学校で元気にやっておいでですか？　そうですか。コンミー神父はそれを聞いてまことに嬉しく思う次第。で、ミスタ・シーヒーのほうは？　まだロンドンですか。なるほど、国会がまだ開会中で。よいお天気ですなあ、本当に気持ちのいい日で。ええ、バーナード・ヴォーン神父がまた説教に来てくださるという話は、まあだいたい確かなところです。そうですとも、じつに大成功でしたね。本当にすばらしいお方ですよ。

コンミー神父は、デイヴィッド・シーヒー代議士夫人がとても元気そうなのを見て、本当に嬉しく思う。そして、デイヴィッド・シーヒー代議士によろしくお伝えくださいと言った。ええ、きっとお訪ねいたしますよ。

――ではさようなら、ミセス・シーヒー。(78)

（丸谷才一、永川玲二、高松雄一訳、

世界文学全集、河出書房新社）

この出会いの描写で、目につく事柄が幾つかある。コンミー神父とシーヒー夫人との会話の中から言葉を断片的に選び出す手法は、語り手による発話の描写の伝統的手法と合致しない。たとえば、コンミー神父の挨拶の決まり文句は書きもらされているが、しかし彼の（描写に現われない）挨拶の言葉に対するシーヒー夫人の返答は、直接話法で引用されている。二人の間で交わされるその他の会話は体験話法で現われるが、ここでわれわれの注意を惹くのは、この会話を、より厳密には、その完全無欠とはいえないエコーを記録にとどめている意識は、どうやら本来の期待に反して、コンミー神父の意識ではなく、第三者のものらしいという点である。こうした事実が推測できるのは、コンミー神父に言及するのに、人称代名詞の「彼」ではなく（もしコンミー神父の視点による内的遠近法の描写ならば、この呼び方のほうがふさわしい）、次に挙げるように、名前と称号が繰り返し用いられているからである。——「コンミー神父は、……本当に嬉しく思う。」

この第三者は〈局外の語り手〉でしかありえない。言うまでもなく、彼の物語態度は、今や映し手のそれに同化しかけているのである。この場合、語り手の〈作中人物化〉がはっきりそれと認識できるのは、とりわけ次のような事実、つまりコンミー神父とシーヒー夫人との会話が、あたかも当事者の一方の意識もしくは第三者の意識によって、不完全にしか記録されなかったかのように、断片的に再現されるという事実からである。さらに、そのような脱落が、語り手によってなにも説明されていないという事実も、それに与っている。したがって語り手は、自らの物語権限を一時的に停止し、媒体的人物の如き反応をしているのである。この現象は、「さまよえる岩」挿話の同じ分節の中の、次の個所でも裏づけることができる。

コンミー神父は、マウントジョイ・スクェアの角で三人の可愛らしい小学生を呼びとめた。やっぱりそうだ、ベルヴェディアの学校からの帰り道なのだ。あのちいちゃな学校かい、ほほう。それで君たち、学校ではいい子にしているかい？ふうん。それはなかなか偉いね。ところで君の名前は、なんて言うんだい？　ジャック・ソーンか。それじゃあ君の名は？　ジェア・ギャラハーね。で、もう一人そっちの坊やは？　その子の名前はブラニー・リナムだった。ほう、なかなかいい名前だね。

コンミー神父は胸から一通の手紙を取り出してブラニー・リナム君に渡すと、フィッツギボン・ストリートの角にある赤い郵便ポストを指さした。

——でも、いいかね、体ごとポストに入れちまっては駄目だぜ、君、と彼は言った。

子供たちは六つの瞳《ひとみ》でコンミー神父をみつめて笑い声を立てた。[79]

（丸谷才一、永川玲二、高松雄一訳、
世界文学全集、河出書房新社）

ここでも語り手の報告、直接引用の談話、体験話法形式による発話の再現、語り手の説明ぬきの会話断片の省略といったものが現われる。しかしながら、ことに目立つのは、「子供たちは六つの瞳でコンミー神父をみつめて笑い声を立てた。」という文である。「六つの瞳でみつめた sixeyed」という異常な合成語は、三人の少年が目を丸くしてコンミー神父を見たという知覚を、言葉で要約したものであるが、この言葉はまた、〈作中人物に反映する〉描写の場合と同様に、諸々の出来事を記録にとどめてゆく意識の存在を前提してこそ、成り立ちうる。この意識の担い手はコンミー神父ではありえないから――彼の名指し方は、この文の中でも、前述の引用文と同様に外的遠近法でなされる――、この個所も、〈作中人物化〉された語り手に帰属せしめることができる。

また、コンミー神父に関する紋切り型の描写が何度か現われるが、これは少しずつ変化をつけて繰り返されることによって、その紋切り型がいっそう強調される。たとえば、右に引用した一節に続く次の個所がそうである。――「コンミー神父はにっこりしてうなずき、もう一度にっこりして……歩いて行った。」このような描写も同じように、〈作中人物化〉された語り手に帰属するものとして説明できるだろう。上述の引用には収まりきらなかったが、この同じ時刻、市内の全然別な場所にいるミスタ・デニス・J・マジニについて、その現在地の報告とか服装の描写が、まったく出し抜けに短く挿入される個所があるが、結局これも、〈作中人物化〉された語り手の意識の中に、連想によって生み出されるモンタージュとして解することができよう。

それにすぐ引き続いて、アーテインへの道すがら、コンミー神父のもう一つの出会いが描かれる。

あれはミセス・マギネスじゃあないかな？

銀髪で押出しが立派なミセス・マギネスは、むこう側の歩道をもったいぶって歩きながら、コンミー神父におじぎをした。するとコンミー神父は、にっこりと笑って会釈をした。御機嫌はいかがです？

上品な身のこなしだな。スコットランドの女王メアリか何かみたい。あれで質屋をやっているとは。ふーむ！　ああいう……何と言うのか……ああいう女王みたいな物腰で。

コンミー神父はグレート・チャールズ・ストリートを歩きながら……[80]

（丸谷才一、永川玲二、高松雄一訳、
世界文学全集、河出書房新社）

コンミー神父がミセス・マギネスに初めて気づくところは、体験話法で、しかも明らかにコンミー神父の視点で描写されている（「あれはミセス・マギネスじゃあないかな？」）。「上品な身のこなしだな。」で始まる次の次の段落も、コンミー神父の知覚と思考の〈作中人物に反映する〉描写と解することができる。その前の段落は、これと事情を異にしている。そこで何よりもまず目立つのは、コンミー神父が二回にわたって名指しされている点である。もしこの場面が〈作中人物に反映する〉描写であるとすれば、当然それ相応の人称代名詞が出てきて然るべきであろう。この段落が〈作中人物化〉した語り手の言述であることを歴然たらしめるものは、結局「御機嫌いかがですか？ How do you do?」という挨拶の決まり文句の異様な言い換えである。「御機嫌はいかがです？ How did she do?」は、体験話法ではありえない。[81] あるいは体験話法であるとしても、コンミー神父の視点ではなく、〈作中人物化〉した語り手の視点によるものである。

「御機嫌いかがですか？」という挨拶の決まり文句は、慣用句として定着した言い回しであるから、これを直接話法から体験話法ないしは間接話法へ改める場合、必要な書き換えを、すなわち時制や人称代名詞の転換を行なうことは不可能なのである。にもかかわらず、そのような慣用句が書き直される場合、その意味は変わってしまう。この場合には、「御機嫌いかがですか？ How do you do?」が「御機嫌はいかがです？ How did she do?」に言い換えられることによって、おそらくはコンミー神父の意識に発したものではなく、〈作中人物化〉した語り手のものと思われるある種のエロティックな当てこすりが、聞き取れるのである。また、このエロティックな両義性と異様な言葉遊びとは、媒体的なメタ意識すなわち〈作中人物化〉した語り手の遠近法が、この場面で一時的に〈作中人物に反映する〉内的遠近法と重なり合うことを証拠づけてもいる。

ここに述べた〈作中人物化〉のプロセスは、語り手的な媒体の意識と作中人物的な媒体（コンミー神父）の意識とが重層するというすこぶる精妙な物語現象である。この効果は、一種の擬態にして同時に一種の異化である。語り手的媒体は、その物語態度をほぼ完璧に作中人物的媒体に合わせ、後者の知覚、思考、感情を大方は受け入れるが、しかし不意に異常な表現や予期せぬ連想を持ち出すことによって、それらを異化するのである。右の引用の中からその実例を挙げるとすれば、シーヒー夫人との出会いの場面で、かなり多くの対話の部分が省略されているにもかかわらず、その対話の中で“indeed”という虚辞が繰り返し四回も出てくること、“sixeyed”という語彙上の革新、それに「御機嫌いかがですか？」という決まり文句の形式上・内容上の変形である。これと同様もしくは類似の現象は、『ユリシーズ』第一部ではしだいに頻度数を増しながら起こり、「セイレーン」の章ではついに最大の頻度に達する。それどころか、結局それだけで独立した一つのテクストを、すなわちこの章への前奏曲をも生み出すのである。

ここで詳しく分析した語り手の〈作中人物化〉というような現象を拠り所として、次のような仮説が成り立つ。つまり、小説『ユリシーズ』は、一九〇四年六月十六日のダブリンという観念複合体に携わりつつ、作者もしくは語り手的媒体が紡ぎ出した一種の構想的モノローグ(Konzeptionsmonolog)として解釈されうるという仮説である。[82] 構想的モノローグという概念は、もちろん『ユリシーズ』における物語行為の異常性を正確に記述したというよりは、むしろそれを隠喩的に表現したものである。しかしながらこの概念は、『ユリシーズ』における語り手の〈作中人物化〉と関連のある種々様々な現象を総括し、それらを統一的な概念として把握せしめるような理論を提供するのである。

4の(3)　トーマス・マン、『魔の山』

『ユリシーズ』において獲得された概念「構想的モノローグ」が、トーマス・マンの作品にも適用されうるという事実を知るならば、誰しも初めは若干の驚きを禁じえないであろう。フランシス・ブルホーフは、小説『魔の山』研究の中でこの興味深い試みを行なっている。[83] 諸々の意見とか動機、特徴的な表現、あるいは紋切り型の会話の言い回しなどが、ある人物から別の人物へ、ないしは語り手から作中人物へと(その逆も含め)飛び火する現象を――その場合当該の人物相互の間に然るべきコミュニケーションは生起しない――、ブルホーフは「人格転移現象 Transpersonalismus」として説明している。したがって人格転移現象は、個人的意識が包括的・超個人的意識へ関与すること、もしくはそれぞれの個人的意識を分け隔つ境界が取り払われてしまうことを意味している。とりわけわれわれの理論の文脈にとって興味深いのは、「語り手的な narratorial」意識に潜む、言い換えれば、〈局外の語り手〉の意識に潜む諸々の思惑や動機が、作中人物の意識の中へ流れ込む現象であり、またその逆の事例である。つまり、ここには語り手の〈作中人物化〉という現象の類例が示されているのである。

その場合、語り手的媒体と作中人物的媒体とが、彼らの意識内容の一定領域を共有するかに見えることも確かである。ブルホーフは『魔の山』からその例証を取り上げ、次のように論じている。――「エンゲルハルト嬢から、ハンス・カストルプは初めてクラウディア・ショーシャに関する若干の細かな情報を耳にする。ことに耳よりな話といえば、彼女の夫がロシアの僻地に勤務する官吏だということだった。「ダーゲスタンのお役人ですの。なんでもそこはコーカサス山脈の向こうのずっと東の方の土地ですのよ。」語り手は自らコメントをするにあたって、彼女の地理学上の知識が信頼できるかどうかも確かめず、彼女の言い回しをそのまま借用する。つまり語り手は、クラウディアは「コーカサス山脈の向こうのずっと東のダーゲスタンに向かって」旅立った、と報告するのである。(84)」

エンゲルハルト嬢の言葉が、〈局外の語り手〉によって皮肉をこめつつ、しかも意味を変えられて再現されているのは、ちょうど『ユリシーズ』において挨拶の決まり文句「御機嫌いかがですか?」が、語り手的媒体によって「御機嫌はいかがです did she do?」という風に異化されつつ再現されているのと、好一対をなしている。両方の場合に共通しているのは、それぞれの作中人物の発言が、語り手的な権限をもつ者によって取り上げられ、しかもわずかな変形を加えたり、元の意味を皮肉っぽく歪めたうえで、再現されているという点である。小説『魔の山』の場合には、《局外の語り手による物語状況》という枠内で、読者はこの現象をはっきり認識できる。一方、『ユリシーズ』の第一部では《作中人物に反映する物語り状況》が優勢であるが、ここでは上述の現象は構想・執筆のプロセスと渾然一体化しているので、現象としてはただ推測できるにすぎない。

こうした人格転移的な要素が埋め込まれている二つの小説の構造・組成上の違いを考えると、ブルホーフのように『魔の山』を〈局外の語り手〉の意識の流れの、もしくは構想的モノローグの表出として捉えるのは、おそらく得策ではないように思われる。ちなみにブルホーフ自身も、この仮説に「ひょっとしたら」という限定詞を付している。(85)にもかかわらず、根本的に異なるこれら二つの作品をこうした特殊な観点の下に比較することは、まったく無意味というわけではない。というのも紛れもなくこの両作品において、二つの相反する説明が成り立ちうるような現象が発現するからである。『魔の山』における人格転移現象と『ユリシーズ』における語り手の〈作中人物化〉は、一つには、個々の作中人物間の意識の境界が消滅すること、あるいは個々の人物が一個の人格転移的・超個人的・集合的意識の中へ潜入することの表われとして説明できる。

それらの現象は、もう一方では、執筆過程における作中人物の不完全な個別化の結果もしくは痕跡として解することができる。つまりこれは、作者／語り手の想像世界と作中人物の想像世界との分離が完全に行なわれなかったという意味合いである。遠近法主義と非遠近法主義とを同等の様式として区別する考え方は、今日ではわれわれに、作中人物のそのような不完全な客観化を芸術的な欠陥と呼ぶことをためらわせる。しかしながら、これらの現象を解釈しやすくするために、われわれはテクストの中からそのサンプルを取り出すべく努めなければならないであろう。ここで論述した現象は、構想と執筆の内的プロセスとか、作家の想像力の中で語り手や映し手に付与される触媒機能を理解する上で、きわめて重要な意味をもっている。それというのも、語り手のいる物語を執筆しようとする作家は、思うに、物語の伝達を映し手に委ねようとする作家とは違った構想のもとに仕事に着手するからである。この推測を多くのテクスト資料によって、とりわけメモ帳に記された最初の腹案とかテクストの改訂を手掛かりに検討してみることは、今後の研究にとって非常にやりがいのある課題であろう。

4の(4) トーマス・マンの『トリスタン』における物語り状況——テクスト言語学的並びに物語理論的観点からの比較検討

トーマス・マンの短篇『トリスタン』の《物語り状況》に関するR・ハルヴェークのテクスト言語学的記述は、次のような所見から出発している。——「虚構的テクストが埋め込まれている情報伝達的状況は、非虚構的テクストが埋め込まれている情報伝達的状況よりも複雑である。[86]」けれども分析が進むうちに、この重要な認識はいくぶん影を潜め、『トリスタン』の《物語り状況》はもっぱら、非虚構的な情報伝達状況から導出される物語モデルを基準に比較考量されているように思われる。したがって、この分析の結果が「マンのテクストの修正版[87]」をずらりと並べるだけに終わっても、別に驚きもしないのである。言語学と文芸学の間を結ぶ「情報伝達的状況」はいよいよ重要性を増しつつあるが、こうした状況にとっても、ここで取り上げた事例は根本的な興味をそそられる問題である。それゆえテクスト言語学的な研究成果をただ是正するためでなく、両方の分野がいかにして相互に補い合えるかを検証するために、この問題をやや詳しく扱ってみたい。

そのような共生の重要な前提条件は、相手の陣営によって提示された問題解決の試みをまず知ることである。ハルヴェークは、K・ハンブルガーの叙事的過去のテーゼをめぐる議論で持ち出された修正意見を(ヴァインリヒの意見だけを除き)全部無視することによって、彼の理論的基盤を初めから狭めてしまっている。[88]過去時称が、一般的には「不可避の信号として送られた、虚構的物語の送り手と受け手の間の後時性(Nachzeitigkeit)の関係[89]」を表わすというハルヴェークの見解は、あまりにも一般化された表現であるために、理論として持ちこたえられない。現在時称を「送り手と事態との間の同時性の関係」に還元する彼の一般的な定義も同様である。この定義を論破するためには、ディケンズの『荒涼館』、ジョイス・ケアリの『ミスター・ジョンソン』、あるいはフランツ・ヴェルフェルの『ベルナデットの歌』のような、現在時称で書かれた物語に言及するだけで事足りる。それらの物語の中で現在時称は、内的独白とは違い、決して常に「現実態において」描写される出来事ばかりを叙述しているわけではない。[90]

それゆえ文芸学的な立場から見ると、ハルヴェークのこの二つの仮定は若干問題をはらんでいる。彼はこうした仮定から出発して、二つの物語モデルの時制的な基礎を構築し、それらを解釈に応用している。文字に書かれた物語の場合、ハルヴェークのモデルでは、語り手は「事態に対しては後時性の関係に(置かれ)、その受け手に対しては先時性(Vorzeitigkeit)の関係に」置かれている。そのほかに、この物語モデルに当てはまることとして、語り手、受け手、および事態はそれぞれ異なる場所に存在しうる。口頭による物語の場合は、語り手は「事態に対しては後時性の関係に(置かれ)、その受け手に対しては同時性の関係に」置かれている。さらに、口頭による語り手に当てはまることとして、語り手は「受け手と同一の場所に(いるが)、事態の生起する場所とは違う所に」いる。[91]

このほかに第三のモデルも(第四のモデルと一緒に)定義されている。しかし、これらのモデルは、現代の物語文学では第一や第二のモデルに劣らず数多く現実化されているにもかかわらず、廃棄されている。それらのモデルを、われわれの体系の言葉で特徴づけるとすれば、語りの媒介性が、語り手ではなく映し手によって担われているような場合である。ここで、ハルヴェークの第三ないし第四のモデルの定義において、語り手の概念を映し手の概念と取り替えてみよう。すると実際に、映し手が(ハルヴェークはこれを語り手と呼んでいる)「事態に対しては同時性の関係に(立ち)、その受け手に対しては先時性の関係に」立つような、しかも「事態が生起するのと同一の場所に(いるものの)、受け手とは違う場所にいる」ような《作中人物に反映する物語り状況》の定義が成立するであろう。なお引用符で囲んだ部分は、ハルヴェークの第三のモデルの定義を表わしている。

読者の想像力の中に呼び起こされる描写の直接性の錯覚、並びに「現実態において」の関与の錯覚を考慮に入れれば、ハルヴェークの第四のモデルもおおむね《作中人物に反映する物語り状況》に一致する。つまり、両者に妥当するのは、事態と語り手(＝映し手)と読者の同時性、並びに同一の場所における——想像上での——三者の共存である。[92] 奇妙なことに、ハルヴェークはこのモデルを『トリスタン』の《物語り状況》の分析には用いずに、この短篇の特性を、彼の最初の二つのモデルからの偏差として、すなわち人格化された語り手の文字と口頭による《物語り状況》からの偏差として定義しようとしている。

ハルヴェークの分析が主として拠り所としている『トリスタン』の冒頭部分は、語り手の〈作中人物化〉の傾向が顕著に認められる《物語り状況》が支配的である。〈局外の語り手〉は、いったんは自分があたかも媒体的人物、すなわちサノトリウム「アインフリート」の想像上の療養客であるかのように振る舞うが、しかし再び〈局外の語り手〉の役柄に戻って語りはじめる。したがってこの語り手は、時間的・空間的に固定された映し手の視点と知覚範囲を、時間的・空間的に解放された語り手のそれらと結び合わせているのである。『トリスタン』においては、〈局外の語り手による〉語りと〈作中人物に反映する〉語りとの間で揺れ動く《物語り状況》が、結局〈局外の語り手による〉物語様式の優勢な状態へと移行してゆく。両方の《物語り状況》の特徴的な型に精通している現代の読者は、ハルヴェークのいささか回りくどい説明モデルによらずとも、おおよその見当はつく。ハルヴェークによれば、物語の書き出しの《物語り状況》は「観光ガイドブック状況」であり、物語の他の部分は「見舞い客＝受け手」ないしは「看護者＝語り手」のモデルとして説明される。(93)

トーマス・マンがこの作品でも、他の多くの短篇、たとえば『ヴェニスに死す』や『生みの悩み』などにおけると同様に、見事に駆使している上述の二つの《物語り状況》は、『トリスタン』の主人公すなわち文士デートレフ・シュピネルに言及する初回のときと、その二度目のときに、最も鮮明な形で現われてくる。最初の言及は、〈作中人物化〉した語り手によってなされる。

> 「アインフリート」はなんといろんな人間をもう泊めてきたことだろう！　現に文士ですら、ひとり泊まっているではないか。なにか鉱物か宝石のような名を名乗り、ここで無為に日を送っている風変わりな人物であるが……(94)

最初の文が、思惟動詞（verbum cogitandi）に代わって、次に続く文の内容を物語の中の人物による内的視点として浮かび上がらせる。その意味でこの文は、人物の思考過程の描写に特有の体験話法に近い。後続の文では、語り手が文士の名前を知らないことを自ら認めることによって、内的遠近法とその帰結である「制限された視点」とが強調されている。なお、この場合の語り手は、〈作中人物化〉した語り手であって、媒体的人物ないしは映し手に非常に近い。同様の意味で後続する文も、文士に関するひどく主観的・個人的な色調の発言という印象を与える。それにひきかえ、二度目に文士へ言及するときは様相は一変する。この第二の言及は、ことさら〈局外の語り手〉のごとく振る舞う語り手によってなされる。

> 数週間前から「アインフリート」に暮らしている文士は、シュピネルと呼ばれた。デートレフ・シュピネル、これが彼の名前だった。彼の外貌は一風変わっていた。
> 三十代初めの、堂々たる体軀の、褐色の髪の男を思い浮かべていただきたい……(95)

この後シュピネルについての非常に詳しい叙述が続くが、もちろんこの叙述の中で〈局外の語り手〉は、「アインフリート」の療養客だったら誰でも、シュピネルを見て気がつきそうな事柄の報告のみに限っている。〈局外の語り手〉の全知の断念と視点の制限——これこそ、この小説の《物語り状況》が、〈作中人物に反映する〉語りと〈局外の語り手による〉語りとの間を、一種独特の仕方で浮遊するための前提条件をなしている。

この浮遊する《物語り状況》がことに明瞭に分かる一節は、ハルヴェークの論証においてもある種の役割を演じている。[96] つまりこの一節は、彼の説明モデルをもってしても、なかなか簡単には説明がつかないのである。それは、クレーターヤーン氏の細君が、歌劇『トリスタンとイゾルデ』の第二幕のピアノ・スコアを演奏する、いわゆる「愛の死」の場面である。音楽上の愛の死のモチーフが、隠喩的な効果を高めつつ、この作品の中で文学的に追創造されている。この場合またしても、この場面で再現されているものが、媒体的人物すなわちシュピネルの思考と感情だけなのか、それともシュピネル同様音楽の印象にすっかり身を浸している〈作中人物化〉した語り手の思考と感情なのか、もはや定かでないのである。この場面は、クレーターヤーン氏の細君とシュピネル氏がピアノを前にして坐っている談話室へ、一人の女性患者とその看護人が入って来ることによって、突然中断される。

不意になにかぎょっとすることが起こった。夫人は弾く手をやめて、暗がりのなかをうかがうために、片手を眼の上にかざした。シュピネル氏は、坐ったまま素早く振り返った。そして、廊下に通じる奥のほうのドアが開けられたのだった。[97] そして、黒い人影がひとつ中へ入ってきた……

老人性痴呆症を患うヘーレンラウホ牧師夫人のこの思いがけぬ登場は、シュピネルとクレーターヤーン夫人を包んでいた「愛の死」の魅惑的雰囲気を、ぶち壊しにしてしまう。この日橇の遠出を企てた他の患者たちの帰還を告げる鈴の音を耳にすると、シュピネルは自室に戻るために、立ち上がる。

彼は立ち上がって、部屋を通りぬけて行った。奥のほうのドアの手前で立ちどまると、後ろを振り向いて、一瞬不安げに足踏みをした。そして、どうしたはずみか、彼女から十五歩か二十歩ばかり離れたところで、へなへなと両膝が崩れ、音もなくひざまずいてしまったのである。[98]

ハルヴェークはここで、指示詞「奥のほうの dort hinten」にてこずっている。[99] 初めの引用に出てくる同じ指示詞は、明らかにシュピネルの視点から捉えられねばならない。「奥のほうのドアの手前で」で始まる文章は、明らかに体験話法である。あるいは、より正確に言えば、シュピネルの体験した知覚である。初めに、方位の中心たる人物の位置から、「奥のほうの」ドアが眺められる。しかし、その後でこの人物はドアに向かって移動しているにもかかわらず、次の引用で再び同じ指示詞が形を変えずに現われるとき、いやが応でも読者の注意は喚起されざるをえない。テクスト文法的に見れば、この二度目の指示詞の使用法は、実際のところ整合的でないのである。しかし文学的な観点からすれば、この不整合はある特殊な機能をもっている。つまり、この不整合は、読者の空間定位感覚に一種の異化作用を惹き起こし、それによって読者の注意を、ことさらに「奥のほうのドア」という言い回しに向けさせるのである。おそらく作者はこれによって、ピアノの傍らの二人をびっくりさせる牧師夫人の出現と、それに劣らず仰天する出来事、すなわちシュピネルが別れを告げる際にひざまずいてしまうこととの間にある呼応関係を、暗示しているのであろう。

　この別れの場面を叙述しているのは、「そして、どうしたはずみか（……が出来《しゅったい》した）」という表現のほとんど聖書的・叙事詩的口調からも分かるように、〈局外の語り手〉である。この〈局外の語り手〉の視点からだとすれば、シュピネルがひざまずく場所そのものの表示としては、ただ「ドアの手前で」と言えばよいであろう。「奥のほうの」という添加語は、〈局外の語り手〉が、最初の引用テクストを支配している〈作中人物に反映する〉知覚の遠近法からそのまま引用したものなのである。この〈作中人物に反映する〉知覚の遠近法も、語り手の一時的な〈作中人物化〉の結果とみなすことができる。その場合、この〈作中人物化〉した語り手の遠近法が、クレーターヤーン氏の細君の遠近法と同じ方向を向いていることも顧慮されねばならない。ただし、両者を同質のものと言い切ることはできない。なぜならクレーターヤーン氏の細君から提示されるものは、おおむね外的視点だけであって、内的視点はただの一度も提示されないからである。これはこの短篇の遠近法的手法の非常に重要な側面である。ことによると、解釈にとって最も重要な側面と言ってよいかもしれない。

　しかしながらこうした局面は、ハルヴェークの分析によっては把握されていない。だからといって、『トリスタン』の《物語り状況》に関するハルヴェークの論考が、文芸学にとって面白くないとか無意味だというのではない。われわれの解釈も、結局その問題提起を彼の論考に負うているからである。まず第一にわれわれが心掛けたことは、——ハルヴェークは幾分ためらいがちに述べているだけであるが——トーマス・マンの物語に「物語り状況の不整合」[100]を探り出したテクスト言語学的な分析結果をもって、このテクスト個所の特質が決定的に解明されたとは決して言えないということを示すことであった。たとえテクスト言語学が、「当該テクストの芸術的・美的効果を高めるために何事かを為す」ことをきっぱり断念したとしても、テクスト言語学が、文芸学との協同を望まずあくまで孤軍奮闘した場合、果たしてそれが実際に、ハルヴェークが望んでいるような「テクスト構造の理解の深化」と「語りの一般法則」[101]のよりよき認識につながりうるかどうか——こうした問題は依然として残る。むしろここで論じた実例は、少なくとも虚構的テクストの分析にとっては、両分野の密接な協

力こそが、そのような企ての成功の見込みを最も豊かに約束する
という推論を抱かせるのである。

第Ⅵ章　類型円図表——図式と機能

これらの要素は不思議な絡みあわせが可能であり、文学様式ははてしなく多様である。そして、だからこそそれらを並列的にあるいは前後に配置するための秩序を見出すのは非常に難しいのだ。しかしいくらか助けになるのは、これら三つの主要素を一つの円のなかに向かい合わせに配置し、それぞれの要素が別個に支配的であるような三つのひな型を探すことである。しかるのちに一方へまたは他方へ傾く範例を集めれば、ついには三要素すべての融合形が現出し、それによって円が完全に閉じられることになる。

（ゲーテ「文学の自然形式」、『西東詩集　注解と論考——よりよき理解のために』所収）

類型円図表（後見返し参照）は、これまでの論考の中で述べられた物語理論に関するさまざまの現象を、よりよく理解するために構成された一個の観念的な図式である。具体的にはこの図式は、とりわけ次のような事態をわかりやすく説明するものである。

(1)　典型的な《物語り状況》の構成要素である三つの基本的対立（《人称》、《遠近法》、《叙法》）と、物語形式の体系のなかでのそれらの相互関係。

類型円図表において、三つの対立を三本の軸線の極として表わす記述法によって、ある《物語り状況》を規定するにあたり、どの要素が支配的な役割を果たしているか、またどの要素が——これらの要素は隣接する二つの極によって表わされる——従属的なものとしてその《物語り状況》に含まれるかが、見定められる。

(2)　三つの典型的な《物語り状況》が無数の中間的・移行的形態へと変化することによって生ずる形態の連続体。

この連続体の変動性もしくはダイナミズムは、二様に考えられる。一つは、体系そのものが範疇的な境界をもたず、開かれた移行状態に置かれていることを意味する。いま一つは、個別的な作品の《物語り状況》が固定された静止状態にとどまっておらず、類型円図表の一定の弧の枠内でたえず変化したり、揺れ動いたりするという流動的な経過を辿ることを意味する。

(3)　物語形式の体系と物語的ジャンルの歴史との関連。

類型円図表において《局外の語り手による物語り状況》と《「私」の語る物語り状況》の近隣地域は、小説の歴史からいえば、すでに早い時期からの「入植地」であったが、《作中人物に反映する物語り状況》の両側に位置する地帯は、実質的には世紀転換期に至るまで空白のままであった。しかしそれ以降は、しだいに多くの作品によって占められるようになり、稠密化が進んだ。最近では、三つの類型基点のあいだに広がる中間地帯が移行的形態によって埋められてゆく傾向も、はっきりと確認される。伝達形式の新たな実験が試みられている一連の長篇及び短篇小説も、これらの中間地帯にそれぞれのふさわしい体系上の地位を見出すのである。物語様式のありとあらゆるヴァリエーションの図式としての類型円図表は、それゆえ、長篇小説や短篇小説の歴史的発展によってしだいに実現されてゆくところの、物語創造の潜在的可能性のプログラムと解することもできる。

こうして類型円図表の機能について一般的な事柄を述べたわけであるが、ここで締めくくりとして一つの提言をしておきたい。類型円図表は、ただ図表の形でのみ完全に矛盾なく描かれうるような図式である。体系化された図式に較べれば、個々の作品はほとんど常に「扱いにくい」ものである。すなわち、常に辛うじて体系に組み込むことができるにすぎない。体系のダイナミズム、すなわち物語形式の連続体としての体系そのものがもつ開放性は、このような事情を考慮した一つの次元を表わしている。けれども個々の作品の「扱いにくさ」は多次元的なものである。したがって、体系としての円図表の中で個々の作品に振り当てられるべき場所の決定は、常に試行的な性格をもっており、解釈の過程で訂正もしくは修正を促されるのである。

《局外の語り手による物語り状況》を類型基点として、円周上を左右の方向に進みながら、類型円図表について以下で行なう記述からは、体系的叙述の際にはきちんと区別して示される現象が、個別的な作品においてはしばしば重層していたり交錯していたりすることが、明らかになるであろう。したがって本章は、これまでの論考の中で個々別々に考察された物語芸術の諸相を総括するものであるとともに、体系的理論を個別的物語作品の特殊性と多様性に突き合わせることによって顕在化する諸々の問題を総覧するものでもある。

1　局外の語り手による物語り状況から作中人物に反映する物語り状況へ

《局外の語り手による物語り状況》を基点として《作中人物に反映する物語り状況》の方向に類型円図表を辿ってゆくとき、次々に現われる形態の連続体の中で、若干の一般的な変化の傾向が認められる。それらの傾向は、ほぼ次のように要約されるであろう。

(1)　人格化された語り手という存在が、物語プロセスのなかでしだいに後退し、ついに(見た目には)姿を消してしまう。

(2)　映し手的人物(ないしは人格化された語り手の〈作中人物化〉)がしだいに顕在化し、その結果として、読者の方位感覚システムと、描かれた虚構の現実における状況定位の転換がなされる。

(3)　思考内容の報告にかわって体験話法がせり出してくる。体験話法は、《局外の語り手による物語り状況》と《作中人物に反映する物語り状況》とのあいだに位置する独特の移行形態であって、発話と思考を描写する一つの技法である。

これらの三つの主要傾向はおおむね順番に現われ、最初に挙げた傾向は、次に続く二つの傾向の前提条件として現われる。しかし、三つの傾向がそれぞれ交差していたり、「位相的にずれている」ことも珍しくはない。たとえば、紛れもなく《局外の語り手による物語り状況》で書かれている物語のただなかで、〈作中人物に反映する〉物語様式で構成された物語に、〈局外の語り手による〉報告が顔をのぞかせたりする。結局のところ、〈局外の語り手による〉遠近法と〈作中人物に反映する〉遠近法は、体験話法の中で結びつくこともできるのである。

1の(1)　人格化された語り手の後退

十九世紀末葉以来、小説からは人格化された語り手がしだいに後退してゆくようになるが、第I章の2で述べたように、物語理論は、他のどんな現象にもまして、このような傾向がもたらす結果を追跡してきた。物語形式の問題をイデオロギー的に理論化しようとする試みもすべて、このような傾向にその端緒を見出している。それは、とりわけW・ブースがその著『フィクションの修辞学』において行なっている試みにうかがえる。(1) 類型円図表の形態連続体に関して言えば、人格化された(局外の)語り手の漸次的な後退がもたらした直接の帰結として、二つの現象が銘記されねばならない。一つは、物語テクスト中の物語的部分の減少と対話的部分の増加という現象であり、もう一つは、〈局外の語り手による〉外的世界の出来事の報告にかわって、〈作中人物に反映する〉内的世界の出来事の描写が、前面に出てきたことである。つまり、映し手として、〈局外の語り手〉の伝達機能を代行する媒体的人物の意識の中に、外的世界の出来事を映し出す手法が、主流を占めてきたことである。これら二つの現象は、類型円図表の図式では並列的にもしくは相前後する形で挙げられているが、しかし個々の作品ではしばしば相互に入り混じったり、重層したりして現われる。以下において、これら二つの現象のいくつかの局面をもう少し詳しく考察してみる。

1の(2)　局外の語り手による対話の演出

「彼は言った」「彼女は答えた」というような陳述動詞(verba dicendi)や他の前置き的な陳述動詞による対話の演出は、語り手の仕事ではあるにしても、それはほとんど機能的な性格をもつだけにすぎない。したがって通常の場合、読者はそれを語り手によってなされた発言とは受けとめないものである。上述の陳述動詞に、語り手が作中人物の考えや観察を知らせる思惟動詞(verba cogitandi)も付け加えなければならない。次節で詳述するように、体験話法は、発話や思考を再現するための——しかもその場合〈局外の語り手〉による予告が無用であるような——一つの可能な形式を意味している。作中人物の発話と思考を再現するために体験話法が多用されると、《作中人物に反映する物語り状況》への傾斜が強められるが、一方、間接話法と作中人物の意見の要約的な報告とが度重ねて使用されると、《局外の語り手による物語り状況》への傾斜が強化されるという効果をもつ。[2]

作中人物の考えを報告する場合と同様に、「物語られた発話」としての間接話法にも、語り手による要約と省略の種々さまざまな段階が認められる。その場合、サッカレーや他のヴィクトリア朝の作家たちが好んで多用し、しかも一定の陳述内容が習慣的なものであることを示す「彼はしばしば……と言った」とか「……と言うのが彼の口癖だった」という決まり文句からも明らかなように、所作の報告と発話の報告とが結びついていることが多い。[3] 所作と発話に関するあらゆる種類の物語的な要約、省略、短縮化が、語り手の顕在化と解釈されうるように、ある所作の、あるいはある発話の反復性の指摘は、もちろん言うまでもなく〈局外の語り手による〉要素である。

語り手の後退に関連する重要な要因は、対話の増加である。第Ⅱ章(2の(1))ですでに指摘したように、小説の中の物語的部分と対話(すなわち非物語的部分)との量的関係は、作品によって著しく変動する。対話がかなりの部分を占める短篇や長篇小説も相当の数に上る。そのような作品が類型円図表の上で占める位置は、《局外の語り手による物語り状況》と《作中人物に反映する物語り状況》とのほぼ中間である。なぜならば、そのような作品では〈局外の語り手〉の存在は、簡潔な、非人称的なト書きの部分に限定されるからであるし、また他方、そのような作品には媒体的な人物は登場しないからである。描写は、厳密に外的遠近法に則って行われる。この種の典型的な作品は、もっぱら対話から成り立つ小説であるヘンリー・グリーンの『何もない《ナッシング》』や、アイヴィ・コンプトン＝バーネットの『母親と息子』である。E・ヘミングウェイの幾つかの短篇も、類型論的には上述の作品と同じ場所に位置する。とりわけドラマ的・場景的な短篇『殺し屋』がその好例である。

実際問題としてそのような作品においては、語り手という人格はもはや具体的な形では捉えられず、たんに物語機能として、すなわち抽象的な原理として現われるだけなのである。したがってそのような作品においては、作中人物と語り手(ないし物語機能)との存在領域の不一致が、もっとも極端な形で現実化されている。語り手が人格的な相貌を帯びるにつれて、たとえ若干の距離を隔ててはいるにしても、語り手は作中人物の住む領域へ近づいてゆく。というのも人格性は、語り手と作中人物とが共有する人間らしさの表徴だからである。これはまた、常に人格化された語り手を前提として含む《局外の語り手による物語り状況》を類型円図表の中で位置づける場合、「存在領域の不一致」を示す極から適当に離れた地点に、その位置を設定しなければならない理由でもある。

語り手が後退し対話が増加する結果として、たいていの場合、描写に取り込まれる外界の事物が制限され選択されることになる。ヘミングウェイは、この「省略の技法」をもっとも徹底的に実践した。その場合彼を導いたのは、「もし人が省略することを心得たうえであれば、しかも省略された部分が物語を強調し、人々に対しても、彼らが実際に理解する以上に、ある何かを痛切に感じさせるならば、人は何事でも省略してよい」[4]という考えであった。ヘミングウェイの短篇においては、省略つまり(より正確には)省略された事柄は、語り手が不在であることによって、読者をしてたえず事物の本来の意味を手探りで求めるようにと仕向ける。この独特の《物語り状況》によって、省略は、記号論的にいちだんと大きな重要性を帯びるのである。

1の(3)　名詞から代名詞へ

〈局外の語り手〉の後退は、語り手特有の意見表明、物語行為のなかでの語り手の自己言及、語り手による物語内容への注釈と参照指示などがしだいに減少し、最終的にはそれらがまったく無くなってしまうことからも、はっきり認識される現象である。もっとも長く持続するのは、〈局外の語り手〉の純粋に機能的な顕在化、すなわち対話の演出と作中人物の名指しである。ほかならぬこの二つの物語機能が遂行されるその仕方に、解釈上の困難、つまり〈局外の語り手〉の存在と不在の境目を探り出すことの困難さが表われている。作中人物への言及において〈局外の語り手による〉要素の減少が、まず第一に影響を表わすのが、語り手の関心を表わす形容詞(「哀れなストレザー」)であり、次いで語り手の迂言法(「われわれの主人公」)である。つまり、それらにかわって現われるのが、作中人物の名前(「ストレザー」、「スティーヴン」)である。ところがこうした名前も、前後の関係が明白で名前を挙げる必要がないかぎり、結局は該当する人称代名詞に取って代わられる。名前の代名詞による置き換えの連続は、〈局外の語り手による〉語りの領域から〈作中人物に反映する〉語りの領域への決定的な第一歩である。というのも人称代名詞の使用は、読者がそのように代名詞で表わされた作中人物の意識の中へ身を移し入れたり、またその置かれた状況に感情移入したりするのに、作中人物を名前で呼ぶよりもいっそう具合がよいからである。この点は、すでに人称代名詞を手段にしての語りの戦略について論じた際に、確認されたことでもある(第V章4参照)。

この点に関する裏づけは、J・ジョイスの『スティーヴン・ヒーロー』と『若い芸術家の肖像』との比較から得られる。『スティーヴン・ヒーロー』は、後年の『若い芸術家の肖像』の一部をなす初期の草稿、しかも作者によって破棄された草稿とみなすことができる。[5] 改作からはっきりうかがえるのは、『スティーヴン・ヒーロー』においてはまだおびただしく存在する要素、すなわち〈局外の語り手〉を感じさせる要素がしだいに削除され、《作中人物に反映する物語り状況》が徹底して強化される傾向である。それはとりわけ主人公スティーヴンの名指し方の技巧にはっきり表われている。『スティーヴン・ヒーロー』では、語り手による形容詞を伴ったあるいは形容詞抜きの迂言法が、たとえば「この狂信的な理想主義者」とか「激しい気性の革命家」とか「若者」[6]といった表現が、たんに主人公を名指しする言い方と並んで、非常にひんぱんに見られるのである。主人公への言及のほぼ三分の一がこのグループに属し、残りが人称代名詞によって言及されている。

『若い芸術家の肖像』では、語り手による主人公のあからさまな名指しは、実質的には完全に削除されている。同時に、名前を挙げて主人公に言及する事例も数が減少し、そのかわり主人公を指す人称代名詞の頻度が目立って増加する。かくしてたとえばある個所では、[7] テクストの十ページにわたって人称代名詞が九十回現われるのに対し、スティーヴンという名前はただの一度も現われない。このような状況は、この小説の特色である《作中人物に反映する物語り状況》がのっけから厳格に貫かれる物語の導入部に、すでにはっきり表われている。小説の映し手的人物としての役割を演ずる主人公の名前が初めて呼ばれるのは、一ページを過ぎてからであって、それもことのついでのように、他の作中人物

の会話の中に出てくるのである。(8)

H・ジェイムズの場合も、後期の作品、並びに後年における初期作品の改稿に見られる《作中人物に反映する物語り状況》への強い傾斜は、やはり人称代名詞の増加に表われている。S・チャットマンは、レオ・ヘンドリックによるH・ジェイムズの初期文体と後期文体の比較研究の成果を引用しているが、それによると後期文体では、人称代名詞の使用頻度数が三割方は増えているのである。(9)

1の(4)　局外の語り手による物語り状況から作中人物に反映する物語り状況への移行態としての体験話法

体験話法は、文法的な現象であると同時に文学的な現象である。それゆえ体験話法を研究する際、言語学的営為と文芸学的営為とが重なり合うのも偶然ではない。その場合歴然としているのは、両方の専門分野が、同一の現象をそれぞれ特有の専門的視野から説明しようとしていることである。文法学者にとって、体験話法はなによりもまず、直接話法および間接話法と競合しあう現象である。これら三つの形式の間にある相違は、大体のところは次のような文法概念を用いて説明することができる。すなわち人称代名詞の入れ替え、時制の転換、間接話法あるいは体験話法を含む文（もしくは文成分）の統語論上の従属性または独立性、といった概念によって説明できるのである。

体験話法の文芸理論的な説明は、ここ数十年来、体験話法における文章論の枠を越えた現象にますます集中するようになってきている。世紀転換期に体験話法をめぐる論戦の火ぶたが切られて以来、激しく意見の分かれるこの一連の問題に関しては、今日文芸理論的立場の説明のほとんどが、次の点では一致している。すなわち体験話法の本質を、語り手の視点と作中人物の視点とをダブらせて一つの出来事を眺める、二重視点化の手法と見る考え方である。(10) 体験話法の二重視点化は、これもまた語りの媒介性の一つの特殊な表われ方と捉えることができる。体験話法においては、物語的手段によって媒介性を実現するための（われわれにはすでになじみの）二つの相反する傾向が——すなわち語りの媒介性の具体的な顕現である語り手と、媒体的人物（映し手）の意識に物語の現実を映し出すことによって生まれる直接性の錯覚が——重なり合うのである。

もちろん、物語的なコンテクストを通じて見れば、この二重視点の〈作中人物に反映する〉語りの側面のほうが、〈局外の語り手による〉語りの側面よりもたいていは強く維持されている。このような理由から、類型円図表上で体験話法が現われる場所は、語り手の極と映し手の極との中間であって、しかも《局外の語り手による物語り状況》よりは《作中人物に反映する物語り状況》に近い位置なのである。また、体験話法によって占められる地域は、いかにもその特徴にふさわしく、《局外の語り手による物語り状況》と《作中人物に反映する物語り状況》との中間地帯のほうが、《「私」の語る物語り状況》と《作中人物に反映する物語り状況》との中間地帯よりも、かなり範囲が広いのである。

文芸理論的な方法の本質は、体験話法という現象を文の中で孤立的に見るのではなく、物語様式の他の類似した現象と関連させながら、比較的長いテクストの範囲内で見る点にある。この方法は、われわれのように、体験話法を《物語り状況》の一局面と捉える場合に、ことのほか有効である。したがって以下においては、おおかたの体験話法の研究ではひどく詳細に扱われている定義の問題[11]を回避し、体験話法を〈局外の語り手による〉語りと〈作中人物に反映する〉語りの形態連続体のなかへ組み入れ、その分布の様子を示したい。

《「私」の語る物語り状況》の範囲内で現われる体験話法については、類型円図表の《「私」の語る物語り状況》と《作中人物に反映する物語り状況》とによって挟まれる扇形部分について述べる際に、言及することになろう。比較的大きな幅をもつ物語コンテクスト内での体験話法の考察も、読者の立場から正当化されるように思われる。なぜなら、読者が体験話法をただそれだけで単独に認知することはまずないといってよく、常に他の幾つかの類似した物語要素と共に認知するからである。類型円図表に図示されているような形態連続体という見方に立つならば、体験話法といえども、完結したまとまりのあるカテゴリーとしてではなく、それ自体やはり諸々の形態とその移行態からなる連続体として捉えられねばならない。その点が明らかであるかぎり、体験話法の定義と境界づけの問題も自ずから解決される。その場合、移行態は、〈局外の語り手による〉語りから〈作中人物に反映する〉語りへと傾斜する変域で、きわめて具合よく系統的に提示されるのである。

1の(5)　作中人物の言葉が語り手の言葉に「感染」する現象

〈局外の語り手による〉物語様式が最初は体験話法へと向かい、やがて《作中人物に反映する物語り状況》へと変わる推移の第一段階は、〈局外の語り手〉による報告が、作中人物の発話に「感染」させられるときに、はっきり具体的な形をとる。[12]『ブッデンブローク家の人々』の中の次の例は、体験話法に関する先人の研究に引用されていることからも分かる通り、そのようなケースの古典的な例証とみなすことができる。

グロッケンギーサー通りのシュトゥート夫人は、またもや上流家庭に出入りする機会に恵まれ、ユングマン嬢やお針子が、結婚式の当日、トーニの花嫁衣裳の着付けをするのを手

> 伝った。ああ神さま、ご照覧あれ、こんなにお美しい花嫁さんを見たためしはございません、シュトゥート夫人は太っていたけれども、ひざまずき、感嘆の眼差しで仰ぎ見ながら、古代波形模様《モアレ》の白いドレスにミルテの小枝を取りつけた……これは、朝食の部屋で行われた。(13)

作中人物の言葉がこのように語り手の言葉に「感染」するのは、一種の間接引用とも言えるが、これは周知のように、すこぶる輪郭のくっきりした〈局外の語り手による〉物語スタイルを特に好んで用いるヴィクトリア朝の小説家たちにも、――たとえばディケンズ、ジョージ・エリオット、メレディスに――しばしば見られる現象である。これはたいてい、「引用された」作中人物を軽く茶化す効果を引き起こす。イギリスの小説史上において、体験話法を本当の意味で流布させたジェイン・オースティンは、すでに余人の及ばぬ的確さでこの物語要素を駆使している。(14) 実例として、ここで『マンスフィールド・パーク』の一節を引用してみよう。ロイ・パスカルはこの一節に、作中人物の言葉がそのままこだましているような幾つかの単語や常套句を探り出している。ジェイン・オースティンにおいては、語り手の言葉と作中人物の言葉とがたいてい明瞭に区別されていないので、英国人でない者にとっては、作中人物の言葉から引用されたとおぼしき表現をすべて見分けることは困難である。それゆえ次の引用では、テクストはパスカルによる強調(傍点)をつけたまま再現することにする。

> 　クローフォド兄妹は……滞在のほうはたいへん乗り気でした。メァリは当座のわが家として、牧師館に満足していましたし、ヘンリも訪問を延長することには、同様に異議ありませんでした。きたときには、ほんの二、三日だけのつもりだったのですが、マンスフィールドもおもしろそうでしたし、よそへ行く用事もなかったのです。ふたりとも引き止めておけるのでグラント夫人はうれしかったし、グラント博士もそうなって大満悦でした。クローフォド嬢のような話のうまい綺麗なお嬢さんは、ものぐさで出不精の男には、いつだって付き合って楽しい相手でしたし、クローフォド氏がお客であるということは、毎日クラレット酒を飲む口実になったのです。
>
> 　バートラム家の令嬢たちのクローフォド氏に対する賛嘆ぶりは有頂天に近く、クローフォド嬢の習慣からしては、おそらく自分はそんな気持になることはあるまいと思えるほどでした。しかし、彼女はバートラム家の令息ふたりがたいそう立派な青年で、こんな若者ふたりがいっしょにいるところは、ロンドンでもそうざらにお目にかかれるものではない、そしてまた彼らの挙措動作、とくに兄のそれはたいへんけっこうなものと認めておりました。〃彼〃はロンドンの場数を踏ん

でいて、エドマンドより活発で慇懃ぶりにも長けていましたから、どうしたって差がつくのです。それにはまた、事実、長男であることももう一つ大きなことでした。彼女は、早くから虫の知らせというのでしょうか、長男のほうが好きになる〝はず〟だと感じておりました。それが自分のくせだと知っていたのです。(15)

(臼田昭訳、世界文学全集、集英社)

ここで読者に、クローフォド兄妹が訪問者としてマンスフィールドに迎え入れられる模様を報告しているのは、〈局外の語り手〉であるが、しかし語り手は自分の報告の中に、個々の作中人物の話しぶりを特徴づけるかにみえる無数の常套句を流し込んでいる。「これらの「引用」のほとんどは、特徴的であると同時に反語的である。たとえば、メァリ・クローフォドに帰せしめられる傾向は、彼女の詭弁、皮肉癖、そして鋭い自己認識を示している。(16)」パスカルは、語り手の言葉と作中人物の言葉のこのような混合に、ジェイン・オースティンにおける体験話法の使用の起源が認められると考えている。彼の推測によると、そのような混合は、作家の家庭内での実際の言葉遣いのうちにすでに形成されていたものなのである。(17)

1の(6)　語り手の言葉と作中人物の言葉の差異化

現代小説において語り手の言葉と作中人物の言葉との差異化の傾向が強まるとともに、このような物語要素はいわば遠近法的に増幅されることになった。つまり、作中人物の言葉の引用が、それによっていっそう明瞭に語り手の報告から際立たせられ、いちだんと重みを増すのである。言い換えれば、〈局外の語り手による〉語りの要素を代価として、その失われた分だけ〈作中人物に反映する〉語りの要素が増加する。たとえばJ・ジョイスは、彼の短篇『死者たち』をまず〈局外の語り手による〉導入部でもって始める。初老のモーカン姉妹は二人して、自分たちが毎年催す新年の舞踏会の客たちを待ち受けている。彼女たちのいらいらした様子や、待っている客たちのなかでもとりわけ一人の男客に対する彼女たちの気配りが、その話しぶりに表われている。かといって彼女たちの話が、語り手によって直接あるいは間接に引用されているわけではない。語り手の報告のなかに取り込まれている老婦人特有の言い回しの幾つかに、彼女たちの気掛かりが、そのまま言葉の映像として映し出されているのである。

むろん、こんな夜に口喧しくなるのはあたりまえだ。それに、十時を打ってからずいぶんたつのにゲイブリエルと奥さんはまだ見えないんだもの。そのうえ、フレディ・マリンズが酔っぱらって来やしないかとびくびくしているのだ。一杯機嫌のところをメアリ・ジェインの生徒のだれかに見られるのはなんとしても困るし、彼があんなになるとひどく手こずらされることがある。フレディ・マリンズはいつだって遅れて来る。でも、彼女たちはゲイブリエルはどうしたのかしらと思っているのだ。だから二分おきに手摺に出て来ては、ゲイブリエルかフレディは来たかいとリリーにたずねるのだ。[18]

（高松雄一訳『ダブリンの市民』所収、新集世界の文学、中央公論社。なお、強調はシュタンツェルによる）

作中人物の発話のそのような「引用」が度重なれば度重なるほど、そしてそれらが作中人物の発話であることが截然と分かれば分かるほど、物語の中の〈作中人物に反映する〉語りの要素が、いっそう強くせり出してくるようになる。〈局外の語り手〉による発話要素と〈作中人物〉による発話要素の量的比率が最終的に逆転するならば——しかも最初は比較的短いテクスト単位に始まるとしても、しだいに長いテクスト単位にまで及ぶようになれば——、《作中人物に反映する物語り状況》が優勢になってくる。もちろんこのための必要な前提として、他の物語要素〈名前や人称代名詞による作中人物への言及など〉も、〈局外の語り手による〉形式でなく、〈作中人物に反映する〉形式で現われてこなければならない。

1の(7)　語り手の言葉の口語化

語り手の言葉と作中人物の言葉との差異化の傾向と並んで、現代小説ではそれと正反対の傾向も、すなわち語り手の言葉が口語化する傾向も認められる。この傾向によって、語り手の発話と作中人物の発話との間の差異はならされることになる。体験話法の研究においてしばしば強調されることであるが、日常語に近接した文体水準が、体験話法の現出を容易ならしめるのである。[19] あるいは、体験話法の使用によって、「書き言葉が、構文的により単純な話し言葉に再び近づく」[20]のである。体験話法をめぐるそのような口語的表現への傾斜は、〈局外の語り手による〉語りから〈作中人物に反映する〉語りへと推移する語りの連続体の内部で、重要な標示機能を持っている。つまり、口語的な文体による表現域は、より多く〈作中人物〉的な媒体を指し示し、標準語的な文体による表現域は、より多く〈局外の語り手〉風の媒体を指し示すのである。

たとえばヘミングウェイのように、ある作家がそのような文体上の落差に潜むポテンシャルを意図的に断念する場合、条件次第ではそこにまったく特殊な効果、つまり語り手による知覚、思考、感受のポーズが作中人物のそれに近似するという効果が生まれる。内的な語りの距離(物語距離)が縮まるのである。語り手の言葉のこのような口語化がとりわけ顕著に見られるのは、アルフレート・デーブリンの長篇小説『ベルリーン・アレクサンダー広場』である。この作品では、シュタインベルクがすでに実証したように、〈局外の語り手による〉報告と〈作中人物に反映する〉体験話法とは、もはや文体的にはまったく識別できないことが多い。

彼女は今や彼[フランツ]と秘密をわかち合う仲だ、しかも今はこれまでにもまして、いやらしい小悪魔め、でも愛するフランツがプムスの一味と何をやらかそうと、彼女はもうちっとも恐くない。そうなればこちらも何かたくらんでやるわ。いちどダンスパーティーかボーリング大会に出かけ、一体どんな連中が来ているのか、独りで見てまわるわ。とにかくそんな所へフランツは彼女を連れてゆくことはしない、ヘルベルトはエヴァを連れてゆくだろう、だがフランツは言うにきまっている、あんなもんお前には向いていないよ、俺はあんなあばずれ連中とお前を一緒にしたくないんだ。(21)

引用の最初の部分は、〈局外の語り手による〉報告を含んでいるが、これは文体的に見て、最初の句点の次から始まる体験話法(「そうなればこちらも……」)と本質的には区別のつかないものである。〈局外の語り手〉による発話を文体的にいわば格下げし、〈作中人物〉による発話と思考プロセスに同化させることによって、読者に、ここではすでに一貫して《作中人物に反映する物語り状況》が支配的であるという印象を、呼び起こすことができる。〈局外の語り手による〉物語部分は、もはや距離を置いた語り手の発話と思考とはみなされず、出来事を作中人物のレベルで共に体験する同時代人のそれとして把握される。すでに述べたように(第V章4)、これは語り手の〈作中人物化〉の別な形式なのである。ところで、デーブリンの『ベルリーン・アレクサンダー広場』は、この語り手の〈作中人物化〉にはさまざまな程度の差があることを、その豊かで多彩な事例によって示している。

体験話法で表わされた作中人物の発話や思考が、〈局外の語り手〉の文学的なスタイルの水準にまで高められるとき、右に述べた場合とは正反対の効果が認められる。これは近代の小説にはしばしば看取される現象であって、たとえばゲーテの『親和力』にとりわけ顕著に見られる。体験話法によって提示された作中人物の発話や思考を高尚な文体に仕立て上げることによって、〈局外の語り手による〉語りの要素が増幅される。これはちょうどデーブリンの小説に見られるように、表現の口語化によって〈作中人物に反映する〉語りの要素が強化されるのとは対照的な効果である。この考察結果に関しては、《「私」の語る物語り状況》とそのヴァリエーションについて論述する際に、再び言及しなければならないであろう。というのも、文体水準が《物語り状況》に対して及ぼす似たような作用が、その場合にも確認されるからである。たとえばサリンジャーの『ライ麦畑でつかまえて』におけるようなロ語的な物語スタイルは、語りの遠近法をもっぱら〈体験する私〉の視点に制限するという効果をもっている。

1の(8)　局外の語り手による語りと作中人物に反映する語りとの境界確定問題

たんに作中人物の個々の言い回しばかりでなく、作中人物の立場からなされる論証、説明、動機づけというものが物語テクストの中に取り込まれるならば、《作中人物に反映する物語り状況》に向かってさらに大きく一歩近づいたことになる。レオ・シュピッツァーは(そして彼に倣ってG・シュタインベルクも)、〈局外の語り手による〉報告に〈作中人物に反映する〉理由づけを付け加える因由文〔weil, da などによって導かれる副文〕が存在することを指摘し、注意を喚起している。L・シュピッツァーは、これを「疑似＝客観的理由づけ」(22)と言っているが、G・シュタインベルクの提案する名称のほうが、より適切であるように思われる。——「発話の間接的再現という機能をもつこのような因由文は、シュタンツェルの術語に倣って、「疑似＝局外の語り手による」理由づけ、あるいはもっと適切に言えば、「作中人物に反映する」理由づけ(時としてどちらともいえないこともある)とでも呼べるような複合体をなしている。それは作中人物の発言や思考の間接的描写とも解しうるような論証法である。理由づけは、並列の接続詞「なぜならば」(denn/car/for)によって報告に後続させられるから、それ自体で独立しており、まったく通常の意味での体験話法にほかならない。」(23)

彼ら〔民衆の子供たち〕と一緒に彼〔幼いアンリ〕は、焼き石に挟んで自分のパンを焼き、それにニンニクをすり込んでから食べた。なぜって、ニンニクを食べればからだも大きくなり、いつも元気でいられるからだった。(24)

(ハインリヒ・マン『アンリ四世の青春』)

引用の最後の文章に表現されている理由づけは語り手によるものではない、ということはいかなる言葉によっても明言されていないにもかかわらず、読者はこの理由づけを少年の頭が考えたものと理解するであろう。すなわち読者は、その理由づけを、語り手ではなく、作中人物の経験・知識の地平内に組み入れるのである。そのような語り手の作中人物への同化が幾つかの文にまで及んだり、あるいは一つの段落全体にまで拡大するならば、たちまち《作中人物に反映する物語り状況》が現出し、《局外の語り手による物語り状況》に取って代わる。引用の最後の文を、一般的な妥当性を有する発言とも、格言風の文章とも受け取ることができるであろうが、しかしだからといってその文章の一般的妥当性を主張することは、それが体験話法として作中人物の意識の中に埋め込まれた文であるという事実があるかぎり、疑問視されねばならない。この点に、あの定義の困難な、しかも物語の構造にとってきわめて重要な緊張関係、すなわち〈局外の語り手による〉遠近法と〈作中人物に反映する〉遠近法との間に生まれる緊張関係が、顔をのぞかせているのである。

《遠近法》に関する章で説明したように、ある発言を語り手に関係づけるか、それとも作中人物に関係づけるかという問題は、往々にして未決定のままにしておかざるをえない。非遠近法的な物語においては、こうした境界の確定は、およそ実行不可能であることが多い。しかし全般的に言えることは、非遠近法的手法によって語られる作品の数は、《作中人物に反映する物語り状況》が優勢になるにつれて目立って減少するということである。《作中人物に反映する物語り状況》で書かれた物語は、確かにたいていは鮮明な遠近法的手法で貫かれているにしても、しかしそのような物語といえども、作中人物の意見と語り手の意見とを完全に区分けし、画定することは必ずしも可能だとは限らない。あるいは換言すれば、そのような物語においても、この点に関しては一種の多義性ともいうべき傾向が成立しうるのである。語り手の見解と作中人物の見解とを識別する確実な標識は、動詞「知っている wissen」の否定表現である。媒体的存在として機能する作中人物に関係づけられる言明、すなわち「しかじかのことを知らない／知らなかった」という文で表わされる言明は、常に〈局外の語り手〉の確認行為を包含している。それに対し、「……か否か／……はなぜか／……は何か、知らない／知らなかった」という文で表わされる言明は、たいてい作中人物による確認行為としてみなすことができる。(25)

《作中人物に反映する物語り状況》が厳格に維持されている場合、そこでは動詞「知っている」の否定表現は、作中人物の無知から生ずる疑問をそのまま言葉に定着した表現に取って代わられるようになる。かくして『若い芸術家の肖像』においては、動詞「知っている」の否定表現による用例は、ほんの僅かな数しか見出されないのである(「政治とはどういう意味を持つのか、あまりよく知らないことが彼の心を苦しめた」)。それにひきかえ、体験話法による疑問の表現にはしばしばぶつかるのである。たとえば次の如くである。「お母さんにキスするのは正しいだろうか、それとも間違いだろうか？　どういうことなんだろう、キスするって?」「何曜日のことだったろう?」「クランリーは彼の言うことが聞こえなかったんだろうか?」同じくひんぱんに現われるのは、「……だろうか He wondered whether/if/which……」(26)という決まり文句である。したがって《作中人物に反映する物語り状況》の中では、主人公の無知に関する語り手の言明にかわって、主人公の無知を明るみにさらけ出す思考過程とか、あるいは逆に主人公の無知によって惹き起こされる思考過程が描写される。つまり「無知」という情報の伝達にかわって、媒体的人物の「無知」という精神状態が描写されるようになるのである。

1の(9)　体験話法から作中人物に反映する物語り状況へ

ある物語の中で体験話法が量的に増え、それによって明らかに語り手のものである発言が多少とも排除されるようになると、その物語には《作中人物に反映する物語り状況》が現出する。《作中人物に反映する物語り状況》は、比較的長い物語テクストの範囲にわたって引き伸ばされた体験話法として理解することもできる。そのように引き伸ばされた体験話法に対して、《作中人物に反映する物語り状況》という概念を適用するほうが好ましい理由は、その概念が次のような事態を、つまり物語テクスト内で体験話法が長く持続することによって読者にとっては新たな方位感覚が生まれることを、言い表わしているからである。この場合読者の想像力の中では、もはや人格化された語り手の存在は意識されることがないから、読者はその時々に応じて、媒体的人物あるいは映し手的人物として機能する作中人物の現状に身を移し、その立場になりきることができる。厳密に言えば、これによって体験話法は「二重の声」の表現であることを止める。なぜなら語り手の声は、そこではもはや聞こえないも同然だからである。これはまた、この種の物語に関しては体験話法が云々されることはなく、もっぱら《作中人物に反映する物語り状況》が論議の的になる理由でもある。この術語は、すでにカフカの『審判』、『城』、そしてJ・ジョイスの『若い芸術家の肖像』に関する研究においても、さらにはヴァージニア・ウルフ、H・ブロッホ、N・サロートなどの小説に関する多数の研究の中でも、好んで用いられている。

1の(10)　局外の語り手による語りから作中人物に反映する語りへの連続体、並びに作中人物化された語り手

《局外の語り手による物語り状況》から《作中人物に反映する物語り状況》への移行は、〈局外の語り手〉がいわば無名の媒体的人物へと徐々に変身してゆく過程として眺めることもできる。このプロセスは、すでに前章（第Ⅴ章4）で、語り手の〈作中人物化〉として叙述した。ここでは、物語研究によってまだあまり注目されていないこのプロセスを、類型円図表の形態連続体のなかへ適切に位置づけることが必要であろう。

語り手の〈作中人物化〉のプロセスにおいては、〈局外の語り手〉

が物語の中から押し退けられる傾向が一貫して見られるが、その場合次の点をはっきり見極めることが重要である。つまり〈作中人物化〉のプロセスは、語り手の消滅を目指しているのではなく、語り手の作中人物への同化、とりわけ媒体的人物として現われる作中人物への同化を目指しているのである。換言すれば、〈局外の語り手〉は、その〈作中人物化〉によって一種の擬態を取ることになる。彼は、たんに虚構の世界における自分の立場を取るばかりでなく、虚構の作中人物たちの知覚方法や、あるいは幾分かはその声とか言葉遣いすらもまねることによって、いわば読者の前で自らをカムフラージュするのである。

その場合にも、個々の印象とか言い回しの借用に始まり、作中人物の心情に託しての細かな情景や状況の観察に至るまで、実に多種多様なニュアンスに富む可能性が開かれる。[27] 特に後者のようなケースが現われた場合、〈作中人物化〉された語り手は、本当に作中人物たちの代弁者なのか、つまり、たとえば作中人物たちの集合的な経験や世界観を伝える声として機能しているのか、それとも語り手の発言は反語的に理解されなければならないのか、つまり、語り手はもともと作中人物たちに対して距離を置き、その上で彼らの意見を伝達しているだけなのか、といった点を見極めなければならない。解釈にとって非常に重要なこの判断は、――アイロニーが働いているところでは常にそうであるように――必ずしも簡単明瞭になしうるとは限らない。

この辺の事情を明確にするために、K・マンスフィールドの短篇集からもう一つの別な例を示したい。すでに前章(第V章4)で論じた『園遊会』の例は、シェリダン一家の社会的意識に対する、暗黙の語り手の距離を置いた反語的発言として認識されたのであった。それに対し短篇『入り海』の第七節では、〈作中人物化〉された語り手は浜辺を詩情豊かに描写しながら、もしも作中人物たちにこの語り手と同じ知覚能力と表現力とが賦与されていたら、おそらく彼らにもなしうると思われるような知覚を再現している。[28] したがってこの場面では、語り手の立場はよりいっそう作中人物に近く、他の個所ではよりいっそう語り手らしいものとなる。

語り手の〈作中人物化〉は、状況指示機能の転位をも内包している。第Ⅲ章の5で検討した状況指示機能の転位の実例、すなわち「かの地で／この地で、彼は丸一日大広場をとぼとぼ歩きまわった」は、〈作中人物化〉の概念を用いて次のように説明することができる。つまり、「この地で、彼は……とぼとぼ歩き回った」は、〈作中人物化〉された語り手の空間感覚を表わし、「かの地で、彼は……とぼとぼ歩きまわった」は、紛れもなく〈局外の語り手〉の空間感覚を表わしている。〈作中人物化〉が進行するにつれ、《局外の語り手による物語り状況》を特徴づける遠隔指示機能(あの頃―あそこ)は、《作中人物に反映する物語り状況》を特徴づける近隣指示機能(今―ここ)によって、一時的に取って代わられる。もちろん、だからといって行為の現在性を意味する「今」とか「今日」という表現が、すべて語り手の〈作中人物化〉を証拠づける徴候であるとはかぎらない。たとえばテーオドール・フォンターネの『エフィ・ブリースト』の書き出しの部分に出てくる「今日もまた」という言葉は、この小説の劈頭で自己告知を行なっている語り手の媒介的性格をほとんど変更することはないのである。

館の正面も——ここはアロエの鉢と二、三の庭園用椅子の置かれたスロープであったが——空が曇っているときは、快く、またいろいろと気晴らしもできる憩いの場だった。しかし、日差しが暑く照りつける日は、庭園側が断然好まれるのであった。とりわけこの家の夫人と令嬢がそうで、二人はやはり今日もまた、すっかり影になった板石道のところに座っていた……[29]

一方、元来は作中人物の時間・空間感覚にふさわしい指示詞が語り手によって繰り返し徹底的に使用される場合、そこには一種の語り手の〈作中人物化〉という現象が惹き起こされる。たとえばゲオルク・ビュヒナーの短篇『レンツ』の冒頭においては、〈局外の語り手〉の存在にもかかわらず、空間指示機能が作中人物に同化する傾向がはっきり認められる。

一月二十日、レンツは山越えをした。峰々と高い山腹は雪におおわれていた。谷間をずっと行くと灰色の岩場、緑の平地、岩山、そして樅の林があった。じめじめと寒かった。水がサラサラ岩をつたい落ちてきて、道の上にはねていた。樅の枝は、湿った大気の中に重く垂れ下がっていた。空を灰色の雲が流れていたが、しかしどこも一面に厚く雲に閉ざされていた——やがて霧がのぼって来た……[30]

J・アンデレックがこの一節を解釈した際にすでに示したように、このテクストではたんに指示詞ばかりでなく、語の選択や隠喩法も、主人公の体験に照準を合わせている。——「生起する事柄はすべてレンツに関連づけられ、彼を刺激する。」[31] アンデレックはまた、読者が主人公の空間感覚を受け入れることができるためには、〈局外の語り手〉が己れの立場の固定化を断念することが、前提条件となる点を指摘している。[32] 他方また、語り手を完全に〈作中人物化〉するためには、語りの視点を作中人物の「今と此処」に、あるいはその近傍に固定することが必要になるであろう。

2 局外の語り手による物語り状況から「私」の語る物語り状況へ

すべての物語は、語り手が自分の身を明かそうと明かすまいと、一人称である。
（J・モフィット／K・R・マックルヘニー『視点』）

類型円図表の図形上を《局外の語り手による物語り状況》を基点として、《「私」の語る物語り状況》の方向へ辿ってゆくとき、すぐ初めに横切らねばならない分離線は、一般に通用している概念で言うなら、三人称小説を一人称小説から分かつところの分離線である。しかしながら物語理論的に見れば、この分離線を境にして、「私」なる語り手がもう一つの変化を遂げることを確認しておくことも重要である。「私」なる語り手は、この境界線の両側ではそれぞれ異なる存在論的基底を持っている。その相違は、対立〈語り手と作中人物の存在領域の一致／不一致〉によって標示される。この「私」なる語り手の存在論的基底の変容は、意味深い帰結を含んでいる。

肉体をもたない（しかし非人格的ではない）三人称小説の語り手たる「私」に較べて、一人称小説の語り手たる「私」は、その人格に「肉体性」を備え、しかも上述の分離線を境に、その「肉体性」の度合いを増してゆく。そして類型円図表において、そのような一人称小説の占める位置が、理念型たる《「私」の語る物語り状況》に近づけば近づくほど、その語り手は、われわれが第Ⅲ章の6で定義した意味での「肉体化された私」になり変わってゆく。一人称（「私」）の語り手の「肉体性」が増加するのに伴い、その知識・知覚範囲は制限を受けるようになり、またその物語行為も、作中人物であり同時に語り手でもある自らの実存に拘束されるようになる。

全体をもっとよく見通すために、語り手の「肉体化」という上述のプロセスにおいて、幾つかの段階が区別されなくてはならない。〈局外の語り手〉にもっとも近く位置するのは、原稿の編集者としての一人称の語り手（『ガリヴァー旅行記』のリチャード・シンプソン）であり、次いで物語の朗読者としての一人称の語り手（『ねじの回転』のダグラス）であり、さらには枠物語の語り手としての一人称の語り手（『カンタベリー物語』の「チョーサー」、『白馬の騎者』の学校教師）である。これらの一人称の役割のどれをとってみても――特に枠物語の語り手がそうであるが――、虚構の世界の中で、いちだんと輪郭のくっきりした人格と肉体を備えた存在へと作り上げられてゆく可能性を持っている。[33]

しかもそのような語り手は、一人称の語り手の「肉体化」の次の段階、すなわち〈周縁的な一人称の語り手〉という段階に近づいてゆく。この語り手は、隣接する段階である半自伝的な一人称の語り手とは、とりわけ物語られる出来事に対するその立場によって、区別される。つまり、彼は物語られる出来事の周縁に位置していて、彼の果たす役割は、観察者、目撃者、伝記作者、年代記作者としてのそれであって、出来事の中心に立つ主人公のそれではないのである。この役割も、事件への関与の仕方や、語り手と主人公の運命の絡まり具合などの点で、さまざまな形態を許容する(『万人の道』のオーヴァートン、『ロード・ジム』のマーロウ)。

最終段階として現われるのが、物語の語り手と主人公が同一人物であるところの自叙伝風な一人称小説である。一人称小説の大多数はこういう形式の物語である。それゆえ、主人公でもある一人称の語り手の役割を、もう少し細かく区別することが必要である。弁別基準としては、〈物語る私〉と〈体験する私〉の相関関係が考えられる。類型円図表をこれまで通り順次進んでゆくと、われわれがまず出会う一人称の語り手は、〈物語る私〉が委曲を尽くして語り手としての自己告知を行なうタイプ(トリストラム・シャンディ、ジークフリート・レンツの小説『国語の時間』のシギィ・イェプセン)である。次いで出会う一人称の語り手は、〈物語る私〉と〈体験する私〉の関係が、量的にはともかく、意味の上で均衡を保っているような古典的なタイプ(デイヴィッド・コパフィールド、フェーリクス・クルル)である。最後に出会うタイプは、〈体験する私〉が〈物語る私〉を読者の視野からほぼ完全に押し退けてしまうような一人称小説(『ハックルベリ・フィン』)である。書簡体小説と日記体小説は、執筆行為の強調度に応じて、また物語距離の程度に応じて、右に挙げた一人称小説の諸段階のうち、最後の二つに挟まれる中間地帯に位置づけられる。

2の(1)　プンパーニッケルに姿を現わす局外の語り手

われわれの物語理論において標示された他のすべての境界線と同じく、《局外の語り手による物語り状況》と《「私」の語る物語り状況》との間の境界線も、通行自由な境界線である。それどころか、「私」なる語り手の「肉体化」の傾向は、すでに《局外の語り手による物語り状況》の領域内で始まっている。たとえば、『カラマーゾフの兄弟』の中の〈局外の語り手〉は、小説が始まるとすぐ作中人物の一人を「わが郡内きっての無分別な愚か者」と呼んでいるが、この語り手は少なくともこの個所に関するかぎり、あの『悪霊』の中の一人称の語り手とさして違わない。『悪霊』の語り手は、たいていの一人称の語り手がやるのと同じように、自分の物語を次のように始めている。「これまで何の取柄もなかった私どもの町に、ついこの間立て続けに起こったたいそう奇怪な事件を、これから私は物語ろうと思うのだが……」[34]

〈局外の語り手〉が作中人物の住む世界にこのように束の間だけ

居場所を移し、しかもたいていそれ以上は続かず、すぐまた本来の居場所に戻るというやり方は、十九世紀に広く流布した物語のしきたりであった。これはディケンズ、ジョージ・エリオット、トロロープ、ジャン・パウル、ヴィルヘルム・ラーベ、そしてまたフローベールにも見られるものである。フローベールは、『ボヴァリー夫人』の語り手をある作中人物の学友として設定しているが、この語り手は小説の初めのほうではまだかなり重きをなしているものの、後にはしだいに目立たなくなってゆく。[35] たいていの場合、この物語的慣習は物語内容の検証に役立つのである。要するにそれは、作中人物の住む世界と語り手の住む世界との境界をぼやけさせることを狙う「異化の修辞学」の一部である。

ゴーゴリの短篇『外套』の冒頭は、すこぶる興味深いその実例である。なぜならば、この場合境界侵犯がはっきり言葉に出して撤回され、かえってそのことを読者にますます意識させることになるからである。言うなれば、物語の幕開けが二度にわたって行なわれるのである。すなわち、初めは一人称小説の領域内へ越境する「私」という語り手によって、次いで国境のこちら側の自己本来の領分に再び舞い戻った〈局外の語り手〉によって。

ある官庁に――といっても、それがいったいどんな官庁であるかは、私ははっきりいわずにおきたい。あらゆる種類の官庁、連隊、事務所――つまり、ひと口にいってあらゆる種類の役人階級くらい腹をたてやすいものはないからだ。またこんにちではもう、あらゆる個人が、自分のことをいわれると、まるで社会全体が侮辱されたようにとってしまうからだ。私はこんなうわさを聞いた。なんでもつい最近――どこの町だったか私はもう覚えていないが――とにかくある町の、ある一人の郡警察署長から一通の嘆願書が提出されたというのだ。そのなかで彼は、いまや国家の諸法令が危殆《きたい》に瀕《ひん》している、郡警察署長という神聖な職名が、まるで三文のねうちもないように人々の口の端《は》にのぼっているとはっきり述べているそうである。また、その証拠として彼は、何かこう小説めいた文章の途方もなく分厚な一巻を、その嘆願書にそえて提出したというのだが、その本には十ページごとに郡警察署長というのがでてきて、しかもある個所では、それがまるでへべれけの酔態で登場するのだということだ。こんなわけだから、いろいろおもしろくないことが起こってくるのをさけるために、いまここで問題にしようとする官庁も、ただある官庁とだけにしておくほうがいいと思う。[36] さて、ある官庁に、ある一人の役人が勤めていたのである。

（横田瑞穂訳、世界文学体系、筑摩書房、ただし一部を変更してある）

こうしてゴーゴリは、このような境目の目印となるような言語上の差異をも意識させるのである。要するにそれは、場所や作中人物に関して、具体的に述べる場合の定冠詞と一般化して述べる場合の不定冠詞の使い分けである。こうした現象は、すでに〈第Ⅴ章3〉論じたように、映し手的人物の登場する物語の出だしに見られる「親密化冠詞」の使用と軌を一にしている。「親密化冠詞」の回避は、ここでは〈局外の語り手による〉遠近法の表徴としてみなすことができるが、それはまた語り手の住む存在領域と作中人物の住む存在領域の分離を強調している。しかしながら物語内容の検証と並んで、十九世紀の小説における〈局外の語り手〉のそのような度重なる越境には、もう一つの理由があることを銘記しなければならない。おそらくそれは、〈局外の語り手〉が肉体的に規定された実存の枠内で、人格的な円熟と完成に対して抱く憧憬の念ともいえるだろう。そのような憧憬は、とりわけ上述の物語的慣習が拡張され、越境モチーフが一つの挿話にまで発展するときに、顕著に現われる。

たとえばその好例ともいえるのが、サッカレーの『虚栄の市』である。小説の終章近く、それまで〈局外の語り手〉であった存在が、突如として小説の作中人物たちの中へ割り込んでくる。彼は、ドイツの小侯国の首都プンパーニッケルの保養客の一人として、あたかも一人称の語り手でもあるかのように登場してくる。この小説の第六十二章(「ラインのほとり」)で、読者は次のような報告を聞いて、つまり、語り手が若い頃、首都であり保養地でもあるプンパーニッケルで仲間たちと楽しく時を過ごしたとき(「特別席のわれわれ若い仲間たち」[37])、小説の主要人物の幾人かと顔なじみになったという報告を聞いて、驚く。語り手はその際たしかに傍観者の態度に終始するが、にもかかわらず、このエピソードがあまりに詳細をきわめて描写されるために、読者としては、語り手が作中人物の世界に居合わせている事実をしかと記憶に留めざるをえないのである。

サッカレーは、こうして語り手をアミーリア、ベッキー、ジョス・セドリー、そしてドビンたちの住む世界へ越境させることによって、語り手の設定の仕方に矛盾があるという非難を浴びるのである。それというのも、彼はこの語り手を小説の序文(「幕の前で」)では「芝居の興行人」として紹介し、これによって与えられる特権を、すなわち全知の語り手として作中人物を自由に操れる権利を全面的に要求したからであった。作者がその語り手を、自分よりも若年の同時代人でしかも保養客の一人としてプンパーニッケルに登場させるとき、作者はこの語り手からオリュンポス神の如きその特権を取り上げなければならないはずである。事実またサッカレーも、そのようなそぶりをしてみせようとしている。つまり第七十六章で語り手はごくさりげなく、ベッキーの素性に関しては、プンパーニッケル宮廷の英国代理公使テイプワームが、語り手への直接の情報提供者であることをにおわせている[38]。しかし描写の視点は、それによっていささかも影響を受けるわけではない。つまり言い換えれば、この情報源告知に見合う制限、すなわち語り手の知識範囲の限定化は行われないのである。

ここに見られるような、《局外の語り手による物語り状況》から《「私」の語る物語り状況》への変移の理由は、したがってどこか別の所に求めなければならない。その変移の本当の動機は、すでに示唆したように、〈局外の語り手〉の次の様な欲求にあると思われる。つまり、おのが人格にも肉体的な実存を付与し、たんなる抽象的な機能から血肉をそなえた人物へ、個人的な経歴をもつ人格へ変身したいという欲求である。プンパーニッケルから四年経ったある日、ベッキーとアミーリアの話を物語ることになるこの若者は、まだ円熟の域に達していないし、成熟した語り手がもつ軽いシニシズムからもまだ程遠い。これに関連して確認しておかなければならないのは、サッカレーは――ついでに言えばディケンズもしばしば似たようなやり方をする――物語行為を営みつつある時点の語り手を、小説執筆中の実際の作家自身(サッカレー)よりも年老いた存在にしているという点である。こうした観察は、大多数の小説研究がいまだにとらわれている作者と語り手の一致という仮定に対して、別の角度から反証を突きつけるのである。

こうして、小説の終幕を飾る幾つかのエピソードの中のある一場面(プンパーニッケル挿話)に、語り手が若い男の姿で「じきじきに」登場することによって、語り手がさしはさむ数多《あまた》の注釈も、実体験に基づく裏づけを得ることになる。そしてこれらの注釈は、読者に、あの頃から時代がどれほど激しく変貌してしまったか(39)、そればかりでなく語り手自身もどんなに変わってしまったかを悟らせる。この語り手といえども、かつては人生という虚栄の市で楽しみを求めるひとりの人間であった。この意味でプンパーニッケル挿話は、なんの変哲もない一個の人間としての語り手の人格を磨き上げるのに貢献している。このような語り手の人間的円熟は、〈局外の語り手〉にあてがわれた領分ではおよそ不可能なことである。あるいはただ迂遠な方法でしか手の届かない事柄である。

こうしてここに述べたことは、〈局外の語り手〉の人間形成史の端緒ともなるべき事柄である。この人間形成史という考えは、解釈にとってははなはだ効果的である。なぜなら、そのような発達史を示唆することによって、ふだんは全く等閑に付されている事柄、すなわち〈局外の語り手〉は、通例は人物として時の経過に関与することはなく、固定された一定の時点から、固定された人格性をもって、作中人物の物語を語る存在であること、しかもたいていは己れの過去を個人的に回想することもない存在であること――こうした事実に、われわれの目が向けられるからである。一方、『デイヴィッド・コパフィールド』や『緑のハインリヒ』などの自叙伝風一人称小説が具現しているような《「私」の語る物語り状況》においては、物語行為と語り手の個人的経験の結合こそが、まさしく小説の狙いとする眼目なのである。

2の(2)　周縁的な一人称の語り手

悪魔的なものを、模範的に非悪魔的な手段によって思うさま動きまわらせること……
（トーマス・マン『ファウスト博士誕生』）

『虚栄の市』のプンパーニッケル挿話で、われわれが出会う語り手たる「私」は、多くの小説の中で終始一貫してある役割を与えられている語り手である。つまりそれは、出来事の現場に居合わせている目撃者、傍観者、主人公の同時代人、主人公の伝記作者などの役割を担った語り手のことである。いずれにしても、これらの場合に語り手自身が位置するのは、出来事の中心ではなく、その周辺である。それゆえ、われわれはこういう語り手を、〈周辺に位置する(=周縁的な)一人称の語り手〉と呼ぶことにする。それによってこの語り手は、自伝的な一人称の語り手、すなわち、出来事の中心に位置する主人公であり、かつ語り手でもある一人称の語り手とは、一線を画することになる。〈周縁的な一人称の語り手〉のもっとも重要な機能は、物語内容の仲介的伝達もしくは主観的伝達である。換言すれば、こうした語り手を設定した場合、物語のジャンル特性である媒介性が、《物語り状況》によってきわめて印象深く主題化されることになる。

このような物語の本来の意味内容は、主人公とその環境がそれ自体としてどのような在り様をしているかではなく、出来事の中心をはずれた所から眺め、感じ、評価する語り手によって、主人公とその環境がどのように捉えられているかという点にある。またそのような物語にはうむをいわさぬ説得力でもって、「カント以来われわれの熟知する認識論上の見解、すなわち、われわれは世界をそれ自体あるがままにではなく、観察する精神の媒体を通して見えるがままに把握するという見解[40]」が映し出されているのである。

〈周縁的な一人称の語り手〉は、中心となる出来事に対してどのような時間的・空間的距離を保つかによっても、また知覚する者としての己れの人格的特徴によっても、さまざまに異なった在り様を示す。特に後者の点は、少なくとも部分的には、主人公に対する語り手の個人的な関係に左右されることでもある。われわれがもっともよく目にするこのタイプの語り手は、主人公の慈父のような友人、懇意な知己、あるいは主人公の崇拝者といった人間である。このグループに属するのは、たとえば『万人の道』のオーヴァートン、『ロード・ジム』のマーロウ、『ファウスト博士』のツァイトブロームである。そのように仕立てられた物語の主題的な狙いは、異常な出来事を理解しようと一心に努める語り手が、友情溢れる同質的な精神でもって行なう主人公への感情移入である。これと区別されなければならないのは、その模範的・典型的性格からしても主人公の引き立て役、対照的人物として解釈されるような語り手のタイプである。こうした〈周縁的な一人称の語り手〉は、たいてい主人公と個人的・友好的関係によって結ばれてはおらず、奉公人(『嵐が丘』のネリー・ディーン)もしくはお供の助手役(『シャーロック・ホームズ』のワトソン博士)として主人公に従属している。

これらの社会学的に類型化された語り手と並んで、もっぱら世界観的、心理学的見地から類別される〈周縁的な一人称の語り手〉についても触れなければならない。そのような語り手は、たとえばコンラート・フェルディナント・マイアーの幾つかの短篇に見出される。そのような語り手は、K・フリーデマンによって次のように特徴づけられた。——「C・F・マイアーは、パウル・ハイゼ宛のある手紙の中で、僧侶の結婚の物語をダンテに物語らせるという彼の大胆な企てを、語り手のダンテを中世を代表する人物とみなすことによって正当化している。『炉端に座るわがダンテは……ひとりの典型的人物であって、要するにそのまま中世を意味している。』同様に詩人は、娘を誘惑されたために自分の王に復讐する聖人トーマス・ベケットの物語を「直接的描写によって提示せずに(もしそんなことをすれば物語そのものの謎めいた不可解さのゆえに、混乱をまき起こしかねない)、ひたすら己れの揺るぎない倫理感を堅持する純朴で誠実なあるスイス人の口を通して語らせている」。」(41)

もちろん、ここで区別された語り手のさまざまな機能は、個々の作品では混ざり合っていることが多い。たとえば『ファウスト博士』において、〈周縁的な一人称の語り手〉たるツァイトブロームは、友情のこもった感嘆の思いで偉大な巨匠に傾倒しつつも、反面彼は、この節の題辞に引用したトーマス・マンの言葉に窺えるように、ほとんどあらゆる点で主人公と対照をなす実務派タイプの人間である。(42)

主人公と語り手によって体現される役割の類型化による区別は、しかしながら決して上述の配分(主人公＝複雑で、悪魔的な／語り手＝比較的単純で、冷静な)に尽きるわけではない。スコールズとケロッグがこのような物語形式にまず第一に見出すものは、上述の類型化とは正反対の配役の仕方である。——「ある人物を、一方では「傲慢 hybris」と「罪 hamartia」の名に値するほど粗野な人間として提示し、しかも他方では究極的発見と自己認識に至るだけの感受性を備えた人間として提示するという、古代悲劇のかかえていた問題は、物語芸術家にとっても常に大問題であった……主人公を、単純で力強い行動家と、筋の展開に与る複雑で感受性豊かな人物とに分けることによって、小説家は大問題の解決をはかるのである。〔コンラッドの〕マーロウは、クルツやジムにかわって認識をなすことができる。また〔フィッツジェラルドの〕キャラウェイは、ギャツビーにかわってそれをなすことができる。『王の家来たちも』ではジャック・バードンがウィリー・スタークにかわって、そしてフォークナーの『アブサロム、アブサロム!』ではクェンティン・コンプソンとシュリーヴ・マッキャノンが、サトペンにかわって認識をなすのである。[43]」

ところで、〈周縁的な一人称の語り手〉によって語られる物語の場合はいずれも、語り手と主人公という両人格の間に潜む緊張関係が、物語の意味構造を支える決定的に重要な局面をなしている。したがって解釈にあたっては、それを解きほぐす必要がある。その場合、W・C・ブースの用いた概念、すなわち最も広い意味での「信頼性 reliability」という概念が、大いに役立ちうる。たとえばジャクリーン・ヴィスウォナタンは、『嵐が丘』、『西欧の眼のもとで』、そして『ファウスト博士』における《物語り状況》を研究した際、すでにそのことを実証している。[44] このような一人称の語り手の「信頼のおけなさ」の問題、より正確に言えば、語り手が事態の真の成り行きに対し半可通でしかないという問題は、このような語り手が、およそ一人称の語り手なら誰もが実地に利用するところの特権、すなわち作中人物の対話を細大もらさず再現するという特権を行使するときに、もっとも露わな形で出て来る。このような状況では、この特殊な《物語り状況》の媒介性はほとんど完全に排除され、かわって直接的な場景的描写の印象が生まれる。そして読者は、その視界から語り手の姿を見失うのである。

この現象は、もちろん自叙伝風な一人称小説や〈局外の語り手による物語り状況〉においても、観察されるところである。しかし〈周縁的な一人称の語り手〉が登場する物語の中では、この現象は特別な意味を帯びる。それというのも、語り手によって報告される部分は、直接的に場景的に描写される部分としばしば好対照をなすからである。J・ヴィスウォナタンの言葉を借用してみよう。――「語り手の主観的な偏向は、物語的な部分において非常に明白であるのに対し、場景的部分では、語り手[周縁的な一人称の語り手]は完全にテープレコーダーの役目を果たす。[45]」かてて加えて〈周縁的な一人称の語り手〉は、語り手としての任務にあまりにも煩わされるので、ついには「へまをやらかして」、しばしのあいだ「柄にもなく」、一定の個人的な語法にも一定の立場にも縛られることのない〈局外の語り手〉のように語るようになる。[46]

われわれがここで紹介した二つの傾向、すなわち詳細な対話場面や場景的に描写された部分の自立化の傾向、並びに物語スタイルの変化の傾向を、われわれは〈周縁的な一人称の語り手〉の〈局外の語り手への変容〉と言い表わすことができる。ちなみに、これは自叙伝的な一人称の語り手においても、時折観察される現象である。一人称の語り手のこの〈局外の語り手への変容〉は、ある意味で〈局外の語り手〉の〈作中人物化〉と好対照をなしている。両方の現象に共通するのは、作中人物の権限と〈局外の語り手〉の権限とを調整しようとする志向であるように思われる。つまり、一方では作中人物(作中人物としての一人称の語り手も含む)が身に帯びる特殊性が、外的遠近法と全知を具備する〈局外の語り手〉の普遍性を指向し、他方では逆に〈局外の語り手〉の普遍性が、作中人物の特殊性の中に自らを具象化しようと努めるのである。

こうして、一人称の語り手の〈局外の語り手への変容〉という事態が存在することが確認されたわけであるが、それならば《「私」の語る物語り状況》の〈作中人物化〉という事態も可能であろうか、という問いがここで浮上してくる。一人称の語り手の〈作中人物化〉という事態は、本来一人称の語り手が語り手としては次第に影をひそめ、映し手的人物へと変容することによって起こるのである。これは、描写の焦点がもっぱら〈体験する私〉に向けられるときに起こる。この現象については、類型円図表の記述を進めてゆく過程でさらに詳しく論じられることになろう。

〈周縁的な一人称の語り手〉の一種の〈作中人物化〉という現象は、――もちろんこれは構造的というよりは、主題的な性格をもつ現象である――ジョーゼフ・コンラッドの短篇を手掛かりにして論ずるのが、もっとも手っ取り早いであろう。それも〈周縁的な一人称の語り手〉と主人公の間に実に奇妙な関係が、つまりコンラッド研究者たちが「意外な提携」という概念で特徴づけたところの関係が、存続もしくは始まろうとしているような物語を例に取るのがよい。語り手は、主人公の人生を究明し理解しようと努力を続けるうちに、自分と主人公との間に、ある内的な同質性が存在することを発見する。この同質性は語り手をますますとりこにし、語り手をして主人公の経験を強烈に追感しつつ、完全にその身になり切るよう仕向け、果ては心理的にも倫理的にも語り手が主人公を代行するまでに至る。これはコンラッドの場合、一人称形式で書かれている他の短篇（たとえば『秘密の共有者』）においても見出される「第二《アルテル》の自我《エゴ》」のモチーフの変形である。一人称小説ではこのモチーフは、主題的な意味と並んで、ある種の構造的な意味をも持つに至る。つまり、それ自体としては語りの媒介性を指向する〈周縁的な一人称の語り手〉による《物語り状況》が、「意外な提携」によって、作中人物に対する感情移入へと構造転換されるのである。一人称の語り手は、ほとんど不可避的に主人公の状況へ感情移入せざるをえなくなり、『闇の奥』のマーロウ、そして『ロード・ジム』のマーロウに見られるように、主人公になりかわってその運命を引き受けるまでに立ち至るのである。

〈周縁的な一人称の語り手〉の主人公に対するこのような態度によって、語り手と主人公の関係は、言うなれば、半自伝的一人称小説における〈物語る私〉と〈体験する私〉という独特の関係に近づく。もちろんここでは「提携」という関係が、実存的な条件として設定されているわけであるが、しかしそれでも〈物語る私〉と〈体験する私〉という関係にまつわる問題性が、――たとえばM・フリッシュの『シュティラー』におけるように、〈物語る私〉が己れの分身である〈体験する私〉を否認してしまうというような問題が――全く起こりえないわけではない。したがって、〈周縁的な一人称の語り手〉による典型的な物語の中でも、とりわけ語り手と主人公の間に顕著な感情移入(「意外な提携」)が見られるこのような形式は、厳密に言うならば、類型円図表の上では、優れて媒介的な機能に富む「周縁的な語り手による一人称小説」よりは、「自叙伝的な一人称小説」に近いところに位置することになる。

2の(3)　自叙伝風一人称小説から内的独白へ

静かなる心が今
わが肉体に迫って来る。そんなに広く見える、
この今のわれと、過ぎしこれらの日々との間の空白が。
しかもなおこれらの日々はわが心に存在し
時として私がこれを想う時、私は
二つの意識、私自身のそれと
ある他の存在者のそれとを感ずる。
（W・ワーズワース『プレリュード』、野坂穣訳）

形態連続体のこの扇形部分は、〈物語る私〉がしだいに後退し、かわって描写の焦点がますます〈体験する私〉へと集中することによって特徴づけられる。出来事の主役でもある語り手は、初めのうちは読者にも、物語行為を営む語り手としても、紛うかたなく識別できる。彼は空間的にも時間的にも同時に筋の中に組み込まれ、肉体的にも出来事の現場に居合わせ、出来事の成り行きに関与している。語り手と主人公という対立にかわって、ここでは〈物語る私〉と〈体験する私〉という対立が現われてくる。その結果、すでに第Ⅲ章(6)で「肉体化された私」という言葉で特色づけたように、物語行為と体験との実存的な結びつきが、フルに作動し始めるのである。この《物語り状況》はすこぶる豊かな変形と転調を可能にするが、それらのヴァリエーションを類型円図表で図示するとすれば、理念型の《「私」の語る物語り状況》を基点として、その左右に伸びる一定の範囲の形態連続体として表わせる。

この形態連続体の基本的な配列原理は、〈物語る私〉と〈体験する私〉の間の重心比率と、それに応じて両者間に築かれる緊張の磁場である。『白鯨』、『トリストラム・シャンディ』、そしてジークフリート・レンツの『国語の時間』においては、〈物語る私〉は、時として物語行為の描写によって、〈体験する私〉よりもより多く読者の注意力を要求することがある。自伝的な一人称形式による「古典的な」一人称小説では、こうした事情は調和がとれていて、たいていは〈体験する私〉のほうが、物語のより多くの部分を要求する。しかしながら、〈物語る私〉がどこにでも常に存在していて、重要な注釈をその都度さしはさむことによって、〈体験する私〉と〈物語る私〉との平衡が生まれる。たとえば『モル・フランダーズ』、『デイヴィッド・コパフィールド』、『緑のハインリヒ』、『フェーリクス・クルル』がその好例である。また一人称小説のこう

した形式は、両方の「私」のあいだに展開する緊張の磁場が結局常に和解へと導かれるがゆえに、「古典的な」という名称が冠せられる。こうした和解は、たとえばジャン＝ポール・サルトルのように、十九世紀の市民的小説を批判する何人かの批評家たちによって、現実離れのした問題回避的なものと決めつけられたのであった[47]。事実、主人公と世界の関係が問題をはらみ、いかなる解決にも達しないような一人称形式の物語の数は、類型円図表においてこの一人称形式の両側に隣接する物語に較べ、数が乏しいように思われる。

　類型円図表を《「私」の語る物語り状況》から《作中人物に反映する物語り状況》の方向へと辿ってゆくならば、一人称小説の形態にさまざまな変化が現われる。これは《局外の語り手による物語り状況》から《作中人物に反映する物語り状況》へと辿る場合の、三人称小説の形態上の変化とある種の類似性を思わせる現象である。この場合も、そのプロセスは多層的な経過を辿る。つまり、それぞれの推移は厳密に直線的に秩序づけられるのではなく、個々の現象がそれぞれに交差しているのである。それにもかかわらず、全体を見通すためにも、これらの現象は、類型円図表での図式化がうまくゆくようなシステムで整合的に提示され、検討されなくてはならない。

　(1)　〈物語る私〉がますます後退する。自叙伝風一人称小説の特徴でもある〈物語る私〉と〈体験する私〉の間の均衡が放棄され、〈体験する私〉に優位が与えられる。これにより、語り手たる「私」の肉体性は、物語行為の動機づけにとっての重要性を失うことになるが、しかし〈体験する私〉の意識状態を映し出す肉体的基盤であることをやめるわけではない。物語行為そのものが主題化されることはもはやなく、したがって読者や聴き手への語りかけは、だんだん間遠になってゆく。

　(2)　描写の焦点は、ますます明瞭に〈体験する私〉に集中するようになる。力点は、「現実態において《イン・アクトゥー》」の出来事、すなわち〈体験する私〉の知識・知覚範囲をはっきり限界づけるところの体験、要するに今此処で行われつつある現在の体験に置かれるようになる。それと平行して、行為の動機づけの重心は、認識や意志や熟慮といったものから、無意識ないしは半ば意識しているだけの反応へ、そして極端な場合には単なる神経生理学的な反射作用へと移動してゆく。

　(3)　自叙伝風一人称小説において、〈物語る私〉が己れの過去の体験に対して、調和のとれた分別のある態度を取るのに必要な前提である物語距離が、〈物語る私〉の後退とともに、ほとんどとどまるところなく減少してゆく。ホールデン・コールフィールドは、ニューヨークで暮らした日々の「空しい」経験の後の、わずか数カ月間のことを物語る。そこでの〈体験する私〉は、大いなる告白を行なうことによって〈物語る私〉をほぼ完全に押しのけてしまう。ベケットにおける「私」という人物たちは、その実存的な解体に向かってただ植物人間のように生きるだけである。そしてその解体は、わけても〈物語る私〉と〈体験する私〉との距離がゼロになることによって、はっきりそれと分かるのである。

類型円図表のこの扇形の一端に、書簡体小説並びに日記体小説を付け足すことができる。書簡体小説を系統的に配列するのに有効な基準は、文通者の人数ではなく、なによりもまず、手紙の書き手が自分の体験に対して保っている時間的・空間的な、そして内的・心理的な距離である。この意味で《物語り状況》は、厳密に言えば、それぞれの手紙ごとに切り離して確かめられねばならない。したがって、たとえばリチャードソンの『パミラ』における物語距離の全階梯は、パミラが一週間分の出来事をまとめて手短に述べる報告に始まり、パミラの誘惑者であり虐待者である男の接近の模様を、刻一刻彼女みずからの筆で書き留める、かの危機的瞬間の「速記」にまで及ぶのである。(48)

類型円図表において、〈局外の語り手による〉領域から〈作中人物に反映する〉領域へとつづく連続体の側に位置づけられている対話体の物語に対応して、〈「私」の語る〉領域の側にも、そのような対話体の物語の存在を推定することができる。その位置するところは、《「私」の語る物語り状況》と《作中人物に反映する物語り状況》のほぼ中間である。対話の優勢の度合いは、その場合、二次的な配列基準にすぎない。この位置づけの第一の基準となるものは、次のような事実、すなわち、ここではもう語り手がほぼ完全に姿を隠してしまっているものの、映し手的人物はまだ見えてこないという事実である。これは、類型円図表のちょうど反対側に位置する対話体物語の場合も全く同様である。したがって両者のケースにおいては、配列基準がまさに弁別的特徴(対話体化という特徴は除く)の欠如という点にあるので、この種の一人称小説(たとえばヘミングウェイの『五万ドル』)が、なぜそれと好一対をなす三人称小説(たとえば『殺し屋』)とほとんど区別がつかないかも、自ずと了解されるのである。両者の特徴をよく表わすものは、対話体による表現とか場景的描写の優勢といった事柄であるが、それらと並んでとりわけ重要な特徴は、語り手的人物も映し手的人物もともに不在であるという点である。

独白的形態は、結局《「私」の語る物語り状況》と《作中人物に反映する物語り状況》とを橋渡しする中間形態である。内的独白において読者の前に現われて来る「私」は、すでにいかにも映し手らしい特徴を示している。この「私」は語ることをせず、聴き手や読者に向かって話しかけることもしない。ただ自分の意識の中に、その時々の己れの状況と、その状況によって呼び起こされる追想を、もともに映し出すだけである。それゆえ内的独白によって描き出される外的世界は、「私」という人物の意識に映った映像にすぎないように見える。

第Ⅲ章ですでに説明したように、(49)意識描写が行われる領域において、語り手的人物が不在の場合には、一人称と三人称による対象指示の区別の手掛かりが失われるので、類型円図表において、《「私」の語る物語り状況》から《作中人物に反映する物語り状況》への推移は、ごく目立たずになされる。この境目も、通過自由な境界線なのである。範疇的な区分けのない形態連続体の図表化としての類型円図表の本質が、ここでも再度確認されたことになる。

　以下に続く幾つかの項目のなかで、類型円図表でつい先刻取り上げたばかりの《「私」の語る物語り状況》の扇形部分に生ずる若干の問題について、さらに立ち入った分析を行ないたい。

2の(4)　自叙伝風〔一人称形式〕の物語り状況における二つの「私」の関係

> 私は、あの頃よりも自分が今はもっと賢くて慈悲深い人間になっていると思う――間違いなく私は前よりも幸福な人間なのだ――そして、愚か者に注がれる知恵の光が、愚行とともに、真実の厳粛な輪郭を明るみに出すこともありうると思う。
> （アイリス・マードック『ブラック・プリンス』、一人称の語り手ブラッドリー・ピアソンの序言）

自叙伝風の《「私」の語る物語り状況》の顕著な特徴は、主人公としての「私」と語り手としての「私」との間にかもし出される内的緊張関係である。語り手たる「私」の生におけるこの両局面を、われわれは旧著『小説における典型的な物語り状況』の中で、〈体験する私〉と〈物語る私〉という両概念によって呼ぶことを提案した。[50] 語り手たる「私」のこの二つの在り様を時間的・空間的・心理的に分け隔てる物語距離は、一般的には〈物語る私〉が己れの物語を物語り始める前に、身に蒙った経験と教養過程の痛切さを測る目安でもある。だからこそ〈物語る私〉と〈体験する私〉の間の）物語距離は、自叙伝風一人称小説の解釈にとって最も重要な手掛かりの一つになりうるのである。作品に具体化される物語距離の多様な形態は、〈物語る私〉と〈体験する私〉との同一化に始まり、果ては両者の完全な疎隔に至るまで、実にさまざまな様相を呈するのである。

　古いタイプの自叙伝風一人称小説は、「私」という人物に備わる道徳的人格の全面的な変貌でもって幕を下ろすことが多く、したがってそこで支配的なのは、グリンメルスハウゼンの『阿呆物語』[51]やデフォーの『モル・フランダーズ』の例に見られるように、かつての「私」という存在からの転身であり、離反である。しかもその場合、「私」という語り手の人格が辿るはずの心理的成長の連続性は、往々にして顧みられることが少ないのである。したがってたとえば、道徳的に変貌したモル・フランダーズが自らの過去の生活、すなわち盗賊であり、娼婦であり、重婚者であった前歴について述べる数多くの注釈を読むとき、あたかもデフォールのように、歳月を隔て、円熟した老境から己れの往時の生活の如く異質な他者としてさまざまな省察を行なう「私」とを一緒くたにし、それらを一人の人物の中に結び合わせているかのような印象を受ける。(52)自叙伝風一人称小説の形式で語られる物語は、言うなれば〈体験する私〉と〈物語る私〉とが心理的統合を成就するまでのプロセスを、歩一歩得心のいく形で描いた物語なのである。

自叙伝風一人称小説においても、物語行為そのものが物語の主要な部分をなすが、しかし〈局外の語り手による〉物語とは違った意味でそれが言える。確かに両方の《物語り状況》に共通するのは、物語行為を描く詳細さの程度がはなはだ変動しやすいという点である。たとえば《「私」の語る物語り状況》だけを見ても、物語行為の微に入り細をうがった描写(〈周縁的な一人称の語り手〉による《物語り状況》に近接する地帯に現われる)はもとより、物語行為のほぼ完璧な抑止(内的独白への移行地点に現われる)に至るまで、実にさまざまな段階が存在する。しかし、この共通点よりももっと重要なのは、両者を分かつ点である。《「私」の語る物語り状況》においては、物語行為はある意味で「私」の体験がそのまま継続した形態とみなせる。また語りへの実存的な動機づけも――これは《局外の語り手による物語り状況》には無縁なものである――実はそこに端を発している。半自叙伝的な一人称の語り手は、その目まぐるしい変貌にもかかわらず、無数の実存的な糸によって、過去の「私」というものに結ばれている。

こういう語り手が、モル・フランダーズやフェーリクス・クルルのように、歳月を隔て、円熟した老境から己れの往時の生活の迷妄や過誤を振り返るとき、たいてい彼はそのように眺め渡された生活のなかに、一定の型にはまった秩序を見出す。語り手が、ホールデン・コールフィールドやオスカル・マッェラートのように、体験のさなかにある己れの自我にまだ距離を置いて相対することができないとき、体験そのものの混乱や無秩序、あるいは無方向といったものも、そのまま物語行為の重要な要素となりうるのである。物語距離が短ければ短いほど、すなわち〈物語る私〉が〈体験する私〉に近ければ近いほど、〈体験する私〉の知識と知覚の視野は狭くなる。そして体験の実質的意味を解き明かす触媒としての回想の効果も薄れてくる。(53)したがって、一人称小説における知識・知覚の視野の狭小化と回想の効果との間には、密接な関連があることになる。

2の(5)　一人称小説における「視点」と回想

もし人が本当に生きてゆくつもりならば、最低限度の記憶は不可欠である。
（S・ベケットの『マロウンは死ぬ』のなかのマロウン）

一人称小説における二つの「私」の対立関係によって、一人称の語り手の知識・経験範囲の限定化が再三にわたり主題化される。小説家にとってそこから生ずるものは、一般に流布している見解に反して、不利益というよりはむしろ多くの利点である。その利点は、こうした語りの形式が物語の媒介性をきわめて具体的な形で具現するという点にある。一方、不利な点もしくは伝統的に不利とみなされている点は、ほとんど常に《「私」の語る物語り状況》の稚拙な操作や、あるいは一人称の語り手の「視点」のあまりに律儀な順守が招いた結果なのである。だからそのような障害を回避するための一連の伝統的手法として、たとえば一人称の語り手の盗み聞きの場面とか、鏡の中での自己観察といった手法[54]が根を下ろすことになったのである。しかしながら、こういう手法は舞台の上では遠近法的描写と当てこすりの高級な手段たりえても（シェイクスピアの『恋の骨折り損』における盗み聞き場面のモチーフとその効果の盛り上がりを想起せよ）、小説ではほとんど常に窮余の一策であるにすぎない。

にもかかわらず、一人称小説における盗み聞きや鍵穴からの覗き見の場面は、常にある程度の人気を博してきた。そのような場面は、たとえばトマス・ナッシュの『悲運の旅人』といった一級の一人称小説にも、非常にセンセーショナルな形で存在する。この作品の中で、一人称の語り手は壁の割れ目を通して、殺された夫の死体の上に横たえられた貞潔な中年婦人を、盗賊が強姦するのを目撃する。[55]ディケンズも、大部分の他のヴィクトリア朝時代の作家と同様に、この伝統的な手法を活用している。たとえば『デイヴィッド・コパフィールド』の第五十章[56]を読むと、そこではマルタには連れ込み宿の代わりになり、エミリには最後の避難所として役立っている家の長い階段と半開きのドアが、このような場面に格好のお膳立を提供している。ディケンズは、それらの条件を実に巧妙に利用しているのである。しかしディケンズのような偉大な物語芸術をもってしても、小説におけるそのような盗み聞きの場面が、結局窮余の一策でしかないことを覆い隠すことはできない。

そのような急場しのぎの解決策は、結局のところ《「私」の語る物語り状況》に潜む遠近法的必然性と可能性に対するあまりに偏狭な理解から生まれる。こうした視野の狭い理解は、一人称形式をめぐる小説理論的な論議にもまだかなり根強く残っている。

K・ハンブルガーが、G・ミッシュの次のような見解、すなわち「「生産的な表現の迫真性」は、想像力を三人称に感情移入する場合よりも、「一人称による描写のほうがより容易に、より楽しく」達成できる」という見解に反対を唱えるとき、[57]われわれは彼女に同意せざるをえない。しかし、仮に一人称の語り手に「完全な記憶」の能力が認められ、遠い昔の長い対話を一字一句もらさず再現できたとしても、それによってすべてがカバーされたことにはならない。すなわち、そうしたところで、たとえば十八および十九世紀の偉大な一人称小説の中で、一人称の語り手たちによって描き出された事柄のすべてが、描き尽くされるというものでもないのである。

大部分の批評家や理論家たちが考えているような一人称小説の語り手の役割は、〈局外の語り手〉の役割と全く同様に、型にはまった見方から解放される必要がある。型にはまった考え方は、さまざまな写実主義的かつ自然主義的な綱領から生まれてくる。つまり、そのような綱領に則れば、語り手はもっぱら自らの経験、実地検分、良心的な追跡調査を通じて知るところとなった事実の忠実な再現に、専念すべきものと考えられるのである。しかしながら文学的な一人称の語り手は、往々にしてこのような綱領や規定をあまり意に介することもなく、また自ら経験した事柄の良心的な報告者という役目だけに満足することもなく、本来は物語の創造者たる作者にのみ帰属するところの特権をも主張したのである。かくして多くの一人称の語り手は、自ら経験した事柄の筆記という領分を大きく踏み超えて、自らの想像力のなかから物語を蘇生させる。その場合、回想のなかから喚起されるものと、想像力のなかから感情移入的に追創造されるものとの境界は、しばしば廃棄されてしまう。かくて再生的な回想と生産的な想像力とは、同一の事象の異なる両側面であることが判明する。[58]

こうして一人称小説における回想の機能は、ごく普通の意味で回想というものに帰せしめられている能力を、すなわち過ぎし日の現前化という能力を大きく越えることになる。回想そのものは、それだけですでに一つの語りの行為を意味している。つまりそれは、想起された事柄を選択し構造化することによって、物語内容を美的に形成するところの物語行為である。[59]したがって〈物語る私〉は、たんなる外面的な「自己《イン・ペルソナ》」同一性にとどまらないそれ以上のものによって、〈体験する私〉とその経験世界に結びついていることを、われわれは是認しないわけにはいかない。この点に、一人称小説と三人称小説のもう一つ別な違いが、しかも作品の深層にまで及ぶような違いが、紛れもなく現われるのである。〈局外の語り手〉にとって、物語プロセスのなかで働く回想という創造的能力は、一人称の語り手が回想行為のなかで己れ自身の物語を喚起するのと同じような具合に、作用するということは決してない。したがって一人称の語り手デイヴィッド・コパフィールドが、たとえば自分の誕生直前の母親の状態について、あたかも彼がこの目でそれを眺めたかの如く細密な描写をするとき、彼はただ非常に表面的な意味で、己れの知識・知覚範囲の限界に違反しているのである。

母は暖炉の側に腰かけていたのだが、身体《からだ》の具合が悪く、ひどく元気がなく、涙ながらに、火をじっと見つめて、自分のことや、また、父親のない、小さいまだ見ぬ子のことを考えて、ひどくしょげ返っていたのであって、その子というのは、生れることには一向無関心な世間へ出て来るのを、二階の抽斗《ひきだし》にしまってある、幾グロスかの予言ピン(妊婦の友人知己なぞが沢山のピンを針差にさし、それで祝いの文句を書いて、お産の前に贈る習慣がある)で既に歓迎されていたのである。本当に、母はあの晴れた、風の吹く三月の午後に、ひどく気が折れ、悲しそうに、しかも、目前に控えている試練を果して切り抜けられるだろうか、それも覚束ないという風で、暖炉の側に腰かけていたのであるが、涙を払って、ふと、向うの窓に眼を向けると、一人の見馴れない婦人が庭を通って、こっちへやって来るのを見たのである。

ちらと二度目に見て、こりゃベッチーだと、母は思い込んでしまった。沈んで行く太陽が庭の垣根越しに、その見馴れない婦人を照らしていた。その婦人は、他《ほか》の人には、とても見られないような、恐ろしくぎすぎすした姿勢と、落ちつき払った顔つきをして、ドアの方へやって来た。[60]

(市川又彦訳、岩波文庫)

ここでの一人称の語り手を〈局外の語り手〉と公言するには及ばない。[61] この場面は、一人称の語り手の想像力豊かな感情移入が生み出した正真正銘の想像の産物である。この一人称の語り手にとって、彼の母親の人柄にまつわるありふれた思い出から、彼女をめぐるこのような独特のイメージを想像力のなかに喚起することは、べつだん難しいことでもなんでもない。したがって、たとえばこの小説が始まってすぐに出てくる「私は人から聞かされていて、それで信ずるのだが」という立証の言葉は、ここでは全く無用なのである。

〈物語る私〉と〈体験する私〉という図式の具体的形態が、《「私」の語る物語り状況》の理念型に近づくと、〈物語る私〉の注釈と〈体験する私〉の行動とのあいだには平衡関係が生まれる。読者の想像力は、ほぼ均等に、両方の「私」の立場に向けて方向づけられる。もちろん、一時的に一方の立場が優位を保つことがあるが、長く読んでいるうちにたいてい均衡が回復する。『デイヴィッド・コパフィールド』の前半はこのモデルに酷似しているが、後半では〈体験する私〉の重要性が幾分か失われる。それというのも物語は、デイヴィッドと一緒に出来事の中心に立っているわけではない他の作中人物たち、すなわちミスタ・ペゴティ、ベッチー・トロットウッド、ウィックフィールド、ユライア・ヒープ、ミスタ・ミコーバーといった人物たちのことを非常に詳しく扱うからである。次に引用する二つの個所は、初めは〈物語る私〉の、次いで〈体験する私〉の顕現を証拠立てようとするためのものであるが、右に述べた理由から、これらはいずれも小説の第一部から引用されている。第一の引用個所は、第十九章の冒頭、カンタベリーで学校生活を送ったデイヴィッドがストロング先生とその学校に別れを告げる場面である。

私の学校生活が、終りに近づいて、ストロング博士の学校を去る時が来た時には、私は内心、嬉しかったのか、それとも、悲しかったのか、疑わしい。私はそこにいて、非常に、楽しかったし、博士に対して、大きな愛着を持っていたし、それに、その小さな世界で、群を抜いて、目立っていた。こういった理由で、私は去るのが、悲しかった。が、ずいぶん、たわいのないことだが、他《ほか》の理由で、嬉しかった。自分の勝手に、振るまえる青年であること、自分の勝手に、振るまえる青年は、当然、偉いこと、そうした豪勢な動物が見たり、行ったりする、驚くべきことと、彼がどうしても、社会に対して及ぼさずにはおかない驚くべき影響、こういった漠然たる考えが、私を誘い出したのである。私の子供心の、こうした、幻のような考えが、大変に、強かったので、私の現在の考え方からすると、当然、残念な筈の気持もなくて、学校を去ったようである。この別れは、他の場合の別れほどの印象を、私に与えなかった。私はそれをどういう風に感じたか、その事情はどうであったかを、思い出そうとしても、思い出せない。が、それは私の回想には、重要なものではないのだ。どうも、前に開けた前途に、私はまごついたらしい。私の幼い頃の経験は、その時、いくらも、いや、何も、役に立たなかったこと、そして、人生というものは、何よりもまず、私がこれから、読み始めようとしている、大きなお伽話のようであったということが分っている。[62]

（市川又彦訳、岩波文庫。一部句読点を変更）

物語のこの部分は、〈物語る私〉の報告と省察とだけから成り立っている。幾つかの要素は回顧の性格を強調し、物語られた出来事を、読者の想像力のなかで、過去へと押し戻す。〈物語る私〉の現在は、時間的方位の零度を形成するが、それは特に、物語行為を表わす動詞が現在形ないしは「現在完了」の形で頻出することによっても、明確に識別できることである（「疑わしい」、「〔学校を去った〕ようである」、「与えなかった」、「思い出そうとしても」、「〔私はまごついた〕らしい」、「分っている」）。さらに、上述の回顧的性格を際立たせる要素として、「その時」という言葉に暗示されている（しかもそのように言うことによって、そこには「今」

という意味も含意されている)物語距離がある。要するに、これによって当時の主人公の目に映った状況が、回顧的に総括され特徴づけられる。そして、「私はそれをどういう風に感じたか、思い出そうとしても、思い出せない……どうも、私は〔まごついた〕らしい……分っている……」という風に、独特の経過を辿って回想行為の狙いをほのめかす語り口も、そのような回顧的性格を強める要素であることは言うまでもない。この場面では、いわば回想の空白部分である不確定個所に、少なくとも一般論としては明確な説明をはめ込み補うことによって、回想が時間的隔たりを克服し、遠い昔の事を呼び戻す様子が、生き生きと描き出されている。読者がこの章の書き出しを読むとき、とりわけ〈物語る私〉がイメージの中にはっきり具象化されてくるのに対し、〈体験する私〉は読者にとって影が薄くなってしまうことは疑う余地がない。

〈体験する私〉が前景に現われる場面の説明には、デイヴィッド自身が交わす対話の場面が最適と思われる。そのような場面は、この小説ではすこぶる数が多い。だが、〈体験する私〉の立場からなされる報告の例も、全く無いわけではない。たとえば第十七章の末尾では、ストーリーの一部が〈体験する私〉の視点でもって報告されている。つまり、デイヴィッドにとっては全く思いもかけぬことであったが、ミコーバー夫妻のカンタベリーからの退去の場面である。ミコーバー家での晩餐会に気前よく招待された翌日、デイヴィッドはミスタ・ミコーバーから一通の手紙をもらう。文面によると、ミスタ・ミコーバーは経済的事情のために、よんどころなくこの町を即刻去って、ロンドンで避けようにも避けられないこと、すなわち債務者拘留所への入獄を待ち受けねばならなくなったのである。

この悲痛な手紙の内容に、驚いてしまって、私はストロング博士の学校へ行く途中で、そこへ立ち寄り、一と言、慰めの言葉をいって、ミコーバーさんをなだめようと思って、小さなホテルへと、すぐに、駆け出して行った。だが、半分も行くと、ミコーバー夫婦が後方に乗っている、ロンドン行の乗合馬車に出会った。いかにも、落ちついて、嬉しそうな風をしたミコーバーさんは、胸のポケットから、一と瓶覗かせて、奥さんの話に、にこにことし、紙の袋から胡桃《くるみ》を食べているのであった。二人は私を見なかったので、いろいろと、考えたが、こちらも、先方を見ない方がいいと思った。そこで、大変な重荷が、胸から、降りた気持で、私は学校への、一番、近道の横町へ曲って、二人が行ってしまったので、大体に於て、ほっとした、そりゃもう、私は、未だに、あの人たちは、大好きだったのだけれども。[63]

(市川又彦訳、岩波文庫)

この文章全体に流れているものは報告調の語り口ではあっても、

ここで読者の想像力の中に具体化されてくる形姿は、〈体験する私〉であって〈物語る私〉ではない。今此処で「私」が語っているという行為の現在性の感覚は、物語行為そのものへの明確な言及がどこにも見当らないために、弱められているのである。むしろ読者は、「視点」が素朴でお人好しの若いデイヴィッドの物の見方に限定されることによって、あたかも自分がその場に身を置いているような感じをいっそう強く抱く。表向きは緊急と称する旅立ちの際に見かけたミスタ・ミコーバーのいやに満足げな様子は、確かにデイヴィッドに軽い驚きを引き起こすが、しかし〈物語る私〉はそこで解説的な注釈をさしはさむような真似はしない。そのような解説をまじえるのに、物語の時機がまだ熟していないからである。一人称の語り手といえども、〈局外の語り手〉と同様に、たえず読者をハラハラさせながら己れの物語を語ろうと苦心するのが普通なのである。

2の(6)「私」の語る物語り状況と体験話法

体験話法という概念をめぐる論議は、これまで久しい間、ひたすらその例証をいわゆる三人称小説の中に求めてきた。というのも、体験話法の識別特徴の一つとされるもの、すなわち作中人物の発話、知覚、思考が語り手の伝達機能と重層し合うという現象が、この三人称小説に最も明瞭に見て取れるからである。またこうした事情から、この体験話法という現象は、総じて三人称テクストの中にしか見出されないものという印象が生まれた。(64) それどころかK・ハンブルガーは、一人称小説では、およそ体験話法は「三人称に関するものでも、また一人称の語り手自身に関するものでも」起こりえない、というテーゼを立てている。(65) しかしこのテーゼは、少なからぬ数の逆のテクスト例によって反証を突きつけられ、根拠の薄弱なものとなる。もしくは、ただ物語の「深層構造」のレベルでしか妥当しえないものとなる。ドリット・コーンは、一人称小説にも体験話法が存在することを、この上ない迫力と説得力でもって実証した。(66) たとえば次に挙げるように、コーンが引用しているH・ヘッセの『荒野の狼』の一節がその好例である。

ああ、確かに私は、運命がその世話のやける子に、最も厄介な子に定め与えたこれらの体験や変化を知っていた。それらをあまりにもよく知っていた……私はそれらすべてを本当にもう一度体験しなおさねばならないのだろうか？　この苦悩のすべてを、この途方もない苦難のすべてを、己れの自我の低劣と無価値を悟らされるこの自得のすべてを、敗北に対するこの恐ろしい不安のすべてを、この死の不安のすべてを？　こんなに多くの苦しみを繰り返すのを避けて、こっそり逃げ出してしまうほうが、利口で簡単ではなかったか？ 確かに、そのほうが簡単で利口だった……いや、死の戦慄を伴う自己対峙を再度この身で味わうこと、新たな形成を、新たな変容を再度やり遂げることを私に要求できるような力は、断じてこの世には存在しなかった……もうたくさんだ、これでおしまいにしよう！[67]

また、ドリット・コーンはカフカの小説『城』を取り上げ、この作品に支配的な《作中人物に反映する物語り状況》に呼応して、特に体験話法が頻出するテクスト個所を、一人称で書かれた初稿〈小説の第一章〉の該当個所と比較している。そしてその比較を通じて、一人称で書かれた初稿の場合にも、三人称で書かれた決定稿と同じ所に、体験話法が見出されることを実証している。さらにコーンの確認するところによれば、「一人称小説における体験話法は、重点がひたすら〈体験する私〉に置かれ、したがってその分だけ〈物語る私〉が影を潜め、はっきりした形姿を示さない場合にのみ現われる……過ぎ去った時期の「私」へのこうした感情移入は、われわれには一人称小説における体験話法の一つの前提条件であるように思われる。[68]」これによって、想念の描写形式としての体験話法が——発話の再現としての体験話法はひとまず除外しなければならない——一人称小説ではなぜ稀にしか現われないのか、その理由の一つがすでに究明されたことになる。つまり、すでに指摘したことでもあるが、一人称小説のなかでもわれわれが最もよく目にする形式、すなわち自叙伝風一人称小説においては、〈物語る私〉がしばしば前面に強くせり出してくるために、体験話法の出現に必要な条件である〈体験する私〉への感情移入が、首尾よく運ばないのである。なぜなら、物語行為のさなかにある〈物語る私〉の「今と此処」が、読者の方位感覚を規定するからである。

G・シュタインベルクは、《「私」の語る物語り状況》に現われる体験話法と、《局外の語り手による物語り状況》もしくは《作中人物に反映する物語り状況》に現われる体験話法との間には、文法的にも差異があることに注意を促している。特に彼がはっきり指摘している点は、時制の転換と並んで体験話法の識別基準である人称指示の転移（一人称から三人称への転移）という現象は、〈物語る私〉が〈体験する私〉の思念を再現するような形の体験話法では、当然ながら起こりえないということである。また、たとえば非現実話法や補足的な添加語を含む不定詞句をそのまま借用する場合のように、動詞変化形の転移が起こらないときには、《「私」の語る物語り状況》に現われる体験話法は、直接話法と区別しがたくなる。——「［一人称小説においては……］一人称による体験話法は、三人称小説の体験話法の場合よりも、直接話法と重なり合うことが多い。[69]」同時にシュタインベルクは、一人称形式の体験話法がこれまであまり注目されなかったのは、三人称小説と比較して、一般に一人称小説では体験話法の頻度数が少ないためであると説明している。――「三人称による体験話法の優勢は……体験話法の特性というよりは、三人称小説の……数量的な優越によって説明がつく。[70]」

小説における一人称小説と三人称小説の数量的分布という事実は、しかしながら二次的な意味を持つにすぎない。一人称小説における体験話法の頻出度の低さは、なによりもまず《「私」の語る物語り状況》によって創出される物語の構造的条件に、密接に関わっている。すでにこの章の初めの方で(1の(2))説明したように、体験話法の最も本質的な特徴を語り手と作中人物の二重視点であると考えるならば、一人称小説における体験話法の頻度数の低さは、およそ次のように説明できるだろう。つまり、一人称小説においては、この種の二重視点は、三人称小説におけるよりもずっと稀なのである。それというのも〈物語る私〉は、とどのつまり〈体験する私〉と「人格的に《イン・ペルソナ》」一致するものであるから、一人称小説ではこのような二重視点は、本当の意味での視点の二重化をもたらさないからである。

これまで体験話法は、ただ単に思考や知覚などの再現のための手段としてみなされてきた。ところが実際には体験話法は、一人称小説においても――三人称小説の場合と同様に――、発話の再現としても現われるのである。したがってここで、想念の再現としての体験話法と、発話の再現としての体験話法とを区別することが必要になる。まず初めに確認しなければならないことは、《「私」の語る物語り状況》の埒内では、想念の再現としての体験話法は、常に一人称の語り手自身に関してのみ可能であるという点である。これに対し、同じ《「私」の語る物語り状況》の埒内でも、発話の再現としての体験話法は、他の作中人物の発話に対しても起こりうる。なぜなら発話の描写に関しては、一人称の語り手は知覚範囲を制限されることもなく、発話をそのまま再現できるからである。しかし、とりわけ重要に思われるのは、《「私」の語る物語り状況》の埒内では、体験話法を用いての思考と発話の再現は、実に多様な効果を呼び起こしうるという点である。

ある日デイヴィッド・コパフィールドは、彼の「おさな妻」ドーラにやさしい気遣いをみせながら、彼が無一文になってしまったことをはっきり悟らせようとするが、ドーラはこの知らせをどうしても信ずることができない。

> だが、私は非常に真面目な顔つきをしていたので、ドーラは髪の毛を振るのをやめ、ぶるぶると震えている小さな手を、私の肩にかけ、初めてびっくりした、心配そうな顔つきをして、泣き出した。それはひどく恐ろしかった。私はソーファの前に、膝まずいて、彼女をいたわり、どうか、私の胸が張り裂けることのないようにして下さい、と頼んだ。だが、暫らくの間は、かわいそうな、小さなドーラは、ただ泣き叫ぶ

ばかりであった。ああ、まあ、まあ！ まあ、まあ！ で、ああ、私、ほんとに驚いてしまいました！ で、ジュリア・ミルズはどこにいるんでしょう！ で、ああ、ジュリア・ミルズのところへ連れて行って、どうか、あなたは帰ってて頂戴！ と。で、私は、ほとんど気が狂わんばかりであった。(71)

（市川又彦訳、岩波文庫）

ドーラが激しく泣きじゃくりながら張り上げる言葉、そして婚約者に向かって、自分のことはそっとしておいてほしい、ただ女友だちを呼んできてほしいと促す言葉は、体験話法で書かれている。このように直接の叫び声と報告された発話（ないしは体験話法）とが混じり合うケースは、二ページ先の所でも、(72)これと全く似たような文脈でもう一度出てくる。このような混合の効果によって、ドーラの言葉は全く独特の響きをもって、読者の耳に聞こえてくることになる。体験話法は、未熟でわがままなドーラのヒステリックな反応を、直接話法よりもありありと聞き取らせるのである。なぜなら彼女を通して、〈物語る私〉すなわちデイヴィッドの声も聞こえるからであり、しかもその「私」はこの場面を、もはや往時の「私」が体験した狼狽の思いをもってではなく、歳月を経て、いわば不思議な感慨をこめて記憶に蘇らせているからである。体験話法によるドーラのヒステリックな叫びの描写は、明らかに距離感とアイロニーを生む効果をもっている。

フリッツ・カルプは、この個所を違った風に解釈している。カルプは、この場合の体験話法は直接話法よりも強い効果を発揮している、と考える。――「……わがままなおさな妻ドーラの悲嘆が、読者の耳に切々と訴えかけてくるばかりではない。発話の再現がこうした形をとることによって、そこには、語り手の己れ自身に対する非難、すなわち語り手が己れの往時の無思慮を遅ればせながら咎める、という意味合いもこめられているように私には思われる。(73)」ただ、ここでの体験話法が《「私」の語る物語り状況》の中で現われてくるという事実は、カルプによって顧慮されていないのである。

さて、体験話法を用いることによって、作中人物の談話の特色ある口調や響きが、間接話法によるよりも鋭く捉えられるばかりでなく、直接話法によるよりもいっそう鮮明に写し取ることができるという事態について、ここでリチャードソンの書簡体小説『クラリッサ・ハーロウ』からの引用を手掛かりにして、もっと具体的に説明してみようと思う。クラリッサ（クラリー）は、彼女の女友だちであるミス・ハウ宛の第二信の中で、ミスタ・ラヴレイスが彼女の姉アラベラを訪問したことを報告している。アラベラが翌日すぐに、彼女とミスタ・ラヴレイス（彼は世人にアラベラの求婚者とみられている）との間で交わされた会話について、クラリッサに知らせたからである。ミス・ハウ宛のクラリッサの手紙の中から次に引用する部分は、のっけから、アラベラがクラリッサに伝えた言葉の体験話法による引用(引用符で囲んだ部分)でもって始まる。引用された言葉は、「ああ、わたしの大好きなクラリー！」が「ああ、彼女の大好きなクラリー！」に転換されていることから、体験話法であることが見分けられる。同様にその後でも、アラベラを指すはずの「わたし」が「彼女」に置き換えられ、クラリッサを指す「あなた」が常に「わたし」に置き換えられていることからも、それは察せられる。したがって、「本当のところ "let her tell me"」は、"let me (Arabella) tell you (Clarissa)" という直接話法の再現として書かれたものである。

「すっごくハンサムな男《ひと》なの！――ああ、大好きなクラリー！」(というのはそのとき姉は彼のことで溢れんばかりに上機嫌でしたので、わたしを心から愛したい気持ちだったからです！)「あの人はわたしにはハンサムすぎてもったいない人よ！　もしわたしが誰かさんみたいに可愛らしい人なら、あの人の愛情をつなぎとめておくことができるでしょう！――というのはあの人は奔放な方だって聞いたからよ。とっても奔放で、とっても陽気で、情事がお好きだそうね。だけどあの人は若いわ。物の分かった人よ。ご自分の誤りに気がつくでしょうよ、たとえあの人の不品行が結婚によって治らなくっても、わたしがあの人の不品行を我慢できさえすればね。」

このような調子で姉は話し続けました。やがて姉は、彼女自らいうところの「あの魅力のある男《ひと》に会って」ほしいわと言ったのです。再び「わたしはあの人にふさわしい美人じゃないわ」と心配し、「男の人がそのことで女より有利な立場に立つとは悲しいことね！」と言いました。――しかしそれから歩いて行って鏡に向かい、自画自賛しました。「わたしはとってもいいわ。わたしより器量が悪くっても、まあまあだと思われている女の人はたくさんいるわ。わたしはいつも器量良しだと思われているの。器量良しはね、本当のところ、美人ほど失うものはないんだから、その持ち前のものが消えたり飛び去ったりしてももとのままでいられるのよ。いいえ、その点では」(と再び姉は鏡に向かいました)「わたしの目鼻立ちは整っていなくはないわ。目は満更でもないわ。」そしてわたしは姉の目がそのときいつもよりきらきら輝いていたのを覚えています。――「要するに、何も非難されるものなんてないのよ。もっとも、とても魅力的なものもないとは思うけど――そうでしょ、クラリー？」[74]

このように直接話法や間接話法にまでも波及していく体験話法の効果は、原文の中の幾つかの単語と成句をイタリック体〔訳文では傍点〕に組むという独特な表現手段によって、――これははなはだ示唆に富むことである――さらに強化されている。つまりこのイタリック体は、(手紙の書き手であるクラリッサではなく、発話の主体であるアラベラの)語気のうえでの強調を、視覚的にあるいは聴覚的に訴えようとするものなのである。クラリッサは、アラベラの感激した口調をこのように正確に写し取ることによって、その口調を同時に評釈もしているのである。クラリッサが姉のアラベラの熱狂を共有していないことは、これによって明白になる。また体験話法を用いることによって、アラベラの発話が短くカットされ、紋切り型の熱狂の言葉と化していることからも、同じような印象を受けるのである。

　こうしてみると、『クラリッサ・ハーロウ』のこの個所は、先に(第Ⅵ章1の(5))引用した『マンスフィールド・パーク』の一節に対し、興味深い類例をなしていることが分かる。両方のいずれの事例においても、作中人物の発話は体験話法によって再現されているが、その場合、とりわけ話しぶりが独特の仕方で特徴づけられるのである。オースティンの場合には特に語彙の選択によって、またリチャードソンの場合には語彙の選択と語調によって、その特徴づけがなされる。そればかりでなく、両方の事例において体験話法が選択されたという事実は、発話の仲介者が、本来の話し手である作中人物に対して、一定の距離を保っていることを印象づけている。そのうえさらに、『クラリッサ・ハーロウ』からの引用個所は、われわれの論点にとって非常に啓発するところが多い。なぜならクラリッサ自身が、これにすぐ引き続いて、上述の報告ではとりわけ「物事が話されるときのその態度や様子」が肝心であった旨、説明しているからである。

　ごめんなさい、あなた、わたしは前にこれほど詳しく述べたことはありませんでした……あなたはいつもわたしに細かい点まで述べさせるのですが、かといって注意を向けるべき物事が話されるときのその態度や様子を書かずにすますこともお許しにならないのです。あなたは、物事を話す態度や様子のほうが、それらに伴っている言葉よりも多くのことを言い表わすものだということを、正しく見て取っていらっしゃるからです。[75]

　この個所を、先に引用した『マンスフィールド・パーク』の一節と突き合わせてみるならば、そこから得られる結論として次のように述べても、あながち不当ではないだろう。つまり、発話の再現形式としての体験話法は、そうした発話の抑揚をえもいえず精妙に特性描写し、しかもそれを間接的に評釈することを可能ならしめる、というのがその結論である。さらに推論されることは、発話の再現としての体験話法の機能に関しては、三人称形式の物語と一人称形式の物語の間には、見たところなんら差異はないということである。

　一方、想念の再現としての体験話法の機能に関しては、事情が若干異なるのである。《局外の語り手による物語り状況》もしくは《局外の語り手によりつつ・かつ作中人物に反映する物語り状況》においては、体験話法の特徴である二重視点は、語り手と、思考し、感じ、なにかを知覚する作中人物との間に生まれる。したがって二重視点は、立場・見解・判断などを異にする二人の人物に割り振られることになる。

《「私」の語る物語り状況》においては、これと事情が異なる。この場合は、想念の描写としての体験話法は、一人称の語り手という人物の思考、感情、知覚に対してのみ可能なのである。この場合の二重視点は、ドリット・コーンがすでに解明したように、〈物語る私〉と〈体験する私〉との間に生ずる。――「三人称小説における体験話法が、語り手が完全に作中人物の陰に姿を隠し、物語行為そのものも目立たなくなった場合にのみ現われるのと同様に、一人称小説における体験話法も、重点がひたすら〈体験する私〉に置かれ、したがってその分だけ〈物語る私〉が影を潜め、はっきりした形姿を示さない場合にのみ現われる。(76)」この見解はおそらく、私が傍点でそれとなく示した誇張の部分を削除し、それによってコーンの排除基準を和らげる方向に修正されなくてはならない。一人称小説にとって、思念の叙述としての体験話法は、たしかに描写の焦点を〈体験する私〉の「今と此処」に局限するものであるが、一方それと同時に、〈物語る私〉は背後に押しやられはするものの、その現存は完全に否定されるわけではない。というのも、もしそうでなければ、それはもはや体験話法ではなくて、無言の独白とでもいうべきものだからである。

かくして《「私」の語る物語り状況》においては、想念の描写形式としての体験話法は、〈体験する私〉の主観性にとっての自由な表現域を作り出す。そして、しばしばそのような自由な空間の中で、〈体験する私〉は、ほんの束の間にもせよ、己れ自身の別な「審級」である〈物語る私〉によって侵害されることもなく、自らをのびやかに展開できるのである。それゆえ《「私」の語る物語り状況》に現われる体験話法は、〈物語る私〉の、〈体験する私〉に対する距離感やアイロニーを読者に感じ取らせるよりも、むしろ〈体験する私〉への、読者の感情移入を促進することの方がはるかに多いのである。これに対し、《局外の語り手による〈作中人物に反映する〉ではない！）物語り状況》における体験話法は、作中人物に対する読者の距離感を生じさせる。なぜなら、語り手と作中人物との二重視点の中に、すでにこの距離が胚胎しているからである。そういう意味では、体験話法は、読者の共感を制御するための手段ともみなしうる。けれども、この意味での体験話法の効果は、もちろんすでに指摘したように、体験話法がいずれの《物語り状況》の中で現われるかに左右されるのである。

3 「私」の語る物語り状況から作中人物に反映する物語り状況へ

汝のなかの他者と十分な親交を結べ。
（S・リチャードソンに。E・ヤング『独創的な詩作に関する幾つかの推論』）

描写の焦点がますます〈体験する私〉に集中してゆくならば、内的遠近法と内的世界に限定された現実描写が、一人称小説の優勢な指標となる。われわれは、類型円図表において、遠近法軸線の一方の極、すなわち内的遠近法の極に近づいてゆく。その際現われる物語形式は、多彩をきわめるとともに、凝りに凝ったものが多くなり、ややもすれば難解ですらある。したがって類型円図表のこの扇形部分は——書簡体小説を別にすれば——、現代の物語文学においてようやく幾らか稠密化が進んだ地帯である。

〈物語る私〉の後退と、それに平行して〈体験する私〉への描写焦点の集中は、もちろん自叙伝風一人称小説においても観察される現象であるが、ただしそれは常に一時的な現象であるにすぎない。描写焦点が〈物語る私〉から〈体験する私〉へと移動し、再び〈物語る私〉へと戻って来る現象は、こうした一人称形式の構造的特徴であるが、このような形式では、描写の焦点を〈物語る私〉と〈体験する私〉の間で交互に行き交わせながら、幾つかの場面を連続的に描きうるのである。『ハックルベリ・フィン』、『ライ麦畑でつかまえて』、アイリス・マードックの『網の中』のような一人称小説では、〈物語る私〉と〈体験する私〉は実際上もはや区別できない。それというのも、これらの場合には描写の焦点が、体験の現場に居合わせ今まさに体験しつつある「私」に、ぴったり合わされているからである。

日記体小説（サルトルの『嘔吐』）は、内的独白の一側面を先取りしている。日記の「私」は対話の相手を持たず、ただ独り語りをするだけであって、したがって自分自身に話しかけるのみである。二人称形式による小説（ミシェル・ビュトールの『心変わり』）では、呼びかけの相手「お前」は、もともと「私」を自己劇化したものにすぎないから、この場合も独白の形式が支配的である。[77] 最後に、劇的独白においては、独白する「私」は確かに相手（「お前」）に向かって語りかけるが、しかしこの相手は、読者にとって結局不確定個所のままにとどまる。つまり、読者はその存在を、ただおぼろげに間接的にしか具象化できないのである。というのも、劇的独白における話し手の聴き役である相手の人物は、決して自分からは発言が許されず、しかも、ただ言われたことに対する彼の反応や異議が、時折間接的に、話し手の発話の中で確認されるだけだからである。

厳密に言えば、劇的独白は物語的な語りではない。なぜならば、それは直接引用された言辞だけから成り立っているからである。この点で劇的独白は、たとえば『ハックルベリ・フィン』や『ライ麦畑でつかまえて』のように、著しく口語的な色彩の強い物語行為によって紡がれる一人称小説に近づく。これらはもちろん、われわれが躊躇なく物語的ジャンルの一つとして数えるような作品である。ジャンル論的にみた両者の相違は、『ライ麦畑でつかまえて』やそれに類する口語的一人称小説に包含されている呼びかけの相手が、内包された読者であるのに対し、劇的独白に包含されている呼びかけの相手は、内包された作中人物であるという点に存する。また両方の形式、すなわち口語的一人称小説と劇的独白の共通点は、語り手たる「私」の発言の自発性である。この自発性はまた、両者を内的独白に結びつける。それはそうとして、自立した物語としての劇的独白は、K・マンスフィールドの『小間使い』、シンクレア・ルイスの『旅はかくも心豊かにしてくれる』、ドロシー・パーカーの『灯りを提げた貴婦人』におけるように、ほとんど物語の短縮形式としてのみ現われる。

類型円図表をさらに一歩先に進むと、われわれはいよいよ本来の意味での内的独白(「直接内的独白」)にぶつかることになる。[78] 独白する「私」は、自らの経験や思考を書き記すのではなく、かといって対話の相手と口頭によるコミュニケーションを目指すのでもなく、ただそれと気づかずに己れの意識の中身を読者の前にさらけだすのである。日記体小説の「私」(『嘔吐』のロカンタン)はいまだ語り手的人物といえるが、内的独白の「私」(『グストル少尉』のグストル)は、すでに映し手的人物である。これら二つの物語形式の間を横切って(類型円図表の左側中央部)、語り手領域と映し手領域の境界線が走っている。この境界線も通過自由な境界である。たとえば、S・ベケットの『マロウンは死ぬ』の「私」は、その内的独白がベッドに横たわりながら死を待っているマロウンの現在の意識状態に関わるものであるかぎり、映し手的人物であるといえる。しかしこの「私」は、サポスキャット、マックマンなどの話を物語りながら、いわば生命機能の完全な停止に至るまでの時間つぶしをするために、繰り返し何度も語り手的人物に変わるのである。おまけに、これらの話は過去時称で語られるのに対し、この小説の内的独白は、現在時称で書かれている。けれども、この配分も無条件に当てはまるわけではない。つまり、マロウン自身の生涯をめぐるさまざまな回想が、彼の内的独白の中にひしめいているが、それらは一貫して過去時称で報告されるからである。

したがって、内的独白も決して首尾一貫した形式ではないということが、了解される。[79] 類型円図表の中で内的独白にあてがわれている扇形部分の広さからも推測できるように、この形式にとっては多くの変形が可能である。個々の内的独白における意識描写の「深層」というものを——これは内容に関わる基準を表わすものであり、したがってわれわれの体系では考慮の埒外にある――度外視すれば、一人称小説の形態をとるこの伝達モデルの変形には幾つかの段階が認められる。なかんずく二つの段階が最も重要であるが、その一方を特徴づける指標は、時制が過去から現在へ移行することである。もう一方を特徴づける指標は、人称代名詞の交替である。つまり、それまでの一様な一人称による対象指示が押しのけられ、一人称と三人称で交互に言及したり、あるいは一人称と三人称のほかに非人称代名詞「人 man」をもまじえて、それらを入れ替わり用いて言及したり、あげくの果てには、〈人称〉というカテゴリーへの明確な言及すら完全に脱落してしまうのである。こうして一人称による対象指示が他の人称代名詞に交替することによって、《「私」の語る物語り状況》の領域から三人称による対象指示の支配的な《作中人物に反映する物語り状況》の領域へと、移行の準備がなされるのである。

内的独白が優勢を占める長い物語においては、たいていどの作品でも、内的独白のこのような多様な形態の幾つかが現われる。そんなわけで類型円図表上での当該作品の位置づけは、厳密に言えば、常に作品の一部に対してしか妥当しないものなのである。フォークナーの『響きと怒り』は作品全体が四部から構成されているが、そのうち最初の三部までは三人の異なる作中人物の内的独白から成り立っている。三つの独白はすべて過去形で書かれている。それらの独白の中では、外的世界すなわちコンプソン家の家事にまつわる外的出来事が、かなりな量にわたって描き出されている。そしてそれによって、本来の出来事が起こるまでの経緯の大部分が、作中人物の記憶に呼び覚まされるのである。これら三つの因子がすべて相俟って、読者に次のような印象を、つまり「私」という人物がそれぞれに、どっちみちいかなる聴き手や読み手にも向けられていない、密かな「物語行為」にいそしんでいるかの如き印象を、呼び起こすのである。フォークナーの『死の床に横たわりて』の場合には、幾つかの部分で過去時称が現在時称と入れ替わっている。目下の意識状態の描写に現在時称を用いることによって、独白する「私」の映し手的性格がそのつど強められる。一方それによって、目下の意識状態と、引き続き過去時称を用いて描写される回想とが、画然と区分けされる。他方また、この過去時称による回想は、内的独白の中へ語りの要素を持ち込む。たとえば『ユリシーズ』の最終章で、非常に徹底的に遂行されるモリー・ブルームの独白は、そうした技法の一例である。

『ユリシーズ』の特に第一部(たとえば「プロテウス」と「ライストリュゴン人」)では、意識の担い手に人称代名詞で言及するとき、一人称と三人称とが交互に用いられるような長い意識描写の場面が見出される。この人称代名詞の交替という現象は、類型円図表で言うならば、《「私」の語る物語り状況》と《作中人物に反映する物語り状況》の中間地帯では、対立《人称》がもはや識別の目印ではなくなったことを意味している。このことは、対立

《人称》に関しては非弁別的な代名詞、すなわち不定人称代名詞「人 one」(ドイツ語では man の意)が多用されることや、不定詞や分詞のような動詞の不定形、あるいは〈人称〉なるカテゴリーを逆推理できない動詞ぬきの断片的破格構文が優勢であることによっても、はっきり読み取れる。

ドリット・コーンは、一人称と三人称の弁別指標が無くなる場所を、一人称による対象指示と三人称による対象指示の境界線、つまり《「私」の語る物語り状況》(内的独白)から《作中人物に反映する物語り状況》への移行地点にではなく、〈映し手〉の極に設定すべきであると提案したが(80)、しかしこれは、われわれの類型論の三分法的構造がコーンの提唱する二分法的構造に組み換えられないかぎり、実現できないものである。けれども、われわれの体系にあっては決して越境不可能な範疇的境界は存在しないということを如実に示すものこそ、まさにこの三分法的構造にほかならない。多くの物語理論家によって範疇的境界とみなされている一人称と三人称の境界も、決して越境不可能な分離線ではない。(物語的テクストは、文法的な形式としては一人称か三人称かのどちらかで書かれなければならない、したがってその混合形態も中間形態も存在しない、というのが多くの物語理論家の考えである(81)。)

右に述べた事柄はすでに、《局外の語り手による物語り状況》の三人称形式と《「私」の語る物語り状況》の一人称形式との中間に位置する〈語り手〉の極をめぐって、その周辺に展開する形態連続体を例にとって説明した通りである。同様にまた、〈映し手〉の極の近傍にある三人称から一人称への移行地点、すなわち《作中人物に反映する物語り状況》から《「私」の語る物語り状況》への変換地点も流動的である。その場合見過ごしてならないのは、こうした越境行為が敢行されるのは、とりわけ革新的な性格をもった物語(たとえばジョイスの『ユリシーズ』のように)においてであるという事実である。こうしてたとえば、「ライストリュゴン人」の章の最初の段落では、対象指示が一人称によるものか三人称によるものかという問題は決定できないのである。というのも、意識の担い手(レオポルド・ブルーム)に関しては、代名詞や名詞によるいかなる明確な指示もなされないし、また動詞にしても、人称(一人称/三人称)や時称(現在/過去)が未定のままの不定形で現われるだけだからである。

パイナプルの砂糖菓子《ロック》、レモンの乾燥砂糖づけ《ブラット》、バター入りのカルメラ。砂糖でべたべたした女の子がド・ラ・サール教職会の修道士に大匙《さじ》で何杯もクリームをすくって入れてやっている。学校のおやつにでもするんだな。子供の胃に悪い。菱形糖菓《ロジンジ》およびキャンディ製造業、国王《キング》陛下御用。神《ゴッド》よ。救《セ》いたまえ《イヴ》。われらの《アワ》。玉座に腰かけて、赤いマーブルをすっかり白くなるまでしゃぶって(82)。

(丸谷才一、永川玲二、高松雄一訳、

世界文学全集、河出書房新社）

三人称による言及も一人称による言及も潜在的に含まれている（「子供の胃に悪い［と彼は考えた／とおれは思う］」）このようなテクストは、もしそれ相応の範囲にわたってこうした描写形式が続くものと仮定すれば、《作中人物に反映する物語り状況》と《「私」の語る物語り状況》（内的独白）のちょうど中間地点に位置づけることができるだろう。

ここで重要なのは、映し手的人物としてのブルームがその場に居合わせることによって、叙法としての「示すこと showing」が際立たせられ、主調をなしていることである。つまり、描写されるすべての外的および内的事象は、レオポルド・ブルームの意識内容として把握されねばならないということである。このような物語機能の成就という点で、内的独白と《作中人物に反映する物語り状況》とはぴったり呼応し、読者にとって、一人称形式で語られているか、それとも三人称形式で語られているかを問うことはもはや全く意味がないほどに、両者は渾然と融合しあうのである。

かくして、類型円図表の片側半分（《「私」の語る物語り状況》の領域）の記述はこれで終わり、これから先は、残りの半分の領域（《局外の語り手による物語り状況》と《作中人物に反映する物語り状況》）の記述に移ることになる。[83]

3の(1)　一人称形式における死

私は飛んでゆく……私は夢を見ている……私は眠っている……私は夢を見……夢を見――私は飛ん……

（A・シュニッツラー『令嬢エルゼ』の終幕）

語り手たる「私」の死の描写の際に生ずる困難は、作家たちが敢えてこのような限界状況を虚構として創造するために一人称形式を選ぶことを、決して妨げはしなかった。古いタイプの小説では、そのような場合に用いられる形式は、とりわけ書簡形式である。書簡形式は作者に、死に瀕した人間の思考と感情の精細な自己描写を、生のぎりぎりの限界まで遂行することを許す。そしてその人間が死んだ後では、『ヴェルテル』におけるように、書簡の編集者の役割を担った語り手が顔を出し、物語にけりをつけるために発言をする。でなければ、他の文通者たちが物語の仕上げを行なう。こうした場合には、『クラリッサ・ハーロウ』におけるように、書簡の虚構の編集者が時として物語に介入することもある。したがってこれらすべての場合に言えることであるが、一人称の語り手が死ぬと、他の語り手たちがその役目を引き継ぐことになり、内的遠近法にかわって外的遠近法が描写を支配するようになる。描写の問題のこのような解決は、比較的新しい小説にも見出されるのである。たとえばアイリス・マードックの『ブラック・プリンス』の中では、一人称の語り手ブラッドリー・ピアソンの死が、自伝の虚構の編集者によって知らされるが、これなどはそうした例の一つである。

しかし他の現代作家たちは、一人称の語り手の死を描写するのに、このような伝統的な形式では満足しなかった。彼らは、語り手である「私」を映し手的人物に変えることによって、内的遠近法を放棄することなく死そのものを描こうとした。いわば読者をして、瀕死の人間の最後の瞬間を追体験せしめるそのような臨終場面の強烈な効果は、後々までも余韻を残すのである。しかしながら、こうした決定的瞬間に、「私」という人物の個性を然るべく処理できる可能性は、限られているといわねばならない。意識のゆるやかな消滅の過程は、内的遠近法による描写では、えてして紋切り型の筆法に傾きやすい。ウェイン・ブースがシュニッツラーの内的独白作品『令嬢エルゼ』の結末を批判したのは、こうした紋切り型に対する一種の不快感がきっかけであったようにも思われる。——「『令嬢エルゼ』におけるシュニッツラーの失敗は、もちろん作中人物の心の中に入り込むことそのものにあるのではなく、悪しき時機に悪しき目的でそれを行なうところにある。[84]」

しかしブースが（おそらく補足的に付け加えた）ある脚注の中で、『令嬢エルゼ』の場合と同様に、死の瞬間に至るまでの主人公の意識を描いているキャサリン・アン・ポーターの短篇『振られたウェザーロール婆さん』に関する全く付けたりの注釈を行なうとき、彼は自家撞着に陥っている。むしろ彼は、K・A・ポーターが「女主人公の言葉を一語一語正確に写実的に再現すること」を断念している点に、両方の臨終場面の本質的な違いがあると言ったほうが正しかったであろう。[85] この節の冒頭に題辞として掲げた令嬢エルゼの最後の意識の断片を、ベケットの『マロウンは死ぬ』のマロウンの意識状態と比較してみるとよく分かるように、シュニッツラーの手法は、K・A・ポーターの手法よりもむしろベケットのそれに近いものである。

……
あるいはひかりひかりつまり
けっしてそこだかれはけっして
けっしてなにものも
そこだ
もう[86]

（高橋康也訳、白水社）

令嬢エルゼとマロウンは、個人的には何の共通項も持たないといってよい。だが、彼らの死が描かれる内的独白の形式は、彼らを何らかの意味で互いに似かよった存在に仕立てあげる。とはいえ、その類似の仕方は、彼らの人間的個性に見合ったものとは思われない。こうした問題をここで取り上げた理由は、意識描写の一人称形式と三人称形式との間では、前節ですでに確認したように一人称と三人称による対象指示の区別はなくなるものの、しかしそれにもかかわらず重要な相違が存在することを明らかにしたいからである。相違は、特に一人称や三人称による言及の違いにあるのではなく、意識描写を一人称形式や三人称形式で提示する際に、それらがいかにして息の長い物語コンテクストの中へ埋め込まれるか、というそれぞれの形式に含まれる可能性の差異にある。この点で内的独白は、視点が内的遠近法に固定されることによって、《作中人物に反映する物語り状況》を駆使しての意識描写よりも、はるかに流動性に乏しいのである。

《作中人物に反映する物語り状況》においては、内的遠近法は、いついかなるときでも中立的・客観的な外的遠近法へ、ないしは人格化された語り手に媒介される外的遠近法へと移行できる。媒体的人物として機能する作中人物の死を描写する場合には、それゆえ(局外の)語り手がいつでも介添えすることができる。こうして瀕死の人間の最後の言葉、思考、知覚を描く際のステロタイプ化の危険は回避されるのである。そのような実例はいくらでも挙げることができるだろう。トルストイの『イワン・イリッチの死』は、われわれの論旨の文脈からすれば、非常に示唆に富む作品である。なぜなら、表題と同名の主人公の生と病気、そして最終的な死を描いたこの物語において、物語プロフィールは、主調をなす語りの様式が《局外の語り手による物語り状況》から《作中人物に反映する物語り状況》へと高潮してゆく経過を、紛れもなく悟らせてくれるからである。それにもかかわらず終局に至って語り手は、瀕死の主人公に《局外の語り手》としての介添えを拒みはしないのである。

「ところで死は？　どこにいるのだ？」

古くから馴染みになっている死の恐怖をさがしたが、見つからなかった。いったいどこにいるのだ？　死とはなんだ？　恐怖はまるでなかった。なぜなら、死がなかったからである。

死の代わりに光があった。

「ああ、そうだったのか！」彼は声にたてて言った。「なんという喜びだろう！」

これらはすべて彼にとって、ほんの一瞬の出来事であったが、この一瞬間の意味はもはや変わることがなかった。しかし、そばにいる人にとっては、彼の臨終の苦悶はなお二時間つづいた。彼の胸の中でなにかことこと鳴った。衰えきった体がぴくぴくとふるえた。やがて、そのことこと鳴る音もしわがれた呼吸も、しだいに間遠になって行った。

「いよいよお終いだ！」誰かが頭の上で言った。

彼はこの言葉を聞いて、それを心の中で繰り返した。「もう死はおしまいだ」と彼は自分で自分に言い聞かした。「もう死はなくなったのだ。」
　彼は息を吸いこんだが、それも中途で消えて、ぐっと身を伸ばしたかと思うと、そのまま死んでしまった。(87)
（米川正夫訳、岩波文庫）

トーマス・マンは『ヴェニスに死す』において、これとそっくり同じようなやり方をしている。ヌネスが最後に死ぬと仮定すれば、H・G・ウェルズの『盲人の国』もここで同列に論ずることのできる作品であるが、その結末を決着のつかないまま締めくくる構成については、すでに指摘した通りである。『恋する女たち』の中で、ジェラルドがチロル山中の雪の野で迎える孤独な死も、そのような〈作中人物に反映する〉語りと〈局外の語り手による〉語りとが渾然となった様式で描かれている。そこから派生する遠近法上の問題、すなわち〈作中人物に反映する〉内的遠近法から〈局外の語り手による〉外的遠近法へと移行するなかで生ずる問題については、拙著『小説における典型的な物語り状況』の中で、フォークナーのハイタワーの死の描写を例にとりながらすでに指摘した通りである。(88)

　キャサリン・アン・ポーターの短篇『振られたウェザーロール婆さん』は、ここで討議されている二つの要素、すなわち三人称と一人称による対象指示の交替、並びに〈局外の語り手〉が瀕死の主人公に差し伸べる助け船とを、うまく融合している。ウェザーロール婆さんの病気と死の物語は、ウェザーロール婆さんを媒体的人物として機能させつつ、《作中人物に反映する物語り状況》を主調にして提示される。死ぬ最後の瞬間まで決然たる態度を崩さない老女の心中の描写は、三人称形式から一人称形式へと何度も移り変わるので、物語は所々で内的独白の特徴を帯びる。それどころかこの人称の入れ替わりは、最後の段落でも起こるのである。しかし、決定権を持つのは結局〈局外の語り手〉であって、彼の簡潔な報告によって、老女の死は彼女の全人格をいま一度照射する所作となる。

　二度目はなんの合図もなかった。それに、家には花婿の姿は見えず、牧師がいた。彼女はもうほかの悲しみはなにも思い出せなかった。この悲痛が、それらを一掃してしまっていたからだった。ああ、やめて、これほど残酷なことはないわ——私は決してこれを許さないわ。彼女は深く息をついて、伸びをし、明かりを吹き消した。(89)

W・ゴールディングの長篇小説『ピンチャー・マーティン』(一九五六年)は、このようなテーマの具体化という点で、物語的な「離れ業《トゥール・ド・フォルス》」とみなすことができる。海の大波に洗われる岩礁に必死でしがみつく難破した主人公——この表題と同名の主人公の溺死が、溺れる者の体験を地で行くように描かれる。その場合、支配的なのは《作中人物に反映する物語り状況》であるが、しかし繰り返し内的独白が短く断片的に現われる。われわれの論述の文脈からいって、この三人称と一人称による言及の交替と並んでとりわけ興味深く思われるのは、死の最終段階の描写がもはや《作中人物に反映する物語り状況》を通じてしか行われないという事実である。[90]

かくして、一人称形式と三人称形式による臨終場面の比較から得られた最も重要な成果として、次のことが確認できるであろう。つまり、一人称形式と三人称形式のいずれをとるかという選択の問題は、死にゆく者の意識の描写にとっては取るに足りない事柄であるが、反面、臨終場面を息の長い物語コンテクストの中へ埋め込む場合には、決しておろそかにできない問題であるということである。このような観点に立てば、臨終場面の具象化にあたっては、〈作中人物に反映する〉視点と〈局外の語り手による〉視点とが渾然一体となった形式のほうが、内的独白による形式よりもまさっていることが分かる。というのは少なくとも前者のほうが、内的独白の厳格な内的遠近法よりも、死にゆく者の個性の描写に対して、より多くの自由な活動空間を与えるからである。

3の(2)「カメラ・アイ」

私は、シャッターを開けたままのカメラだ。まったく受動的に記録するだけで、思考はしない。
（クリストファー・イシャウッド『さらばベルリーン』）

クリストファー・イシャウッドの場合、一人称の語り手が自らを「カメラ」として性格づけているが、その自己規定はたんに綱領的なものにとどまり、物語様式がそれによって規定を受けることはほとんどないといってよい。ジョン・ドス・パソスの三部作『U・S・A』においては、「ニュース映画《ニューズリール》」という標題を付した章が繰り返し現われるが、これらの章は同時代の「背景《バックグラウンド》」資料のモンタージュを話の内容として含んでいる。こうした「カメラ・アイ」的な概念が物語技法的な術語として登場するのは、ノーマン・フリードマンの著述においてである。彼は、われわれがここで理解しているような意味合いで、この概念を定義づけている。――「……作者の排除の究極の形態。ここでの目的は、明白な選択も配列も施さず、記録する媒体の目前で生起するがままに、〝人生の一断面〟を伝達することである。[91]」フリードマンは「カメラ」を、本質的には多様なヴァリエーションをもつ「視点」技法を補完するものとみなしているが、それにもかかわらずあまり大きな意義を認めているようには見受けられない。しかしながらフリードマン以来、作家たちは「カメラ・アイ」の技法をある程度駆使するようになってきている。

「ヌーヴォー・ロマン」は、その独特の革新的技法のなかでもとりわけこの技法によって、お手本ともいうべき強力な影響を及ぼした。そのようなわけで「カメラ・アイ」の技法について、ここで若干の分析を加えることを避けるわけにはいかない。おそらく多くの点で似通っている内的独白と比較してみるのが、この目的に最も適ったやり方であろう。クリスチャン・ポール・カスパリスは、双方の形式における現在時称の機能の研究を足場にして、このような比較のために非常に重要な予備作業を行なっている。[92]カスパリスは、内的独白と「カメラ・アイ」の双方が相俟って一つの形態連続体を形成し、一方を他方から画然と仕切るのがまったく不可能なほど、両者は親密な近似性を有するという前提から出発する。[93]だが双方の物語形式をわれわれの体系の中へ組み込むことによって、いかなる点で双方の形式が差異化されざるをえないかが、はっきり納得できるのである。（ちなみに、カスパリスにおいても、この差異性はそれとなく指摘はされている。）まず初めに、両方の形式の最も重要な特徴を、平行に並べて対比してみよう。

	内的独白	「カメラ・アイ」
《人称》	一人称による言及	一人称／三人称による言及 区別できない
描写の時称	現在時称	現在時称
回想の時称	過去時称	欠如している
《遠近法》	内的遠近法 内的世界 内視	内的遠近法？ 外的世界 欠如している
《叙法》	映し手的人物 （人格的） 意識の全開段階	映し手的人物 （非人格的） 意識の退行段階
内容の構成法	知覚、連想、回想による （主として隠喩的）	知覚だけによる （主として換喩的）

この対比表から、内的独白と「カメラ・アイ」をわれわれの体系に組み込むにあたっての、重要な一連の観点が読み取れるであろう。それは対立《人称》に関するものである。もし「カメラ・アイ」技法が一人称と三人称による対象指示の区別を許さないとすれば、それはさしあたり、意識描写の領域では対立《人称》の区別が目立たなくなる結果であると説明することができるだろう。し

かしこの場合に区別が目立たなくなるのは、いわばカメラの眼が担う意識の非人格化に関連している。また同じ理由から、カメラの眼が担う意識は回想を行なう能力がなく、ただ外界の知覚のみを事とするのである。そして外界の諸要素は、根本的には換喩によって提示される。すなわち事物は、連想によって結びつけられるのではなく、空間におけるそれらの隣接順序によって、あるいはそれらが知覚されるままの並存状態で提示される。

　カスパリスが言うように、それは「網膜の反射作用であって、精神における反映ではない。」しかし彼はこれに続けてただちに、重要な限定を付け加えてもいる。つまり彼によれば、「カメラ・アイ」技法を用いた描写プロセスの非人格化は、文学では映画ほどに徹底的に押し進めることはできない。――「鏡のように映すだけというふりをすることはできない。カメラ・アイ技法は、人間の言語に依存していることは言うまでもないが、ゲシュタルト知覚という点からすれば、生理学的に「人間性」に結びついてもいる。カメラ・アイ技法がただひたすら志向しうるのは、認識、内省、評価、情緒といったものから離れた感覚を、言葉の限界内で提示することである。[94]」それにもかかわらず、ともすれば「非人間化された知覚」という幻想を抱きがちな傾向の中に、現代の物語文学において「カメラ・アイ」技法が多用される本当の理由が潜んでいるのである。[95]

　けれども、この表現技法の多様な機能に関しては、それらをきちんと区別しなければならない。「カメラ・アイ」はある意味で、十九世紀このかた小説にとっては非常に重要な意味をもつ、あの写実主義的・客観主義的路線の最終的帰結として解することもできる。この路線は、J・ジョイスを筆頭に、A・デーブリン、さらにJ＝P・サルトルに至るまでの小説に、さまざまな形で余韻をとどめている。しかし、「カメラ・アイ」に初めて人間学的並びに心理学的な意味機能を付与したのは、A・カミュ、A・ロブ＝グリエ、ナタリー・サロートなどの「ヌーヴォー・ロマン」のイデオロギーであった。すなわち「カメラ・アイ」技法は、「深みをもたぬ形姿」としての人間を表現するのに、そして「内心の無言」を言葉で明示するのに、[96]ことのほか適しているのである。それゆえ、われわれは「カメラ・アイ」の技法を、比較的穏やかな形態としては、カミュの『異邦人』におけるムルソーの自己描写に見出すし、また、もっと徹底的に遂行された形態では、ロブ＝グリエの『嫉妬』の中に見出す。

　ロブ＝グリエの作品では、ブラインドの隙間から窺う（カメラの）眼は、嫉妬深い夫の眼と想定される。この作品では、「カメラ・アイ」によって捉えられる現実の「物化」は極度に押し進められ、カメラの設定位置に存在すると推定されるはずの意識を逆推理で追い求めても、たいていは空をつかむことになってしまう。ここで、ローマン・インガルデンの言う意味での「不確定個所」[97]を持ち出しても、あながち場違いでもあるまいと思われる。伝達プロセスにとって非常に重要な部分のこうした不確定性は、ツェルトナー＝ノイコムが言うように、[98] われわれが相手にしている作品『嫉妬』は本当に「一人称で物語られるテクスト」なのかどうか、もはや確かめようがないほどまでに達している。ただしB・モリセットが、この小説における「抑制された一人称［の語り］」を云々するとき、[99] 彼の言い回しのほうがまだ慎重といえるだろう。だがそれでもなお疑念が頭をもたげてくる。というのも「カメラ・アイ」は、ときおり事物を外的遠近法によって記録することがあるからである。つまり、そういう場合の「カメラ・アイ」は、映し手的人物としての「私」ではなく、いわば〈局外の語り手〉の如き媒体として、記録するからである。

もの音が過去のうちに遠ざかるにつれて、その真実性も減少していく。いまでは、まったくなにごとも起こらなかったみたいだ。ブラインドの隙間から、――すこし時が経てば、――なにかを見分けることは、事実不可能だ。もはや、ひとかたまりの細い桟を操る縦の細い棒を操作して、ブラインドを閉める他はない。[100]

ブラインドの開閉装置についての情報は、作中人物によるものというよりは、むしろ〈局外の語り手〉によるものと受け取らなければならない。この小説の「カメラ・アイ」も、決して常に完全な意味で非人格化されているわけではない。たとえば次の引用におけるように、推測とか、試みの結論とか、回想といったものを差し挟むときがそうである。

A……はいま髪を洗ったところにちがいない。さもなければ、日中に髪をとくはずがないからだ。こちら側をときおえたのか、彼女は動きを中断した。[101]

ロブ＝グリエにおいては「カメラ・アイ」技法は、なによりもまず現実の知覚と描写を物化し非人格化することに役立てられるが、S・ベケットにおいては「カメラ・アイ」技法はもっぱら、カメラが撮影を行なっている場所に居ると目されるはずの意識の担い手の人格を、生存のわずか二、三の機能に引き下げるために行使される。そうした機能のうちの一つは、ある出来事の経過において、その連続性と因果関係を知覚する能力であるように思われる。[102] その意味で「カメラ・アイ」という比喩は、『残り物 Residua』というタイトルで出版されたベケットの後期散文作品集にはもはやあまり適用のきかないものである。なぜならこの散文集のカメラは、もはや連続撮影をするのではなく、むしろ万華鏡のように写真を一枚一枚並べてゆくような趣があるからである。したがって、文成分相互間の統語論的関係も、おおかた手つかずのまま放置されている。すでに三部作『モロイ』『マロウンは死ぬ』『名づけえぬもの』において、一作ごとに増幅していった退行の徹底性は、「たくさん」に始まり「死せる想像力よ想像せよ」を経て「ビーン」に至るまでの後期散文断片の中で、飛躍的にエスカレートする。

たえず繰り返される音声信号「ビーン」によって句読をつけられるだけの、見たところ無意味な言葉の連続である『ビーン』においては、われわれの体系の三つの基本的対立概念は、すべて不確定のままに放置されている。一人称による語りか、それとも三人称による語りか？　内的遠近法か、それとも外的遠近法か？　語り手たる人物か、それとも映し手たる人物か？　物語プロセスの全面的な退行現象は、おそらくこのように連綿と続く言葉の発生源と目される人物、すなわち小説の中の意識の担い手たる人物に看取される人格の全面的退行に見合うものである。このように退行した存在の状況に関するデイヴィッド・ロッジの記述は、前述の説明を内容的にも裏づけるもののように思われる。――「私が思うには、『ビーン』は、小さな、何もない、白い部屋に閉じ込められた一人の人間の、すなわち明らかに極端な監禁状態に置かれ、おそらく息も絶え絶えの一人の人間の意識の描出である。彼には身動きする自由がない。つまり、彼の肉体は「固定」されている……」[103]このように解すれば、『ビーン』は内容の点でも形式の点でも退行の表現であって、それはまた、個体発生的に見ても文学史的に見ても、退行現象《レグレシオーン》として理解できるものである。

この現象をわれわれの類型円図表の中に位置づけようとしても、物語プロセスの三つの決定因子である《人称》《遠近法》《叙法》という三本の軸線が交差する円の中心に近い点を除いては、どこにもその場が見出せないであろう。いかなる物語テクストも、読者それぞれの理解度に応じて読まれることを要求するものであるが、そのそれぞれの物語テクストを方向づけ規定するための中立的零度をなすのが、この円の中心なのである。ベケットの後期散文断片は、確かに読者に対し、もはやそのような要求を掲げるものではない。したがって、ベケットの試みが、イーハブ・ハッサンの考えるように、最後の「アヴァンギャルド」の目標としての「沈黙の文学」を目指す運動と解されるべきなのか、それとも別種の反文学を目指す運動と解されるべきなのか[104]は、われわれの文脈からすれば些細な問題である。

類型円図表についての記述の最後にベケットの作品『ビーン』を持ち出したのは、類型円図表によって表わされる形態連続体を完全なものに仕上げ、それで締めくくりをつけると同時に、新たな出発に向けて問題を提起するためであった。類型円図表に体系的に表わされている語りのあらゆる可能性が汲み尽された後には、その重心が類型円図表から遠心的に、あるいは――『ビーン』の場合のように――求心的に逸脱していくような物語文学が成立するであろうという見込みを、排除するわけにはいかない。いずれにしろ、これは物語文学というような術語がまだ当てはまるとしての話であるが。要するに、類型円図表に表わされた形態は、《人称》《遠近法》《叙法》という三つの基本的構成要素が相拮抗する力関係のなかで、その時々に成立する均衡を意味しているのである。

4　結び

われわれが類型円図表を一巡した際に明らかになった最も重要な観察事項は、以下のように要約できるだろう。

三つの対立項軸線によって標示された領域の境界線は、通行自由な境界である。[105] いずれの場合にも、一つの境界線を挟んで左右両側の領域に属する諸要素を、その《物語り状況》のなかに包摂・融合した物語作品が存在する。

三つの典型的な《物語り状況》のそれぞれが、左右両方向に対してもつ変移能力によって、限りない数の伝達様式が生まれる。それらは、実際に、隙間なく密集した連続体としての無数の物語形式を形成している。円環という形式は、本書で構想された理論体系の全体性を、図式的に表現するためにとられた方式である。

類型円図表の形態連続体は、長篇小説や短篇小説の歴史のなかで、徐々に実現されてゆく語りの可能性を予測した理論的なプログラムとして考えることもできる。かくして、文学理論と文学史がここで交差しあうのである。本書の物語理論が構想されたのも、まさにこの意味においてであった。すなわち本書は、理論的に可能な物語形式と歴史的に生成した物語形式とを、共に包括的に見渡せるような体系として、構想されたのであった。その意味でこの物語理論は、個々の物語作品の分析に対しても、同時に、有効な概念装置を提供しうるのである。したがってその点で、本書で構築された理論は、文芸批評と解釈の補助手段として解することもできるだろう。

注

序論

（1） Robert Petsch, *Wesen und Formen der Erzählkunst*, Halle (Saale) 1934, 331, 並びに Wolfgang Kaiser, *Entstehung und Krise des modernen Romans*, Stuttgart ²1955, 34 参照。

（2） F. K. Stanzel, *Die typischen Erzählsituationen im Roman. Dargestellt an „Tom Jones", „Moby-Dick", „The Ambassadors", „Ulysses" u. a.*, Wien-Stuttgart 1955; *Die typischen Formen des Romans* (1964), 10. Auflage mit einem Nachwort, Göttingen 1981.

（3） Thomas A. Sebeok (ed.), *The Tell-Tale Sign. A Survey of Semiotics*, Lisse (Niederlande) 1957, 60.

（4） T. A. Sebeok, *The Tell-Tale Sign*, 17.

第I章

（1） M・プフィスターは、物語的テクストと演劇的テクストとのコミュニケーション・モデルを対照させている(20ff.)。両ジャンル間には、提示の手法に関して、物語と演劇という対立があるが、このような対立に加えて共通性もある。それはとりわけ筋・場面・人物の虚構性に基づくものである。これに関してはさらに、M. Pfister, *Das Drama. Theorie und Analyse*, München 1977 (UTB 580), bes. 221ff. を参照。

（2） Käte Friedemann, *Die Rolle des Erzählers in der Epik* (1910), Darmstadt 1965, 26.

（3） ウラジーミル・プロップ(『昔話の形態学』*Morphology of the Folktale*, Austin ²1968)やクロード・レヴィ＝ストロース(『野生の思考』*The Savage Mind*, Chicago 1966)の基礎的研究から派生して、もっぱら深層構造の把握のみを事とする「物語論《ナラトロジー》」は除外しなければならない。その「テクスト表層の無視」(E・ギューリヒ)を如実に示すものとして、たとえばW・O・ヘンドリクスによるA・ビアスの"Oil of Dog"の物語論的分析では、この物語の《物語り状況》に関する唯一の言及が注に追いやられている。William O. Hendricks, "Structural Study of Narration", *Poetics* 3 (1972), 112, および Elisabeth Gülich, „Erzähltextanalyse", *Linguistik und Didaktik* 15 (1973), 326 参照。言語学的(物語論的)基礎に立って構成された物語テクストモデルの包括的展望は、E. Gülich u. W. Raible, *Linguistische Textmodelle*, München 1977 (UTB 130), 192–314 において見出される。

（4） Käte Hamburger, *Die Logik der Dichtung* (1957), Stuttgart ²1968.

（5） Johannes Anderegg, *Fiktion und Kommunikation: Ein Beitrag zur Theorie der Prosa* (1973), Göttingen ²1977.

（6） Seymour Chatman, "The Structure of Narrative Transmission", in: *Style and Structure in Literature: Essays in the*

New Stylistics, hg. Roger Fowler, Oxford 1975, 213–257.

(7) Roger Fowler, *Linguistics and the Novel*, London 1977, 12 f.

(8) Roman Jakobson, *Fundamentals of Language*, Den Haag 1956, 55–82 参照。

(9) Viktor Šklovskij, *Theorie derProsa*, Frankfurt/Main 1966, 131.

(10) Bernhard Fabian, „Sterne : *Tristram Shandy*“, in : *Der Englische Roman*, Düsseldorf 1969, Bd. 1, 232–269 ; F. K. Stanzel, „*Tristram Shandy* und die Klimatheorie“, GRM, N. F. 21(1971), 16–28 ; R. Scholes, *Structuralism in Literature*, New Haven 1974, 84 f. 参照。

(11) R. Scholes, *Structuralism in Literature*, 185.

(12) G. Steiner, “A Preface to Middlemarch”, NCF 9(1955), 275.

(13) *Typische Formen*, 8 参照。

(14) Max Weber, *Gesammelte Aufsätze zur Wissenschaftslehre*, Tübingen 1922, 190 f.

(15) 偏差概念と偏差理論批判については，Jan Mukařovský, “Standard Language and Poetic Language”, in : *A Prague School Reader on Esthetics, Literary Structure, and Style*, Georgetown ³1964, 17 ff. ; Jurij Lotman, *Die Struktur literarischer Texte*, München 1972, 111 ff. und 423 ; Michael Riffaterre, Strukturale Stilistik, München 1973, 206, 234 et passim ; S. Chatman, *Linguistics and Literature. An Introduction to Literary Stylistics*, London 1973 ; Wolfgang Iser, *Der Akt des Lesens*, München 1976, 146 f. 参照。

(16) Bernard Bergonzi, *The Situation of the Novel*, Harmondsworth 1972, 26 参照。

(17) Sister Kristin Morrison, “James's and Lubbock's Differing Points of View”, NCF 16(1961), 245–55.

(18) Bertil Romberg, *Studies in the Narrative Technique of the First-Person Novel*, Stockholm 1962, および Françoise van Rossum-Guyon, “Point de vue ou perspective narrative”, *Poétique* 1(1970), 476–497 参照。

(19) Gérard Genette, *Figures III*, Paris 1972(英訳は *Narrative Discourse*, trans. Jane E. Lewis, Ithaca, N. Y. 1980) ; Boris A. Uspenskij, *A Poetics of Composition. The Structure of the Artistic Text and Typology of a Compositional Form*, Berkeley, Cal. 1973 ; Lubomír Doležel, “The Typology of the Narrator : Point of View in Fiction”, in : *To Honor Roman Jakobson*, Den Haag 1967, Bd. 1, 541–552. 独訳は„Die Typologie des Erzählers: ‚Erzählsituationen‘(‚Point of View‘) in der Dichtung“, in : Jens Ihwe(Hrsg.), *Literaturwissenschaft und Linguistik*, Frankfurt/Main 1972, Bd. 3, 376–392 ; S. Chatman, “The Structure of Narrative Transmission”, in : *Style and Structure in Literature*, Oxford 1975, 213–57.

(20) Boris Ejchenbaum, „Die Illusion des ‚skaz‘“, in : *Russi-*

scher Formalismus. Texte zur allgemeinen Literaturtheorie und zur Theorie der Prosa, München 1971, 161–167; Irwin R. Titunik, „Das Problem des ‚skaz'. Kritik und Theorie", in: *Erzählforschung 2*, Göttingen 1977, 114–140.

(21) V. Šklovskij, *Theorie der Prosa*, 14.

(22) B. A. Uspenskij, *Poetics*, 131 参照。

(23) Jürgen Habermas, „Der Universalitätsanspruch der Hermeneutik", in: *Hermeneutik und Ideologiekritik*, Frankfurt/M. 1971, 156; さらに Christoph Kunze, *Die Erzählperspektive in den Romanen Alain Robbe-Grillets*, Diss. Regensburg 1975, 26 f. 参照。

(24) 注(2)参照。

(25) Philip Collins, *A Critical Commentary on 'Bleak House'*, London 1971, 30 参照。

(26) Ian Watt, *The Rise of the Novel: Studies in Defoe, Richardson and Fielding*, London 1957, 98 f., 115–118 参照。

(27) George Orwell, *The Collected Essays, Journalism and Letters of George Orwell*, Harmondsworth 1970, Bd. 4, 478. 「私が決して解決できなかった難問は、人には書きたくてたまらないたくさんの経験というものがあって、……小説の形に変える以外には、それを使いきる方法がないということである。」

(28) Wolfdietrich Rasch, „Erinnerung an Robert Musil", zitiert nach Uwe Baur, „Musils Novelle ‚Die Amsel'", in: *Vom ‚Törless' zum ‚Mann ohne Eigenschaften'*, München u. Salzburg 1973, 269.

(29) J. Anderegg, *Fiktion und Kommunikation*, 118 参照。

(30) Norman Friedman, "Point of View in Fiction", PMLA 70 (1955), 1167.

(31) 拙著『小説における典型的な物語り状況』(一九五五年)では、本来〈局外の語り手〉を意味している場合にも、「作者」や「語り手ないし作者」という概念がしばしば用いられている(S. 21, 23 et passim)。あるいは、「〈局外の語り手〉という形姿をした作者の存在」について云々されている(S. 27)。しかし、このような術語のあいまいさは、この書のすぐ初めの所で次のような客観的説明によって補正されている。「〈局外の語り手〉という人物は、作者の人格と単純に同一視することはできない(S. 24)。」

(32) W. Kayser, *Die Vortragsreise. Studien zur Literatur*, Bern 1958, 82–101. Neu abgedruckt in: V. Klotz (Hrsg.) *Zur Poetik des Romans*, Darmstadt 1965, 197–216.

(33) Thomas Mann, *Der Erwählte*, Frankfurt/M. 1951, 10 f.

(34) R. Klesczewski, „Erzähler und ‚Geist der Erzählung'. Diskussion einer Theorie Wolfgang Kaysers und Bemerkungen zu Formen der Ironie bei Th. Mann", *Archiv für das Studium der Neueren Sprachen und Literaturen* 210 (1973), 126–131.

(35) K. Hamburger, *Logik*, 144, 267, および W. Kayser,

„Wer erzählt den Roman?“, in: *Zur Poetik des Romans*, 171 参照。

(36) W. Kayser, „Wer erzählt den Roman?“, 213 f.

(37) W. Kayser, *Entstehung und Krise des modernen Romans*, 17 参照。

(38) K. Hamburger, *Logik*, 115.

(39) Ibid., 116 f. u. 151 参照。

(40) Ibid., 117.

(41) Ibid., 113. ハンブルガーによれば、一人称小説ではこれとは事情が異なる。「一人称の語り手は作者によって創造された人物であり、語り手とその語りとの間には、純粋な言表関係が存在する。」*Logik*, 113, 115, 245 ff. 参照。

(42) Hamburger, *Logik*, 267；さらに 144 も参照。

(43) 最近W・ハウブリクスは、上に引用した小説『選ばれし人』の一節をめぐる論議を、——後でもっと明らかになるであろうが——われわれの問題にとって重要な方向へと導くことができた。引用個所における語りの二つのレベル、すなわち「精神」としての抽象的な現われ方と、アイルランド人の僧としての具体的な現われ方という両様の現象形態が、ハウブリクスによって、ロシア・フォルマリスト並びにフランス構造主義者たちの対立概念、すなわち「ファーブラ Fabel」(語られた出来事の総体)と「シュジェート Sujet」(出来事の叙述の仕方)、histoire(物語内容)と discours(言説)の対立に関係づけられている。*Erzählforschung 1*, 11 f. 参照。

(44) W. C. Booth, *The Rhetoric of Fiction*, Chicago 1961, 73 f. 参照。ブースにおいてこの概念が持っている多くのニュアンスのひとつは、次のことばによって特徴づけられる。「……この内包された作者がゆだねられている主要価値は、全体的な形式によって表わされる。」

(45) Hamburger, *Logik*, 73.

(46) K・ハンブルガー自身、その論文 „Noch einmal: Vom Erzählen“, *Euphorion* 59(1965), 70 の中で、この説明に歩み寄っている。つまり彼女は、「人格化された語り手」の概念を「文体論的な研究基盤」に関係づけ、また「物語機能」の概念を「構造・言語理論的な研究基盤」に関係づけている。

(47) W. C. Booth, *The Rhetoric of Fiction*, 44 参照。

(48) K. Hamburger, *Logik*, 113 ff. 参照。

(49) K. Hamburger, *Logik*[1], 1957, 72–114, および *Logik*[2], 1968, 11–154 参照。

(50) W. Kayser, „Entstehung und Krise des modernen Romans“, 34.

(51) Joseph Warren Beach, *The Twentieth-Century Novel: Studies in Technique*, New York 1932, 14.

(52) K. Hamburger, *Logik*, 115 参照。

(53) *Typische Erzählsituationen*, 25–27 参照。

(54) W. C. Booth, *The Rhetoric of Fiction*, Chap. II, III 参照。

(55) John R. Frey, “Author-Intrusion in the Narrative: German Theory and Some Modern Examples”, *Germanic Review*

23(1948), 274–289.

(56) Dan Jakobson, "Muffled Majesty", *Times Literary Supplement*, October 26, 1967, 1007.

(57) Bernard Bergonzi, *The Situation of the Novel*, 84 f., 225.

(58) N. Friedman, "Point of View in Fiction", 1167. これについては本章一七ページの完全な引用を参照せよ。

(59) Helmut Winter, *Literaturtheorie und Literaturkritik*, Düsseldorf 1975, 14.

(60) K. Friedeman, *Die Rolle des Erzählers in der Epik*, 26 参照。

(61) これに反し、C・カールマン、G・ライス、M・シュルフターによる物語テクストの分析では、読者を取り込んだ伝達局面が中心を占める。*Erzähltextanalyse. Eine Einführung in Grundlagen und Verfahren*, Bd. 1, Königsstein/Ts. ²1981.

(62) スタニスラフ・アイレは、ここで記述されている《物語り状況》の中からどれかを選択することと、作者の世界観との間にある可能なイデオロギー的関係を素描している。"The Novel as an Expression of the Writer's Vision of the World", *New Literary History* 9(1977/78), 116–128. アイレが踏み込んだこの広い分野は、さらに集中的な踏査を必要とする。

(63) Robert Weimann, „Erzählerstandpunkt und ‚Point of View'. Zur Geschichte und Ästhetik der Perspektive im englischen Roman", *Zeitschrift für Anglistik und Amerikanistik* 10(1962), 379.

(64) R. Weimann, „Erzählerstandpunkt", 378 f.; „Erzählsituation und Romantypus. Zur Theorie und Genesis realistischer Erzählformen", *Sinn und Form* 1(1966), 119 ff. ヴァイマンの提案と私の類型論に関連して、ユルゲン・ペーパーは「世界観的・時代史的下部構造と、技術的・手工業的上部構造」との関係の問題を論じている。Jürgen Peper, „Über transzendentale Strukturen im Erzählen", *Sprache im technischen Zeitalter* 34(1970), 136 ff.

第II章

(1) 『小説における典型的な物語り状況』に関して、最近二つの比較的大きな批判的論考が発表された(同書が出版されてからほぼ二十五年後のことである!)が、その詳細を考慮に入れることはできなかった。しかしそこで提起されている異論の幾つかについては、本書の中で前もって考慮が払われている。Jürgen H. Petersen, „Kategorien des Erzählens. Zur systematischen Deskription epischer Texte", *Poetica* 9 (1977), 167–195, A. Staffhorst, *Die Subjekt-Objekt-Struktur. Einleitung zur Erzähltheorie*, Stuttgart 1979, bes. 17–22.

(2) ここに示した考察の幾つかは、すでに数年前にその概略を述べたものであるが、最近になってようやく、私は次の論文の中でそれらを公表することができた。„Zur Konstituierung der typischen Erzählsituationen", in: *Zur Struktur des*

Romans, Darmstadt 1978, 558–576.

（3） 典型的な《物語り状況》の動態化という方法、すなわち物語理論的な諸概念を、物語テクストの流動的な性質に適用する方法は、ある意味で構造主義的・言語学的物語論《ナラトロジー》の方法に対立する。後者の方法は、「書き直し」(J・イーヴェ)や「標準化」(W・O・ヘンドリクス)によって、物語テクストを形式化し、それによって物語テクストを概念的分析装置へ適合させようと努めるのである。Jens Ihwe, "On the Foundations of a General Theory of Narrative Structure", および William O. Hendricks, "The Structural Study of Narration: Sample Analyses", *Poetics* 3(1972), 7 und 101 参照。

（4） できるかぎり記述的で、類型論的一般化のないカテゴリーを得るために、構成要素のこうした分析がいかに綿密に行われなければならないかということは、単に方法論上の問題であるばかりでなく、語りの理論を構築する際のその意図にも左右されるのである。たとえばウーヴェ・バウルは、著しく分析的で純粋に記述的な方法にくみしている。„Deskriptive Kategorien des Erzählverhaltens“, in: *Erzählung und Erzählforschung im 20. Jahrhundert*, hg. R. Kloepfe und G. Janetzke-Dillner, Stuttgart 1981, 31–39 参照。

（5） Otto Ludwig, „Formen der Erzählung“, in: *Epische Studien. Gesammelte Schriften*, hg. A. Stern, Bd. 6, Leipzig 1891, 202 ff.; Percy Lubbock, *The Craft of Fiction*, New York 1947, 67; N. Friedman, "Point of View in Fiction", 1161 ff.; F. K. Stanzel, *Typische Erzählsituationen*, 22 参照。

（6） Eduard Spranger, „Der psychologische Perspektivismus im Roman“, neu abgedruckt in: *Zur Poetik des Romans*, hg. Volker Klotz, Darmstadt 1965, 217–238, および Erwin Leibfried, *Kritische Wissenschaft vom Text. Manipulation, Reflexion, transparente Poetologie*, Stuttgart ²1972, 244 参照。ライプフリートがここで想定しているのとは違って、《物語り状況》という概念が、ただ《遠近法》だけを意味するのでないことは、《人称》《遠近法》《叙法》を基盤とする《物語り状況》の新たな定義づけによって、おそらく十分に明らかになったであろう。

（7） J. Pouillon, *Temps et roman*, Paris 1946, 74–114; Tz. Todorov, "Les Catègories du récit littéraire", 125–159; G. Genette, *Narrative Discourse*, 185–198 参照。これらの論考では、「遠近法」と「焦点化」は、「叙法」の相よりも下位に置かれている。

（8） このような研究のリストとしては、不備ではあるが、F. K. Stanzel, „Zur Konstituierung der typischen Erzählsituationen“, 568 ff. を参照せよ。

（9） K. Hamburger, *Logik*, 11 ff. und 245 ff.; J. Anderegg, *Fiktion und Kommunikation*, 43 ff.; E. Leibfried, *Kritische Wissenschaft vom Text*, 244 f.; C. Brooks und R. P. Warren, *Understanding Fiction*, New York 1943, 659 ff.; G. Genette, *Narrative Discourse*, 30–32; Lubomír Doležel, "The Typology of the Narrator : Point of View in Fiction", in : *To Honor Roman Jakobson*, Den Haag 1967, Bd. 1, 541–552 参照。ドレジェルは最近になって、その類型論を更に啓発的な方法でさらに発展させた。特にその著書 *Narrative Modes in Czech Literature*, Toronto 1973 の "Introduction" を参照。

(10) D. Cohn, "The Encirclement of Narrative. On Franz Stanzel's *Theorie des Erzählens*", *Poetics Today* 2 (1980), 174 ff., 179 f. 参照。

(11) 私の三分法的類型円図表においては、個々の形態は、各類型間に広がる形態連続体として位置しているが、しかし、D・コーンの提案した二分法的システムでは、形態は、互いにはっきり区分された領域で示されていることを参照せよ。Cohn, "The Encirclement", 163, Chart II, 179, Figure 2 参照。

(12) 第II章三九―四〇ページ参照。

(13) まず第一に言語学にとっての、次いで構造主義的文学理論にとっての二項対立の意味については、Jonathan Culler, *Structuralist Poetics. Structuralism, Linguistics, and the Study of Literature*, Ithaca, New York 1978, 14–16 を参照。この研究並びに他の研究における構造主義的概念への入門書としては、Jürgen Link, *Literaturwissenschaftliche Grundbegriffe. Eine programmierte Einführung auf strukturalistischer Basis*, München 1974 がある。

(14) Lubomír Doležel, "The Typology of the Narrator : Point of View in Fiction", in : *To Honor Roman Jakobson*, Bd. 1 (1967), 541–52. ドレジェルはこの類型論をさらに発展させ、樹形図モデルと並んで円環図表も用いている。特にその著書 *Narrative Modes in Czech Literature*, Toronto 1973 の "Introduction" を参照せよ。

(15) Erwin Leibfried, *Kritische Wissenschaft vom Text. Manipulation, Reflexion, transparente Poetologie*, Stuttgart ^{2}1972 参照。

(16) Ibid., 243.

(17) Ibid., 247.

(18) Ibid., 244.

(19) F. K. Stanzel, „Zur Konstituierung der typischen Erzählsituationen", 574 f. 参照。

(20) Wilhelm Füger, „Zur Tiefenstruktur des Narrativen. Prolegomena zu einer generativen ‚Grammatik' des Erzählens", *Poetica* 5 (1972), 268–292.

(21) S. Chatman, "The Structure of Narrative Transmission", 213–257.

(22) John Austin, *How to Do Things With Words* (1955), New York 1962.

(23) S. Chatman, "The Structure of Narrative Transmission", 233.

(24) Ibid., 229.

(25) Ibid., 238 f.

(26) Ibid., 235.

(27) その間にS・チャットマンの *Story and Discourse. Narrative Structure in Fiction and Film* (Ithaca 1978)が出版された。この物語理論には、ここで引用した論文が、手を加えた形で収録されている。拙著『典型的な物語り状況』との対決による論議は、本書には採録されていない。

(28) 私の三分法的類型論に対する根本的な異論は、二つないし四つの陣営に分けられる。その第一の陣営は、三つの構成要素を〈三人称による語り／一人称による語り〉という対立に還元することを要求する(K・ハンブルガー)。さらに、この対立には、二次的に〈語り手／映し手〉という対立が帰属させられる(W・ロッケマン、A・シュタッフホルスト)。また第二の陣営は、三つの構成要素を〈語り手／映し手〉という対立に還元し、さらにこの対立に、二次的に〈三人称による語り／一人称による語り〉という対立を帰属させる(J・アンデレック、H・クラフトなど)。第三の陣営は、構成要素《遠近法》を《人称》および《叙法》の上位に置こうとする(ライプフリート、フューガー)。そして第四の陣営は、結局構成要素《遠近法》を放棄しようとする(ドリット・コーン、ロッケマン、シュタッフホルストなど)。これらの異論や修正案がまちまちであることに鑑みて、三つの構成要素のすべてを、それらの間のランクづけは行わずに取り入れている点は、むしろ私の方法の長所であるように思われる。特に Albrecht Staffhorst, *Die Subjekt-Objekt-Struktur. Ein Beitrag zur Erzähltheorie*, Stuttgart 1979, 17–22; Herbert Kraft, *Um Schiller betrogen*, Pfullingen 1978, 48–58 参照。

(29) David Goldknopf, *The Life of the Novel*, Chicago 1972, 33.

(30) J. D. Salinger, *The Catcher in the Rye*, Harmondsworth 1958, 5.

(31) ここでの原則的な考察をより見通しのよいものにするために、一人称の語り手(「私」)が物語の中心でなく、周縁に位置するような《物語り状況》、すなわち「私」を語り手としながら、中心人物たる主人公が三人称で現われるような《「私」の語る物語り状況》(S・バトラー『万人の道』参照)への転換の可能性は、ここでは断念されている。

(32) James Joyce, *A Portrait of the Artist as a Young Man*, Harmondsworth 1963, 143.

(33) ドリット・コーンは、このテクスト個所に対して、さらに踏み込んだ転換の試みを行なっている。その試みは、とりわけ体験話法による内面世界の描写にとって非常に重要な結果を導き出している。Dorrit Cohn, "Narrated Monologue: Definition of a Fictional Style", *Comparative Literature* 18 (1966), 98 ff. 参照。

(34) J. Joyce, *Ulysses*, Harmondsworth 1969, 38 f.

(35) J・ラントヴェールらは、「人間科学」に非歴史的定数は存在しないと主張しているが、その根拠づけは納得のいくものではない。彼によれば、非歴史的定数は未来に対しても有効性を持たなければならないが、もしそうだとすれば、そうした定数の反証となる作品が意図的に制作されることによって、いつでもその誤りが証明されてしまうような予言を、そのような定数自身が認めてしまうことになるだろう。しかしこのような意味では、個々の作品はそもそも証言の力を持っていないのである。また、これらの定数の反証たるべき作品の意図的な大量生産も、むしろありえないことといってよい。だが、それらの定数を記述して、それらを意識させることによって、かえって作家たちの反作用を引き起こすということは十分に予期できることである。その際に生まれる反定数の動きも、十中八九、再び類型円図表中に然るべき位置を占めるであろう。このような発展は、少なくともジェイムズ・ジョイス以来、すでに認められるところである。だから といって、すでに記述された典型的な《物語り状況》の非歴史性が、そのために無効となるわけではない。歴史的に変遷するのは、物語創造のさまざまな可能性を特徴づける仮説としての理念型ではなく、多かれ少なかれそのような理念型に近似する歴史的な形態なのである。J. Landwehr, *Text und Fiktion. Zu einigen literaturwissenschaftlichen und kommunikationstheoretischen Grundbegriffen*, München 1975, 24 f. 参照。

(36) F. K. Stanzel, ,,Wandlungen des narrativen Diskurses in der Moderne", in: *Erzählung und Erzählforschung im 20. Jahrhundert*, hg. R. Kloepfer und Gisela Janetzke-Dillner, Stuttgart 1981, 371–383 参照。

(37) Jacques Dubois et al., *Allgemeine Rhetorik* (1970), übers. von Armin Schütz, München 1974, bes. 306 ff.

(38) ユルゲン・リンクの「叙事的言述の標準型」と「対話体による異化された叙事的言述」との区別も、偏差モデルに基づいている。*Literaturwissenschaftliche Grundbegriffe*, 293–304. 厳密にみると、この区別には幾つかの対立が含まれている。すなわち〈一人称小説/三人称小説〉、〈映し手/語り手〉、アンデレックの〈物語テクスト/報告テクスト〉といった対立である。リンクはある個所で、「標準型」を明らかに《作中人物に反映する物語り状況》と同一視している(*Grundbegriffe*, 367 参照)。これは、可能な《物語り状況》の中からただ一つの類型を「標準化」するのと同様、問題点が多いように思われる。

(39) この概念については、Thomas S Kuhn, *Die Struktur wissenschaftlicher Revolutionen*, Frankfurt/M. 1967; Hans Robert Jauss (Hrsg.), *Nachahmung und Illusion*, München 1969, さらに J. Anderegg, *Literaturwissenschaftliche Stiltheorie*, Göttingen 1977 参照。

(40) H. James, *The Art of the Novel*, Preface to "The Tragic Muse", 84.

(41) Boris Andreevič Uspenskij, *Poetika Kompozicii. Struktura chudožestvennogo texta i tipologija kompozicionnoj formy*, Moskau 1970. Eng. trans. by Valentina Zavarin and Susan Wittig, *A Poetics of Composition. The Structure of the Artistic*

Text and Typology of a Compositional Form, Berkeley and Los Angeles 1973. Deutsche Übersetzung von Georg Mayer in: Karl Eimermacher (Hrsg.), *Poetik der Komposition*, Frankfurt 1975.

(42) Valentina Zavarin and Susan Wittig, Translators' Preface, *Poetics*, von Uspenskij, XVI.

(43) これに関連して，ロシアの小説では《作中人物に反映する物語り状況》が，《局外の語り手による物語り状況》から完全に独立して現われることは決してない，というJ・ホルトゥーゼンの立証は特に興味深い。J. Holthusen, „Erzählung und auktorialer Kommentar im modernen russischen Roman", *Welt der Slaven* 8 (1963), 252–267, および Wolf Schmid, „Zur Erzähltechnik und Bewußtseinsdarstellung in Dostoevskijs ,Večnyjmuž'", *Welt der Slaven* 13 (1968), 305 f. 参照。

(44) Jean Ricardou, "Nouveau Roman, Tel Quel", *Poétique* 1 (1970), 433–454, および John Barth, *Lost in the Funhouse*, Garden City, N. Y. 1968, 38 参照。

(45) Wolfgang Heinz Schober, *Erzähltechniken in Romanen. Eine Untersuchung erzähltechnischer Probleme in zeitgenössischen deutschen Romanen*, Wiesbaden 1975, 45.

(46) ショーバーの「物語位置」の概念では，われわれの三つの対立のうち，特に《遠近法》に考慮が払われている。これに対し，《叙法》と《人称》は下位に置かれているにすぎない。この研究の本来の意味は，年代順にトーマス・マンからペーター・ハントケおよびアンドレーアス・オコペンコに至るまでの三十七篇の小説における《物語り状況》に関して，綿密な普遍的特徴づけをすることにある。

(47) E. Lämmert, *Bauformen des Erzählens*, Stuttgart 1955.

(48) Helmut Bonheim, "Theory of Narrative Modes", *Semiotica* 14 (1975) 329 ff., および *Submodes of Speech*, Kölner Angl. Papiere, Köln 1981 参照。

(49) これについては，Klaus W. Hempfer, *Gattungstheorie*, München 1973, bes. 156 ff., および Paul Hernadi, *Beyond Genre. New Directions in Literary Classification*, Ithaca and London 1972, esp. 55 ff., 155 f., 187 ff. も参照。

(50) 無論これは，対話が物語的コンテクストには含まれえないことを意味するわけではない。Michał Głowiński, „Der Dialog im Roman", *Poetica* 6 (1974), 1–16 参照。L・ドレジェルは総じて物語的テクストを，「語り手の言述」と「作中人物の言述」とからなる断片の連続として定義づけている（*Narrative Modes in Czech Literature*, 4 参照）。このような定義づけにより，物語的言述の特に興味深い現象の多くが，とりもなおさず，この二つの言述部分の境界地点に現われてくるという事実に，注意が促されるのである。

(51) S. Chatman, "The Structure of Narrative Transmission", 237. さらに G. Genette, *Narrative Discourse*, 162–164 も参照。

(52) K. Hamburger, *Logik*, 143.

(53) 物語的部分とは，語りの媒介性が表われているような，物語テクストの断片である。したがってこの意味での物語的部分の概念は、J・リンクの「物語的テクスト」という概念におけるこの語の意味とは切り離さねばならない。リンクの「物語的テクスト」は、「筋に基礎づけられたすべてのテクスト」を意味している。それゆえ小説や劇のほかに映画、ラジオドラマ、コミック等も含むのである。*Literaturwissenschaftliche Grundbegriffe*, 272.

(54) Stanzel, *Typische Erzählsituationen*, Kap. 2.

(55) W. Günther, *Probleme der Rededarstellung. Untersuchungen zur direkten, indirekten und erlebten Rede im Deutschen, Französischen und Italienischen*, Marburg 1928, 81 f. 参照。

(56) K. Hamburger, *Logik*, 144 f. 参照。

(57) W. Kudszus, „Erzählperspektive und Erzählgeschehen in Kafkas ‚Prozeß'", *DVjs* 44(1970), 306–317, および Walter H. Sokel, „Das Verhältnis der Erzählperspektive zum Erzählgeschehen und Sinngehalt in ‚Vor dem Gesetz', ‚Schakale und Araber' und ‚Der Prozeß'", *Zeitschrift für deutsche Philologie* 86(1967), bes. 267–76 参照。

(58) Paul Hernadi, *Beyond Genre*, 161 ff. 参照。

(59) Wolfgang Wickardt, *Die Formen der Perspektive in Charles Dickens' Romanen, ihr sprachlicher Ausdruck und ihre strukturelle Bedeutung*, Berlin 1933, 37 ff. 参照。

(60) *Dombey and Son*, Harmondsworth 1977, Ch. 16 参照。

(61) Fred W. Boege, "Point of View in Dickens", *PMLA* 65 (1950), 90–105 参照。

(62) Joyce, *A Portrait of the Artist*, 59–60.

(63) F. K. Stanzel, „*Tristram Shandy* und die Klimatheorie", 16 参照。

(64) H. Bonheim, "Theory of Narrative Modes", *Semiotica* 14(1975), 329–344, および "Mode Markers in the American Short Story", in : *Proceedings of the Fourth International Congress of Applied Linguistics*, Stuttgart 1976, 541–550 参照。

(65) F. K. Stanzel, „Die Komplementärgeschichte. Entwurf zu einer leserorientierten Romantheorie", in : *Erzählforschung* 2, 258.

第III章

(1) Egon Werlich, *A Text Grammar of English*, Heidelberg 1976.

(2) Roger Fowler, *Linguistics and the Novel*, 5.

(3) Ibid., 17.

(4) Ferdinand de Saussure, *Grundlagen der allgemeinen Sprachwissenschaft* (1916), Berlin [2]1967, 145, zitiert nach Theodor Lewandowski, *Linguistisches Wörterbuch*, Heidelberg 1975, Bd. 2, 459.

(5) Friedrich Spielhagen, „Der Ich-Roman", in : *Zur Poetik des Romans*, 128.

(6) Kurt Forstreuter, *Die deutsche Ich-Erzählung. Eine Stu-*

die zu ihrer Geschichte und Technik, Berlin 1924, 44.

(7) これは、少なくとも一般的論議にとっては当てはまることである。作者と語り手とが一致しないことは、シュピールハーゲン以前にもすでに散発的ながら記録されている。これについてはヘルムート・ヒンメルが、シュピールハーゲンの小説理論的著作の再刊の後書きで、注意を促している。F. Spielhagen, *Beiträge zur Theorie und Technik des Romans*, Göttingen 1967, 354 f. 参照。

(8) W. Kayser, „Wer erzählt den Roman?“, in: *Zur Poetik des Romans*, 209.

(9) Ibid., 208 f.

(10) *Typische Formen*, 34 f. 参照。また B. Romberg, *Studies in the Narrative Technique of the First-Person Novel*, 84 も参照。

(11) ゲルハルト・フォン・グレヴェニッツは、小説理論に関するそのはなはだ重厚な研究の中で、〈一人称／三人称〉の対立には、ブースやカイザーと同様に、ごくわずかな重要性しか認めていない。しかしその彼が、まさにこの小説に対して特別な注意を向けているのは、決して偶然ではない。*Die Setzung des Subjekts*, Tübingen 1973, 68–73 参照。

(12) Lothar Cerny, *Erinnerung bei Dickens*, Amsterdam 1975, Kap. III. 3. „Erinnerung als dichterische Vergegenwärtigung“, bes. 106 ff. 参照。

(13) W. C. Booth, *Rhetoric*, 150.

(14) Ibid., 150 ff. 参照。

(15) ブースに関する私の見解も参照。“Second Thoughts on *Narrative Situations in the Novel*”, *Novel. A Forum on Fiction* 11(1978), 254 f.

(16) この偏見が特に顕著に現われているのが、ブースの論文 “Distance and Point of View”, *Essays in Criticism* 11(1961), 60–79 である。この論文を読むと、ブースが、自分の軽視する体系的な文学理論として連想しているものは、とりわけドイツ語で書かれた研究論文であることが、明瞭になる。

(17) Joyce Cary, *Art and Reality*, Cambridge 1958, 97 f. 参照。

(18) H. James, *The Art of the Novel*, 320 f. また *Notebooks*, 130 も参照。『覚書』によると、『黄金の杯』の最初の草案では、しばしの間一人称形式に関心を示すが、その後すぐに退けられている。これに反し、彼の中篇『短篇集』では、比較的頻繁に一人称形式が選択されている。この一人称形式選択の理由に関する論究の糸口や、一人称小説の特徴をよく表わす『短篇集』の完全なリストは、Krishna Baldev Vaid, *Technique in the Tales of Henry James*, Camdridge, Mass., 1964 に収録されている。

(19) Hugh Kenner, *Samuel Beckett. A Critical Study*, London 1962 参照。

(20) P. F. Botheroyd, *ich und er. First and Third Person Self-Reference and Problems of Identity in Three Contemporary German-Language Novels*, Den Haag and Paris 1976. ディータ

ー・マインドルが示したように，アメリカ小説にも，一人称小説の「ルネッサンス」が見られる。これについては，ディーター・マインドルの興味深い次の論考を参照。„Zur Renaissance des amerikanischen Ich-Romans in den fünfziger Jahren“, *Jahrbuch für Amerikastudien* 19(1974), 201–218.

(21) Botheroyd, *ich und er*, 126.

(22) F. M. Dostoevskij, *Die Dämonen*, München 1977, 321–329参照。

(23) H. M. Mcluhan, *The Gutenberg Galaxy*, Toronto and London 1962参照。

(24) William Jinks, *The Celluloid Literaure. Film in the Humanities*, Beverly Hills 1974; Helmut Schanze, *Medienkunde für Literaturwissenschaftler*, München 1974(詳しい文献目録付き); Adam J. Bisanz, „Linearität versus Simultaneität im narrativen Zeit-Raum-Gefüge. Ein methodisches Problem und die medialen Grenzen der modernen Erzählstruktur“, in: *Erzählforschung 1*, 184–223; Horst Meixner, „Filmische Literatur und literarisierter Film“, in: *Literaturwissenschaft-Medienwissenschaft*, Heidelderg 1977, 32–43. 文学的物語と映画的物語との関係を解明しようという文学理論的なアプローチは，すでにSusanne Langer, *Feeling and Form: A Theory of Art Developed From 'Philosophy in a New Key'*, London [4]1967, 411 ff., 並びにK. Hamburger, *Logik*, 176 ff. に見出される。

(25) 三人称形式と比較しての一人称形式の歴史的発展については，M. Głowiński, "On the First-Person Novel", *New Literary History* 9(1977), 103–114参照。

(26) W. Lockemann, „Zur Lage der Erzählforschung“, *GRM*, N. F. 15(1965), 63–84.

(27) W. C. Booth, *Rhetoric*, 158 et passim参照。

(28) Lockemann, „Zur Lage der Erzählforschung“, 81.

(29) ここで使われている「信頼性」という概念は，あらゆる言語的な伝達方法の一基本要因としての，「ある人の何かを信じるjemandem-etwas-glauben」というG・ヴァルトマンの概念に部分的に合致する。ヴァルトマンは，三つの《物語り状況》のそれぞれに，一つずつ変形を配分している。Günter Waldmann, *Kommunikationsästhetik. Die Ideologie der Erzählform*, München 1976, 185–197参照。

(30) Thomas Mann, *Die Bekenntnisse des Hochstaplers Felix Krull*, Frankfurt/M. 1955, 9.

(31) W・J・M・ブロンズヴールは，アイリス・マードックの一人称小説『イタリアの女』の分析で，これとは別の枠組みと概念を用いたが，それにもかかわらず似たような結論に達している。たとえば，小説の冒頭文「私はドアをそっと押したI pressed the door gently」(この一人称の語り手は，子供の頃住んだ家へ久しぶりで戻ってくる)は，次のように分析されている。「まず初めに，この場合の「私」は，内包された作者または語り手を指している。この「私」は，そのような理由のために，物語の創出者としての役割を果たすことのできる純粋な助格代名詞である。しかしながら，ドアに付せられた定冠詞によって，この「私」は突如としてストーリーのなかへ巻き込まれることになる。今や「私」は，自分のよく知っているドアについて語っているのである。「私」のドアに対する反応は，……語り手の反応ではない。それはある人物の，すなわち子供の頃からこのドアを知っていて，そのドアに感情的な反応をせずにはおれない人間の反応である。」*Tense in the Novel. An Investigation of Some Potentialities of Linguistic Criticism*, 90 参照。

(32) „*Tristram Shandy* [...] als Roman über die Unmöglichkeit, einen Roman zu schreiben". Bernhard Fabian, „L. Sterne : *Tristram Shandy*", 240.

(33) Karl Bühler, Sprachtheorie (1934), Stuttgart ²1965, 138.

(34) K. Hamburger, *Logik*, 107.

(35) 物語における指示機能の問題は，まだ決定的解明からは程遠いが，最新の物語研究には，大変興味深いものが幾つか散見される。ここでは特に，ラインホルト・ヴィンクラーの論考 „Über Deixis und Wirklichkeitsbezug in fiktionalen und nichtfiktionalen Texten", in : *Erzählforschung 1*, 156–174 を参照せられたい。これには，さらに詳しい参考文献も付されている。

(36) Laurence Sterne, *Tristram Shandy*, VII, 1. なお，F. K. Stanzel, „*Tom Jones* und *Tristram Shandy*", in : *Henry Fielding und der englische Roman des 18. Jahrhunderts*, Darmstadt 1972, 446 も参照のこと。

(37) James, *The Complete Tales of Henry James*, hg. Leon Edel, London 1963, VIII, 236 f.

(38) James, *Complete Tales*, VII, 422 f.

(39) K. B. Vaid, *Technique in the Tales of Henry James*, "Chronology of Tales", 264 f. 参照。

(40) James, *Complete Tales*, VII, 284.

(41) Ibid.

(42) D. Goldknopf, *The Life of the Novel*, Chicago 1972, 38 f. (強調は，シュタンツェルによる)

(43) Ibid., 39 参照。

(44) W. Somerset Maugham, *Cakes and Ale*, Harmondsworth 1963, 143 f.

(45) これについては，物語的現在時称が現前化の機能をもつのか，それとも別の機能をもつのかという問題に関する議論も参照のこと。K. Hamburger, *Logik*, 84 ff. ; C. P. Casparis, *Tense Without Time*, 17 ff. ; L. Cerny, *Erinnerung bei Dickens*, 95 ff. ; M. Markus, *Tempus und Aspekt*, München 1977, 36 ff.

(46) Dickens, *David Copperfield*, Harmondsworth 1975, 691–95.

(47) ディケンズのほぼ同時期に書かれた小説『荒涼館』(一八五二—五三年)においても，紛れもなく《局外の語り手による物語り状況》が支配的な，数章から成る比較的長い部分と，一人称の語り手が現われる部分とが、規則的に交替する。〈局外の語り手〉と一人称の語り手(エスタ・サマソン)は、二人の別々の人物であり、それぞれ違う立場から、異なった見方で、事態を眺めている。したがって、『荒涼館』において真に重要なのは、同一のテーマをめぐる、二つの異なった物語の組み合わせであって、人称の交替ではない。

(48) Thackeray, *Henry Esmond*, Harmondsworth 1972, 203.

(49) Geoffrey Tillotson, *Thackeray the Novelist*, Cambridge 1954.

(50) James Sutherland, *Thackeray at Work*, London 1974, 66 ff. 参照。

(51) John Loofbourow, *Thackeray and the Form of Fiction*, Princeton 1964, 119 参照。

(52) W. Iser, *Der implizite Leser*, München 1976, 206 ff. 参照。

(53) Ibid., 206 f.

(54) 自伝的な「私」が、おのが生涯の過去の段階に対して距離を置くというのは、三人称による自伝に関して、フィリップ・ルジューヌが行なった二様の説明のうちの一方である。もう一方の説明は、いわゆる「想像上の虚構」に関わるもので、自伝的な「私」は、自らを他の人物に置き換えて、その想像上の立場から自分自身を見つめるのである。その実例としては、ガートルード・スタインの『アリス・トクラスの自伝』がある。"Autobiography in the Third Person", *New Literary History* 9(1977), 26–50 参照。

(55) Thackeray, *Henry Esmond*, 193, 313 f.

(56) Ibid., 439 f.

(57) *Typische Erzählsituationen*, 62 参照。〈三人称—一人称—三人称〉という交替は、激しい感情の表出が描写される場合に、きまって現われるという当時の私の説明は、あまりに一般的である。それゆえその説明は、ここに提示した論拠に基づいて補正される必要がある。すなわち、対象指示が三人称から一人称へ復帰するのに必要な根本的条件は、《物語り状況》の作中人物化である。

(58) J. Sutherland, *Thackeray at Work*, 66 参照。

(59) P. F. Botheroyd, *ich und er*, bes. 118 ff.; Margit Henning, *Die Ich-Form und ihre Funktion in Thomas Manns „Doktor Faustus" und in der deutschen Literatur der Gegenwart*, Tübingen 1966, bes. 156 ff.; および W. Jens, *Deutsche Literaturgeschichte der Gegenwart*, München 1961, 93 f. 参照。イェンスにおいては、一人称から三人称への人称交替は、一人称の語りを客観化する試みとしてみなされている。

(60) Max Frisch, *Mein Name sei Gantenbein*, Frankfurt/M. 1964, 20.

(61) Kurt Vonnegut Jr., *Slaughterhouse-Five, or the Children's Crusade*, New York 1969, 85 f.

(62) Botheroyd, *ich und er*, 1–27, 132–140, とりわけ "Introduction" に挙げられている参考文献を参照のこと。

(63) Saul Bellow, *Herzog*, Harmondsworth 1965, 157, 159.

(64) D. H. Lawrence, *Women in Love*, Harmondsworth 1973, 471.

(65)『ヘンリー・エズモンド』からの最後の引用個所と、『ハーツォグ』からの引用個所も参照せよ。

(66)「格言風の現在時称」の概念については、Günter Steinberg, *Erlebte Rede. Ihre Eigenart und ihre Formen in neuerer deutscher, französischer und englischer Erzählliteratur*, Göppingen 1971, 225 ff. 参照。

(67) Frisch, *Montauk*, Frankfurt/M. 1975, 165.

(68) V. Šklovskij, *Theorie der Prosa*, および Renate Lachmann, „Die ‚Verfremdung' und das ‚Neue Sehen' bei Viktor Šklovskij", *Poetica* 3(1970), 226–249 参照。

(69) Frisch, *Montauk*, 152.

(70) Ibid., 107.

(71) Ibid., 138.（傍点はシュタンツェルによる。）

(72) Ibid., 82.

(73) Samuel Beckett, *Molloy. Malone Dies. The Unnamable*, Paris 1959, 345.

第 IV 章

(1) ブルックスとウォレンの〈出来事の内的分析／出来事の外的観察〉という対立は、われわれの対立〈内的遠近法／外的遠近法〉に非常に近似している。一方、彼らのもう一つの区別、すなわち「物語における登場人物としての語り手」と「物語における登場人物ではない語り手」という区別は、われわれの対立《人称》と著しく一致する。しかし、彼らの図式には、対立《叙法》は欠けている。C. Brooks and R. P. Warren, *Understanding Fiction*, 660 参照。

(2) J. Joyce, *Ulysses*, 42 ff., 150 ff.

(3) ジュネットの『物語のディスクール』(*Narrative Discourse*)と私の著書(*Theorie des Erzählens*)との詳細な批判的比較に関しては、ドリット・コーンの "The Encirclement of Narrative, On Franz Stanzel's *Theorie des Erzählens*", 特に 160 ff. および 174 ff. を参照。

(4) ジュネットの「焦点化ゼロ」と「外的焦点化」は、結局外的遠近法による描写という同一の事態の変化形にすぎないことを、ミーケ・バールが説得力をもって実証している。"Narration et focalisation", *Poétique* 29(1977), 113, 119 参照。

(5) *Narrative Discourse*, 186, 212 ff. 参照。

(6) W. Lockemann, „Zur Lage der Erzählforschung", *GRM*, N. F. 15(1965), 81 f. 参照。

(7) E. Leibfried, *Kritische Wissenschaft vom Text*, 244 参照。

(8) W. Lockemann, „Zur Lage der Erzählforschung", 82.

(9) もちろん、《人称》と《遠近法》の理論上の区別は、それによって特徴づけられる現象を理解するための「不可欠条件」ではない。けれども、この区別は、そのような現象に対する認知能力を鋭敏にし、それに関する論議を容易ならしめるのである。F・ヴァン・ロッサム＝ギュイヨンは、その著書 *Critique du roman* (Paris 1970) の中で、彼女が「物語的遠近法」(第Ⅳ章)と呼んでいるものについて、大変興味深い、しかも物語理論的にも根拠のしっかりした認識に到達しているが、しかし彼女は《人称》と《遠近法》とを概念上区別してはいない。もっとも、彼女の興味の中心を占めるものは、ビュトールの『心変わり』における二人称の物語形式である。ただこの形式は、きわめて重要なものであるにしても、それを一人称形式の変種と認めないかぎりは、この形式を、われわれの〈一人称形式／三人称形式〉という対立の中に組み入れるのは難しいであろう。

(10) ヨーゼフ・フランクは、すでに一九四五年に、「空間的形式」への傾向が、伝統的な物語の「時間に支配された形式」からの革新的逸脱であることを認識している。"Spatial Form in Modern Literature", *Sewanee Review* 53(1945). この論文は、特にアメリカの批評家たちの間に、徹底的な討論を呼び起こした。Jeffrey R. Smitten and Ann Daghistany, *Spatial Form in Narrative*, Ithaca and London 1981 参照。小説の空間描写に関するドイツ語圏の研究は、主として内容やテーマに関わる方向に向けられている。H. Meyer, „Raum und Zeit in Wilhelm Raabes Erzählkunst", *DVjs* 27(1953), 237–267. B. Hillebrand, *Mensch und Raum im Roman*, München 1971; A. Ritter (Hrsg.), *Landschaft und Raum in der Erzählkunst*, Darmstadt 1957; G. Hoffmann, *Raum, Situation, erzählte Wirklichkeit*, Stuttgart 1978 参照。今後なされるべき課題は、G・ホフマンが、英米の小説に関する、その視野の広い研究において試みているように、空間描写のこれら両局面を、互いに結び合わせることである。

(11) 第Ⅲ章の注(24)で、映画論を考慮しながら挙げた物語理論に関する文献を参照せよ。ここでは、映画が空間芸術と時間芸術との混合形式を表わすということは、意識的に度外視されている。映画という媒体との比較は、ここではとりわけ空間描写に関してなされている。これら二つの媒体の立ち入った比較においては、こうした相違を部分的に帳消しにしてしまうような、映画の文学化という作用も、むろん考慮に入れなければならない。ホルスト・マイクスナーは、映画から取り入れた手法として、次のような「文学・技法的モデル」を列挙している。――「筋、アトラクション・モンタージュという形の隠喩法、カットバックによる過去の挿入、人物像の典型化(たとえば、善／悪)、枠の筋と枠内の筋とを絡める技法、メディアにおけるメディアの自己表出(映画内映画、たとえばムルナウの『タルチュフ』)、多弁を弄する語り手、マルチ遠近法主義(『イヴのすべて』)、ライトモチーフ、陰の声による内的独白、時間レベルの移動(同様に陰の声による)、自由間接話法、疎外の遠近法主義(パゾリーニにおいて理論的な展開をみる)、メディアの自己省察(たとえば『爆発』、『ローマ』、『アメリカの夜』)」。このような文学化が進展する中で、高度の要求を掲げる映画は、少なくとも一九五〇年頃の物語技法の水準に達した。文学的領域から物語技法を取り入れることにより、物語的映画は「小説の弟」となった。Horst Meixner, „Filmische Literatur und literarisierter Film“, in : *Literaturwissenschaft-Medienwissenschaft*, 36.

(12) Roman Ingarden, *Vom Erkennen des literarischen Kunstwerks*, Tübingen 1968, bes. 12, 49 ff., 250 ff., 300 ff., 409 ff., および *Das literarische Kunstwerk*, Tübingen [4]1972, 261 ff. 参照。さらに „Konkretisation and Rekonstruktion“, in : *Rezeptionsästhetik*, München 1975, 44 ff. も参照のこと。

(13) Daniel Halpern and John Fowles, “A Sort of Exile in Lyme Regis”, *London Magazine*, March 1971, 46 f. また、F. K. Stanzel, „Die Komplementärgeschichte“, in : *Erzählforschung 2*, 245 も参照。

(14) Uspenskij, *Poetics of Composition*, 76–80 参照。

(15) E. Hemingway, *A Moveable Feast*, Harmondsworth 1966, 58 を見よ。「もし人が省略することを心得たうえであれば、しかも省略された部分が物語を強調し、人々に対しても、彼らが実際に理解する以上に、ある何かを痛切に感じさせるならば、人は何事でも省略してよい、というのが私の新しい理論なのだ……」さらに、R. Winkler, *Lyrische Elemente in den Kurzgeschichten Ernest Hemingways*, Diss. Erlangen 1967, 72 ff. 参照。本書が印刷に付されてから、次の書物が出版された。Gerhard Hoffmann, *Raum, Situation, erzählte Wirklichkeit*, Stuttgart 1978.

(16) Aldous Huxley, *The Doors of Perception*, Harmondsworth 1963, 20. ハックスリーは、初めにこれに関連したC・D・ブロードの理論を引き合いに出し、次のように続けている。「生物学的に生き残るために、一般に精神は、脳神経系の削減弁を通して注入されねばならない……この削減された意識内容を定式化し、表現するために、われわれが言語と呼びうるところの、象徴システムと暗黙の哲学とが考案され、絶えずみがきがかけられてきたのである。」しかし、ハックスリーがここで興味を向けているのは、このような事態の文芸学的な帰結ではなく、「バイパス」による「削減弁」の回避と、それに伴う意識拡大とが、いかにして達成されうるのかという問題である。

(17) Robert E. Ornstein, *The Psychology of Consciousness*, San Francisco 1972, 19–42 参照。

(18) すでにE・M・フォースターも、その点に注意を向けている。「ところで、虚構の国民はどんな意味において、地上の国民と区別されるのだろうか?……たとえば、地上の人間はすべて分泌腺を持っているのに対し、彼らは分泌腺を持つ必要がない。」*Aspects of the Novel*, New York 1927, 81.

(19) H. James, *The Art of the Novel*, 120.

(20) Joyce, *A Portrait of the Artist*, 154 f.

(21) Ibid., 160.

(22) Dickens, *Bleak House*, Harmondsworth 1974, 663, 669.

(23) Anthony Trollope, *Barchester Towers*, New York 1963,

42 f., Chap. 5.

(24) Thomas Mann, *Die Buddenbrooks*, Berlin 1930, 12.

(25) K. Hamburger, *Logik*, 109.

(26) あらゆる様式変遷と同様に，これもまた数多くの原因に基づくのである。ちょうど世紀転換期の小説においては，できるかぎり客観的な描写やより厳密な遠近法化への志向が見られるが，これは，ロータル・ヘニッヒハウゼンが「世紀末《ファン・ド・シェクル》」に関して，より包括的な精神史的・理念史的背景との関連を説得的に示したところの，かの文学史上の複合的なプロセスの部分的現象にすぎない。„Maske und Perspektive. Weltanschauliche Voraussetzungen des perspektivischen Erzählers“, *GRM*, N. F. 26(1976), 287–307 参照。

(27) E. H. Gombrich, *Art and Illusion. A Study in the Psychology of Pictorial Representation*, London ³1968, 24 f., 55–78 et passim 参照。ヴォルフガング・イーザーは，ゴンブリチのテーゼを，修正を加えた形で自分の文学受容理論の中に取り込んでいる。*Der Akt des Lesens*, München 1976, 151 ff. 参照。

(28) W・C・ブースは，遠近法主義を，あるいは彼の言葉を借りるなら，新しい「視点の首尾一貫した処理法」を，適切にも，場所・時間・筋という小説の三つの単位に付け加えられた，四番目の基本単位と呼んでいる。*Rhetoric*, 64 参照。

(29) E. M. Forster, *Aspects of the Novel*, New York 1927, 118 f.

(30) W. J. Harvey, *The Art of George Eliot*, London 1961, および *Character and the Novel*, London 1970 ; Barbara Hardy, *The Novels of George Eliot*, London ²1963 参照。エドマンド・ウィルソンとハンフリー・ハウス以後のディケンズ批評の大部分も，ここで名を挙げてよいだろう。

(31) B. Hardy, *The Appropriate Form : An Essay on the Novel*, London 1964, 8.

(32) R. Scholes and R. Kellog, *The Nature of Narrative*, London 1971, 271 f.

(33) Dietrich Weber, *Theorie der analytischen Erzählung*, München 1975, 14.

(34) 第I章の注(63)および注(64)参照。

(35) *Typische Formen*, 22 参照。

(36) D. Lodge, *The Novelist at the Crossroads*, 120 f.

(37) この点については，ヌーヴォー・ロマンのこうした局面に関するヴィンフリート・ヴェーレの次の論考も参照のこと。*Französischer Roman der Gegenwart. Erzählstruktur und Wirklichkeit im Nouveau Roman*, Berlin 1972, bes. 102 ff.

(38) Wilhelm Füger, „Das Nichtwissen des Erzählers in Fieldings *Joseph Andrews*. Baustein zu einer Theorie des negierten Wissens in der Fiktion“, *Poetica* 10(1978), 188–216 参照。

(39) K. Hamburger, *Logik*, 73.

(40) D. Cohn, *Transparent Minds. Narrative Modes for Presenting Consciousness in Fiction*, Princeton 1978.

(41) 小説や物語において共感をコントロールするための手段は、本質的にこのジャンル特有のものである。これは、演劇においてその目的のために用いられる形式と比較した場合に、明らかになる。W. Habicht und I. Schabert, (Hrsg.), *Sympathielenkung in den Dramen Shakespeares*, München 1978, besonders W. Riehle, „*Coriolanus*: Die Gebärde als sympathielenkendes Element“, およびそこに挙げられている文献(132–141)参照。さらに、W. Clemen, M. Pfister, W. v. Koppenfels, J. Hasler, D. Mehl, P. Halter の論考も参照せよ。

(42) 小説における内面世界の描写の歴史に関しては、F. K. Stanzel, „Innenwelt. Ein Darstellungsproblem des englischen Romans“, *GRM*, N. F. 12(1962), 273–286, および „Gedanken zur Poetik des Romans“, in: *Der englische Roman*, Düsseldorf 1969, Bd. 1, 9 f. 参照。

(43) Margaret Drabble, *The Needle's Eye*, Harmondsworth 1973, 374 f. 参照。

(44) たとえばC・スパージョン(*Shakespeare's Imagery*, 1935)、およびヴォルフガング・クレーメン(*Shakespeares Bilder*, 1936)によるシェイクスピアの比喩的な言葉の分析を参照。

(45) Tony Tanner, “Introduction”, in: *Sense and Sensibility*, Harmondsworth 1974, 17.

(46) *Sense and Sensibility*, 351 ff. 参照。

(47) この小説の物語形式の改訂については、F. B. Pinion, *A Jane Austen Companion*, London 1973, 84, および A. Walton Litz, *Jane Austen: A Study of Her Artistic Development*, London 1965, 72 ff. を参照。

(48) この事態の解釈にとっては、J・オースティンが、後期の小説になるほど、よりいっそう内面描写にスペースを割いているという事実も、重要性をもっている。これについては、W. Müller, „Gefühlsdarstellung bei Jane Austen“, *Sprachkunst* 8(1977), 87–103 を参照。

(49) この訴訟事件に関する情報は、Hans Robert Jauss, *Literaturgeschichte als Provokation der Literaturwissenschaft*, Konstanz 1967, 67 ff. から引用した。ここには該当の出典一覧が明示されている。

(50) Jauss, *Literaturgeschichte als Provokation der Literaturwissenschaft*, 67 f.

(51) Roy Pascal, *The Dual Voice: Free indirect speech and its functioning in the nineteenth-century European novel*, Manchester 1977.

(52) この術語は、O・フンケの論文 „Zur ‚erlebten Rede‘ bei Galsworthy“, *Englische Studien* 64(1929), 450 ff. 以来、定着するようになったものである。

(53) H. R. Jauss, *Literaturgeschichte als Provokation*, 68 より引用。強調はヤウスによる。

(54) Flaubert, *Madame Bovary*, Paris 1966, 287.

(55) R. Pascal, *The Dual Voice*, 107. 「……フローベールの審美的な興味が、彼の芸術的興味に打ち勝った。彼は、町の眺めに対するエンマの反応を構成するかわりに、自分自身の反応にふけっている。」

(56) C. H. Rolph (Hrsg.), *The Trial of Lady Chatterley: Regina vs. Penguin Books Limited*, Harmondsworth 1961, 101 f. et passim 参照。

(57) N. Friedman, "Point of View in Fiction", 1167.

(58) Jauss, *Literaturgeschichte*, 69.

(59) H. G. Wells, *The Short Stories of H. G. Wells*, London 1927, 198 f.

(60) Ibid., 218 f.

(61) W. M. Thackeray, *The Memories of Barry Lyndon, Esq., Written by Himself*, London 1844.

(62) 特筆すべき点は、不満を表明することで、結局サッカレーをして、バリーを主人公とする一人称小説に〈局外の語り手〉によるこれらの脚注を付け加えるよう仕向けたのが、評判のよいこの長篇連載小説の読者にほかならなかったということである。サッカレーは、初版本のためにこの脚注の一部を再び削除している。Gorden N. Ray, *Thackeray: The Uses of Adversity*, London 1955, 346, 437 (note), および G. Tillotson, *Thackeray the Novelist*, 214 参照。後者では、これらの脚注の削除が嘆かれている。

(63) Thackeray, *The Memories of Barry Lyndon, Esq.* (1844), London 1881, 496.

(64) Ibid., 613.

(65) Wolfgang Wickardt, *Die Formen der Perspektive in Charles Dickens' Romanen, ihr sprachlicher Ausdruck und ihre strukturelle Bedeutung*, Berlin 1933, 37 ff. 参照。

(66) Fred W. Boege, "Point of View in Dickens", *PMLA* 65 (1950), 101 ff. 参照。

(67) Louis Cazamian, *The Social Novel in England 1830–1850*, London and Boston 1973, 117 ff.

(68) Dickens, *The Christmas Books*, Vol. 1, Harmondsworth 1975, 81 f.

(69) Ibid., 131.

(70) Ibid., 129.

(71) Ibid., 131 f.

第V章

(1) 英語によるこの章の要約が、"Teller-Characters and Reflector-Characters in Narrative Theory", *Poetics Today* 2 (1981), 5–15 として刊行されている。

(2) Platon, *Der Staat*, übers. v. Karl Vretska, Stuttgart 1958, Bd. 3, bes. 164–169 参照。また、第Ⅱ章2も参照。

(3) N. Friedman, "Point of View in Fiction", 1162 f., n. 3 参照。

(4) Otto Ludwig, „Formen der Erzählung", 202 ff. 参照。

(5) Stanzel, *Die typischen Erzählsituationen im Roman*, 22 f.

(6) P. Lubbock, *The Craft of Fiction*, 62 ff. et passim; N.

Friedman, "Point of View in Fiction", 1161-65 et passim 参照。

(7) 報告調の物語ではなく、場景的描写ないしは《作中人物に反映する物語り状況》が支配する物語プロセスのタイプを「物語モデル」と言い表わすのは、誤解をまねきやすい。したがって、アンデレック自身が「報告する」とか「物語る」という概念を用いる場合には、レンメルトや私の用いる概念とは意味の上で明確に一線を画していることを、顧慮しなくてはならない。*Fiktion und Kommunikation*, 170, Anm. 2 参照。

(8) Anderegg, *Fiktion und Kommunikation*, 54.

(9) Wilhelm Worringer, *Abstraktion und Einfühlung*, Berlin 1908, および E. H. Gombrich, *Art and Illusion*, 76, 99 ff. et passim 参照。

(10) Anderegg, *Fiktion*, 45.

(11) 『小説における典型的な物語り状況』においては、場景的描写の第一の型に対して、「中立的な物語り状況」という概念を用いた。しかし、この概念は誤解をまねくため、その後は使用していない。*Typische Erzählsituationen*, 23, 28 f. 参照。

(12) ジョーゼフ・コンラッドが、とりわけマーロウの物語において、著しく語り手の叙法を好んだのは、おそらく東方特有の口承による物語伝統(ロシアの skaz、ポーランドの gawęda)と関連している。F. R. Karl, *Joseph Conrad, The Three Lives*, London 1979, 30 und 942 参照。

(13) 術語を明確に説明しておこう。アン・バンフィールドが「内省的意識」と「非内省的意識」として区別した二つの意識状態を持つ人物が、映し手的人物とみなされる。たとえば、エンマ・ボヴァリーは、圧倒的に「非内省的意識」を示している。すなわち、「「ほとんど物語の間中」彼女は「肉体的外観と激しい感情以外のなにものでもない。」他方、ヴァージニア・ウルフの小説では、内省的意識が優勢を示している。」ヘンリー・ジェイムズの後期の小説も、これに付け加えることができるだろう。Ann Banfield, "Reflective and Non-Reflective Consciousness in the Language of Fiction", *Poetics Today* 2(1981), 75.

(14) N. Friedman, „Point of View" 1169.

(15) 「物語戦略」の概念については、Klaus Kanzog, *Erzählstrategie*, Heidelberg 1976, 104 ff. を参照。典型的な《物語り状況》に関する短い論議が 80 f. に見出される。

(16) Muriel Spark, *The Prime of Miss Jean Brodie*, Harmondsworth 1974, 27-31.

(17) F. K. Stanzel, „Die Personalisierung des Erzählaktes im *Ulysses*", in: *James Joyces „Ulysses". Neuere deutsche Aufsätze*, Frankfurt/M. 1977, 286, 289 参照。『姉妹』の初稿は、James Joyce, *The Dubliners. Text, Criticism, and Notes*, ed. R. Scholes and A. W. Litz, New York 1969, 243-252 に掲載されている。

(18) B・ロンバークは、内的独白においては《「私」の語る物語り状況》が廃棄されると考えている(*Studies*, 100)。これは、〈一人称の語り手的人物〉の代わりに〈一人称の映し手的人物〉が現われるという点でのみ、妥当する。

(19) Samuel Beckett, *Molloy. Malone Dies. The Unnamable*, London 1959, 305, 309, 397 et passim.

(20) W. C. Booth, *Rhetoric of Fiction*, 158 f.

(21) たとえばブースが「ナレーター」として列挙しているのは、「シーデ・ハメーテ・ベネンヘーリ、トリストラム・シャンディ、『ミドルマーチ』の「私」、それにストレザー」である(*Rhetoric*, 149 f.)。ストレザーをこのように分類したことについては、G・ジュネットが『物語のディスクール』の中で批判している。*Figures III*, 205 もしくは *Narrative Discourse*, 188.

(22) W. C. Booth, *Rhetoric of Fiction*, 152 f.

(23) Ibid., 164.

(24) 「不確定個所」の理論については、特に *Das literarische Kunstwerk*, 261 ff., および *Vom Erkennen des literarischen Kunstwerks*, 12, 49 ff., 250 ff., 300 ff., 409 ff. 参照。

(25) Rainer Warning (Hrsg.), *Rezeptionsästhetik. Theorie und Praxis*, München 1975 参照。この書の中にも、インガルデンの *Vom Erkennen des literarischen Kunstwerks* から「不確定個所」に関連した部分が抜粋され、収録されている。„Konkretisation und Rekonstruktion“, 42–70.

(26) „Die Komplementärgeschichte“, in: *Erzählforschung 2*, 240–259 参照。

(27) R. Ingarden, *Vom Erkennen des literarischen Kunstwerks*, 303, および R. Warning, *Rezeptionsästhetik*, 60 参照。

(28) R. Warning, *Rezeptionsästhetik*, 50, および R. Ingarden, *Vom Erkennen*, 300 f. 参照。

(29) Stanzel, *Die Komplementärgeschichte*, 252 f.

(30) Ibid., 250.

(31) Dorrit Cohn, "K. enters *The Castle*: On the Change of Person in Kafka's Manuscript", *Euphorion* 62 (1968), 36.

(32) Lothar Fiez, „Möglichkeiten und Grenzen einer Deutung von Kafkas Schloß-Roman“, *DVjs* 37 (1963), 73.

(33) Tobias Smollett, *The Adventures of Peregrine Pickle* (1751), London 1964.

(34) J. Austen, *Emma*, Harmondsworth 1977, 37.

(35) Dickens, *Great Expectations*, Harmondsworth 1975, 35.

(36) Stanzel, *Typische Formen*, 36 参照。

(37) Henry James, "The Aspern Papers", in: *The Complete Tales of Henry James*, ed. Leon Edel, London 1963, Vol. 6 (1884–1888), 275.

(38) William Faulkner, "Honor", in: *Collected Stories*, New York, Random House, 1943, 551.

(39) C. C. Fries, *The Structure of English*, New York 1952, 242.

(40) J. M. Backus, "'He came into her line of vision walking backward'. Nonsequential Sequence-Signals in Short Story Openings", *Language Learning* 15(1965), 67 f. 参照。

(41) Nathaniel Howthorne, "Egotism", in : *The Complete Novels and Selected Tales*, New York 1937, 1106.

(42) J. Joyce, "A Little Cloud", in : *Dubliners*. Harmondsworth 1974, 68.

(43) W. S. Maugham, "The Force of Circumstance", in : *The Complete Short Stories of W. Somerset Maugham*, London et al. 1963, Vol. 1, 481.

(44) K. Mansfield, "Mr and Mrs Dove", in : *The Garden Party and Other Stories*, Harmondsworth 1976, 120.

(45) O. Henry, *Complete Works*, Vol. 2, Garden City 1953, 973.

(46) G. Storms, *The Origin and the Functions of the Definite Article in English*, Amsterdam 1961, 13 ; W. J. M. Bronzwaer, *Tense in the Novel*, 90.

(47) Bronzwaer, *Tense in the Novel*, 90.

(48) James, *Complete Tales*, Bd. 6, 383. 強調はシュタンツェルによる。

(49) Reinhold Winkler, „Über Deixis und Wirklichkeitsbezug in fiktionalen und nicht-fiktionalen Texten", in : *Erzählforschung 1*, 166 f.

(50) E. Hemingway, "The Gambler, the Nun, and the Radio", in : *The Short Stories of Ernest Hemingway*, New York 1953, 468.

(51) K. Mansfield, "The Daughters of the Late Colonel", in : *The Garden Party and Other Stories*, 88.

(52) K. Mansfield, "The Garden Party", in : *The Garden Party and Other Stories*, 65.

(53) S. Chatman, "The Structure of Narrative Transmission", 255.

(54) Backus, "Nonsequential Sequence-Signals", 69.

(55) Karl Boost, *Neue Untersuchungen zum Wesen und zur Struktur des deutschen Satzes*, Berlin 1955 参照。

(56) R. Harweg, *Pronomina und Textkonstitution*, München 1968, 161 f.

(57) Kenneth L. Pike, *Language in Relation to a Unified Theory of the Structure of Human Behavior*, Glendale 1954.

(58) Harweg, *Pronomina*, 152.

(59) Ibid., 163.

(60) Heinrich von Kleist, „Michael Kohlhaas", in : *Sämtliche Werke*, Leipzig 1883, Bd. 1, 137.

(61) Harweg, *Pronomina*, 319.

(62) Thomas Mann, *Der Tod in Venedig und andere Erzählungen*, Frankfurt/M. 1954, 181.

(63) Maugham, *Complete Short Stories*, Vol. 1, 481.

(64) „Die Personalisierung des Erzählaktes im *Ulysses*", 284–308 参照。

(65) R. Harweg, „Präsuppositionen und Rekonstruktion. Zur Erzählsituation in Thomas Manns *Tristan* aus textlinguistischer Sicht“, in : *Textgrammatik*, Tübingen 1975, 166–185.

(66) そもそも動詞「知っている」の否定は，物語理論上の重要な識別基準である。「彼は……ということを知らない」という表現は，物語の登場人物に関して，ただ(局外の)語り手のみが発言しうるものである。これに対し「彼は……かどうか／……はどんな具合か，知らない」という表現は，映し手に媒介される陳述としても現われうるのである。これについては，Karlheinz Stierle, *Text als Handlung*, 127 ff. も参照のこと。

(67) Mansfield, *The Garden Party and Other Stories*, 76 f.

(68) Ibid., 28, 36, 76 f., 92 f.

(69) チャットマンは，小説『ダロウェイ夫人』の冒頭において「共同的あるいは共感的叙法」が表われている個所に，注意を促している。これは，われわれの言う語り手の〈作中人物化〉に相当する。Chatman, “The Structure of Narrative Transmission”, 254 参照。

(70) M. Spark, *The Prime of Miss Jean Brodie*, 61, 68, 79 et al. 参照。

(71) Stanzel, „Die Personalisierung des Erzählaktes im *Ulysses*“.

(72) *Typische Erzählsituationen*, 126 f. 参照。

(73) Th. Fischer-Seidel, „Charakter als Mimesis und Rhetorik. Bewußtseinsdarstellung in Joyces *Ulysses*“, in : *James Joyces „Ulysses“*, bes. 316 et passim ; および Th. Fischer, *Bewußtseinsdarstellung im Werk von James Joyce. Von „Dubliners“ zu „Ulysses“*, Frankfurt/M. 1973, 121 ff. 参照。

(74) J. Joyce, *Ulysses*, Harmondsworth 1969, 254–56.

(75) 拙著『小説における典型的な物語り状況』の中で，このような新しい意味の単位がいかに形成されるかを，実証しようと試みた。たとえば，「セイレーン」の章の前奏部では，幾つかの言葉と響きのモチーフが，アルバすなわち朝の別れの歌のモチーフ連鎖を形造っている。*Typische Erzählsituationen*, 131 f. 参照。

(76) „Die Personalisierung des Erzählaktes“, 291–300 参照。

(77) Joyce, *Ulysses*, 218–223.

(78) Ibid., 218 f.

(79) Ibid., 219.

(80) Ibid., 220.

(81) G・シュタインベルクは，これを体験話法と呼んでいる。G. Steinberg, *Erlebte Rede*, 166, 236, 272.

(82) この仮説は，C・G・ユングの示唆に基づいて，拙著『小説における典型的な物語り状況』の中で初めて主張したものであるが，最近に至り拙論「『ユリシーズ』における物語行為の作中人物化」(„Die Personalisierung des Erzählaktes im *Ulysses*“)の中で再び取り上げた。この現象に関してさらに論議を続ける場合には，それらの二個所，すなわち，

Typische Erzählsituationen, 142 f., および „Die Personalisierung des Erzählaktes im *Ulysses*“, 292–294, 298 f. を参照せよ。

(83) Francis Bulhof, *Transpersonalismus und Synchronizität. Wiederholung als Strukturelement in Thomas Manns „Zauberberg“*, Groningen 1966.

(84) Ibid., 168.

(85) Ibid., 188.

(86) R. Harweg, „Präsuppositionen und Rekonstruktion“, 166.

(87) Ibid., 183.

(88) Harweg, „Präsuppositionen“, 168, Anm. 3 参照。K・ハンブルガーのテーゼの修正については，拙論 „Episches Präteritum, erlebte Rede, historisches Präsens“, *DVjs* 33 (1959), 1–12 参照。なおこの論文は，V. Klotz(Hrsg.), *Zur Poetik des Romans*, 319–338 に再録されている。また，ハンブルガーの『文学の論理』に関する論述(本書第I章2，および „*Typische Erzählsituationen*“, 22 ff.)も参照。

(89) Harweg, „Präsuppositionen und Rekonstruktion“, 168.

(90) C・P・カスパリスは，十数篇にのぼるイギリスの小説について，物語時制としての現在時称の使用法を克明に分析している。それらの小説においては，「送り手と事態との間の同時性の関係」は，ほとんど常にこのような異常な時称使用の副次的局面にすぎない。*Tense Without Time*, Bern 1975.

(91) Harweg, „Präsuppositionen und Rekonstruktion“, 169.

(92) Ibid., 169, Punkt 3 u. 4.

(93) Ibid., 178 f.

(94) Thomas Mann, *Der Tod in Venedig und andere Erzählungen*, 65.

(95) Ibid., 69.

(96) Harweg, „Präsuppositionen“, 182 f.

(97) Thomas Mann, *Der Tod in Venedig und andere Erzählungen*, 86.

(98) Ibid.

(99) Harweg, „Präsuppositionen“, 182 f.

(100) Ibid., 184 f.

(101) Ibid., 185.

第VI章

(1) 特に第II—V章(*Rhetoric*, 23–144)参照。この中でブースは，小説理論におけるリアリズムや客観性の要求，並びに「純粋芸術」や「信仰の役割」の要求について論じている。

(2) 「思念の報告」という概念に関しては，„*Typische Erzählsituationen*“, 146 f. を参照。W・ギュンターは，間接話法を「物語られた発話」と呼んでいる。W. Günther, *Probleme der Rededarstellung*, Marburg/Lahn, 1928, 3, 55 u. 81 参照。

(3) John A. Lester, Jr., “Thackeray’s Narrative Technique”, *PMLA* 69(1954), 404 f. 参照。

(4) E. Hemingway, *A Moveable Feast*, Harmondsworth 1966,

58. これに関しては、さらに Reinhold Winkler の論考 *Lyrische Elemente in den Kurzgeschichten Ernest Hemingways*, Diss. Erlangen 1967, 72 ff., 並びに „Über Deixis und Wirklichkeitsbezug in fiktionalen und nichtfiktionalen Texten“, in : *Erzählforschung 1*, 167 を参照せよ。

（5） Theodore Spencer, “Introduction to the First Edition”, in : *Stephen Hero*, ed. J. Slocum, H. Cahoon, London (1944), 1969, 13–16 参照。

（6） J. Joyce, *Stephen Hero*, London 1969, 39, 84, 40 et passim.

（7） J. Joyce, *A Portrait of the Artist*, 216–225.

（8） Ibid., 8.

（9） Leo Hendrick, *Henry James : The Late and Early Styles*, Univ. of Michigan dissertation 1953, 32 ff. 参照。なお、本論文は S. Chatman, *The Later Style of Henry James*, Oxford 1972, 57 に引用されている。チャットマンは同書で、H・ジェイムズが、初期の小説『アメリカ人』を改訂する際にも、主人公の名前をしばしば人称代名詞に置き換えていることを立証している。

（10） たとえば、A. Neubert, *Die Stilformen der „Erlebten Rede“ im neueren englischen Roman*, Halle/Saale 1957, 13 ff. ; G. Steinberg, *Erlebte Rede*, 85 f. ; P. Hernadi, *Beyond Genre*, Ithaca and London 1972, 193 ; R. Pascal, *The Dual Voice*, 25.

（11） 定義の問題に関しては、Günter Steinberg, *Erlebte Rede*, 55–118 が目配りのきいた概観を与えてくれる。

（12） 「感染」という概念については、L. Spitzer, „Sprachmischung als Stilmittel und als Ausdruck der Klangphantasie“, *GRM* 11 (1923), 193–216 ; および R. Pascal, *The Dual Voice*, 55 参照。グレアム・ハフは、「彩色された物語」(coloured narrative) という言い方をしている。“Narrative and Dialogue in Jane Austen”, *Critical Quarterly* 12 (1970), 204.

（13） 引用と強調（傍点）は、G. Steinberg, *Erlebte Rede*, 1 による。また Werner Hoffmeister, *Studien zur erlebten Rede bei Thomas Mann und Robert Musil*, London et al. 1965 も参照のこと。

（14） Willi Bühler, *Die „Erlebte Rede“ in englischen Roman. Ihre Vorstufen und ihre Ausbildung im Werke Jane Austens*, Zürich und Leipzig 1937, 81 ff. 参照。

（15） R. Pascal, *Dual Voice*, 56 より引用。

（16） Ibid., 56.

（17） Ibid., 56 f.

（18） J. Joyce, *Dubliners*, Harmondsworth 1974, 173.

（19） A. Neubert, *Erlebte Rede*, 14 参照。

（20） G. Steinberg, *Erlebte Rede*, 61.

（21） Alfred Döblin, *Berlin Alexanderplatz*, dtv, München 1977, 303.

（22） G. Steinberg, *Erlebte Rede*, 101, Anm. 51 より引用。

（23） Ibid., 101.

（24） Ibid., 101. このハインリヒ・マン『アンリ四世の青春』

からの引用も、シュタインベルクによる強調(傍点)を付したまま、同書から借用した。

(25) これに関しては、K. Stierle, *Text als Handlung*, 127 f. 参照。シュティールレは、特にクライストの短篇『O侯爵夫人』に対して注意を促している。この短篇では、「……か否か／……は何か、知らなかった」という否定表現が支配的である。「[クライストが]このように物語ることにより、読者は主人公の無知を自分自身のものとする。」これは、《作中人物に反映する物語り状況》における読者の方位感覚に相応している。第V章4の注(66)も参照せよ。

(26) Joyce, *A Portrait of the Artist*, 17, 15, 177, 232, 195.

(27) 『ユリシーズ』から取られた例と、第V章4の『園遊会』の例とを比較参照せよ。

(28) Katherine Mansfield, *The Garden Party and Other Stories*, 36.

(29) Theodor Fontane, *Effi Briest*, in: *Sämtliche Werke*, München 1959, Bd. 7, 171.

(30) Georg Büchner, „Lenz“, in: *Werke und Briefe*, Wiesbaden 1958, 85. 強調(傍点)はシュタンツェルによる。

(31) J. Anderegg, *Leseübungen*, Göttingen 1970, 24. ロイ・パスカルによるこのテクストの解釈も参照のこと(R. Pascal, *Dual Voice*, 62 ff.)。

(32) Anderegg, *Leseübungen*, 29.

(33) ドリット・コーンは、枠物語の語り手や語り手としての原稿の虚構の編集者は、一人称の語り手や〈局外の語り手〉とは異なったレベルで考えねばならない、という異論を唱えているが、これに対しては次のように反論できよう。すなわち、こうした枠物語の語り手や編集者の多くは、物語に登場する人物たちの同時代人として姿を現わし、出来事の報告とか原稿をたった今登場人物から受け取ったと称しつつ、その物語を物語るのであると。たとえば、モル・フランダーズの回想録の編集者の口ぶりからは、彼がこの物語をモル・フランダーズ自身から譲り受けたことが、暗に感じ取れるのである。それにまた彼は、あらゆる卑猥さを避けるために、彼女の告白に文体の点で手を加えなければならないと考えている。この説明により、編集者という人物は、類型円図表上で、〈周縁的な一人称の語り手〉の位置に一歩近づく。この編集者という存在は、〈周縁的な一人称の語り手〉と存在レベルのみならず、物語レベルをも共有している。これに対し、物語の登場人物とはなんら個人的接触を持たない編集者や枠物語の語り手は、《局外の語り手による物語り状況》と《「私」の語る物語り状況》との間の連続体の中には位置づけることができない。このような語り手に関しては、コーンの異論も正しいと言える。Dorrit Cohn, “The Encirclement of Narrative”, *Poetics Today* 2(1981), 165 f., 180 参照。

(34) F. M. Dostoevskij, *Die Brüder Karamasoff*, Gütersloh 1957, 13; Ders., *Die Dämonen*, München 1977, 9.

(35) Gustave Flaubert, *Madame Bovary*, Paris 1966, chap. 1,

37 ff.

(36) Nikolai Gogol, *Der Mantel und andere Erzählungen*, Frankfurt/M. 1977, 254.

(37) W. M. Thackeray, *Vanity Fair*, Harmondsworth 1968, 722.

(38) Ibid., 722.

(39) Heinz Reinhold, *Der englische Roman des 19. Jahrhunderts*, Düsseldorf 1976, 94参照。

(40) K. Friedemann, *Die Rolle des Erzählers in der Epik*, 26.

(41) Ibid., 39.

(42) 『ファウスト博士』の《物語り状況》は、むろんもっと多様性に富んでいる。この小説における《「私」の語る物語り状況》の詳しい分析については、Margit Henning, *Die Ich-Form und ihre Funktion in Thomas Manns „Doktor Faustus" und in der deutschen Literatur der Gegenwart*, 34–153を参照。

(43) R. Scholes & R. Kellogg, *The Nature of Narrative*, 261 f. L・ヘニッヒハウゼンは、〈周縁的な一人称の語り手〉の役割を、世紀転換期の作家のきわだった傾向、すなわち、己れの人格を隠して仮面をかぶりたがる傾向と関係づけている。「ワイルドやニーチェの芝居がかった仮面と並んで、ペイター、H・ジェイムズ、T・S・エリオット、トーマス・マンにも、これ見よがしの控え目や市民的凡庸を装う態度がある。これはまた、換言すれば、マンのツァイトブロームやそのお手本であるスティーヴンソンのマッケラーに、皮肉に体現されているところの隠れ蓑であり反仮面といったものである。」„Maske und Perspektive. Weltanschauliche Voraussetzungen des perspektivischen Erzählers", *GRM*, N. F. 26(1976), 294.

(44) Jacqueline Viswanathan, "Point of View and Unreliability in Emily Brontë's *Wuthering Heights*, Conrad's *Under Western Eyes* and Mann's *Doktor Faustus*', *Orbis Literarum* 29 (1974), 42–60.

(45) Ibid., 43.

(46) J・ヴィスウォナタンは、自分の研究した小説の中の該当個所を指摘している。"Point of View", 48 ff. 参照。

(47) *Typische Formen*, 22参照。

(48) S. Richardson, *Pamela*, Everyman's Library 1955, Vol. 1, 125, 158 f. et passim 参照。「速記」の概念は、リチャードソンの『クラリッサ・ハーロウ』の序文に現われる。書簡体小説における物語距離の形成については、Natascha Würzbach, *The Novel in Letters*, London 1969, XV ff. 参照。

(49) 第Ⅲ章8の(2)、並びにK・ティロットソンの見解、すなわち『ドンビー父子』におけるポール・ドンビーの死の場面は、一人称形式に近似した〈局外の語り手によりつつ、かつ作中人物に反映する〉三人称形式で描かれるという見解を参照。*The Novel of the 1840s*, 192.

(50) *Typische Erzählsituationen*, 61 f. 参照。これらの両概念は、L・シュピッツァーの論文 „Zum Stil Marcel Prousts" をいまだ知ることなく、作り出されたものである。この論文の中でシュピッツァーは、プルーストにおける二つの「私」、すなわち、悠然と物語る「私」と朦朧としておぼろげに体験する「私」との神秘的二重奏について語っているが、これも二つの「私」に関する同様な区別といえるだろう。*Stilstudien* II, München 1928, 478. さらに B. Romberg, *First-Person Novel*, 95 f. も参照。

(51) Clemens Heselhaus, „Grimmelshausen, *Der abenteuerliche Simplicismus*", in: *Der deutsche Roman*, Düsseldorf 1963, Bd. 1, 28 ff.

(52) ここから生じる解釈の難しさを、イロニー概念の適用によって克服しようとする試み、すなわち〈局外の語り手〉による注釈の如き色合いを帯びたモル自身の注釈を、イロニー(皮肉)として捉えようとする試みは、あまり成果を生まなかった。この点に、すでにイアン・ウォットが指摘した、この小説の解釈の難しさが、実際に露呈している。*The Rise of the Novel*, London 1957, 115–118 参照。

(53) 二つの「私」の関係における比較的取るに足らない変化も、たとえば『デイヴィッド・コパフィールド』と『大いなる遺産』との違いのように、解釈にとって重要な場合もありうる。Kurt Tetzeli von Rosador, „Charles Dickens: *Great Expectations*. Das Ende eines Ich-Romans", *Die Neueren Sprachen*, N. F. 18(1969), 399–408 参照。ここでは、この小説の二つの結末の問題が、二つの「私」という図式の構成と関連づけられており、啓発される点が多い。R. B. Partlow, Jr., "The Moving I: A Study of the Point of View in *Great Expectations*", *College English* 23(1961), 122–131 においても、私の一人称小説の理論とは無関係に、同様の結論が引き出されている。パートロウが、〈物語る私〉と〈体験する私〉との距離の効果を、一人称による対象指示から三人称による対象指示への移行と同一視していることは、興味深い。「二つの〈私〉の間の相違は、しばしば非常に大きく、後者すなわち〈かつての私であったところの私〉は事実上〈彼〉になり変わるほどである。」("The Moving I", 124)

(54) 鏡の中での自己観察という手法は、一人称小説におけると同様の理由から、《作中人物に反映する物語り状況》の優勢な小説にも時折見られる。そこでは鏡の機能は、一時的に主人公の像を映し出す映し手になりかわる脇役によって、果たされる場合もある。*The Ambassadors*, New York 1948, 6 参照。

(55) これに関しては、拙論 „Thomas Nashe: *The Unfortunate Traveller*", in: *Der englische Roman*, Düsseldorf 1969, Bd. 1, 71 f. 参照。

(56) Dickens, *David Copperfield*, 784 ff.

(57) K. Hamburger, *Logik*, 249.

(58) これに関しては、ロータル・チェルニーによるディケンズの一人称小説の研究 *Erinnerung bei Dickens*, Amsterdam 1975, bes. 59 ff., 144 ff., 204 ff. を参照のこと。チェルニーは、個々の一人称の語り手における特殊な回想経過に基づき、物語態度とほぼ同一視されうるような特徴的な回想態度を識別しようと試みている。

(59) L. Cerny, *Erinnerung bei Dickens*, 95 ff., 並びに，こうしたテーマ一般に関しては，F. A. Yates, *The Art of Memory*, London 1969 を参照。

(60) Dickens, *David Copperfield*, 51 f.

(61) たとえばL・チェルニーが，*Erinnerung bei Dickens*, 107 で行なっているように。

(62) Dickens, *David Copperfield*, 330.

(63) Ibid., 322.

(64) たとえば Werner Hoffmeister, *Studien zur erlebten Rede bei Thomas Mann und Robert Musil*, London et al. 1965, 22 ff., および A. Neubert, *Stilformen*, 6 f. et passim 参照。

(65) K. Hamburger, *Logik*, 250.

(66) Dorrit Cohn, „Erlebte Rede im Ich-Roman“, *GRM*, N. F. 19(1969). 303–313. また，W. J. M. Bronzwaer, *Tense in the Novel*, 53 ff. も参照せよ。

(67) H. Hesse, *Der Steppenwolf*, in : *Gesammelte Dichtungen*, Frankfurt/M. 1952, Bd. 4, 255 f.

(68) Cohn, „Erlebte Rede“, 308 f.

(69) G. Steinberg, *Erlebte Rede*, 293.

(70) Ibid., 271.

(71) Dickens, *David Copperfield*, 603.

(72) Ibid., 605.

(73) Fritz Karpf, „Die erlebte Rede im Englischen“, *Anglia* 45(1933), 242 f. この論文は，英文学研究者による体験話法に関する研究としては最初のものに属し，今日でも批判的資料集として非常に有用である。

(74) Richardson, *Clarissa Harlowe*, Everyman's Library, 5.

(75) Ibid.

(76) Cohn, „Erlebte Rede“, 308.

(77) これは単純化した言い方であるが，ここの文脈においては，二人称物語を十分に特徴づけている。M・ビュトールの小説において二人称形式が複合的機能を担っていることは，フランソワーズ・V・ロッサム＝ギュイヨンが *Critique du roman* の中で，主としてこの小説を手掛かりにしつつ，十分に納得のいく証明をしている。

(78) 英米の小説理論においては，ラルボーとデュジャルダンに倣って「間接内的独白」という概念が用いられているが，われわれの術語の意味では，この概念は，基本的には《作中人物に反映する物語り状況》による内面世界の描写を意味している。

(79) 内的独白のさまざまな形式については，D・コーンが *Transparent Minds* の中で詳しく述べている。彼女が試みている「自律的(内的)独白」(『グストル少尉』,『ユリシーズ』の「ペネロペイア」の章)と「引用された(内的)独白」との区別，つまり，内的独白の部分が埋め込まれている章節が《局外の語り手による物語り状況》であるか，あるいは《作中人物に反映する物語り状況》であるかといった区別も、取り入れるべきであろう。けれども、D・コーンの次のような異論、つまり、自律的独白は私(シュタンツェル)の類型円図表では正当な位置を占めていない、なぜならそこでは自律的形式、すなわち語りの媒介性の欠如した形式のみが問題とされているから、という異論は、少なくとも「ペネロペイア」挿話のモリーの独白に関しては説得的でない。(“*Transparent Minds*”, 257–261, および “The Encirclement of Narrative”, 170 参照。)

(80) “The Encirclement of Narrative”, *Poetics Today* 2(1981), 174 参照。

(81) たとえば A. Staffhorst, *Die Subjekt-Objekt-Struktur*, 20 f. 参照。

(82) J. Joyce, *Ulysses*, 150.

(83) 『ユリシーズ』の「ライストリュゴン人」の章からの引用部分を手掛かりにしてすでに説明したように、《「私」の語る物語り状況》から《作中人物に反映する物語り状況》への移行を際立たせるものは、内的独白ではなく意識描写の形式であることも、これによって明らかになる。もし内的独白を、境界地点に最も近い形式とみなした場合には、D・コーンが異論を唱えているように、実際に「シュタンツェルの連続的な弧の中間点に分割線」(“K. enters *The Castle*”, 42)が現われることになるだろう。つまり、その場合には境界地点で、一人称・現在の物語形式と三人称・過去の物語形式が相対することになるからである。

(84) W. C. Booth, *Rhetoric*, 61.

(85) Ibid. 参照。

(86) Beckett, *Molloy. Malone Dies. The Unnamable*, 289.

(87) L. N. Tolstoj, *Der Tod des Iwan Iljitsch. Familienglück*, Wiesbaden o. J., 88.

(88) Stanzel, *Typische Erzählsituationen*, 56 ff.

(89) Katherine Anne Porter, *The Collected Stories*, New York 1965, 89.

(90) W. Golding, *Pincher Martin*, London 1956, 201 参照。キンキード＝ウィークズとグレゴールは、『ロビンソン・クルーソー』と『ピンチャー・マーティン』における難破した人物の描写を比較し、これらの両作品の構造における対立を見出している。この対立は、根本的には〈語り手的人物／映し手的人物〉の対立に一致する。「デフォーの章句では人称代名詞が支配的であるのに対し、ゴールディングにおいてわれわれの注意を引きつけるのは、見る者ではなく見られている事柄である。彼は、叙述されていることを、できるかぎり直接的にわれわれに体験させようと努める。……われわれは決してデフォーにおけるような語り手のための聴衆ではない。われわれはある人物の頭脳の内部に入り込み、両方の目で見つつ、恐怖や苦痛を感ずる意識と化するのである。」Mark Kinkead-Weekes and Ian Gregor, *William Golding, a critical study*, London 1967, 123 f.

(91) N. Friedman, "Point of View in Fiction", 1178 f. さらに Leon Edel, "Novel and Camera", in: John Halperin (Hrsg.), *The Theory of the Novel. New Essays*, New York 1974, 177–188 も参照。

(92) C. P. Casparis, *Tense Without Time*, 49–62 参照。

(93) Ibid., 58 f.

(94) Ibid., 53.

(95) 最近の作家は、カメラ・ワーク等に関する指示を含む映画台本の形式を、文学的物語にも利用しようと試みている。このような興味深い試みに対し、物語研究者の注意を喚起したのは、ジャクリーヌ・ヴィスウォナタンの功績である。「小説―シナリオ」の三つの実例――H・アクワイン『黒い雪』、K・ガンジェミ『狩の案内人』、ウィリアム・バローズ『オランダ人シュルツの遺言』(いずれも一九七五年発行)――の分析によって、彼女は物語理論にとって非常に有益な幾つかの成果をもたらしている。たとえば次の見解のように。――「時制と代名詞の用法に関して、「歴史 histoire」と「話 discours」とを区別しているバンヴェニストの分類によれば、シナリオは、「話」の時制体系に従う一方で、「歴史」の代名詞体系を取り込むと言えよう。これと同じような結合が、たとえばロブ＝グリエの『嫉妬』に見出される。この結合は、物語世界(「話」の時制)への直接的注視を伴う感情的な離脱(代名詞体系)の効果を生み出す。」J. Viswanathan, "Le roman-scénario: étude d'une forme romanesque", *Journal Canadien de Recherche Sémiotique*, 1980, 125–149.

(96) Gerda Zeltner-Neukomm, *Das Wagnis des französischen Gegenwartsromans. Die neue Welterfahrung in der Literatur*, Hamburg 1960, 56 u. 72.

(97) 第Ⅳ章の注(12)、および第Ⅴ章の注(24)参照。

(98) Zeltner-Neukomm, *Wagnis*, 87–8.

(99) Bruce Morrissette, "The Evolution of Narrative Viewpoint in Robbe-Grillet", *Novel. A Forum on Fiction* 1(1967), 28 f.

(100) Alain Robbe-Grillet, *Die Jalousie oder die Eifersucht*, Stuttgart 1959, 95.

(101) Ibid., 36.

(102) S. Beckett, *Residua. Prosadichtungen in drei Sprachen*, Frankfurt/M. 1970.

(103) D. Lodge, "Samuel Beckett: Some Ping Understood", in: *The Novelist at the Crossroads*, 174 f.

(104) D. Lodge, *The Novelist at the Crossroads*, 172 f. 参照。

(105) これに対しては、とりわけドリット・コーン("The Encirclement of Narrative", 168, 180)、並びにディーター・マインドル(„Zur Problematik des Erzählerbegriffs", *Zur Terminologie der Literaturwissenschaft und Literaturkritik*, hg. W. Erzgräber, *LiLi* Heft 30/31, Göttingen 1978, 207–213)から異議が持ち出された。

訳者あとがき

本書『物語の構造――〈語り〉の理論とテクスト分析』は、Franz K. Stanzel: *Theorie des Erzählens*. 3. Aufl. Göttingen 1985 から第二章(„Nullstufen der Mittelbarkeit: Synopse, Kapitelüberschrift, Entwurf“)だけを除き、他を全訳したものである。本書の初版は一九七九年に出たが、「まえがき」にもあるとおり、本書に対するドリット・コーンの批判に基づき、第二版では《遠近法》に関する部分が書き改められている。本訳書の底本とした第三版は、第二版での若干の誤りが訂正されたほか、基本的には第二版となんら変わるところはない。訳出にあたっては、Charlotte Goedsche による英訳 *A Theory of Narrative* (Cambridge University Press, 1984)を参照した。時として原著のドイツ語の表現に見られる晦渋さも、英訳の明快で具象的な解釈を突き合わせることによって、その文意が、思いがけず解きほぐされることもしばしばであった。なお、原著の第二章(「媒介性のゼロ段階――梗概、章の見出し、草案」)は、その題目からも分かるように、小説における語りの問題そのものを直接には扱っていないので、紙数の都合もあり、原著者と版元の了解を得たうえで、本訳書では割愛することにした。

著者のフランツ・K・シュタンツェルは、一九二三年オーストリア中部のモルンに生まれ、グラーツ大学およびハーヴァード大学で独文学と英文学を学んだ。ゲッティンゲン大学、エルランゲン大学で教職に就いた後、一九六二年からグラーツ大学の英文学教授として現在に至っている。本書の他に主要著書として、『小説における典型的な物語り状況』(一九五五年)、『小説の典型的な形式』(一九六四年、一九八一年第十版)がある。小説の語りに関するシュタンツェルの先駆的な研究が発表されてまもなく、ある小説理論研究家は、シュタンツェルの試みを「印象的な術語を駆使した、切れ味の鋭い模範的な研究」と呼び、「解釈の方法としても、体系的な文学理論の構想」としても等しく注目に値する仕事であると評価した(Walter Pabst: Literatur zur Theorie des Romans, in: *DVjs* 34[1960], S. 264–289)。以来、物語研究において、シュタンツェルの理論は、内外の研究者たちの注目するところとなり、その方法と概念の学問的有効性が、しだいに認められるようになってきている。ここに訳出した彼の主著『物語の構造』も、文学研究に関する基本文献の一つとして、ドイツ本国で好評を博し、内容的な新しさを失うことなく、常に活発な討議の対象となっている。また、元来ドイツ系の文学理論は、その難解な観念性のゆえに、英語圏ではあまり受け入れられないのであるが、本書は、英訳のペーパーバック版が出ていることからも分かるように、英語圏でも広く読者の支持を得ている。

さてここで、これまでの物語研究の流れを辿ってみると、英米両国ではヘンリー・ジェイムズ、パーシー・ラボック、E・M・フォースターに始まる長い小説論の伝統があり、またフランスにはロシア・フォルマリズムに刺激を受けて展開した構造主義的方法の流れがある。特にフランスでは、一九六〇年代にロラン・バルトのイニシアティヴにより、構造主義的な物語研究が著しい発展を遂げ、その精緻化され高度化された物語研究はナラトロジー(物語論)と命名されて、洗練された科学的装いのもとに英語圏に逆輸出され、英米の物語研究の伝統を活性化する役割を演じたのであった。一方、ドイツ系の物語研究は、コンスタンツ学派による受容美学の確立という顕著な動向が見られるものの、大勢としては比較的他国からの影響を受けることが少なく、また流行現象にも距離を置いて、独自の道を歩んでいるというのが現状であろう。本書の著者シュタンツェルも、どちらかと言えばそうした孤高的な位置をしめる物語理論家のひとりである。

物語分析には、大きく分けて二つの方向がある。一方は、V・プロップ(『昔話の形態学』)、A・J・グレマス(『構造意味論』)、C・ブレモン(『物語の論理』)に代表されるように、物語の内容の分析を通じて物語の構造を研究する行き方である。もう一方は、ロシア・フォルマリズムの代表的理論家V・シクロフスキーを先駆として、G・ジュネット、S・チャットマンへと続く流れ、すなわち物語の形式(叙法)や文法を研究する方向である。換言すれば、前者は物語の深層構造(物語内容)に関わる研究であり、後者は物語の表層構造(表現の形式)に関わる研究である。物語の深層をなすプロットは、提示媒体の如何にかかわらず、その媒体から独立した自律的構造をもっている。たとえばアリストテレスが言うように、オイディプス王の話は、物語の形式をとろうと、演劇の形式をとろうと、その悲劇としての価値に変わりはない。つまり、オイディプス王の話の悲劇性は、いかなる叙述(提示)の様式をとろうと、いささかも変わりはしないのである。この事態を物語理論の立場から説明するならば、物語の特性は、物語のテーマ論的な内容に求めることはできないということを意味している。物語的な特性は、あくまでも物語言説、すなわち物語内容を伝達する様式の中に求めなければならない。

「物語的なものの特性は、その内容の示し方、つまり叙法にあるのであって、その内容そのものには存在しない」というのが、フランスの代表的なナラトロジストG・ジュネットの基本的な立場であるが、ジュネットは、テーマ論的な内容分析ではなく、叙法、様式のレベルでの分析のみが本来のナラトロジーであると断言している。このように内容と形式を峻別するナラトロジーの立場から見れば、従来の物語研究を支えてきた解釈批評の多くは――作家論的・伝記的関心に基づくものであれ、文学史的方法によるものであれ——いずれもナラトロジーの地平を逸脱したものであった。つまりそれは、別な観点から言えば、ナラトロジーの地平では、作者の概念は問題とならない、ということでもある。要するに、ナラトロジーが扱いうるのは、語り手の概念だけであって、それを越えて作者の概念にまで及ぶならば、そこにはまた別種の問題が生じてくることになる。もちろん物語研究は、物語の形式的分析にのみ尽きるものではないが、しかしナラトロジーが、物語の表層の媒体と深層構造とを明確に分離することによって無用な混同を避け、精密な概念体系と分析枠を作り上げたこと——そしてそれによって物語理論を飛躍的に進歩させたことは確かである。(本書の著者シュタンツェルも、本書第I章でケーテ・ハンブルガーの『文学の論理』に言及しながら、深層構造と表層構造の区別を力説している。)

一九五五年に、シュタンツェルが『小説における典型的な物語り状況』を発表して以来、《物語り状況》という概念は、小説理論の中で一般的な有効性をもつ術語として、しだいに定着するようになってきている。小説における語りの形態を、三つの理念型を用いて類型論的に分類しようとするシュタンツェルの理論的試みが、本書においてはこれまで以上の精密化をめざしつつ、そして最新の研究成果をも取り込みつつ、理論と実証の精緻な体系として展開されている。シュタンツェルの理論の基礎をなす三つの基本的カテゴリー、すなわち《人称》《遠近法》《叙法》が、分析を進めるうえで本当に絶対必要不可欠の概念装置であるのかどうか、この点は実際もっとも議論の分かれるところであろう。しかし、結局どんな理論的アプローチも、ある種の側面を優先的に重視するかわりに、他の側面を軽んじてしまうという宿命を免れることはできない。そして極言するならば、いかに洗練された文学理論といえども、所詮は現象を具合よく説明するための仮説でしかないのである。シュタンツェルの物語理論が狙いとするところは、小説の語りの類型論的・体系的考察である。換言すれば、それは、考えられうるあらゆる小説の語りの形態を、体系的理論の中に組み込む試みといってよい。たんに理念型としての三つの類型にとどまらず、それらの中間形態や移行形態をも包摂するところの「形態連続体」なる概念も、結局体系化をめざすシュタンツェルの物語理論の構想のなかから必然的に生まれてきたものなのである。

ドリット・コーンも指摘しているように、《物語り状況》の構成要素としてシュタンツェルが考える三つの概念には、部分的な重複や重層が見られるが、しかしそれにもかかわらず彼が敢えて理論の三つ組み的構成にこだわったのは、すでに述べたように、彼がなによりもまず、小説の語りの全容を視野に収められるような体系的な類型論を構築しようとしたためである。このように、本書の論述の第一の狙いが理論的体系化にあるとしても、しかしながら決して理論だけが独り歩きをしているわけではない。そのことは、獲得された理論的成果が、そのつど精選されたテクスト例によって、実に巧妙に、しかも的確に検証されている点をみれば、自ずと納得されるであろう。そして、およそ理論偏重の文学研究というものを嫌悪し、文学の体系的研究を拒否する読者といえども、そのようにして個々の文学作品のリアリティーにふれつつ行われる説得的な実証の手続きに、むしろ強い刺激と興味をおぼえるであろう。あるいはひょっとして、作品解釈のための新鮮で有益な示唆を、そこから汲み取ることができるかもしれないのである。テクストのこのように精妙な分析を目にするとき、われわれは、シュタンツェルもまた、明敏な批評感覚を備えた優れた読み手のひとりであることを感じないわけにはいかない。『物語のディスクール』は、多くの点でシュタンツェルの理論との類似性を有する書物であるが、その著者であるG・ジュネットは、シュタンツェルの主な功績が「分析」、つまり読みの細部にあることを指摘したうえで、次のように述べている。——「その名にふさわしいあらゆる詩学研究者と同様、シュタンツェルもまた、何よりもまず一人の批評家なのだ。」(和泉・神郡訳『物語の詩学』書肆風の薔薇、一九八五年、一二四ページ)

本書においては、物語研究に関する最新の成果が積極的に取り込まれているが、なかでも現代小説の重要な技法である「体験話法」と「内的独白」をめぐる論議が徹底的に消化吸収され、それらの知見が十分に活用されている点は、本書における論考の強みといってよいだろう。また、詳細な注を織り込むことによって、物語理論に関する新旧さまざまな問題にも目配りを行き届かせている本書は、物語理論に関心を抱く者にとって、種々の情報を提供してくれるであろう。一方、本書に添えられた類型円図表は、本書で構想された理論体系を図式的に表現するためにとられた方式であるが、この図表はまた、理念型としての語りの諸類型と歴史的形態としての実作品との関連も、すなわち言い換えれば、理論的に可能な物語形式と歴史的に生成した物語形式との関連も、明瞭に読み取らせてくれる。シュタンツェルの言葉を借りるならば、類型円図表は、文学理論と文学史とが交差する場としての意味をもっている。

本書では、とりわけ英米の小説のなかから数多くのテクストが引用されているが、必要に応じて独・仏・露の小説からも実例が選び出されている。それらの作品からの引用個所の訳出にあたっては、既訳のあるものは、直接的にせよ間接的にせよ、可能なかぎり利用させて頂いた。訳者の方々に対して、厚く御礼申し上げたい。(なお、シュタンツェルは、ロシア文学からの引用をドイツ語訳によっていることを付言しておく。)

本書は、欧米各国の物語作品を分析対象としているために、その翻訳は訳者にとってほとんど手に余る困難な仕事であったが、幸い訳者の勤務する大学の同僚諸兄の親身な助力を得ることができたのは、まことに心強くまた好運なことでもあった。加藤定秀氏には、既訳のない『クラリッサ・ハーロウ』からの引用個所に関して、その御訳稿を頂戴することができた。また、水之江有一氏には、本書におけるおびただしい数の英語文献からの引用、並びに一部作品からの引用文の訳出に関して、多大の援助を仰ぐことができた。さらに、倉智恒夫氏には、『ボヴァリー夫人』および『嫉妬』からの引用個所を、前後の文脈を考慮に入れつつ、シュタンツェルの論旨が明確になるようお訳し頂いた。そして、本書に出てくるその他のフランス語の文章についても、御教示を頂いた。以上の三氏の暖かいお力添えに対し、ここで深く感謝の意を表したい。また、原注の訳出にあたっては、大学院生の畑沢裕子さんに全面的な協力をお願いし、翻訳の作業を早めることができた。

最後に、本書の出版に際して一方ならぬお世話になった岩波書店編集部高本邦彦氏に対して、心から御礼申し上げたい。本書をこのような形で翻訳し、日本の読者に紹介することができたのも、ひとえに氏の御尽力のお蔭である。高本氏は、訳稿のすみずみまで細かく目を配られ、訳文の表現上の問題、そしてとりわけキーワードの訳出に関しても適切な助言を惜しまれず、訳業を進めるうえで終始訳者を助けて下さった。その献身的な御協力に、改めて衷心より感謝の言葉を述べたい。

一九八八年九月下旬

前田彰一

■岩波オンデマンドブックス■

物語の構造――〈語り〉の理論とテクスト分析
F. シュタンツェル

1989 年 1 月30日　第 1 刷発行
1989 年 4 月 5 日　第 2 刷発行
2014 年 6 月10日　オンデマンド版発行

訳　者　前田彰一《まえだしょういち》

発行者　岡 本　厚

発行所　株式会社 岩波書店
〒101-8002 東京都千代田区一ツ橋 2-5-5
電話案内 03-5210-4000
http://www.iwanami.co.jp/

印刷／製本・法令印刷

ISBN978-4-00-730116-2　Printed in Japan

作品名索引

〔本書で扱われている作品をそれぞれ著者の項にまとめ，その表題を収録した.〕

イシャウッド，クリストファー Isherwood, Christopher
『さらばベルリーン』*Goodbye to Berlin* 238
ヴィーラント，クリストフ Wieland, Christoph M.
『アーガトン物語』*Agathon* 20, 142
ウェルズ，ハーバート Wells, Herbert G.
『盲人の国』*The Country of the Blind* 131–133, 237
ヴェルフェル，フランツ Werfel, Franz
『ベルナデットの歌』*Das Lied von Bernadette* 180
ヴォネガット，カート，ジュニア Vonnegut, Kurt, Jr.
『チャンピオンたちの朝食』*A Breakfast of Champions* 95, 96
『スローターハウス5』*Slaughterhouse-Five* 96
ウォレン，ロバート Warren, Robert P.
『王の家来たちも』*All the King's Men* 95, 210
ウルフ，ヴァージニア Woolf, Virginia
『ダロウェイ夫人』*Mrs Dalloway* 145, 269, 類型円図表(以下「円図表」と略記)
『灯台へ』*To the Lighthouse* 143, 円図表
エッジワース，マリア Edgeworth, Maria
『ジューリアとキャロラインの手紙』*Letters of Julia and Caroline* 126
エリオット，ジョージ Eliot, George
『ミドルマーチ』*Middlemarch* 120, 267, 円図表
オーウェル，ジョージ Orwell, George
『批評論集』*Collected Essays* 247
オースティン，ジェイン Austen, Jane
『エマ』*Emma* 104, 143, 146, 154, 円図表
『マンスフィールド・パーク』*Mansfield Park* 195, 196, 228
『分別と多感』*Sense and Sensibility* 70, 125, 126

カフカ，フランツ Kafka, Franz
『審判』*Der Prozeß* 54–55, 57, 143, 201, 円図表
『城』*Das Schloß* 57, 59, 61, 70, 143, 152, 153, 201, 224, 円図表
『変身』*Die Verwandlung* 150
カミュ，アルベール Camus, Albert
『異邦人』*L'Etranger* 15, 240, 円図表
キージー，ケン Kesey, Ken
『カッコーの巣』*One Flew Over the Cuckoo's Nest* 15, 73
クライスト，ハインリヒ・フォン Kleist, Heinrich von

『O侯爵夫人』*Die Marquise von O.*　73, 272
『ミヒャエル・コールハース』*Michael Kohlhaas*　164
グラス，ギュンター　Grass, Günther
『ブリキの太鼓』*Die Blechtrommel*　72, 95, 217
グリーン，グレアム　Greene, Graham
『ブライトン・ロック』*Brighton Rock*　150
グリーン，ヘンリー　Green, Henry
『何もない』*Nothing*　51, 191, 円図表
グリンメルスハウゼン，ハンス　Grimmelshausen, Hans J. Chr. von
『阿呆物語』*Der abenteuerliche Simplicissimus*　142, 216
クレイン，スティーヴン　Crane, Stephen
『赤い武功章』*The Red Badge of Courage*　円図表
ケアリ，ジョイス　Cary, Joyce
『ミスター・ジョンソン』*Mister Johnson*　180
『恩寵の囚人』*A Prisoner of Grace*　70
ゲーテ，ヨーハン　Goethe, Johann W. von
『若きウェルテルの悩み』*Die Leiden des jungen Werthers*　142, 234, 円図表
『親和力』*Die Wahlverwandtschaften*　198
『西東詩集』*West-östlicher Divan*　3, 187
『ヴィルヘルム・マイスターの修業時代』*Wilhelm Meisters Lehrjahre*　77, 142, 円図表
ケラー，ゴットフリート　Keller, Gottfried
『緑のハインリヒ』*Der grüne Heinrich*　66, 68, 70, 142, 145, 208, 213, 円図表
ゴーゴリ，ニコライ　Gogol', Nikolaj V.
『外套』　206
ゴールディング，ウィリアム　Golding, William
『ピンチャー・マーティン』*Pincher Martin*　237–238, 276
コンプトン＝バーネット，アイヴィ　Compton-Burnett, Ivy
『夫と妻』*Men and Wives*　59
『母親と息子』*Mother and Son*　51, 191, 円図表
コンラッド，ジョーゼフ　Conrad, Joseph
『闇の奥』*Heart of Darkness*　104, 210, 212
『ロード・ジム』*Lord Jim*　104, 142, 205, 209, 210, 212, 円図表
『秘密の共有者』*The Secret Sharer*　212
『西欧の眼のもとで』*Under Western Eyes*　95, 211

サッカレー，ウィリアム　Thackeray, William M.
『バリー・リンドン』*The Memoirs of Barry Lyndon, Esq., Written by Himself*　72, 73, 133, 134
『ヘンリー・エズモンド』*Henry Esmond*　90–95, 97, 100, 260, 円図表
『ニューカム一家』*The Newcomes*　56, 95
『ペンデニス』*The History of Pendennis*　95
『虚栄の市』*Vanity Fair*　20, 41, 55, 59, 87, 142, 145, 205, 207–209, 円図表
サリンジャー，ジェローム　Salinger, Jerome D.
『ライ麦畑でつかまえて』*The Catcher in the Rye*　40–42, 57, 70, 81, 199, 217, 230,

231, 円図表
サルトル，ジャン＝ポール　Sartre, Jean-Paul
『嘔吐』*La Nausée*　230, 231, 円図表
サロート，ナタリー　Sarraute, Nathalie
『プラネタリウム』*Le Planétarium*　円図表
シェイクスピア，ウィリアム　Shakespeare, William
『恋の骨折り損』*Love's Labour's Lost*　218
ジェイムズ，ヘンリー　James, Henry
『使者たち』*The Ambassadors*　71, 103, 106, 143, 150, 192, 円図表
『小説の技法』*The Art of the Novel*　110, 111
『アスパンの恋文』*The Aspern Papers*　156
『師の教え』*The Lesson of the Master*　86, 87
『うそつき』*The Liar*　160
『教え子』*The Pupil*　85, 86
『ほんもの』*The Real Thing*　84
『ねじの回転』*The Turn of the Screw*　82, 204
『メイジーの知ったこと』*What Maisie Knew*　106
シュティフター，アーダルベルト　Stifter, Adalbert
『晩夏』*Nachsommer*　68, 69
シュトルム，テーオドール　Storm, Theodor
『白馬の騎者』*Der Schimmelreiter*　204, 円図表
シュニッツラー，アルトゥール　Schnitzler, Arthur
『令嬢エルゼ』*Fräulein Else*　234, 235, 円図表
『グストル少尉』*Leutnant Gustl*　54, 143, 231, 275, 円図表
ジョイス，ジェイムズ　Joyce, James
『ダブリンの市民』*Dubliners*　61, 133, 147, 157
『死者たち』*The Dead*　61, 196, 197
『小さな雲』*A Little Cloud*　157
『厄介な事件』*A Painful Case*　61
『姉妹』*The Sisters*　147
『若い芸術家の肖像』*A Portrait of the Artist as a Young Man*　31, 41, 42, 57–59, 111–114, 143, 149, 192, 200, 201, 円図表
『スティーヴン・ヒーロー』*Stephen Hero*　192
『ユリシーズ』*Ulysses*　10, 43, 44, 97, 106, 143, 167, 168, 172–178, 232–234, 272, 275, 276, 円図表
スウィフト，ジョナサン　Swift, Jonathan
『ガリヴァー旅行記』*Gulliver's Travels*　204
スコット，ウォルター　Scott, Walter
『アイヴァンホー』*Ivanhoe*　円図表
スタインベック，ジョン　Steinbeck, John
『真珠』*The Pearl*　円図表
スターン，ロレンス　Sterne, Laurence
『トリストラム・シャンディ』*The Life and Opinions of Tristram Shandy, Gentleman*　10, 59, 79, 82, 142, 145, 205, 213, 円図表

スパーク，ミュアリエル　Spark, Muriel
『ミス・ブロディの青春』*The Prime of Miss Jean Brodie*　146, 152
スモレット，トバイアス　Smollett, Tobias
『ペリグリン・ピクルの冒険』*The Adventures of Peregrine Pickle*　154
セルバンテス，ミゲル・デ　Cervantes, Miguel de
『ドン・キホーテ』*Don Quijote de la Mancha*　10, 142, 267

チョーサー，ジェフリー　Chaucer, Geoffrey
『カンタベリー物語』*The Canterbury Tales*　204
ディケンズ，チャールズ　Dickens, Charles
『荒涼館』*Bleak House*　16, 56, 113, 114, 180, 258, 259
『クリスマス・キャロル』*A Christmas Carol*　11, 60, 135–138
『デイヴィッド・コパフィールド』*David Copperfield*　32, 57, 60, 66, 68, 89, 90, 142, 145, 208, 213, 218–223, 225, 226, 274, 円図表
『ドンビー父子』*Dombey and Son*　55, 135, 273, 円図表
『大いなる遺産』*Great Expectations*　155, 274
『つらいご時世』*Hard Times*　29
『エドウィン・ドルード』*The Mistery of Edwin Drood*　56, 135, 円図表
デフォー，ダニエル　Defoe, Daniel
『モル・フランダーズ』*Moll Flanders*　16, 145, 213, 216, 217, 272, 円図表
『ロビンソン・クルーソー』*Robinson Crusoe*　142, 276
デーブリン，アルフレート　Döblin, Alfred
『ベルリーン・アレクサンダー広場』*Berlin Alexanderplatz*　15, 198
ドイル，アーサー・コナン　Doyle, Arthur Conan
『シャーロック・ホームズの冒険』*The Adventures of Sherlock Holmes*　210
トウェイン，マーク　Twain, Mark
『ハックルベリ・フィンの冒険』*The Adventures of Huckleberry Finn*　205, 230, 231, 円図表
ドストエフスキー，フョードル　Dostoevskij, Fyodor M.
『カラマーゾフの兄弟』　205, 円図表
『悪霊』　53, 73, 74, 205
ドス・パソス，ジョン　Dos Passos, John
『U・S・A』*U. S. A.*　238
ドラブル，マーガレット　Drabble, Margaret
『針の眼』*The Needle's Eye*　125
『滝』*The Waterfall*　95
トルストイ，レフ　Tolstoj, Lev N
『アンナ・カレーニナ』　55, 59, 120
『ホルストメール』　15
『戦争と平和』　21
『イワン・イリッチの死』　236, 237
トロロープ，アントニー　Trollope, Anthony
『バーチェスターの塔』*Barchester Towers*　114–117, 円図表
『フィンランド人フィニアス』*Phineas Finn*　55

ナッシュ，トマス　Nashe, Thomas
　『悲運の旅人』*The Unfortunate Traveller*　218

パーカー，ドロシー　Parker, Dorothy
　『灯りを提げた貴婦人』*Lady With a Lamp*　231
バース，ジョン　Barth, John
　『びっくりハウスの迷子』*Lost in the Funhouse*　118
ハーディ，トマス　Hardy, Thomas
　『帰郷』*The Return of the Native*　52
　『テス』*Tess of the D'Urbervilles*　1, 円図表
　『森林地の人々』*The Woodlanders*　52
バトラー，サミュエル　Butler, Samuel
　『万人の道』*The Way of All Flesh*　205, 209, 252, 円図表
バルザック，オノレ・ド　Balzac, Honore de
　『ゴリオ爺さん』*Père Goriot*　21, 145
バローズ，ウィリアム　Burroughs, William
　『オランダ人シュルツの遺言』*The Last Words of Dutch Schulz*　277
　『裸のランチ』*The Naked Lunch*　118
ハントケ，ペーター　Handke, Peter
　『左利きの女』*Die linkshändige Frau*　124
ビュトール，ミシェル　Butor, Michel
　『心変わり』*La Modification*　230, 261, 円図表
ビュヒナー，ゲオルク　Büchner, Georg
　『レンツ』*Lenz*　203
ファウルズ，ジョン　Fowles, John
　『フランス軍中尉の女』*The French Lieutenant's Woman*　153
フィッツジェラルド，フランシス　Fitzgerald, Francis S.
　『偉大なギャツビー』*The Great Gatsby*　210
フィールディング，ヘンリー　Fielding, Henry
　『トム・ジョーンズ』*The History of Tom Jones*　20, 32, 41, 79, 82, 142, 145, 円図表
フォークナー，ウィリアム　Faulkner, William
　『アブサロム，アブサロム！』*Absalom, Absalom!*　211
　『死の床に横たわりて』*As I Lay Dying*　150, 232
　『名誉』*Honor*　156
　『響きと怒り』*The Sound and the Fury*　15, 57, 150, 232, 円図表
フォースター，エドワード　Forster, Edward M.
　『小説の諸相』*Aspects of the Novel*　119, 262
　『インドへの道』*A Passage to India*　円図表
フォンターネ，テーオドール　Fontane, Theodor
　『エフィ・ブリースト』*Effi Briest*　73, 203, 円図表
プラトン　Platon
　『国家』　140
フリッシュ，マックス　Frisch, Max

『モントーク』 *Montauk*　83, 95, 100, 101
『わが名はガンテンバイン』 *Mein Name sei Gantenbein*　72, 83, 89, 95, 96, 101, 142
『シュティラー』 *Stiller*　145, 156, 212
プルースト，マルセル　Proust, Marcel
『失われた時を求めて』 *A la recherche du temps perdu*　142
ブロッホ，ヘルマン　Broch, Hermann
『ウェルギリウスの死』 *Der Tod des Vergil*　143, 円図表
フローベール，ギュスターヴ　Flaubert, Gustave
『ボヴァリー夫人』 *Madame Bovary*　10, 127–130, 133, 143, 206, 266
ブロンテ，エミリー　Brontë, Emily
『嵐が丘』 *Wuthering Heights*　210, 211
ブロンテ，シャーロット　Brontë, Charlotte
『シャーリー』 *Shirley*　144
ペイター，ウォルター　Pater, Walter
『享楽主義者マリウス』 *Marius the Epicurean*　51
ベケット，サミュエル　Beckett, Samuel
三部作『モロイ』『マロウンは死ぬ』『名づけえぬもの』 *Molloy. Malone Dies. The Unnamable*　46, 72, 82, 143, 147, 218, 231, 235, 241, 242, 円図表
『残り物』 *Residua*　241
ヘッセ，ヘルマン　Hesse, Hermann
『荒野の狼』 *Der Steppenwolf*　223, 224
ヘミングウェイ，アーネスト　Hemingway, Ernest
『五万ドル』 *Fifty Grand*　144, 215, 円図表
『賭博師と尼とラジオと』 *The Gambler, the Nun, and the Radio*　161
『白い象のような山々』 *Hills Like White Elephants*　160
『殺し屋』 *The Killers*　31, 54, 104, 144, 191, 215, 円図表
『移動祝祭日』 *A Moveable Feast*　191, 262
ベロー，ソール　Bellow, Saul
『ハーツォグ』 *Herzog*　95, 97, 98, 260
ヘンリー，オー　Henry, O.
『操り人形』 *The Marionettes*　159
ホーソーン，ナサニエル　Hawthorne, Nathaniel
『エゴティズム』 *Egotism*　157
ポーター，キャサリン　Porter, Katherine A.
『振られたウェザーロール婆さん』 *The Jilting of Granny Weatherall*　235, 237

マードック，アイリス　Murdoch, Iris
『ブラック・プリンス』 *The Black Prince*　216, 235
『イタリアの女』 *The Italian Girl*　159, 257
『網の中』 *Under the Net*　230
マン，トーマス　Mann, Thomas
『ブッデンブローク家の人々』 *Die Buddenbrooks*　21, 55, 116, 145, 194, 195
『ファウスト博士』 *Doktor Faustus*　142, 209–211, 273, 円図表
『ファウスト博士誕生』 *Die Entstehung des Dr. Faustus*　209

『選ばれし人』*Der Erwählte*　19–21, 248
『詐欺師フェーリクス・クルルの告白』*Die Bekenntnisse des Hochstaplers Felix Krull*
68, 78, 79, 142, 145, 205, 213, 217, 円図表
『掟』*Das Gesetz*　163, 164
『生みの悩み』*Schwere Stunde*　164–167, 182
『ヴェニスに死す』*Der Tod in Venedig*　105, 182, 237
『トリスタン』*Tristan*　168, 180–184
『魔の山』*Der Zauberberg*　32, 79, 82, 178, 179, 円図表
マン，ハインリヒ　Mann, Heinrich
『アンリ四世の青春』*Die Jugend des Königs Henri Quatre*　199, 271
マンスフィールド，キャサリーン　Mannsfield, Katherine
『入り海』*At the Bay*　172, 202
『大佐の娘たち』*The Daughters of the Late Colonel*　161, 172
『園遊会』*The Garden Party*　161, 168–172, 202, 272
『小間使い』*A Lady's Maid*　231
『鳩の夫婦』*Mr. and Mrs. Dove*　158
ムージル，ローベルト　Musil, Robert
『特性のない男』*Der Mann ohne Eigenschaften*　17
メルヴィル，ハーマン　Melville, Herman
『白鯨』*Moby-Dick*　68, 145, 213, 円図表
モーム，ウィリアム・サマセット　Maugham, William Somerset
『菓子とビール』*Cakes and Ale*　89
『環境の力』*The Force of Circumstance*　158, 166, 167

ヨーンゾン，ウーヴェ　Johnson, Uwe
『アヒムに関する第三の書』*Das dritte Buch über Achim*　72

リチャードソン，サミュエル　Richardson, Samuel
『クラリッサ・ハーロウ』*Clarissa Harlowe*　142, 226–228, 234, 273, 円図表
『パミラ』*Pamela*　215
リチャードソン，ドロシー　Richardson, Dorothy
『遍歴』*Pilgrimage*　57
リヒター，ヨハン(ジャン・パウル)　Richter, Johann P. F. (Jean Paul)
『生意気ざかり』*Flegeljahre*　20, 21, 36
『ジーベンケース』*Siebenkäs*　145
ルイス，シンクレア　Lewis, Sinclair
『旅はかくも心豊かにしてくれる』*Travel is So Broadening*　231
レッシング，ゴットホルト　Lessing, Gotthold E.
『ラオコオン』*Laokoon*　108
レンツ，ジークフリート　Lenz, Siegfried
『国語の時間』*Die Deutschstunde*　145, 205, 213, 円図表
ロブ＝グリエ，アラン　Robbe-Grillet, Alain
『嫉妬』*La Jalousie*　13, 111, 240, 241, 277, 円図表
『覗く人』*Le Voyeur*　円図表

ロレンス，デイヴィッド Lawrence, David H.
『チャタレイ夫人の恋人』*Lady Chatterley's Lover* 130, 131
『虹』*The Rainbow* 52
『息子と恋人』*Sons and Lovers* 52, 150, 円図表
「場所の精神」"The Spirit of Place" 148
『恋する女たち』*Women in Love* 51, 52, 73, 98, 99, 124, 131, 237

ワーズワース，ウィリアム Wordsworth, William
『プレリュード』*The Prelude* 213

事項索引

ア行

カ行

サ行

タ行

ナ行

ハ行

マ行

ラ行

ワ行

人名索引

ア行

アイレ Eile, St. 249
アーヴィング Irving, Washington 156
アクワイン Aquin, H. 277
アロット Allot, Miriam 71
アンダーソン Anderson, Sherwood 157
アンデレック Anderegg, Johannes 9, 17, 140, 141, 150, 167, 168, 203, 252, 253, 266
イーヴェ Ihwe, Jens 250
イェンス Jens, Walter 259
イーザー Iser, Wolfgang 91, 263
イシャウッド Isherwood, Christopher 238
インガルデン Ingarden, Roman 109, 150, 151, 240, 267
ヴァイマン Weiman, Robert 14, 26-27, 121, 249
ヴァインリヒ Weinrich, Harald 63, 180
ヴァルトマン Waldmann, Günter 257
ヴィスウォナタン Viswanathan, Jacqueline 211, 273, 277
ヴィーラント Wieland, Christoph Martin 142
ウィルソン Wilson, Edmund 263
ヴィンクラー Winkler, Reinhold 160, 258
ヴェーバー Weber, Dietrich 120
ヴェーバー Weber, Max 12
ウェルズ Wells, H. G. 131, 237
ヴェルフェル Werfel, Franz 180
ヴェルリヒ Werlich, Egon 65
ヴェーレ Wehle, Winfried 263
ウォット Watt, Ian 274
ヴォネガット Vonnegut, Kurt, Jr. 12, 46, 95, 96
ヴォリンガー Worringer, Wilhelm 141
ウォレン Warren, Robert Penn 14, 95, 260
ウスペンスキー Uspenskij, Boris 14, 48, 109
ウルフ Woolf, Virginia 18, 47, 145, 172, 201, 266
エイヘンバウム Ejchenbaum, Boris 14, 15
エーコ Eco, Umberto 4
エッジワース Edgeworth, Maria 126
エリオット Eliot, George 117, 119, 134, 195, 206
オーウェル Orwell, George 16, 17
オコペンコ Okopenko, Andreas 254
オースティン Austen, Jane 70, 104, 125, 126, 143, 146, 150, 154, 195, 196, 228, 264
オースティン Austin, John 9, 37
オーンスタイン Ornstein, Robert 110, 111

カ行

カイザー Kayser, Wolfgang 19, 20, 23, 66-68, 256
カスパリス Casparis, Christian Paul 239, 240, 270
カフカ Kafka, Franz 54, 57, 59, 61, 70, 150, 152, 153, 201, 224
カミュ Camus, Albert 240
カルプ Karpf, Fritz 226
カールマン Kahrman, C. 249
ガンジェミ Gangemi, K. 277
キージー Kesey, Ken 15, 73
キューブリック Kubrik, Stanley 72
ギューリヒ Gülich, Elisabeth 245
ギュンター Günther, Werner 270

キンキード＝ウィークズ Kinkead-Weekes, Mark 276
クージュス Kudszus, Winfried 54
クライスト Kleist, Heinrich von 73, 164, 272
グラス Grass, Günter 72, 95
クラフト Kraft, H. 252
グリム Grimm, Reinhold 71
グリーン Greene, Graham 121
グリーン Green, Henry 51, 191
グリンメルスハウゼン Grimmelshausen, H. J. Chr. von 142, 216
グレーアム Graham, Kenneth 71
グレヴェニッツ Graevenitz, Gerhart von 256
クレチェフスキー Klesczewski, R. 19
クレーメン Clemen, Wolfgang 264
ケアリ Cary, Joyce 70, 180
ゲーテ Goethe, Johann Wolfgang von 3, 77, 142, 187, 198
ケラー Keller, Gottfried 70
ケロッグ Kellogg, R. 7, 120, 210
ゴーゴリ Gogol', N. V. 48, 206
コリンズ Collins, Wilkie 135
コリンズ Collins, Philip 16
ゴールズワージ Galsworthy, John 151
ゴールディング Golding, William 237, 276
ゴールドクノップ Goldknopf, David 40, 65, 87, 88
コーン Cohn, Dorrit 2, 34, 123, 153, 223, 224, 229, 233, 251, 252, 260, 272, 275–277
コンプトン＝バーネット Compton-Burnett, Ivy 51, 59
ゴンブリチ Gombrich, E. H. 117, 141, 263
コンラッド Conrad, Joseph 95, 104, 210, 212, 266

サ行

サザーランド Sutherland, James 91
サッカレー Thackeray, William M. 18, 56, 60, 72, 87, 91, 93, 95, 117, 121, 133, 134, 190, 207, 208, 265
サリンジャー Salinger, J. D. 40, 57, 156, 199
サール Searle, John 9
サルトル Sartre, Jean-Paul 121, 214, 230, 240
サロート Sarraute, Nathalie 201, 240
シェイクスピア Shakespeare, William 218
ジェイムズ James, Henry 11, 13, 14, 18, 47, 48, 71, 82, 84, 86, 87, 106, 110, 117, 119, 120, 133, 139, 149, 150, 156, 157, 160–163, 193, 266, 271, 273
シクロフスキー Šklovskij, Viktor 10, 14, 15, 100
シュタインベルク Steinberg, Günter 198, 199, 224, 269, 272
シュタッフホルスト Staffhorst, A. 252
シュタンツェル Stanzel, F. K. 20, 31, 199, 276
『小説における典型的な物語り状況』*Die typischen Erzählsituationen* 3–5, 12, 29, 37, 51, 107, 140, 216, 237, 247, 249, 266, 269
「『小説における典型的な物語り状況』再考」"Second Thoughts on *Narrative Situations in the Novel*" 2
『小説の典型的な形式』*Typische Formen des Romans* 4, 29, 68
「相補的物語」„Die Komplementärgeschichte" 63
「『ユリシーズ』における物語行為の作中人物化」„Die Personalisierung des Erzählaktes im *Ulysses*" 266
シュティールレ Stierle, Karlheinz 272
シュティフター Stifter, Adalbert 68
シュニッツラー Schnitzler, Arthur 54, 143, 234, 235
ジュネット Genette, Gérard 2, 14, 33, 106, 107, 260, 267
シュピッツァー Spitzer, Leo 199, 273, 274
シュピールハーゲン Spielhagen, Friedrich 7, 24, 48, 66, 67, 117, 256

シュプランガー Spranger, Eduard 33
シュミート Schmid, Wolf 48
シュルフター Schluchter, M. 249
ジョイス Joyce, James 10, 11, 18, 31, 42, 46, 48, 57, 61, 111, 120, 133, 147, 151, 157, 162, 167, 172, 173, 192, 196, 201, 233, 253
ショーバー Schober, Wolfgang Heinz 48, 49, 254
ショーラー Schorer, Mark 17
スウィフト Swift, Jonathan 15
スコールズ Scholes, Robert 7, 10, 120, 210
スタイン Stein, Gertrude 259
スターン Sterne, Laurence 10, 59, 79, 82
スタング Stang, R. 71
スパーク Spark, Muriel 146, 172
スパージョン Spurgeon, C. 264
スモレット Smollett, Tobias 154
ゾーケル Sokel, Walter H. 54
ソシュール Saussure, Ferdinand de 34, 66

タ行

タナー Tanner, Tony 126
チェルニー Cherny, Lothar 274, 275
チャットマン Chatman, Seymour 9, 14, 37–39, 50, 161, 193, 252, 269, 271
チョーサー Chaucer, Geoffrey 204
ツェルトナー＝ノイコム Zeltner-Neukomm, Gerda 241
ディケンズ Dickens, Charles 11, 16, 18, 29, 52, 55, 56, 60, 113, 117, 121, 133–136, 138, 155, 180, 195, 206, 218, 258, 274
ティチューニック Titunik, Irwin R. 15
ティロットソン Tillotson, Kathleen 25, 273
ティロットソン Tillotson, Geoffrey 91
デフォー Defoe, Daniel 16, 70, 216, 276
デーブリン Döblin, Alfred 198, 240
デュボア Dubois, Jacques 47, 89
ドストエフスキー Dostoevskij, F. M. 48, 53, 73
ドス・パソス Dos Passos, John 111, 238
トドロフ Todorov, Tzvetan 33
ドラブル Drabble, Margaret 95, 125
トルストイ Tolstoj, Lev N. 15, 48, 117, 236
ドレジェル Doležel, Lubomír 14, 35–37, 39, 251, 254
トロロープ Trollope, Anthony 52, 55, 60, 114, 117, 206

ナ行

ナッシュ Nashe, Thomas 218

ハ行

パイク Pike, Kenneth L. 163
ハーヴィー Harvey, W. J. 25, 119
ハウス House, H. 263
ハウブリクス Haubrichs, Wolfgang 4, 248
バウル Baur, Uwe 250
パーカー Parker, Dorothy 231
バーゴンジー Bergonzi, Bernard 24, 25
バザーロイド Botheroyd, P. F. 72, 97
バース Barth, John 12, 46, 48, 118
パスカル Pascal, Roy 127, 129, 195, 196, 272
パゾリーニ Pasolini, Piier Paolo 261
バッカス Backus, Joseph M. 156, 157, 162
ハックスリー Huxley, Aldous 110, 262
ハッサン Hassan, Ihab 242
ハーディ Hardy, Thomas 1, 52, 119
ハーディ Hardy, Barbara 119
バトラー Butler, Samuel 252
パートロウ Partlow, R. B., Jr. 274
ハフ Hough, Graham 271
バール Bal, Mieke 260
ハルヴェーク Harweg, Roland 163, 164, 166, 168, 180–184
バルザック Balzac, Honoré de 117

バローズ Burroughs, William 12, 118, 277
バンヴェニスト Benveniste, Emile 277
ハントケ Handke, Peter 124, 254
バンフィールド Banfield, Ann 266
ハンブルガー Hamburger, Käte 9, 19–24, 34, 50, 75–77, 79, 80, 107, 116, 122, 123, 180, 219, 223, 248, 252, 270
ビアス Bierce, Ambrose 245
ビーチ Beach, Joseph Warren 23
ビュトール Butor, Michel 230, 261, 275
ビュヒナー Büchner, Georg 203
ビューラー Bühler, Karl 80, 81
ピンチョン Pynchon, Thomas 12, 46
ヒンメル Himmel, Hellmuth 256
ファウラー Fowler, Roger 9, 65
ファウルズ Fowles, John 109, 153
ファスビンダー Fassbinder, Rainer Werner 73
ファービアーン Fabian, Bernhard 79
フィーツ Fietz, Lothar 153
フィッシャー＝ザイデル Fischer-Seidel, Therese 172, 173
フィッツジェラルド Fitzgerald, Francis Scott 210
プイヨン Pouillon, Jean 14, 33
フィールディング Fielding, Henry 23, 70, 77, 122
フォークナー Faulkner, William 47, 57, 150, 151, 156, 157, 211, 232, 237
フォースター Forster, Edward Morgan 119, 262
フォルストロイター Forstreuter, Kurt 67, 71
フォンターネ Fontane, Theodor 73, 203
ブース Booth, Wayne C. 21, 23–25, 37, 66, 67, 69, 70, 77, 82, 88, 101, 119, 149, 150, 189, 211, 235, 248, 256, 263, 267, 270
プフィスター Pfister, Manfred 245
フライ Frey, John R. 24
プラトン Platon 50, 140
フランク Frank, J. 261
フリッシュ Frisch, Max 72, 83, 89, 95, 100, 155, 156, 212
フリーデマン Friedemann, Käte 7, 16, 20, 26, 210
フリードマン Friedman, Norman 14, 17, 31, 37, 140, 145, 238, 239
プルースト Proust, Marcel 120, 274
ブルックス Brooks, Cleanth 14, 260
ブルック＝ローズ Brooke-Rose, Christine 111
ブルホーフ Bulhof, Francis 178, 179
プロップ Propp, Vladimir 49, 245
ブロッホ Broch, Hermann 143, 201
ブロード Broad, C. D. 262
フローベール Flaubert, Gustave 48, 117, 127, 133, 143, 206, 264
ブロンズヴール Bronzwaer, W. J. M. 159, 257
ブロンテ Brontë, Charlotte 144
フューガー Füger, Wilhelm 36, 37, 39, 122, 252
フンケ Funke, Otto 264
ペイター Pater, Walter 51, 273
ベーゲ Boege, Fred W. 56
ベケット Beckett, Samuel 46, 71, 82, 102, 147, 214, 218, 231, 235, 241, 242
ヘッセ Hesse, Hermann 223
ペッチュ Petsch, Robert 49, 50
ヘニッヒハウゼン Hönnighausen, Lothar 263, 273
ヘニング Henning, Margit 71
ペーパー Peper, Jürgen 249
ヘミングウェイ Hemingway, Ernest 31, 47, 54, 104, 110, 111, 124, 144, 157, 160–162, 191, 197, 215
ベロー Bellow, Saul 95, 97
ヘンドリクス Hendricks, William O. 245, 250
ヘンドリック Hendrick, Leo 193
ヘンリー Henry, O. 159
ホーソーン Hawthorne, Nathaniel 157
ポーター Porter, K. A. 235, 237
ホフマン Hoffmann, Gerhard 261

ホルトゥーゼン Holthusen, J. 48, 254
ボンハイム Bonheim, Helmut 49, 61, 62

マ行

マイアー Meyer, Conrad Ferdinand 210
マイクスナー Meixner, Horst 261
マインドル Meindl, Dieter 256, 257, 277
マクルーハン McLuhan, Herbert Marshall 74
マックルヘニー McElheny, K. R. 204
マードック Murdoch, Iris 159, 160, 216, 230, 235, 257
マン Mann, Thomas 19, 20, 105, 116, 151, 163, 164, 166–168, 178, 180, 182, 184, 209, 210, 237, 254, 273
マン Mann, Heinrich 199, 271
マンスフィールド Mannsfield, Katherine 157, 158, 161, 162, 167–169, 171, 172, 202, 231
ミッシュ Misch, G. 219
ムージル Musil, Robert 17
メレディス Meredith, George 119, 195
モフィット Moffet, J. 204
モーム Maugham, William Somerset 89, 157, 158, 166
モリスン Morrison, Sister Kristin 13
モリセット Morrissette, Bruce 241
モーリヤック Mauriac, François 121

ヤ行

ヤウス Jauss, Hans Robert 127, 131
ヤコブソン Jakobson, Roman 10, 34, 35
ヤング Young, E. 230
ユング Jung, C. G. 269
ヨーンゾン Johnson, Uwe 72

ラ行

ライス Reiß, G. 249
ライプフリート Leibfried, Erwin 33, 36, 107, 108, 250, 252
ラッセル Russel, Ken 73
ラーベ Raabe, Wilhelm 206
ラボック Lubbock, Percy 13, 14, 17, 31, 103, 119, 120, 140
ラントヴェール Landwehr, J. 252
リカルドゥ Ricardou, Jean 48
リチャードソン Richardson, Samuel 215, 226, 228, 230, 273
リチャードソン Richardson, Dorothy 57
リヒター(ジャン・パウル) Richter, Johann Paul Friedrich (Jean Paul) 36, 117, 145, 206
リンク Link, Jürgen 253, 255
ルイス Lewis, Sinclair 231
ルジューヌ Lejeune, Ph. 259
ルートヴィヒ Ludwig, Otto 31, 140
ルーフバロウ Loofbourow, John 91
レヴィ＝ストロース Lévi-Strauss, Claude 49, 245
レッシング Lessing, Gotthold Ephraim 108
レンツ Lenz, Siegfried 145, 205, 213
レンメルト Lämmert, Eberhard 49, 71, 266
ロッケマン Lockemann, W. 77, 107, 108, 252
ロッサム＝ギュイヨン Rossum-Guyon, Françoise van 261, 275
ロッジ Lodge, David 121, 242
ロートマン Lotman, Jurij 4, 48
ロブ＝グリエ Robbe-Grillet, Alain 13, 111, 240, 241, 277
ローマー Rohmer, Eric 73
ロレンス Lawrence, D. H. 51, 52, 73, 98, 99, 119, 130, 131, 148
ロンドン London, Jack 157
ロンバーク Romberg, Bertil 71, 267

ワ行

ワーズワース Wordsworth, William 213

参 考 文 献

Allott, Miriam, *Novelists on the Novel*, London 1959.

Anderegg, Johannes, *Fiktion und Kommunikation: Ein Beitrag zur Theorie der Prosa* (1973), Göttingen ²1977.

Anderegg, J., *Leseübungen*, Göttingen 1970.

Anderegg, J., *Literaturwissenschaftliche Stiltheorie*, Göttingen 1977.

Austin, John, *How to Do Things With Words* (1955), New York 1962. (坂本百大訳『言語と行為』, 大修館書店, 1978)

Bachtin, Michail M., *Die Ästhetik des Wortes*, hg. R. Grübel, Frankfurt/M. 1979.

Backus, Joseph M., "'He came into her line of vision walking backward'. Nonsequential Sequence-Signals in Short Story Openings", *Language Learning* 15(1965), 67–83.

Bal, Mieke, "Narration et focalisation. Pour une théorie des instances du récit", *Poétique* 29(1977), 107–127.

Baur, Uwe, „Musils Novelle ‚Die Amsel'", in: *Vom ‚Törless' zum ‚Mann ohne Eigenschaften'*, hg. U. Baur u. D. Goltschnigg, München und Salzburg 1973, 237–292.

Beach, Joseph Warren, *The Twentieth-Century Novel: Studies in Technique*, New York 1932.

Benveniste, Emile, *Problèmes de linguistique générale*, Paris 1966. (岸本通夫監訳『一般言語学の諸問題』, みすず書房, 1983)

Bergonzi, Bernard, *The Situation of the Novel*, Harmondsworth 1972. (鈴木幸夫・紺野耕一訳『現代小説の世界』研究社, 1975)

Bisanz, Adam J., „Linearität versus Simultaneität im narrativen Zeit-Raum-Gefüge. Ein methodisches Problem und die medialen Grenzen der modernen Erzählstruktur", in: *Erzählforschung 1*, hg. W. Haubrichs, Göttingen 1976, 184–223.

Boege, Fred W., "Point of View in Dickens", *PMLA* 65(1950), 90–105.

Bonheim, Helmut, "Mode Markers in the American Short Story", in: *Proceedings of the Fourth International Congress of Applied Linguistics*, Stuttgart 1976, 541–550.

Bonheim, H., "Theory of Narrative Modes", *Semiotica* 14(1975), 329–334.

Boost, Karl, *Neue Untersuchungen zum Wesen und zur Struktur des deutschen Satzes*, Berlin 1955.

Booth, Wayne C., "Distance and Point of View", *Essays in Criticism* 11(1961), 60–79.

Booth, W. C., *The Rhetoric of Fiction*, Chicago 1961.

Botheroyd, P. F., *ich und er. First and Third Person Self-Reference and Problems of Identity in Three Contemporary German-Language Novels*, Den Haag & Paris 1976.

Bremond, Claude, *Logique du récit*, Paris 1973.

Bronzwaer, W. J. M., *Tense in the Novel. An Investigation of Some Potentialities of Linguistic Criticism*, Groningen 1970.

Brooks, Cleanth and R. P. Warren, *Understanding Fiction*, New York 1943.

Bühler, Karl, *Sprachtheorie*(1934), Stuttgart ²1965. (脇坂豊他訳『言語理論――言語の叙述機能』上下, クロノス, 1983–85)

Bühler, Willi, *Die „Erlebte Rede" im englischen Roman. Ihre Vorstufen und ihre Ausbildung im Werke Jane Austens*, Zürich und Leipzig 1937.

Bulhof, Francis, *Transpersonalismus und Synchronizität. Wiederholung als Strukturelement in Thomas Manns „Zauberberg"*, Groningen 1966.

Cary, Joyce, *Art and Reality*, Cambridge 1958.

Casparis, Christian Paul, *Tense Without Time. The Present Tense in Narration*, Bern 1975.

Cazamian, Louis, *The Social Novel in England 1830–1850*, London and Boston 1973. (石田・臼田訳『イギリスの社会小説(1830–1850)』, 研究社, 1958)

Cerny, Lothar, *Erinnerung bei Dickens*, Amsterdam 1975.

Chatman, Seymour, *The Later Style of Henry James*, Oxford 1972.

Chatman, S., *Linguistics and Literature. An Introduction to Literary Stylistics*, London 1973.

Chatman, S. (ed.), *Literary Style. A Symposium*, London & New York 1971.

Chatman, S., *Story and Discourse*, Princeton, N. J. 1978.

Chatman, S., "The Structure of Narrative Transmission", in : *Style and Structure in Literature : Essays in the New Stylistics*, ed. Roger Fowler, Oxford 1975, 213–257.

Clemen, Wolfgang, *Shakespeares Bilder. Ihre Entwicklung und ihre Funktionen* im *dramatischen Werk*, Bonn 1936.

Clissmann, Anne, *Flann O'Brien. A Critical Introduction to His Writings*, Dublin 1975.

Cohn, Dorrit, "The Encirclement of Narrative. On Franz Stanzel's *Theorie des Erzählens*", *Poetics Today* 2(1981), 157–182.

Cohn, D., „Erlebte Rede im Ich-Roman", *GRM*, N. F. 19(1969), 303–313.

Cohn, D., "K. enters *The Castle* : On the Change of Person in Kafka's Manuscript", *Euphorion* 62(1968), 28–45.

Cohn, D., "Narrated Monologue : Definition of a Fictional Style", *Comparative Literature* 18(1966), 97–112.

Cohn, D., *Transparent Minds : Narrative Modes for Presenting Consciousness in Fiction*, Princeton, N. J. 1978.

Collins, Philip, *A Critical Commentary on 'Bleak House'*, London 1971.

Doležel, Lubomír, *Narrative Modes in Czech Literature*, Toronto 1973.

Doležel, L., "Toward a Structural Theory of Content in Prose Fiction", in : *Literary Style. A Symposium*, ed. S. Chatman, London & New York 1971, 95–110.

Doležel, L., "The Typology of the Narrator : Point of View in Fiction", in : *To Honor Roman Jakobson*, Den Haag 1967, Vol. 1, 541–552, dt. Übers. : „Die Typologie des Erzählers : ‚Erzählsituationen' (‚Point of View') in der Dichtung", in : Jens Ihwe (Hrsg.), *Literaturwissenschaft und Linguistik*, Frankfurt/M. 1972, Bd. 3, 376–392, u. in : B. Hillebrand(Hrsg.), *Zur Struktur des Romans*, Darmstadt 1978, 370–387.

Dubois, Jacques et al., *Allgemeine Rhetorik*(1970), übers. von Armin Schütz, München 1974(UTB 128).

Edel, Leon, "Novel and Camera", in: *The Theory of the Novel. New Essays*, ed. J.

Halperin, New York 1974, 177–188.
Ejchenbaum, Boris, „Die Illusion des ‚Skaz'", in *Russischer Formalismus. Texte zur allgemeinen Literaturtheorie und zur Theorie der Prosa*, hg. Jurij Striedter, München 1971(UTB 40), 161–167.
Fabian, Bernhard, „Laurence Sterne: *Tristram Shandy*", in: *Der englische Roman*, hg. F. K. Stanzel, Düsseldorf 1969, Bd. 1, 232–269.
Fietz, Lothar, „Möglichkeiten und Grenzen einer Deutung von Kafkas Schloß–Roman", *DVjs* 37(1963), 71–77.
Fischer, Therese, *Bewußtseinsdarstellung im Werk von James Joyce. Von „Dubliners" zu „Ulysses"*, Frankfurt/M. 1973.
Fischer-Seidel, Th., „Charakter als Mimesis und Rhetorik. Bewußtseinsdarstellung in Joyces *Ulysses*", in: *James Joyces „Ulysses". Neuere deutsche Aufsätze*, hg. Th. Fischer-Seidel, Frankfurt/M. 1977, 309–343.
Fischer-Seidel, Th.(Hrsg.), *James Joyces „Ulysses". Neuere deutsche Aufsätze*, Frankfurt/M. 1977.
Forster, Edward Morgan, *Aspects of the Novel*, New York 1927. (米田一彦訳『小説とは何か』, ダヴィッド社, 1969)
Forstreuter, Kurt, *Die deutsche Ich-Erzählung. Eine Studie zu ihrer Geschichte und Technik*, Berlin 1924.
Fowler, Roger, *Linguistics and the Novel*, London 1977. (豊田昌倫訳『言語学と小説』, 紀伊國屋書店, 1979)
Fowler, R. (ed.), *Style and Structure in Literature: Essays in the New Stylistics*, Oxford 1975.
Frey, John R., "Author-Intrusion in the Narrative: German Theory and Some Modern Examples", *Germanic Review* 23(1948), 274–289.
Friedemann, Käte, *Die Rolle des Erzählers in der Epik*, Neudruck: Darmstadt 1965.
Friedman, Melvin, *Stream of Consciousness: A Study in Literary Method*, New Haven 1955.
Friedman, Norman, "Point of View in Fiction. The Development of a Critical Concept", *PMLA* 70(1955), 1160–1184.
Fries, Charles C., *The Structure of English*, New York 1952.
Füger, Wilhelm, „Das Nichtwissen des Erzählers in Fieldings *Joseph Andrews*", *Poetica* 10(1978), 188–216.
Füger, W., „Zur Tiefenstruktur des Narrativen. Prolegomena zu einer generativen ‚Grammatik' des Erzählens", *Poetica* 5(1972), 268–292.
Funke, Otto, „Zur ‚Erlebten Rede' bei Galsworthy", *Englische Studien* 64(1929), 450–474.
Genette, Gérard, *Narrative Discourse* (*Figures III*), trans. Jane E. Lewis, Ithaca, N. Y. 1980. (花輪光・和泉涼一訳『物語のディスクール』, 書肆風の薔薇, 1985)
Goldknopf, David, *The Life of the Novel*, Chicago 1972.
Gombrich, E. H., *Art and Illusion. A Study in the Psychology of Pictorial Representation* (1960), London ³1968. (瀬戸慶久訳『芸術と幻影』, 岩崎美術社, 1979)
Graevenitz, Gerhart von, *Die Setzung des Subjekts*, Tübingen 1973.
Graham, Kenneth, *Criticism of Ficton in England 1865–1900*, Oxford 1965.

Grimm, Reinhold (Hrsg.), *Deutsche Romantheorien: Beiträge zu einer historischen Poetik des Romans in Deutschland*, Frankfurt/M. 1968.

Gülich, Elisabeth, „Ansätze zu einer kommunikationsorientierten Erzähltextanalyse", in: *Erzählforschung 1*, hg. W. Haubrichs, Göttingen 1976, 224–256.

Gülich, E., „Erzähltextanalyse (Narrativik)", *Linguistik und Didaktik* 15 (1973), 325–328.

Günther, Werner, *Probleme der Rededarstellung. Untersuchungen zur direkten, indirekten und erlebten Rede im Deutschen, Französischen und Italienischen*, Marburg 1928.

Habermas, Jürgen, „Der Universalitätsanspruch der Hermeneutik", in: *Hermeneutik und Ideologiekritik*, hg. J. Habermas, D. Henrich und J. Taubes, Frankfurt/M. 1971, 120–159.

Habicht, Werner und I. Schabert (Hrsg.), *Sympathielenkung in den Dramen Shakespeares*, München 1978.

Halperin, John (ed.), *The Theory of the Novel. New Essays*, New York 1974.

Halpern, Daniel and John Fowles, "A Sort of Exile in Lyme Regis", *London Magazine*, March 1971, 34–46.

Hamburger, Käte, *Die Logik der Dichtung* (1957), Stuttgart ²1968. (植和田光晴訳『文学の論理』, 松籟社, 1986)

Hamburger, K., „Noch einmal: Vom Erzählen", *Euphorion* 59 (1965), 46–71.

Hardy, Barbara, *The Appropriate Form: An Essay on the Novel*, London 1964.

Hardy, B., *The Novels of George Eliot*, London ²1963.

Harvey, W. J., *The Art of George Eliot*, London 1961.

Harvey, W. J., *Character and the Novel*, London 1970.

Harweg, Roland, „Präsuppositionen und Rekonstruktion. Zur Erzählsituation in Thomas Manns *Tristan* aus textlinguistischer Sicht", in: *Textgrammatik*, hg. Schecker und Wunderli, Tübingen 1975, 166–185.

Harweg, R., *Pronomina und Textkonstitution*, München 1968.

Haubrichs, Wolfgang (Hrsg.), *Erzählforschung 1, LiLi* Beiheft 4, Göttingen 1976.

Haubrichs, W. (Hrsg.), *Erzählforschung 2, LiLi* Beiheft 6, Göttingen 1977.

Hempfer, Klaus, *Gattungstheorie*, München 1973 (UTB 133).

Hendrick, Leo, *Henry James: The Late and Early Styles*, Univ. of Michigan Diss. 1953.

Hendricks, William O., "The Structural Study of Narration: Sample Analysis", *Poetics* 3 (1972), 100–123.

Henning, Margit, *Die Ich-Form und ihre Funktion in Thomas Manns „Doktor Faustus" und in der deutschen Literatur der Gegenwart*, Tübingen 1966.

Hernadi, Paul, *Beyond Genre. New Directions in Literary Classification*, Ithaca and London 1972.

Heselhaus, Clemens, „Grimmelshausen, *Der abenteuerliche Simplicissimus*", in: *Der deutsche Roman*, hg. B. v. Wiese. Bd. 1, Düsseldorf 1963.

Hillebrand, Bruno (Hrsg.), *Zur Struktur des Romans*, Darmstadt 1978.

Hönnighausen, Lothar, „Maske und Perspektive. Weltanschauliche Voraussetzungen des perspektivischen Erzählens", *GRM*, N. F. 26 (1976), 287–307.

Hoffmann, Gerhard, *Raum, Situation, erzählte Wirklichkeit*, Stuttgart 1978.

Hoffmeister, Werner, *Studien zur erlebten Rede bei Thomas Mann und Robert Musil*,

London/Den Haag/Paris 1965.
Holthusen, J., „Erzählung und auktorialer Kommentar im modernen russischen Roman", *Welt der Slaven* 8(1963), 252–267.
Hough, Graham, "Narrative and Dialogue in Jane Austen", *Critical Quarterly* 12(1970), 201–229.
Huxley, Aldous, *The Doors of Perception*, Harmondsworth 1963.
Ihwe, Jens, "On the Foundations of a General Theory of Narrative Structure", *Poetics* 3(1972), 5–14.
Ingarden, Roman, *Vom Erkennen des literarischen Kunstwerks*, Tübingen 1968.
Ingarden, R., „Konkretisation und Rekonstruktion", in: *Rezeptionsästhetik*, hg. R. Warning, München 1975, 42–70(UTB 303).
Ingarden, R., *Das literarische Kunstwerk*, Tübingen [4]1972. (瀧内槇雄・細井雄介訳『文学的芸術作品』, 勁草書房, 1982)
Iser, Wolfgang, *Der Akt des Lesens*, München 1976(UTB 636). (轡田収訳『行為としての読書』, 岩波書店, 1982)
Iser, W., *Der implizite Leser*, München 1972(UTB 163).
Jakobson, Dan, "Muffled Majesty", *Times Literary Supplement*, Oct. 26, 1967, 1007.
Jakobson, Roman, *Fundamentals of Language*, Den Haag 1956.
James, Henry, *The Art of the Novel. Critical Prefaces*, ed. Richard P. Blackmur, New York 1950.
Janik, Dieter, *Die Kommunikationsstruktur des Erzählwerkes. Ein semiologisches Modell*, Bebenhausen 1973.
Jauss, Hans Robert, *Literaturgeschichte als Provokation der Literaturwissenschaft*, Konstanz 1967. (轡田収訳『挑発としての文学史』, 岩波書店, 1976)
Jauss, H. R.(Hrsg.), *Nachahmung und Illusion*, München 1969.
Jens, W., *Deutsche Literaturgeschichte der Gegenwart*, München 1961.
Jinks, William, *The Celluloid Literature. Film in the Humanities*, Beverly Hills 1974.
Kanzog, Klaus, *Erzählstrategie*, Heidelberg 1976(UTB 495).
Karpf, Fritz, „Die erlebte Rede im Englischen", *Anglia* 45(1933), 225–276.
Karrer, Wolfgang und Eberhard Kreutzer, *Daten der englischen und amerikanischen Literatur von 1890 bis zur Gegenwart*, München 1973.
Kayser, Wolfgang, „Entstehung und Krise des modernen Romans", *DVjs* 28(1954), 417–474; Neudruck: Stuttgart [2]1955.
Kayser, W., *Die Vortragsreise. Studien zur Literatur*, Bern 1958.
Kayser, W., „Wer erzählt den Roman?", in: *Zur Poetik des Romans*, hg. V. Klotz, Darmstadt 1965, 197–216.
Kenner, Hugh, *Samuel Beckett. A Critical Study*, London 1962.
Kimpel, Dieter und Conrad Wiedemann, *Theorie und Technik des Romans im 17. und 18. Jahrhundert*, 2 Bde, Tübingen 1970.
Kindlers Literaturlexikon(1964), Zürich 1965.
Kinkead-Weekes, Mark & Ian Gregor, *William Golding, a critical study*, London 1967.
Klesczewski, R., „Erzähler und ‚Geist der Erzählung'. Diskussion einer Theorie Wolfgang Kaysers und Bemerkungen zu Formen der Ironie bei Th. Mann", *Archiv für das Studium der Neueren Sprachen und Literaturen* 210(1973), 126–131.

Klotz, Volker (Hrsg.), *Zur Poetik des Romans*, Darmstadt 1965.

Kudszus, Winfried, „Erzählperspektive und Erzählgeschehen in Kafkas ‚Prozeß'", *DVjs* 44 (1970), 306–317.

Kuhn, Thomas S., *Die Struktur wissenschaftlicher Revolutionen*, Frankfurt/M. 1967. (中山茂訳『科学革命の構造』，みすず書房，1971)

Kunz, Josef, *Die deutsche Novelle im 20. Jahrhundert*, Berlin 1977.

Kunze, Christoph, *Die Erzählperspektive in den Romanen Alain Robbe-Grillets*, Diss. Regensburg 1975.

Lachmann, Renate, „Die ‚Verfremdung' und das ‚Neue Sehen' bei Viktor Šklovskij", *Poetica* 3 (1970), 226–249.

Lämmert, Eberhard, *Bauformen des Erzählens*, Stuttgart 1955.

Lämmert, E. (Hrsg.), *Romantheorie: Dokumentation ihrer Geschichte in Deutschland seit 1880*, Köln 1975.

Lamb, Charles und Mary, *Tales from Shakespeare*, hg. A. Hämel-Würzburg, Wien 1926.

Langer, Susanne, *Feeling und Form. A Theory of Art Developed From 'Philosophy in a New Key'*, London ^{4}1967. (大久保直幹他訳『感情と形式』，太陽社，1970)

Lass, Abraham, *A Student's Guide to 50 British Novels*, New York 1966.

Leibfried, Erwin, *Kritische Wissenschaft vom Text. Manipulation, Reflexion, transparente Poetologie* (1970), Stuttgart ^{2}1972.

Lester, John A., Jr., "Thackeray's Narrative Technique", *PMLA* 69 (1954), 392–409.

Lévi-Strauss, Claude, *The Savage Mind*, Chicago 1966. (大橋保夫訳『野生の思考』，みすず書房，1976)

Lewandowski, Theodor, *Linguistisches Wörterbuch*, Heidelberg 1975 (UTB 201).

Link, Jürgen, *Literaturwissenschaftliche Grundbegriffe. Eine programmierte Einführung auf strukturalistischer Basis*, München 1974 (UTB 305).

Litz, A. Walton, *Jane Austen: A Study of Her Artistic Development*, London 1965.

Lockemann, Wolfgang, „Zur Lage der Ezählforschung", *GRM*, N. F. 15 (1965), 63–84,

Lodge, David, *The Novelist at the Crossroads and Other Essays on Fiction and Criticism*, London 1971.

Loofbourow, John, *Thackeray and the Form of Fiction*, Princeton, N. J. 1964.

Lotman, Jurij, *Die Struktur literarischer Texte*, München 1972. (磯谷孝訳『文学理論と構造主義』，勁草書房，1978)

Lubbock, Percy, *The Craft of Fiction*, New York 1947. (佐伯彰一訳『小説の技術』，ダヴィッド社，1957)

Ludwig, Otto, „Formen der Erzählung", in: *Epische Studien. Gesammelte Schriften*, hg. A. Stern, Leipzig 1891, Bd. 6.

Ludwig, Otto, „Thesen zu den Tempora im Deutschen", *Zeitschrift für deutsche Philologie* 91 (1972), 58–81.

McLuhan, Herbert Marshall, *The Gutenberg Galaxy: The Making of Typographic Man*, Toronto & London 1962. (高儀進訳『グーテンベルクの銀河系』，竹内書店，1968)

Markus, Manfred, *Tempus und Aspekt. Zur Funktion von Präsens, Präteritum und Perfekt im Englischen und Deutschen*, München 1977.

Meindl, Dieter, „Zur Renaissance des amerikanischen Ich-Romans in den fünfziger

Jahren", *Jahrbuch für Amerikastudien* 19(1974), 201–218.

Meixner, Horst, „Filmische Literatur und literarisierter Film", in: *Literaturwissenschaft–Medienwissenschaft*, hg. Helmut Kreuzer, Heidelberg 1977, 32–43.

Moffet, J. and K. R. McElheny, *Points of View. An Anthology of Short Stories*, New York and London 1966.

Morrison, Sister Kristin, "James's and Lubbock's Differing Points of View", *Nineteenth-Century Fiction* 16(1961), 245–255.

Morrissette, Bruce, "The Evolution of Narrative Viewpoint in Robbe-Grillet", *Novel. A Forum on Fiction* 1(1967), 24–33.

Müller, Wolfgang, „Gefühlsdarstellung bei Jane Austen", *Sprachkunst* 8(1977), 87–103.

Mukařovský, Jan, "Standard Language and Poetic Language", in: *A Prague School Reader on Esthetics, Literary Structure, and Style*, ed. Paul L. Garvin, Georgetown ³1964, 17–30.

Neubert, Albrecht, *Die Stilformen der „Erlebten Rede" im neueren englischen Roman*, Halle/Saale 1957.

Neuhaus, Volker, *Typen multiperspektivischen Erzählens*, Köln 1971.

Ornstein, Robert, *The Psychology of Consciousness*, San Francisco 1972. (北村晴朗・加藤孝義訳『意識の心理』, 産業能率短期大学出版部, 1976)

Partlow, R. B., Jr., "The Moving I: A Study of the Point of View in *Great Expectations*", *College English* 23(1961), 122–131.

Pascal, Roy, *The Dual Voice: Free indirect speech and its functioning in the nineteenth-century European novel*, Manchester 1977.

Pascal, R., "Tense and Novel", *Modern Language Review* 57(1962), 1–11.

Peper, Jürgen, „Über transzendentale Strukturen im Erzählen", *Sprache im technischen Zeitalter* 34(1970), 136–157.

Petersen, Jürgen H., „Kategorien des Erzählens. Zur systematischen Deskription epischer Texte", *Poetica* 9(1977), 167–195.

Petsch, Robert, *Wesen und Formen der Erzählkunst*, Halle/Saale 1934.

Pike, Kenneth L., *Language in Relation to a Unified Theory of the Structure of Human Behavior*, Glendale 1954.

Pinion, F. B., *A Jane Austen Companion*, London 1973.

Pouillon, Jean, *Temps et roman*, Paris 1946. (小島輝正訳『現象学的文学論』, ペリカン社, 1966)

Propp, Vladimir, *Morphology of the Folktale*, Austin ²1968. (北岡誠司・福田美智代訳『昔話の形態学』, 白馬書房, 1983)

Ray, Gordon N., *Thackeray: The Uses of Adversity*, London 1955.

Reclams Romanführer, Stuttgart ⁵1974.

Reinhold, Heinz, *Der englische Roman des 19. Jahrhunderts*, Düsseldorf 1976.

Ricardou, Jean, "Nouveau Roman, Tel Quel", *Poétique* 1(1970), 433–454.

Richardson, Samuel, "Preface" to *Clarissa Harlowe*, London 1932(Everyman's Library).

Riehle, Wolfgang, „*Coriolanus*: Die Gebärde als sympathielenkendes Element", in: *Sympathielenkung in den Dramen Shakespeares*, hg. W. Habicht u. I. Schabert, München 1978, 132–141.

Riffaterre, Michael, *Strukturale Stilistik*, München 1973. (福井芳男他訳『文体論序

説』，朝日出版社，1978)

Rolph, C. H.(ed.), *The Trial of Lady Chatterley: Regina vs. Penguin Books Limited,* Harmondsworth 1961.

Romberg, Bertil, *Studies in the Narrative Technique of the First-Person Novel,* Stockholm 1962.

Rossum-Guyon, Françoise van, *Critique du roman,* Paris 1970.

Rossum-Guyon, F. van, "Point de vue ou perspective narrative", *Poétique* 1(1970), 476–497.

Saussure, Ferdinand de, *Grundlagen der allgemeinen Sprachwissenschaft*(1916), Berlin ²1967. (小林英夫訳『一般言語学講義』，岩波書店，1972)

Schanze, Helmut, *Medienkunde für Literaturwissenschaftler,* München 1974(UTB 302).

Scheerer, Thomas M. und Markus Winkler, „Zum Versuch einer Erzählgrammatik bei Claude Bremond", *Poetica* 8(1976), 1–24.

Schmid, Wolf, „Zur Erzähltechnik und Bewußtseinsdarstellung in Dostoevskijs ‚Večnij muž'", *Welt der Slaven* 13(1968), 294–306.

Schober, Wolfgang Heinz, *Erzähltechniken in Romanen. Eine Untersuchung erzähltechnischer Probleme in zeitgenössischen deutschen Romanen,* Wiesbaden 1975.

Scholes, Robert, *Structuralism in Literature,* New Haven 1974.

Scholes, R. and R. Kellogg, *The Nature of Narrative,* London 1971.

Schulte-Sasse, J. und R. Werner, *Einführung in die Literaturwissenschaft,* München 1977(UTB 640).

Sebeok, Thomas A.(ed.), *The Tell-Tale Sign. A Survey of Semiotics,* Lisse (Niederlande)1957.

Seidler, Herbert, *Die Dichtung. Wesen, Form, Dasein,* Stuttgart 1965.

Šklovskij, Viktor, *Theorie der Prosa,* Frankfurt/M. 1966. (水野忠夫訳『散文の理論』，せりか書房，1971)

Sokel, Walter H., „Das Verhältnis der Erzählperspektive zu Erzählgeschehen und Sinngehalt in ‚Vor dem Gesetz', ‚Schakale und Araber' und ‚Der Prozeß'", *Zeitschrift für deutsche Philologie* 86(1967), 267–300.

Spencer, Theodore, "Introduction to the First Edition", in: *Stephen Hero,* ed. J. Slocum and H. Cahoon, London(1944), 1969, 13–24.

Spielhagen, Friedrich, *Beiträge zur Theorie und Technik des Romans,* Göttingen 1967.

Spielhagen, F., „Der Ich-Roman", in: *Zur Poetik des Romans,* hg. Volker Klotz, Darmstadt 1965, 66–161.

Spitzer, Leo, „Sprachmischung als Stilmittel und als Ausdruck der Klangphantasie", *GRM* 11(1923), 193–216.

Spitzer, L., *Stilstudien II,* München 1928.

Spranger, Eduard, „Der psychologische Perspektivismus im Roman", neu abgedruckt in: *Zur Poetik des Romans,* hg. V. Klotz, Darmstadt 1965, 217–238.

Spurgeon, C., *Shakespeare's Imagery and What It Tells Us*(1953), Cambridge, Mass. 1961.

Staffhorst, Albrecht, *Die Subjekt-Objekt-Struktur. Ein Beitrag zur Erzähltheorie,* Stuttgart 1979.

Stang. R., *The Theory of the Novel in England 1850–1870,* New York 1959.

Stanzel, F. K. (Hrsg.), *Der englische Roman,* 2 Bde, Düsseldorf 1969.
Stanzel, F. K., „Episches Präteritum, erlebte Rede, historisches Präsens", *DVjs* 33 (1959), 1–12; neu abgedruckt in: *Zur Poetik des Romans,* hg. V. Klotz, Darmstadt 1965, 319–338.
Stanzel, F. K., „Gedanken zur Poetik des Romans", in: *Der englische Roman,* hg. F. K. Stanzel, Düsseldorf 1969, Bd. 1, 9–20.
Stanzel, F. K., „Innenwelt. Ein Darstellungsproblem des englischen Romans", *GRM,* N. F. 12 (1962), 273–286.
Stanzel, F. K., „Die Komplementärgeschichte. Entwurf zu einer leserorientierten Romantheorie", in: *Erzählforschung 2,* hg. Wolfgang Haubrichs, Göttingen 1977, 240–259.
Stanzel, F. K., „Zur Konstituierung der typischen Erzählsituationen", in: *Zur Struktur des Romans,* hg. B. Hillebrand, Darmstadt 1978, 558–576.
Stanzel, F. K., „Die Personalisierung des Erzählaktes im *Ulysses*", in: *James Joyces „Ulysses". Neuere deutsche Aufsätze,* hg. Th. Fischer-Seidel, Frankfurt/M. 1977, 284–308.
Stanzel, F. K., "Second Thoughts on *Narrative Situations in the Novel:* Towards a 'Grammar of Fiction'", *Novel. A Forum on Fiction* 11 (1978), 247–264.
Stanzel, F. K., "Thomas Nashe: *The Unfortunate Traveller*", in: *Der englische Roman,* hg. F. K. Stanzel, Düsseldorf 1969, Bd. 1, 54–84.
Stanzel, F. K., „*Tom Jones* und *Tristram Shandy*", in: *Henry Fielding und der englische Roman des 18. Jahrhunderts,* hg. W. Iser, Darmstadt 1972, 437–473.
Stanzel, F. K., „*Tristram Shandy* und die Klimatheorie", *GRM,* N. F. 21 (1971), 16–28.
Stanzel, F. K., *Typische Formen des Romans,* Göttingen [9]1979.
Stanzel, F. K., *Die typischen Erzählsituationen im Roman. Dargestellt an „Tom Jones", „Moby-Dick", „The Ambassadors", „Ulysses" u. a.,* Wien u. Stuttgart 1955.
Stanzel, F. K., „Die typischen Formen des englischen Romans und ihre Entstehung im 18. Jahrhundert", in: *Stil- und Formprobleme in der Literatur,* hg. Paul Böckmann, Heidelberg 1959.
Steinberg, Günter, *Erlebte Rede. Ihre Eigenart und ihre Formen in neuerer deutscher, französischer und englischer Erzählliteratur,* Göppingen 1971.
Steiner, G., "A Preface to *Middlemarch*", *Nineteenth-Century Fiction* 9 (1955), 262–279.
Stierle, Karlheinz, „Geschehen, Geschichte, Text der Geschichte", in: *Geschichte-Ereignis und Erzählung,* hg. R. Koselleck und W.-D. Stempel, Poetik und Hermeneutik 5, München 1973, 530–534; neu abgedruckt in: K. Stierle, *Text als Handlung,* München 1975, 49–55.
Stierle, K., *Text als Handlung. Perspektiven einer systematischen Literaturwissenschaft,* München 1975 (UTB 423).
Storms, Godfrid, *The Origin and the Functions of the Definite Article in English,* Amsterdam 1961.
Sutherland, James, *Thackeray at Work,* London 1974.
Tanner, Tony, "Introduction" to *Sense and Sensibility,* Harmondsworth 1974, 7–34.
Tetzeli von Rosador, Kurt, „Charles Dickens: *Great Expectations.* Das Ende eines Ich-Romans", *Die Neueren Sprachen,* N. F. 18 (1969), 399–408.

Tillotson, Geoffrey, *Thackeray the Novelist*, Cambridge 1954.

Tillotson, Kathleen, *The Novel of the 1840s*, Oxford 1954.

Titunik, Irwin R., „Das Problem des ‚skaz'. Kritik und Theorie", in: *Erzählforschung 2*, hg. Wolfgang Haubrichs, Göttingen 1977, 114–140.

Todorov, Tzvetan, "Les Catégories du récit littéraire", *Communications* 8(1966), 125–151.

Todorov, T., *Poetik der Prosa*, Frankfurt/M. 1974.

Ulich, Michaela, *Perspektive und Erzählstruktur von ‚The Sound and the Fury' bis ‚Intruder in the Dust'*, Heidelberg 1972.

Uspenskij, Boris A., *A Poetics of Composition. The Structure of the Artistic Text and Typology of a Compositional Form*, Berkeley, Calif., 1973.

Vaid, Krishna Baldev, *Technique in the Tales of Henry James*, Cambridge, Mass. 1964.

Viswanathan, Jacqueline, "Point of View and Unreliability in E. Brontë's *Wuthering Heights*, Conrad's *Under Western Eyes* and Mann's *Doktor Faustus*", *Orbis Litterarum* 29(1974), 42–60.

Waldmann, Günter, *Kommunikationsästhetik. Die Ideologie der Erzählform*, München 1976(UTB 525).

Warning, Rainer(Hrsg.), *Rezeptionsästhetik. Theorie und Praxis*, München 1975(UTB 303).

Watt, Ian, *The Rise of the Novel: Studies in Defoe, Richardson and Fielding*, London 1957.

Weber, Dietrich, *Theorie der analytischen Erzählung*, München 1975.

Weber, Max, *Gesammelte Aufsätze zur Wissenschaftslehre*, Tübingen 1922.

Wehle, Winfried, *Französischer Roman der Gegenwart. Erzählstruktur und Wirklichkeit im Nouveau Roman*, Berlin 1972.

Weimann, Robert, „Erzählerstandpunkt und ‚Point of View'. Zur Geschichte und Ästhetik der Perspektive im englischen Roman", *Zeitschrift für Anglistik und Amerikanistik* 10(1962), 369–416.

Weinrich, Harald, *Tempus. Erzählte und besprochene Welt*(1964), Stuttgart ²1971. (脇坂豊他訳『時制論』, 紀伊國屋書店, 1982)

Wellek, René and Austin Warren, *Theory of Literature*(1949), Harmondsworth 1970. (太田三郎訳『文学の理論』, 筑摩書房, 1967)

Welzig, Werner, *Der deutsche Roman im 20. Jahrhundert*, Stuttgart ²1970.

Werlich, Egon, *A Text Grammar of English*, Heidelberg 1976(UTB 597).

Wickardt, Wolfgang, *Die Formen der Perspektive in Charles Dickens' Romanen, ihr sprachlicher Ausdruck und ihre strukturelle Bedeutung*, Berlin 1933.

Wieckenberg, Ernst-Peter, *Zur Geschichte der Kapitelüberschrift im deutschen Roman vom 15. Jahrhundert bis zum Ausgang des Barock*, Göttingen 1969.

Wilson, Edmund, "The Ambiguity of Henry James", in: *A Casebook on Henry James's 'The Turn of the Screw'*, ed. G. Willen, New York ²1969.

Winkler, Reinhold, *Lyrische Elemente in den Kurzgeschichten Ernest Hemingways*, Diss. Erlangen 1967.

Winkler, R., „Über Deixis und Wirklichkeitsbezug in fiktionalen und nicht-fiktionalen Texten", in: *Erzählforschung 1*, hg. W. Haubrichs, Göttingen 1976, 156–174.

Winter, Helmut, *Literaturtheorie und Literaturkritik*, Düsseldorf 1975.

Worringer, Wilhelm, *Abstraktion und Einfühlung*, Berlin 1908. (草薙正夫訳『抽象と感情移入』, 岩波文庫, 1953)

Würzbach, Natascha, *The Novel in Letters*, London 1969.

Würzbach, N., *Die Struktur des Briefromans und seine Entstehung in England*, Diss. München 1964.

Yates, F. A., *The Art of Memory*, London 1969.

Young, E., "Conjectures on Original Composition—in a Letter to the Author of Sir Charles Grandison(1759)", in: *English Critical Essays*, ed. E. D. Jones, London 1968.

Zach, Wolfgang, „Richardson und der Leser. *Pamela-Shamela-Pamela II*", *Arbeiten aus Anglistik und Amerikanistik* 1, Graz 1976, 65–105.

Zeltner-Neukomm, Gerda, *Das Wagnis des französischen Gegenwartsromans. Die neue Welterfahrung in der Literatur*, Hamburg 1960.